WENN DER GLAUBENBERG SCHWEIGT

Monika Mansour, geboren 1973 in der Schweiz, liebte schon als Kind spannende Geschichten. Nach einer Lehre ging sie auf Reisen und verbrachte mehrere Monate in Australien, Neuseeland und den USA. Danach arbeitete sie am Flughafen, führte eine Whiskybar und war Tätowiererin. 2014 erfüllte sich ihr Traum vom Leben als Schriftstellerin. Sie lebt mit ihrem Mann und ihrem Sohn im Luzerner Hinterland.

MONIKA MANSOUR

WENN DER GLAUBENBERG SCHWEIGT

Kriminalroman

emons:

Bibliografische Information der Deutschen Nationalbibliothek
Die Deutsche Nationalbibliothek verzeichnet diese Publikation
in der Deutschen Nationalbibliografie; detaillierte bibliografische
Daten sind im Internet über http://dnb.d-nb.de abrufbar.

© Emons Verlag GmbH
Alle Rechte vorbehalten
Umschlagmotiv: Valentino Sani/Arcangel.com
Umschlaggestaltung: Nina Schäfer, nach einem Konzept
von Leonardo Magrelli und Nina Schäfer
Umsetzung: Tobias Doetsch
Gestaltung Innenteil: DÜDE Satz und Grafik, Odenthal
Lektorat: Irène Kost, Biel/Bienne (CH)
Druck und Bindung: CPI – Clausen & Bosse, Leck
Printed in Germany 2021
ISBN 978-3-7408-1134-1
Originalausgabe

Unser Newsletter informiert Sie
regelmässig über Neues von emons:
Kostenlos bestellen unter
www.emons-verlag.de

«*Warum bist du hier?*»
«*Ich bin hier, um dich zu töten.*»
«*Und ich dachte, du bist hier, um zu sterben.*»
«*Tja, alles eine Frage der Perspektive.*»
James Bond,
«Spectre»

Liebe Kinder, ich will hinaus in den Wald,
seid auf eurer Hut vor dem Wolf,
wenn er hereinkommt,
so frisst er euch mit Haut und Haar.
Der Bösewicht verstellt sich oft,
aber an seiner rauen Stimme und an seinen
schwarzen Füssen werdet ihr ihn gleich erkennen.
«Der Wolf und die sieben Geisslein»,
Märchen der Brüder Grimm

Wenn man liebt, wird der Berg zum Tale!
Maxim Gorki (1868–1936),
eigentlich Alexej Maximowitsch Peschkow,
russischer Erzähler und Dramatiker,
«Tamerlan und die Mutter»

PROLOG

Wie zum Gebet gefaltet, ruhten seine Hände vor dem Mund, die dunklen Augen fixiert auf den Lippenstift, der sinnlich über ihre vollen, leicht geöffneten Lippen strich, immer und immer wieder. Sie betrachtete sich im Spiegel, zufrieden mit ihrem Aussehen. Elegant stülpte sie die Verschlusskappe über den Lippenstift und hielt ihn hoch. «Kardinalrot», sagte sie, «die perfekte Verführung. Meine Lieblingsfarbe.»

Er musterte ihr makellos gepudertes Gesicht: gerade, schlanke Nase; grosse Augen mit grau melierter Iris; volle, geschwungene Wimpern, die nicht echt sein konnten; messerscharf geschnittene Augenbrauen; pechschwarzes, langes Haar, das glatt wie ein seidener Wasserfall um ihre Gesichtskonturen fiel. Sie war eine künstliche Schönheit.

Er schaltete den Laptop aus. Hunderte Videos und Fotos hatte sie in den sozialen Netzwerken gepostet, hatte Abertausende von Followern und knackte nicht selten die Millionengrenze mit Likes und Herzchen. Nachdenklich betrachtete er sein schwaches Spiegelbild auf dem dunklen Monitor. Wurde er alt? Er zog die Teetasse heran: feinster Earl Grey, schwarz, ohne Zucker, dennoch rührte er mit dem Löffel bedächtig im Tee und starrte auf den kleinen Reisekoffer, der in der Ecke des Hotelzimmers stand. Es wurde Zeit, eine lange Fahrt lag vor ihm. Er klappte den Laptop zu. Dahinter lag sein Revolver, ein Klassiker, ein Colt Python 1972, Kaliber .357 Magnum, ein antikes Arbeitsgerät. Er mochte die amerikanischen Revolver – wenn es auch das Einzige war, das er von den arroganten, grosskotzigen Amis schätzte. Dieser Revolver besass eine Seele, die eine Kalaschnikow nicht kannte. Der Revolver nährte sich von den Verdammten, deren Körper er genommen hatte.

Genüsslich trank er den Tee, griff nach dem Colt, der

schwer und kalt in seiner Hand lag, schwenkte die Trommel aus und liess sie knatternd bis zum Stillstand um ihre eigene Achse rotieren. Da glänzte sie, die eine goldene Kugel, Spezialanfertigung. Die perfekte Kugel zum perfekten Lippenstift. Kardinalrot. «Spielen wir russisches Roulette», sagte er, stand auf und rückte die schwarze Krawatte zurecht. Er wusste, dass die späteren Schlagzeilen ihr Rekordzahlen an Likes im Internet bescheren würden. Ein respektabler Abgang für eine Influencerin – und eine weniger, dachte er, welche die Jugend von heute mit sinnlosen Beautytipps, Modetrends und hohlem Geplapper zumüllte.

Er griff nach dem Reisekoffer. Ja, der Wolf wurde alt, aber für den Ruhestand war er definitiv zu jung.

EINS

Die Kriminalrichterin führte Lila auf der Abschussliste. Ihr Blick war finster, als sie zu Beginn des Beweisverfahrens ihre Fragen an die Angeklagte stellte.

Cem Cengiz hatte hinten im Gerichtssaal Platz genommen und blickte in die Gesichter der drei Kriminalrichter, vor denen Lila sass, um ihre Aussage zu machen. Hinter ihr sassen links der Verteidiger und rechts die Staatsanwältin Eva Roos Cengiz. So weit hätte es nie kommen dürfen, dachte Cem, dass seine Frau seine Ex-Freundin vor Gericht anklagte. Dies war Staatsanwalt Felders Fall gewesen. Dummerweise hatte er letzte Woche einen Autounfall gehabt und lag mit gebrochenen Beinen im Spital. Ob sie wollte oder nicht, Eva hatte übernehmen müssen. Cem steckte in der Zwickmühle. Ganz gleich, auf welche Seite er sich stellte, es war die falsche.

«Erzählen Sie uns von vorne mit Ihren Worten, wie Sie den Jungen Sambou aus dem Flüchtlingslager in Lampedusa geschmuggelt haben», forderte die Kriminalrichterin.

Cem konnte Lila nur von hinten sehen, sie sass aufrecht auf ihrem Stuhl, den Kopf erhoben. *«Bon, comme vous voulez.* Ich habe Sambou nicht aus dem Flüchtlingslager geschmuggelt, ich habe ihn vor Menschenhändlern gerettet, welche die Lager nach unbegleiteten Minderjährigen durchsuchen, um sie für ihre eigenen Zwecke zu versklaven. Die Lager befinden sich im tiefsten Süden Italiens. Dort herrschen teilweise chaotische Zustände. Was denken Sie, wer von diesem Chaos profitiert? Wir wissen alle, wer die wahre Macht im Süden Italiens besitzt.»

«Dieses Problem wird hier vor Gericht nicht verhandelt», erklärte die Richterin. «In den Auffanglagern gibt es zahlreiche minderjährige Flüchtlinge. Weshalb haben Sie ausgerechnet Sambou in die Schweiz geschleust?»

«Er kennt ein Geheimnis. Er hat Informationen über einen

russischen Menschenhändlerring, hinter dem die Luzerner Staatsanwaltschaft seit über einem Jahr her ist.» Lila drehte sich auf ihrem Stuhl um und schaute Eva an. «Ist es nicht so, Frau Staatsanwältin? Wie geht es Ihrer Hand?»

Mensch, Lila! Cem biss sich auf die Lippen und umklammerte seinen Sitz. Bald würde er aufspringen und sich zwischen die beiden Frauen stellen müssen.

Eva antwortete erstaunlich ruhig. «Aus Ihrer langen Strafakte geht hervor, dass Sie in Extremsituationen überreagieren.» Energisch griff Eva nach einem Papier. «Sie haben Ihrem ehemaligen Zuhälter und Lebensgefährten die … Wie soll ich es ausdrücken …?»

Nicht, dachte Cem. Musste Eva die alte Geschichte ausgraben? Lila war für diese Tat lange genug eingesessen.

«Sagen Sie, wie es ist, Frau Staatsanwältin. Ich habe dem Arschloch die Eier herausgeschnitten, weil er mein ungeborenes Baby in meinem Bauch getötet hatte. Er hat die Strafe verdient, ich habe meine abgesessen, und heute bin ich hier, weil ich Ihnen helfen will. Sambou kennt ein Geheimnis über Viktor Romanowitsch Kasakow.»

«Ich störe Ihre intime Plauderei ungern», mischte sich der Gerichtspräsident ein, «aber wir verhandeln heute nicht über Persönliches oder Vergangenes.»

«*Oh, excusez-moi, Monsieur le Président.* Kommt nicht wieder vor.»

Cem konnte es nicht sehen, als Lila den Kopf über ihre Schulter drehte, aber er wusste, dass sie dem Richter ein bezauberndes Lächeln schenkte. Ja, das konnte sie. Darin war und blieb sie ein Profi. Auch mit ihren sechsundzwanzig Jahren war Lila der kindliche Typ Frau geblieben, zart und verführerisch, eine Lolita, der sich die Männer schwer entziehen konnten, was das gespielt strenge Räuspern des Richters bestätigte. «Bitte, Frau Kollegin Kriminalrichterin, fahren Sie mit der Befragung der Angeklagten fort.»

Bevor sich Lila wieder nach vorne umdrehte, warf sie Cem

einen intensiven Blick zu. War sie wütend? Verunsichert? Enttäuscht? Lila war eine Herausforderung, gezeichnet von ihrer tragischen Vergangenheit als Prostituierte und Tänzerin in einem Nachtclub, misshandelt von ihrem Ex. Vertrauen war für sie ein schwieriges Wort. Aber sie war auch eine Kämpferin, die für ihre Überzeugung einstand, egal, welche Konsequenzen ihr Handeln zur Folge hatte. Ganz anders Eva. Behütet auf dem Bauernhof ihrer Eltern aufgewachsen, hatte sie studiert und sich bis zur Staatsanwältin hochgearbeitet, was als alleinerziehende Mutter eine Herausforderung war.

Die Kriminalrichterin fuhr fort, gänzlich unbeeindruckt von Lilas Charme. «Erzählen Sie uns, wie Sie mit Sambou in die Schweiz gereist sind.»

Cem stand auf, auch wenn er von den Richtern einen strafenden Blick erhielt, weil das Verlassen des Saals während einer Verhandlung nicht gestattet war. Er hatte genug gehört. Der Fall war kompliziert. Lila machte ihn kompliziert. Und Sambou. Der malische Junge sprach nicht. Seit er in der Schweiz war, schwieg er. Das half Lila nicht weiter – und auch nicht Eva. Es machte ihr Angst. Der Name Viktor Romanowitsch Kasakow war Evas grösster Alptraum. Zu Recht.

***

Sie trat aus dem Gerichtsgebäude. Es war Mittag, die Sonne stand hoch über dem See und lockte die Luzerner nach draussen. Der Sommer begann dieses Jahr schon Ende Mai. Eva zog die Jacke ihres Kostüms aus. Darunter trug sie eine zarte lilafarbene Seidenbluse. Unglückliche Farbwahl. Lila! Die Frau trieb sie in den Wahnsinn. Sie bezirzte mit ihrem süssen Lächeln den Richter. Wie hatte Cem nur …

«Hey, *Küçüğüm*!» Cem stand lässig an einen Baum gelehnt vor dem Gebäude in der Nähe der Werft, tippte zur Begrüssung an die Schiebermütze und grinste dabei wie ein frecher Schuljunge.

«Ich bin die Frau Staatsanwältin, nicht dein kleines Mädchen.»

«Na dann, schicke Man-dolos, Frau Staatsanwältin.»

Sie blieb stehen und zog die extrahohen Pumps aus. Der Asphalt unter ihren nackten Füssen war heiss. Rasch trat sie in den Schatten der Linde und schwang die High Heels vor Cems Gesicht hin und her. «Diese hier, mein Lieber, sind keine *Manolos*, sondern echte Christian Louboutins. Zolle ihnen den nötigen Respekt.»

«Dieser Christian ist mir egal. Mir gefallen deine nackten Füsse wesentlich besser.» Er zeigte auf ihre lackierten Fussnägel. «Sexy Farbe. Kirschrot?»

«Fast. Aber werde nicht zum Fussfetischisten.»

«Niemals würde ich dich bloss auf die Füsse reduzieren. Ich bin ein Eva-Fetischist.» Er nahm sie in die Arme und küsste sie.

Zu gerne hätte sie sich nach diesem Morgen fallen lassen. Eva seufzte und schob ihn sanft von sich weg. «Nicht hier. Die Pressegeier lauern.»

Cem hob die linke Hand und zeigte auf den Ehering. «Frau Staatsanwältin, hier hat alles seine gesetzliche Richtigkeit. Wir sind verheiratet, ist Ihnen dieser Punkt entgangen? Und küssen in der Öffentlichkeit verstösst nicht gegen das Sittengesetz – als Bulle muss ich das wissen. Meine Ehefrau zu küssen ist demnach eine legale Handlung – und meine Pflicht als schweizerisch-türkischer Ehegatte.»

«Ist das so?» Sie strich ihm über den kurzen Bart, den er jetzt trug. Stand ihm gut, machte ihn männlicher und nahm ihm sein Teddybär-Image, auf welches Lila beharrte. Zu oft nannte sie ihn *mon nounours*, wenn sie sich trafen. Eva fühlte diese miese Eifersucht in sich keimen, dabei hatte sie sich fest vorgenommen, sie zu ignorieren.

Cem verzog schelmisch den Mund. «Meine bezaubernde Frau zu verwöhnen ist das oberste Gebot von Cem Cengiz, Familienmensch aus Leidenschaft. Deshalb gibt es jetzt Lunch.» Er hob einen Papiersack hoch, der neben ihm stand.

«Du raspelst Süssholz», sagte Eva.

«Gar nicht.»

«Nervös?»

«Ich? Niemals.»

«Du willst wissen, wie es lief?»

«Nein.»

«Du willst wissen, ob der Zickenkrieg ausgeartet ist? Wie lange warst du dabei?»

«Bis zur Kastration, danach hatte ich genug.»

«Du solltest dir ein dickeres Fell zulegen.»

Cem liess sein Dauergrinsen fallen. «Wie kannst du dabei ruhig bleiben?»

Eva genoss das Spiel. Cem aufzuziehen war zu ihrer neuen Leidenschaft geworden. Sie wandte sich ab und marschierte energisch Richtung Ufschötti, die Louboutins herausfordernd in der Hand schwingend.

«Luder», hörte sie Cem leise hinter sich murren. Er folgte ihr.

Sie drehte den Kopf zu ihm um. «Du solltest nicht so starren.»

«Und Sie sollten nicht so hinreissend aussehen, Frau Staatsanwältin.»

Am See setzten sie sich auf einen grossen Stein am Sandstrand. Privatsphäre war Luxus. Arbeitende, Schüler und Studenten assen heute ihren Lunch draussen.

«Lila fordert mich heraus», sagte Eva.

«Wie geht es ihr?»

«Ha! Das ist es, was dich interessiert? Sie ist die Böse, schon vergessen? Sie steht vor Gericht, weil sie gegen das Gesetz verstossen hat.»

«Sie hat einem Jungen das Leben gerettet.»

«Sie hat ein Kind mitgenommen.» Sie führten dieses Gespräch nicht zum ersten Mal. Es endete meist im Streit.

Cem schwieg, nahm die Tüte und holte eine Lunchbox hervor. «Caesar Salad mit extra Parmesan. Selbst gemacht.»

Sie griff danach. «Du bist ein Schatz. Ich will nicht streiten.»

«Dito.» Er zog ein Käsesandwich aus der Tüte. «Das ist dein Fall, ich sollte mich nicht einmischen. Du tust das Richtige, ich vertraue dir. Aber was ist mit Sambou? Schweigt er nach wie vor?»

«Ja. Wenn er nicht spricht, kann ich Lila nicht entlasten.»

«Glaubst du ihr?»

Eva streckte die Beine aus. Der Bleistiftrock reichte ihr bis zu den Knien. Die warme Sonne auf ihren Füssen war eine Wohltat. «Ich weiss es nicht. Lila ist schwierig. Ihr Leben war schwierig, traumatisch. Bei solchen Menschen verschmelzen nicht selten Wahrheit und Wunschgedanken. Aber ja, ich denke, sie lügt nicht, nicht absichtlich, aber ob sie die Wahrheit sagt?»

«Lila ist nicht verrückt.»

«Sie ist manipulativ, eine hervorragende Schauspielerin, unerbittlich und misstrauisch.»

«Sie hat eine Prise Glück im Leben verdient.»

Eva seufzte und schaute Cem an. «Weisst du, deshalb liebe ich dich. Du kannst vergeben. Du suchst nach dem Guten im Menschen. Du glaubst an die Gerechtigkeit. Und du bist gnadenlos zu den bösen Jungs.»

«Deshalb bin ich Bulle geworden.»

«Deshalb habe ich dich geheiratet, bevor dich eine andere mir wegschnappt.» Eva wollte locker klingen, doch Cem musste ahnen, dass sie dabei an Lila dachte. Mit vierunddreissig Jahren benahm Eva sich wie ein pubertierender Teenager. «Holst du heute Abend Alain bei meinen Eltern ab, wenn es hier spät wird?»

«Klaro. Es ist wenig los bei uns auf der Polizeistation. Die Verbrecher scheinen das schöne Frühsommerwetter zu geniessen und liegen faul rum. Die Oggenfuss hat uns zu lästiger Büroarbeit verdonnert. Da spiele ich doch lieber mit meinem Kumpel Räuber und Poli. Ist eine echte Spürnase geworden, der Kleine. Das wird mal ein toller Polizist.»

«Niemals!» Eva boxte Cem in den Oberarm. «Alain lernt einen anständigen Beruf, macht die Matura und studiert Medizin oder Ingenieurwesen. Ich erlaube nicht, dass er etwas tut, das ihn mit Schwerverbrechern in Verbindung bringt. Ich will mir nicht auch täglich um ihn Sorgen machen.»

«So wie ich mir um dich?», erwiderte Cem. «Dass Sambou Viktor Romanowitsch Kasakow kennt, gefällt mir nicht.»

Eva massierte reflexartig ihre linke Hand. Der kleine wie der Ringfinger hatten ein gutes Jahr nach der Attacke auf sie nicht zu früherer Beweglichkeit zurückgefunden. Unzählige Knochen in dieser Hand wurden zertrümmert, als die Stiefel ... Sie versuchte, ihren Schmerz zu überspielen, der bei dem Namen automatisch aufflackerte. «Viktor hält sich selten in der Schweiz auf. Ich habe nichts mehr von ihm gehört.»

«Ja, weil du dich bisher aus dem Russengeschäft rausgehalten hast. Aber neu leitest du den Fall gegen Lila, und da ist sein Name gefallen.»

«Du denkst doch nicht ...»

«Die Oggenfuss hat es zwar nicht offiziell erlaubt, aber sie weiss, dass ich Viktor im Auge behalte. Er ist seit Sonntag aus Sankt Petersburg zurück in der Schweiz. Deshalb will ich nicht, dass du allein unterwegs bist. Ich hole dich ab, wenn du heute Nachmittag hier fertig bist.»

Eva wollte nach der Salatschüssel greifen, aber ihre Hand zitterte so heftig, dass sie es bleiben liess. Natürlich bemerkte es Cem.

«Hey.» Er berührte ihre Hand und strich ihr mit dem Daumen über die rot lackierten Fingernägel. «Ich passe auf dich auf, auf dich und Alain. Ein weiteres Mal wird der Russe dich nicht kriegen. Versprochen.»

Eva nickte tapfer. Sie wusste, Cem meinte es ehrlich, aber er konnte sie unmöglich vierundzwanzig Stunden am Tag beschützen. Er war nicht ihr Bodyguard. Sie schaute auf die Rolex an ihrem Handgelenk. «Ich muss wieder rein. Der Prozess geht in zehn Minuten weiter.»

Cem stand auf und zog sie auf die Füsse. «Ich bringe dich hin.»

✼✼✼

Er hatte die Mittagspause überzogen. Wenn die Oggenfuss eine Sache hasste, war es Unpünktlichkeit. Egal, Cem hatte eine passable Ausrede. Lässig steckte er seine Hände in die Taschen der Jeans, als er die Kasimir-Pfyffer-Strasse entlang zur Luzerner Polizei marschierte. Er sollte Eva am Abend zum Essen ausführen. Sie stand unter Stress, auch wenn sie das niemals zugeben würde. Der Fall machte ihr Angst. Typisch Lila, sie konnte nicht anders als Probleme in sein Leben bringen. Sie machte alles kompliziert. Dennoch konnte er ihr nicht böse sein. Sie handelte aus Überzeugung, egal, wie radikal ihre Taten waren.

Cem achtete nicht auf die Strasse und bemerkte den Schatten, der ihm folgte, zu spät. Die Hand auf seiner Schulter liess ihn abrupt innehalten. Er spürte den Atem in seinem Nacken.

«Was willst du?», fragte Cem ohne die kleinste Regung. Er kannte den Duft dieses Aftershaves.

«Gerechtigkeit.»

«Hast du keine bessere Antwort auf Lager?»

«Vertrauen? Wie wäre es damit?»

«Fade.»

«Sie hat das nicht verdient.»

«Lila hat ihr Schicksal herausgefordert.» Cem drehte sich um und starrte in das schnittige Gesicht des Holländers: attraktive Lachfältchen um die Augen, sorgfältig rasierte Kinnpartie, strahlend weisse Zähne. Die kurzen Haare waren akkurat mit Gel in Form gelegt. Der Hemdkragen war gestärkt, das Sakko lässig genug, um seinen Anzug nicht steif wirken zu lassen. «Du warst heute Morgen nicht im Gerichtssaal.»

«Ich hatte anderes zu tun. Vor Gericht kann ich Lila nicht helfen, im Hintergrund schon.»

«Hast du vom Flüchtlingshelfer wieder zum Journalisten

gewechselt?» Cem verschränkte die Arme und zog den Mund schief. «Lila ist schwer zu kontrollieren, was?»

«Sie hat dich verletzt, schon klar.»

«Nein, Marius, daran hat sie nicht allein Schuld. Du bist mit ihr nach Italien durchgebrannt, schon vergessen?»

«Sie hat sich für mich entschieden, weil sie immer schon ahnte, dass du und Eva –»

«Halt die Klappe, du hinterhältiger Fuchs! Glaubst du echt, es geht hier um mich? Um meinen verletzten Stolz? Um meine Gefühle? Sorry, Liebeskummer ist das Letzte, was ich verspüre. Aber dir so leicht vergeben kann ich nicht.»

«Nur vier Monate nachdem Lila dich verlassen hat, hast du geheiratet. Du hast es ihr nicht gesagt.»

«Wie denn, wenn ihr auf dem Mittelmeer verschollen wart? Wir konnten euch über Wochen nicht erreichen. Und dann stand Lila plötzlich mit Sambou in meiner Wohnung. Wie hätte ich ihr schonend beibringen können, dass ich unter der Haube bin? Sie wollte es so, Marius.»

«Sie wollte, dass du glücklich bist, eine Zukunft hast. Eine Familie gründen kannst.»

«Ausgezeichnet. Denn Eva ist das Beste, was mir passieren konnte.»

Marius nickte. «Wieder Freunde?»

«Freunde? Freunde waren wir nie. Wir haben über Weihnachten zusammen an dem Hexenfall gearbeitet. Vorher kannten wir uns nicht, und danach bist du mit Lila nach Italien durchgebrannt. Das Wort Freund hat für mich eine andere Bedeutung.» Cem wusste, dass seine Worte zu harsch klangen, aber dieser Morgen war eine emotionale Folter gewesen, und Marius mit seinem schönen Gesicht war der perfekte Sündenbock, um Dampf abzulassen. Er kannte Marius gut genug, um zu wissen, dass dieser Streit nur von kurzer Dauer sein konnte. Sie waren mehr als Freunde, eher wie Brüder, und Brüder stritten heftig, aber selten für lange.

Marius rückte sein Sakko zurecht. «Wie du meinst. Du

weisst, wo du mich findest, wenn du Hilfe brauchst. Im Recherchieren kannst du mir auch als Bulle nicht das Wasser reichen.» Er grinste schief. «Grüss Eva von mir. Sag ihr, sie soll dich nicht zu sehr verwöhnen. Du hast in den letzten Monaten ein paar Kilo zugelegt, mein Hübscher.»

«Tatsächlich? Hm, Pizza und Pasta lassen sich auch schlecht unter deinem Anzug verbergen, mein Süsser.»

***

Aufgebracht massierte sich Eva die schmerzenden Fingerknöchel, als sie das Quai entlang zum Bahnhofparkhaus marschierte. Die Verhandlung war frühzeitig abgebrochen worden, da Lilas Anwalt einen neuen Antrag zur Anhörung eines Zeugen gestellt hatte. Vermutlich war den Richtern die Lust an dem Fall vergangen, und statt sich auf ein weiteres Streitgespräch mit Lila einzulassen, hatten sie die Verhandlung kurzerhand vertagt.

Es war erst halb drei. Sie griff nach ihrem Mobiltelefon und rief Cem an. Erfolglos. Egal, dachte Eva, sie musste nicht beschützt werden. Es war ihr recht, einen Augenblick für sich allein zu sein, um durchzuatmen, bevor sie zu ihren Eltern nach Stans fuhr und Alain abholte. Sie hatte zu wenig Zeit für ihren Sohn, der die erste Klasse besuchte. Heute war Mittwoch, und er hatte den Nachmittag frei. Was würde Eva bloss ohne ihre Eltern machen? Alains Schuleintritt war der Grund, weshalb sie ihre Wohnung in Stansstad behalten hatte und Cem offiziell nach wie vor in Luzern wohnte, auch wenn er fast ausschliesslich bei ihr übernachtete. Sie konnten sich nicht für einen neuen, gemeinsamen Wohnort entscheiden. Eva brauchte ihre Eltern in der Nähe, anders ging es nicht. Sie wollte für Alain keine fremde Nanny einstellen. Familie war wichtig, darüber waren sie und Cem sich einig. Die Familie sollte der Mittelpunkt im Leben sein. Immerhin hatten sie sich vor zwei Wochen durchgerungen, eine Maklerin zu kontaktieren, die nach einem geeigneten Objekt zwischen Luzern und Stansstad Ausschau hielt. Bisher aber vergeblich.

Eva drückte den Knopf des Fahrstuhls, der sie vom Inseliquai hoch zum Südeingang des Parkhauses brachte. Oben angekommen, marschierte sie auf dem Fussgängersteg über den Bahntrassen hin zur Parkebene. Sie begegnete keiner Menschenseele. An der Kasse entwertete sie ihr Ticket und suchte nach ihrem Audi R8 Coupé. Sie konnte ihn nicht gleich entdecken, da ein weisser Lieferwagen der Bäckerei Portmann davor geparkt hatte, viel zu eng, wie sie fand. Sie zwängte sich zwischen die beiden Wagen und kramte ihren Schlüssel aus der Handtasche hervor. Wie sollte sie da bloss einsteigen können? Abgelenkt nahm Eva das schleifende Geräusch nicht gleich wahr, welches sie hinter sich hörte.

Die seitliche Schiebetür des Kastenwagens ging auf.

Eva schnellte herum. Nicht schnell genug.

Eine Hand auf ihrem Mund erstickte den Schrei im Keim. In der Hand lag etwas Feuchtes. Es roch stark, und Tränen schossen ihr in die Augen. Panik liess sie erstarren. Wieder kamen ihr die Bilder hoch von damals: die Fäuste, die Stiefel, das Gelächter, der Schmerz, die Todesangst.

Viktor Romanowitsch Kasakow. Er war zurück.

Ein Arm legte sich um ihre Brust, drückte zu und schnürte ihr die Luft ab. Mit einem Ruck wurde sie nach hinten gezogen, hinein in den Kastenwagen. Sie strampelte mit ihren Füssen, bemerkte, wie sie ihren rechten Schuh verlor. Dann lag sie im Wagen und hörte, wie die Schiebetür zuknallte. Im Innern des Kastenwagens war es dunkel, oder lag das an ihren Sinnen, die sich langsam verabschiedeten? Ihre Fingerspitzen kribbelten, als sie vergeblich mit den lackierten Fingernägeln auf dem metallenen Boden des Wagens kratzte. Es wurde still, dunkel, bis es nichts mehr gab ausser mit Panik gefüllte Leere.

***

«Volles Haus heute», sagte Susanne Oggenfuss und grinste spitzbübisch. «Alle meine Schäfchen im Büro versammelt.» Bis auf Bissig, der war für zwei Wochen in den Ferien.

«Deine Anweisung.» Barbara Amato schwang demonstrativ ihre rote Haarpracht.

Cem hockte lässig auf dem Arbeitstisch und beobachtete seine beiden Vorgesetzten. Susanne war Abteilungsleiterin von «Leib und Leben» bei der Luzerner Kriminalpolizei, Barbara war die Chefermittlerin der Abteilung. Mehr Alpha ging nicht, und doch verstanden sich die beiden Frauen mittlerweile, als wären sie Blutsschwestern. Sosehr Cem auch versuchte, hinter das Geheimnis zu kommen, das die beiden seit der mörderischen Hochzeit auf dem Titlis verband, sie schwiegen.

Susanne war ein liebevoller Giftzwerg, klein, herrisch, mit kurzem braungrauem Haar und runder Hornbrille. Sie war dreiundfünfzig. Mode oder Make-up waren für sie Fremdwörter, und farb- wie formlose Kleidung war ihr am liebsten. Im Gegensatz zu Barbara. Die Mittvierzigerin liebte hauteng Jeans, die ihre endlos langen Beine betonten. Barbara war ein Riese. Ihre eisblauen Augen und die Sommersprossen im Gesicht ihr Markenzeichen. Ihre italienischen Gene waren dominant, und sie bemutterte Cem und seinen Kollegen Kevin oft mehr, als ihnen lieb war.

«Worauf warten wir?», brach Kevin das Schweigen. Er war der Jüngste im Team. Gerade dreissig geworden und werdender Vater. Seine Frau Gabi war erst im sechsten Monat schwanger, aber Kevin hütete sein Handy wie eine Glucke ihr Ei und rief seine Frau fast stündlich an.

«Wir erhalten Besuch», sagte Susanne. «Gehringer wird uns nächsten Monat, wenn er aus der Kur zurück ist, verlassen. Er hat entschieden, nach seinem Herzinfarkt letzten Monat per sofort in den frühzeitigen Ruhestand zu treten. Sein Nachfolger beginnt heute seinen Dienst.»

Cem holte sein Handy hervor, um auf die Uhr zu schauen. Da er es während der Arbeit auf stumm geschaltet hatte, entdeckte er erst jetzt den Anruf von Eva. Sie hatte vor zehn Minuten versucht, ihn zu erreichen. Er rief sie zurück. Das Telefon war ausgeschaltet. Sie musste noch im Gerichtssaal sein, also legte Cem das Handy weg und fragte: «Wer ist der Neue?»

In diesem Moment rief Roland vom Empfang im Büro an und meldete den Kollegen, der auf dem Weg nach oben war.

Susannes Grinsen wurde breiter, ein Grinsen, das Barbara galt. Was war daran witzig, wunderte sich Cem.

«Warum holst du ihn nicht beim Lift ab und bringst ihn zu uns ins Büro?», fragte Susanne und öffnete für Barbara die Tür.

«Ich soll … was?»

«Raus mit dir, nicht dass er sich bei uns verläuft.»

«Na, so kompliziert ist unsere Polizeizentrale auch nicht», sagte Barbara. «Wir haben genau einen Korridor.»

«Schwing deinen Hintern auf den Flur. Ich erwarte, dass du ihn herzlich empfängst.»

Hoppla, dachte Cem. Da geht was ab. Kevin hielt sich die Hand vor den Mund, um sein Lachen mehr halbherzig dahinter zu verbergen.

Barbara warf den Kopf so heftig herum, dass sie Susanne ihre roten Haarspitzen ums Gesicht schlug. Eins zu null für Barbara, dachte Cem.

Er hörte Barbaras energische Schritte im Flur, dann das Klingeln, welches die Liftkabine ankündigte. Es wurde still. Totenstill. Cem wechselte mit Kevin einen fragenden Blick. Beide schauten sie Susanne an, die zufrieden die Arme vor der Brust verschränkte und scheinbar unschuldig aus dem Fenster blickte.

«Kennen wir ihn?», fragte Cem.

«Sicher», antwortete Susanne. «Hans Peter Banz passt perfekt ins Team, was denkt ihr?»

«Banz?», riefen Cem und Kevin unisono.

Dave Berger würde das nicht gefallen.

✳✳✳

Lila hockte in der Nische des Erkerfensters, die Hände auf ihrem Bauch. Es war heiss. Sie trug einzig ihren schwarzen Spitzen-BH und einen Slip. Der Blick auf die Museggmauer an diesem sonnigen Frühsommertag lichtete nicht den trüben Nebel, der ihre Gedanken umhüllte. In ihr war es dunkel. In ihrer Seele gab es keinen Sonnenschein, nur Gewalt, Verrat und Misstrauen. Es war wie ein Fluch, der sich durch ihr gesamtes mieses Leben zog. Stets versuchte sie, alles richtig zu machen, doch jede Entscheidung, die sie traf, schien das Gegenteil auszulösen, riss sie tiefer in ihre persönliche Dunkelheit hinein.

Merde! Was hatten die mit Sambou gemacht? Weshalb schwieg er? Die Behörden hatten den Zwölfjährigen bei einer Pflegefamilie untergebracht, von der Aussenwelt abgeschottet, weil man nicht wusste, ob er ernsthaft in Gefahr war. Lila konnte ihn nicht kontaktieren, nicht mit ihm sprechen. Sambou hatte bestimmt Angst, er fühlte sich verraten und im Stich gelassen. Sie konnte das nachvollziehen, nach allem, was er ihr in Italien anvertraut hatte, nicht seine ganze Geschichte, aber genug, um ihm zu glauben und zu handeln. Es machte ihr Leben schwierig. Statt als Heldin gefeiert wurde sie als Kindesentführerin angeprangert. Marius recherchierte obsessiv, entdeckte aber nichts, das sie entlasten konnte. Mit ihrem Vorstrafenregister standen die Chancen schlecht, dass die Richter ihre Vorurteile ablegten und ihr glaubten. Vor allem die arrogante Kriminalrichterin hatte sie auf dem Kieker, dabei meinte Lila es ehrlich, wollte Cem und Eva helfen, an den Russen heranzukommen.

Was hatte es gebracht? Cem war verstimmt, und Eva sass im Gerichtssaal hinter ihr und forderte drei Jahre Gefängnis. Drei Jahre! Wofür? Kindesentführung? *Quelle connerie!* Sie hatte Sambou das Leben gerettet. Fast hätten die Menschenhändler ihn in die Finger gekriegt. Aber die Gesetzbücher sahen das selbstverständlich anders. Gesunder Menschenverstand zählte nicht, Nächstenliebe auch nicht. Wie könnte Lila einem Kind

Böses antun? Sie drückte fester mit den Händen auf ihren Bauch. Ein Bauch, der leer war.

Lila hörte, wie der Schlüssel an der Wohnungstür sich drehte. Sie sprang vom Sims des Erkerfensters hinunter. Im Flur fiel sie Marius um den Hals, bevor der seine Aktentasche hinstellen konnte. Er nahm sie in den Arm. Einen Moment verharrten sie regungslos.

«Frag mich nicht, wie es lief und weshalb ich schon zu Hause bin», kam sie ihm zuvor.

«Wie lief es?»

Sie kniff ihn in die Wange. «Du tust nie, was ich sage.»

Marius schaute auf sie herunter. Er war über einen Kopf grösser als Lila. «Bist du in diesem Outfit wieder am Erkerfenster gesessen?» Er strich ihr eine Haarsträhne hinters Ohr. «Was denken da die Nachbarn? Herr Grüter von vis-à-vis lässt seinen Feldstecher schon auf dem Küchentisch liegen.»

Sie lächelte kokett. «Du klingst wie Cem. Ich mag mich unverhüllt.»

Mit ernster Miene stellte Marius seine Aktentasche ab und zog sein Jackett aus. «Zugegeben, ein bezaubernder Hauch von Nichts, den du da beinahe trägst. Gefällt mir.» Kurzerhand hob er sie hoch und trug sie ins Schlafzimmer.

«*Oh, là, là, Monsieur*, es ist mitten am Nachmittag. Was denken die Nachbarn, wenn wir die Schlafzimmervorhänge zuziehen?»

«Schmutzige Gedanken, würde ich sagen.»

«Hm, dann sollten wir die Vorhänge offen lassen.» Lila schlang die Arme um Marius' Hals und knabberte an seinen Ohrläppchen. Er war ihr Lichtstrahl in der Dunkelheit. Ohne ihn könnte sie diese Farce vor Gericht nicht durchstehen. Wenigstens diesmal hatte das Glück sie beschenkt. Aber das Glück war launisch und konnte ihn ihr schnell wieder wegnehmen. Davor hatte Lila mehr Angst als vor den drei Jahren Gefängnis, die ihr bevorstanden.

ZWEI

Der Geruch des Kissens war ihr fremd. Ihr Nacken schmerzte und war steif. Sie lag auf dem Rücken, auf einem harten Untergrund. In ihrem Kopf hämmerte es. Ein ekelerregender metallischer Geschmack klebte ihr auf der pelzigen Zunge. Sie hustete, hielt die Augen aber geschlossen. Das grelle Licht blendete sie auch durch die Augenlider. Sie drehte sich zur Seite, weg von der Lichtquelle.

«Tief durchatmen», hörte sie eine Männerstimme, sanft und rau zugleich, nicht Cem, aber eine Stimme, die ihr nicht unbekannt war.

Langsam kam die Erinnerung zurück, und mit jedem Fetzen Erinnerung baute sich die Panik in ihr auf. Die Erkenntnis schlug ein wie eine Bombe.

Die Stimme.

Viktor Romanowitsch Kasakow.

Eva riss die Augenlider auf, bäumte sich auf und ballte reflexartig die Hände zu Fäusten, eine lächerliche Abwehr, die sie ihm zu bieten hatte. Er sass direkt vor ihr auf einer Holzkiste. Eva wusste sofort, wo sie sich befand. Der weisse Kastenwagen. Fenster gab es keine, einzig eine Scheinwerferlampe, angebracht an der Decke, leuchtete den Laderaum aus, in dem es zwei Holzkisten, ein Kissen und eine Wolldecke gab. An den Seiten waren Holzregale montiert. Es roch nach frisch gebackenem Brot.

Eva wollte reden, aber ihre Lippen waren zu trocken und zu rissig, die Zunge klebte am Gaumen fest.

Viktor hielt ihr eine PET-Flasche Wasser hin. «Dafür muss ich mich entschuldigen, aber eine telefonische Einladung auf einen Kaffee hätten Sie nicht angenommen.»

Eva rutschte auf dem Boden nach hinten, bis an die Wand, so weit weg von der Bestie, wie sie konnte. Viktor war ein hinterhältiger Wolf im Schafspelz, gab sich kultiviert, intelligent, mitfühlend. Er besass keine harten, kantigen Gesichtszüge, glich eher einem Engländer als einem Russen und sah gefährlich attraktiv aus, ein James-Bond-Typ, ein Hybrid aus Roger Moore und Daniel Craig. Die Kieferknochen und der Bartschatten verliehen ihm Männlichkeit. Sein dunkelblondes Haar war gepflegt zerzaust. Sein Blick war hellwach, neugierig, geheimnisvoll, die schiefergraue Iris hypnotisierend. Viktor war nicht gross, aber sportlich. Der Langstreckenläufer, kein Bodybuilder.

Eva fühlte, wie sie zu hyperventilieren begann. Ihre Hände zitterten stark, der Puls raste. Die letzten Minuten ihres Lebens hatte sie sich nicht eingesperrt mit ihrem grössten Feind im Laderaum eines Transporters ausgemalt. Wo waren sie? Wie lange war sie betäubt gewesen? Er konnte mit ihr über die Grenze ins Ausland gefahren sein oder irgendwo in einem Wald parkiert haben, wo niemand ihre Schreie hören konnte. Cem! Alain! Tränen schossen ihr in die Augen. Sie würde ihre beiden Jungs nie mehr wiedersehen. Alain war noch so klein. Musste er ohne seine Mami aufwachsen? Mein Gott, nein, das durfte nicht geschehen. Du bist schlau, sprach sie sich selbst Mut zu, du musst kämpfen für deinen Sohn. Sie schloss kurz die Augen und versuchte, ihren Atem unter Kontrolle zu bringen. Fokussiere dich auf Fakten, wie du es im Studium gelernt hast.

Fakten.

Viktor Romanowitsch Kasakow, vierzig, schwerreicher Antiquitäten- und Kunsthändler, der jüngste Sohn einer russischen Oligarchenfamilie aus Sankt Petersburg, die mit Computern und Mobilfunknetzen ein Vermögen angehäuft hatte. Im Alter von zwanzig Jahren gründete Viktor seine eigene Firma und brach mit seiner Familie. Sein Vater vergab ihm nie, dass er nicht in das Familienunternehmen eingestiegen war. Viktor war ein intelligenter Geschäftsmann, der sein wahres Vermögen jedoch durch das organisierte Verbrechen erworben hatte, spezialisiert auf Geldwäsche, Kunstfälschung und Menschenhandel. Er gehörte dem russischen Syndikat W.Z.O.R. an, das in den höchsten Kreisen operierte und vor keiner kriminellen Tat zurückschreckte. Jedoch war es bisher niemandem gelungen, Beweise vorzulegen, welche ihn vor Gericht brachten – auch nicht Eva. Blauäugig war sie letzten Sommer auf seinen Charme hereingefallen, als sie ihn im Restaurant Montana zum Abendessen getroffen hatte. Sie glaubte, in ihm einen wichtigen Zeugen gefunden zu haben, der ihr helfen konnte, den Menschenhändlerring zu überführen. Naiv war sie gewesen, nicht zu erkennen, dass er dazugehörte, ja in der Schweiz der Drahtzieher war. Viktor war ein Meister der Tarnung, lebte still und zurückgezogen in Sankt Petersburg und in seiner Villa in Küssnacht am Rigi. Er pendelte zwischen seinen beiden Wohnsitzen hin und her. Viktor war Witwer. Sein Sohn Denis war acht, zwei Jahre älter als Alain, und besuchte in Weggis ein Internat.

«Trinken Sie, Eva.» Er hielt ihr erneut die Flasche hin. «Ist wichtig.»

Kein russischer Akzent war zu hören, er sprach perfektes Hochdeutsch.

«Was wollen Sie von mir?» Sprechen fiel ihr schwer, die Worte kamen stockend über die Lippen. «Werden Sie mich … umbringen?»

«Nein.»

Die Antwort hätte sie beruhigen sollen, tat es aber nicht. «Wollen Sie mich wieder zusammenschlagen, wie letzten Sommer?» Ihre Stimme kam zurück. Auch ihr Mut. Sie griff nach der Wasserflasche. «Wollen Sie ein weiteres Exempel statuieren, damit ich mich von dem Fall mit dem Jungen zurückziehe?»

«Das ist heute nicht der Plan, im Gegenteil.» Er lächelte und senkte den Kopf. Sein Gesichtsausdruck wirkte traurig, fast verletzlich.

Sei vorsichtig, dachte Eva, er ist geschickt, täuscht echte Gefühle vor. Ein kalter, herzloser Hund ist das.

«Ich möchte, dass wir Freunde werden», sagte Viktor.

«Sie ... was? Sie haben mich letzten Sommer halb totschlagen lassen.»

«Falsch. Ich habe Ihnen das Leben gerettet.»

Eva konnte ein Schluchzen nicht mehr zurückhalten. Die ganzen Bilder kamen hoch. Ihr Magen verkrampfte sich, und sie begann zu würgen, schnappte nach Luft und brachte kein Wort mehr über ihre Lippen.

***

Hans Peter Banz nahm den Raum für sich ein. Cem hatte sich in die Ecke beim Fenster zurückgezogen und beobachtete, wie Barbara zu Banz hochstarrte. Morgen würde sie Nackenschmerzen haben. Die gute Barbara war es nicht gewohnt, zu einem Kollegen aufzuschauen, da sie das Team von Leib und Leben um einen Kopf überragte. Banz war ein anderes Kaliber. Ein Hüne, breitschultrig, mit vollem Bart bis hinunter zum Brustbein. Seine Haare waren dunkel, fast schwarz, auf dem Kopf kurz geschnitten. Die Augen lagen tief unter kräftigen Augenbrauen. Cem liess sich von seinem rustikalen Aussehen nicht mehr täuschen. Auch wenn Banz aussah wie ein Älpler, er war ein weltoffener Mann, der weit gereist und sportlich in Hochform war, ein begnadeter Kletterer und Mountainbiker.

«Was suchst du bei uns?», fragte Barbara und legte ihm drohend den Zeigefinger auf die Brust.

«Ihr braucht einen Nachfolger für Gehringer und habt euch für mich entschieden.» Banz' Lippen waren unter dem Bart nicht auszumachen, aber Cem erkannte den Schalk in seinen wachen Augen.

«Das war die Personalabteilung», korrigierte Barbara und schnellte zu Susanne herum. «Du hast es gewusst? Warum wurde ich nicht informiert?»

«Um mir dein Gezeter nicht anhören zu müssen. Ihr werdet

ein tolles Paar abgeben. Ich habe ab sofort die beiden besten Chefermittler aller schweizerischen Polizeikorps unter mir.»

«Ein tolles Paar? Träum weiter.» Barbara drehte sich zu Banz um. «Weshalb willst du von den Obwaldnern weg?»

«Budgetkürzungen. Stellenabbau. Ich bin freiwillig gegangen, damit meine Kollegen bleiben können. Bei euch war eine Stelle ausgeschrieben, und da ihr seit dem Fall auf dem Titlis fast schon wie Familie für mich seid, dachte ich, es wäre ganz … nett, mit euch zusammenzuarbeiten.»

«Nett?» Barbaras Zeigefinger schnellte in die Höhe. «Wir sind einmal ausgegangen. Einmal. Das nennt man Stalking, was du hier tust.» Aufgewühlt wandte sich Barbara an Susanne. «Du kennst mich, Susi, das ist nicht fair. Das könnt ihr nicht machen.»

«War das Date so schrecklich?», fragte Cem.

Barbara schoss herum. «Halt dich da raus, Grünschnabel.»

«Er ist der Richtige», sagte Susanne ruhig. «Der Richtige für unser Team.»

Barbara prustete Luft durch die Lippen und verliess das Büro. Einen Augenblick war es beklemmend still. Die Reaktion von Barbara war logisch. Jahrelang hatte sie eine heimliche Liebschaft mit Rolf Wymann, Susannes Vorgänger. Barbara wollte Privates von der Arbeit getrennt halten. Nach Wymanns gewaltsamem Tod letzten Oktober vor dem KKL hatte Barbara gelitten, bis sie im April auf Banz traf. Hatte sie Angst, sich erneut in einen Kollegen zu verlieben? Die Zusammenarbeit mit Banz in dem Fall um die tote Braut auf dem Titlis hatte ihre Lebensgeister geweckt. Die direkte, raue, aber ehrliche Art des Obwaldners holte sie zurück ins Leben. Vielleicht war es die Aussprache mit Susanne gewesen. Cem hatte nie erfahren, was in der Nacht im Hotel zwischen den beiden Frauen vorgefallen war, aber Barbara war danach wieder ganz die Alte und beendete das Trauern um Wymann. Komplizierend kam Dave Berger ins Spiel. Der glatzköpfige Professor vom Institut für Rechtsmedizin in Zürich warb offen um Barbaras

Gunst. Als Rocker und Bodybuilder konnte es Berger, dessen Vater Afroamerikaner war, durchaus mit Banz aufnehmen. Hier warben zwei Titanen um eine Amazone, das konnte spannend werden. Cem schob den Gedanken beiseite und trat vor Banz. Wenigstens beugte das Hochschauen seinem drohenden Doppelkinn vor. «Hey, cool, dass du zu uns übergelaufen bist. Herzlich willkommen, Mann.» Er reichte Banz die Hand.

Das Telefon auf Susannes Tisch klingelte. Sie ging ran und hörte einen Moment zu. Der Blick, den sie Cem zuwarf, gefiel ihm nicht. «In Ordnung, bleiben Sie vor Ort. Wir sind unterwegs.»

«Ein Fall?», fragte Cem.

Susanne schien nach den richtigen Worten zu suchen. «Banz, ich will, dass du mit Cem mitgehst. Ihr fahrt sofort ins Bahnhofparking 3, zweiter Stock. Passanten glauben beobachtet zu haben, wie eine Frau in einem weissen Kastenwagen einer Luzerner Bäckerei entführt wurde. Die Sicherheitspolizei ist vor Ort und hat die Aussagen aufgenommen.» Sie schaute Cem an. «Unsere Kollegen haben das Nummernschild des Wagens überprüft, in welchen die Frau einsteigen wollte. Es ist ein Audi R8 Coupé. Neben der Fahrertür haben sie zudem einen einzelnen Schuh gefunden. Einen schwarzen Stöckelschuh.»

«Christian Louboutin», sagte Cem.

«Ähm, wer?», fragte Susanne überrascht.

«Dieser verfluchte Russe!» Cem ballte seine Hände zu Fäusten. Er würde diesen Dreckskerl eigenhändig ermorden, wenn er ihn zu fassen kriegte.

«Louboutin klingt nicht russisch. Wer ist der Mann?», fragte Kevin.

Susanne räusperte sich. «Ich warte auf die Bilder der Überwachungskameras, und ich lasse sofort Evas Handy orten.» Sie griff zum Telefon.

Verständnislos blickte Banz Cem an. «Was ist passiert?»

«Eva», antwortete Kevin, da Cem kein Wort über die Lippen brachte. «Eva wurde entführt.»

«Von einem Christian Louboutin?», fragte Banz.

Als wäre es das Stichwort, rannte Cem aus dem Büro, zückte sein Mobiltelefon und wählte Evas Nummer. Erfolglos. Ihr Handy war ausgeschaltet.

✳✳✳

«Wir müssen uns besser kennenlernen», sagte Viktor und lehnte sich an die Rückwand des fensterlosen Kastenwagens. «Ich weiss, unser erstes Treffen im ‹Montana› war wesentlich angenehmer, aber wären Sie denn einer zweiten Einladung meinerseits gefolgt?»

«Sie haben mich halb totschlagen lassen und jetzt erneut betäubt und entführt. Was wollen Sie von mir?»

«Geschäftliche Zusammenarbeit», sagte er, als wäre es das Normalste der Welt.

«Ich soll mit Ihnen zusammenarbeiten? Sie sind ein Menschenhändler. Sie versklaven unschuldige junge Mädchen. Sie morden, foltern, betrügen …»

«Ja, es ist ein mieses Geschäft.»

Eva zitterte am ganzen Körper, doch wollte sie Viktor diese Genugtuung nicht geben. Er durfte ihre Angst nicht sehen, deshalb kanalisierte sie ihre Emotionen in Wut. Sie explodierte. «Sie mieses Schwein! Sie elender Hund. Sie gehören dem schlimmsten Abschaum der Menschheit an. Ich werde Sie kriegen und die Todesstrafe in der Schweiz wieder einführen.»

Viktor legte den Kopf schief. War er amüsiert? Seine Reaktion liess Evas Blut kochen. Sie wollte zu einem nächsten Schwall an Fluchwörtern und Beleidigungen ausholen, als Viktor die Hand hob und sie mit einem Zeichen zum Schweigen brachte. «Wie geht es Alain?», fragte er, als wäre er der freundliche Nachbar von nebenan.

Wie konnte sich hinter dieser sympathischen, gut aussehenden Maske ein so abgrundböser Mensch verbergen? Eva hielt sich die zitternden Finger vor den Mund. Sie durfte kein falsches Wort mehr sagen, wollte sie ihren Sohn nicht in Lebensgefahr bringen. Ein einziges Wort von ihm hatte gereicht, und sie war zu Viktors Sklavin geworden.

«Es ist eine Gemeinsamkeit, die wir teilen», fuhr er fort, ungezwungen, als spräche er über das Wetter. «Alain ist sechs, nicht? Mein Denis ist acht. Jungs sind toll in dem Alter.» Er seufzte. «Meine Frau starb früh. Denis war damals erst zwei. Es ist eine Herausforderung, ein Kind allein aufzuziehen. Es wird zum Mittelpunkt des Lebens. Sie kennen das. Für unsere Kinder würden wir beide alles tun.» Viktor schaute sie intensiv an, ein Blick, den Eva nicht deuten konnte.

Ihre Angst wich einer Panik, die sie nie zuvor in ihrem Leben verspürt hatte.

***

Banz musste sich an der Tür festhalten, als Cem das Lenkrad des Dienstwagens herumriss und rechts auf den Hallwilerweg einbog. Er fluchte und drückte wild auf die Hupe. Wie üblich war die Strasse verstopft. Er trat hart auf die Bremse.

«Kannst du einen Gang runterschalten?», fragte Banz. «Wenn nicht, lass mich ans Steuer.»

«Eva ist in Lebensgefahr.»

«Ja, und wir beide auch, wenn du wie ein Idiot bis zum Bahnhof fahren willst. Kriegst du deine Emotionen nicht in den Griff, bist du vom Dienst suspendiert. Subito. So habe ich mir meine erste Amtshandlung bei euch Luzernern nicht vorgestellt.»

«Sie ist –»

«Eva ist stark. Sie packt das. Und wir verhalten uns wie Profis und helfen ihr.»

Cem ging auf Abstand zu dem roten Opel vor ihm. Der Verkehr war zu dicht, da gab es kein schnelles Durchkommen. An der Verkehrsampel mussten sie eine gefühlte Ewigkeit warten, bis das Signal auf Grün schaltete. Cem bog links in die Pilatusstrasse ein.

«Klär mich auf. Weshalb ist Eva in Lebensgefahr?» Banz war nicht dazu gekommen, sich die Lebensläufe seiner Kollegen bei Polizei und Staatsanwaltschaft durchzusehen. Der Transfer zu den Luzernern war überraschend schnell über die Bühne gegangen.

«Bis letztes Jahr hat Eva an einem Fall gearbeitet, bei dem es um junge Frauen aus dem Ostblock geht, die unter falschen Versprechungen in die Schweiz gelockt und zur Prostitution gezwungen werden.»

«Sexsklavinnen.»

«Ja.» Cem atmete heftig durch. «Der Menschenhandel ist professionell organisiert, ein russisches Syndikat steckt dahinter. Eva stand mit den russischen Behörden in Kontakt, aber sie kam nicht an die Hintermänner heran. Im letzten Frühling endlich ein kleiner Durchbruch. Versteckt in einer Lieferung Antiquitäten wurde ein ukrainisches Mädchen am Zoll festgenommen. Sie sprach kein Wort, wurde gebüsst und wieder zurück in ihre Heimat geschickt.» Cem ignorierte das Rotlicht und bog rechts auf den Bahnhofplatz ein. Der Fahrer eines Wagens, der abrupt abbremsen musste, hupte wütend. «Die Lieferung war indirekt auf einen Viktor Romanowitsch Kasakow zurückzuführen, ein schwerreicher Antiquitätenhändler mit Wohnsitz in der Schweiz und in Sankt Petersburg. Eva fehlten die Beweise, um ihn vorzuladen. Er konnte glaubwürdig nachweisen, dass eine Drittfirma für den Transport beauftragt wurde. Sie versuchte während Monaten, mit ihm in Kontakt zu treten, da sie glaubte, er wisse Details über das Syndikat, die ihr weiterhelfen konnten. Im August meldete sich Viktor bei ihr und lud sie zum Abendessen ins ‹Montana› ein. – Ich hätte mit ihr gehen sollen …»

Cem hämmerte so plötzlich auf das Lenkrad, dass Banz zurückschreckte. Der Fall war für Cem mehr als persönlich. Ungünstige Voraussetzungen, um professionell zu arbeiten.

Erneut riss er den Wagen nach rechts und fuhr hinauf zur Einfahrt des Bahnhofparkings 3. «Viktor hat Eva an diesem Abend betäubt und entführen lassen. Sie wachte auf einer Parkbank bei der Ufschötti auf, umzingelt von drei Schlägertypen.» Cem schluckte schwer. «Die haben sie halb totgeprügelt. Danach lag sie mehrere Tage im Spital.»

Eine Ansage der russischen Mafia, dachte Banz, damit sich Eva aus ihren Angelegenheiten raushielt.

Cem bremste hart vor der Schranke und drückte auf «Ticketausgabe». «Wir fanden die Schläger nie und konnten Viktor den Auftrag zur Tat nicht nachweisen. Eva hat sich von dem Fall des Syndikats zurückgezogen. Ihre Angst war zu gross. Sie hat einen Sohn. Sie konnte nicht riskieren, ihn in Gefahr zu bringen.»

«Weshalb ist Viktor zurück?»

Die Schranke öffnete sich, Cem gab Gas und fuhr hoch auf die zweite Ebene. «Weshalb? Wegen Lila, meiner Ex. Lange Geschichte, erzähle ich dir später. Sie hat wieder einmal impulsiv gehandelt und die Russen ins Spiel zurückgebracht. Ich bringe sie um, wenn ich sie das nächste Mal sehe.»

«Das habe ich überhört», knurrte Banz. Vor sich sah er den Streifenwagen, geparkt neben einem schwarzen Audi R8 Coupé. Ein Beamter in Uniform steckte den vermeintlichen Tatort ab. Ein zweiter Kollege unterhielt sich mit einem jungen Paar, das sich an den Händen hielt.

Cem trat harsch auf die Bremse und sprang aus dem Wagen. Banz folgte ihm. Am Boden sah er einen Schuh liegen, gleich neben der Fahrertür des Audi. Ein edler Schuh, schwarzes, glänzendes Leder mit beachtlichem Absatz und roter Schuhsohle.

Fassungslos starrte Cem ebenfalls auf den einen Schuh. «Christian Louboutin», keuchte er.

**

«Vertrauen Sie mir? Nein? Das müssen wir ändern. Letzten Sommer wollten Sie meine Hilfe, und ich konnte sie Ihnen nur bedingt geben.»

«Sie erkauften sich mein Schweigen durch Folter», kam es Eva über die Lippen. Nie zuvor hatte sie die Wahrheit mit so deutlichen Worten ausgesprochen.

«Als Geschäftsmann», Viktor streckte entschuldigend die Hand aus, «musste ich mich zwischen zwei Optionen entscheiden. Option eins war, durch körperliche Bestrafung sicherzustellen, dass Sie Ihre hübsche Nase nicht mehr in die Angelegenheiten der russischen Mafia steckten. Option zwei, Sie durch Ihren Tod zum Schweigen zu bringen.»

Eva schnappte nach Luft. Viktor sprach über ihr Leben, als ob er abwägte, ein altes Sofa zu restaurieren oder es als Sperrgut zu entsorgen.

«Option zwei wäre der sicherere Weg gewesen. Mit Option eins ging ich ein Risiko ein.»

Eva fasste all ihren Mut. «Option drei haben Sie ausgelassen. Sie hätten mir helfen können und mich meine Arbeit tun lassen sollen.»

Viktor schüttelte den Kopf. «Leider gab es nie eine Option drei. Hätte ich mich nicht entschieden, wäre das Syndikat eingesprungen und hätte kurzen Prozess mit Ihnen gemacht. Meine Auftraggeber waren diesbezüglich nicht zum Verhandeln bereit. Ich habe es versucht, aber das glauben Sie mir ja doch nicht.»

«Soll ich Ihnen als meinem edlen Lebensretter um den Hals fallen?» Eva starrte ihn entgeistert an. Er meinte seine Worte bitterernst. Oder spielte er mit ihr?

Sein Lächeln war herzlich. «Ein schlichtes Danke reicht.»

Evas Impulskontrolle versagte. Ihre Finger umklammerten die Wasserflasche, als sie reflexartig den Arm hob und Viktor die Flasche mit voller Wucht an den Kopf schmiss. Sie explodierte regelrecht, und das Wasser ergoss sich über Viktors Kopf. Komplett von ihrer Aktion überrumpelt, hielt er sich schützend die Arme vors Gesicht. Eva nutzte die Sekunde der Ablenkung, griff nach ihrem linken Christian Louboutin, schoss auf und riss in gebückter Haltung die Hand mit dem Absatzschuh hoch, bevor sie ihn krachend auf Viktors Kopf niederschmetterte. «Du elendes, mieses Arschloch! Ich werde nicht erneut dein wehrloses Opfer. Ich gebe nicht kampflos auf.»

Viktor schützte seinen Kopf, als Eva heftig auf ihn einschlug. Der vierte Schlag traf ihn so hart an der Schläfe, dass er nach vorne fiel. Sie nutzte die Chance, hechtete zur Schiebetür und riss sie auf. Sie erwartete, irgendwo im Niemandsland gestrandet zu sein, auf einem verlassenen Feld, im Wald, in einer Tiefgarage … Stattdessen stand der Kastenwagen auf dem Besucherparkfeld vor ihrem Wohnhaus, direkt am See in Stansstad.

Sie war zu Hause.

Eva hörte, wie Viktor sich hinter ihr bewegte. Panisch sprang sie aus dem Wagen zur rettenden Haustür. Sie war abgeschlossen. Ihre Handtasche mit dem Schlüsselbund, die lag im Kastenwagen. Eva drehte sich um und drückte sich an die gläserne Haustür. Sollte sie um Hilfe schreien? Auf dem Trottoir der Achereggstrasse sah sie eine Seniorin, die ihren Pudel spazieren führte. Sie schenkte Eva keine Beachtung.

Viktor stieg aus dem Wagen, blieb aber stehen. Er hielt sich den Kopf. Der Absatz des Schuhs hatte eine Platzwunde an der Schläfe aufgerissen, die stark blutete. Viktor griff im Wagen nach ihrer Handtasche und warf sie Eva vor die Füsse. Dann ging er um den Wagen herum, setzte sich auf den Fahrersitz und fuhr los.

Zitternd starrte Eva ihm nach, unfähig, sich zu rühren. Wie hatte sie Viktor so leicht ausser Gefecht setzen können? Wollte er sie nicht zurückhalten?

Was war der Sinn dieser Entführung?

**

Als der Anruf ihn vor knapp fünfzehn Minuten erreichte, hätte Cem auf die Knie fallen können. Er schenkte Allah ein Stossgebet, sprintete zurück in den Dienstwagen und raste los, Banz' Rufe ignorierend. Evas Stimme am Telefon war aufgelöst gewesen. Sie sei zu Hause, sagte sie, er solle sofort heimkommen. Wenn Eva fluchte, ging es ihr schlecht, aber sie war zu Hause und sie lebte – unversehrt.

Mit quietschenden Reifen stoppte Cem den Wagen direkt vor dem Eingang des Wohnhauses in Stansstad. Er sprintete das Treppenhaus hoch zur Wohnung, schloss sie auf und rief nach Eva. Antwort bekam er keine. Er schaute in der Küche nach, im Wohnzimmer und fand sie schliesslich im Schlafzimmer, fest in die Decke gewickelt, obwohl es draussen an diesem späten Nachmittag bestimmt noch dreissig Grad waren. «Hey, *Küçüğüm* ...» Er setzte sich auf die Bettkante und strich ihr über den Kopf. So unauffällig wie möglich suchte er nach Merkmalen physischer Gewalt. Zu seiner Erleichterung fand er keine. «Alles gut, ich bin hier.» Ihr Stolz liess es nicht zu, in Tränen auszubrechen. Sie kämpfte hart dagegen an. Ihr Kinn zitterte. Cem rückte näher und nahm sie in den Arm.

«Er ... er hat mich entführt.»

«Wissen wir. Passanten haben es im Parkhaus beobachtet. Hat er dir wehgetan? Hat er ...» Ein schrecklicher Gedanke kam Cem. Seine Brust zog sich zusammen.

«Nein, hat er nicht. Er hat mit mir ... geredet, gedroht, aber er hat das Gespräch nicht unbeschadet überstanden. Mein Stöckelschuh wurde zur Waffe, und ich konnte entkommen ... zu leicht entkommen. Dieser dreiste Barbar. Er hat den Lieferwagen direkt hier parkiert, vor meiner Wohnung. Ihr müsst ihn finden.» Sie schluchzte. «Cem, hol Alain her, sofort. Und lass meine Eltern beschützen. Niemand ist vor Viktor sicher, niemand, der mir nahesteht.»

Cem zögerte keine Sekunde. Er rief Susanne an, klärte sie kurz auf und verlangte, dass sofort ein Wagen der Sicherheitspolizei zu Familie Roos auf den Hof fuhr. «Komm», sagte

Cem und steckte das Telefon weg, «ich koche uns Tee, wir setzen uns aufs Sofa, und du erzählst, was passiert ist, okay?» Er strich ihr mit den Fingern eine Haarsträhne aus der Stirn.

Eine halbe Stunde später war Eva auf dem Sofa eingeschlafen. Cem zog die Vorhänge zu und ging in die Küche. Er rief Banz zurück, der fünfmal versucht hatte, ihn zu erreichen. «Sag mir, dass ihr dem Mistkerl auf der Spur seid.» Cem schlug mit der flachen Hand auf den Marmor der Küchenabdeckung.

«Wir haben den Lieferwagen der Bäckerei Portmann vor fünf Minuten in Horw gefunden, verlassen in einer Quartierstrasse. Die Spurensicherung ist unterwegs. Es soll Blutspuren im Inneren geben.»

«Das war Christian Louboutin.»

«Klärst du mich endlich über diesen Typen auf? Was hat der mit unserem Fall zu tun?»

«Finde es selbst heraus», sagte Cem. Er genoss den Moment, Banz im Dunkeln zu lassen. «Google kennt Louboutin. Wie geht es Alain und meinen Schwiegereltern?»

«Gut. Kollegen von uns sind bei ihnen. Sie bringen Alain mit einem Streifenwagen in der nächsten halben Stunde zu euch. Barbara und Kevin sollten auch gleich bei euch sein. Wir mussten unsere Nidwaldner Kollegen einschalten. Stansstad ist ihr Hoheitsgebiet.»

«Okay, danke.» Cem legte auf.

In diesem Augenblick klingelte es an der Wohnungstür. Eva war keine Erholung gegönnt.

DREI

«Was ist an dem Wort ‹lebensgefährlich› so schwer zu verstehen?» Susanne knallte den Hörer des Telefons zurück auf den Apparat.

«Will das Gericht den Fall nicht verschieben?», fragte Kevin.

«Eine Woche, eine läppische Woche. Wir müssen diesen Russen rasch zu fassen kriegen. Eva ist in Gefahr, das können wir nicht leugnen.»

«Und wenn sie den Fall abgibt?»

«Die haben niemanden, der die Eier hat, sie zu vertreten. Wie geht es den dreien?»

Kevin zog einen Stuhl heran und setzte sich. «Ich habe ihnen heute Morgen frische Gipfeli gebracht. Alain weiss von nichts. Er fand es cool, gestern in einem Streifenwagen nach Hause zu fahren. Eva wirkte gefasst. Einzig Cem war nicht fähig, für eine Minute still zu sitzen. Er will Viktor fassen, um jeden Preis.»

«Genau das macht mir Sorgen. Cem ist emotional zu sehr involviert. Er muss sich bei unseren Ermittlungen möglichst raushalten.» Susanne wischte sich ihre Brillengläser an ihrem übergrossen T-Shirt sauber. «Eva hat von den Nidwaldnern bereits Personenschutz erhalten. Kollegen sind vor dem Haus in Position.» Sie setzte sich die runde Brille auf die Nase. «Du warst vorhin unten bei der Spurensicherung. Neuigkeiten?»

«Sie haben Blut im Inneren des Lieferwagens gefunden, auf dem Lenkrad und auf dem Sicherheitsgurt des Fahrersitzes, aber nicht im Laderaum. Leider haben wir von Viktor keine DNA für einen Abgleich. Er ist nicht in unserem System erfasst. Fingerabdrücke gibt es im Wagen keine. Er war vorsichtig.»

«Wie kommt Viktor zum Lieferwagen der Grossbäckerei Portmann?»

«Der Besitzer behauptet, der Wagen sei gestohlen. Wir arbeiten an den Details.»

«Was ist mit den Bildern der Überwachungskamera im Parkhaus?»

«Viktor hat peinlich genau darauf geachtet, nie erfasst zu werden. Wir sehen nur den Lieferwagen.»

Susanne verwarf die Hände. «Das ergibt alles keinen Sinn. Weshalb entführt Viktor Eva und fährt sie heim?»

«Einschüchterung.»

«Barbara und Banz sollen zu der Staatsanwaltschaft nach Kriens fahren. Oberstaatsanwalt Kernen ist informiert und arbeitet mit ihnen zusammen. Ich will, dass die beiden in den alten Akten von Eva stöbern und alles über diesen Viktor Romanowitsch Kasakow in Erfahrung bringen. Ich will wissen, welche Windeln er getragen hat, wie sein erster Schulschatz hiess und wann er die letzte Prostata-Untersuchung hatte.»

Kevin runzelte die Stirn. «Prostata?»

«Sicher. Prostata.»

Kevin stand auf. «Du denkst, Barbara und Banz zusammen …»

«Lass die machen. Vermutlich fliegen die Fetzen, bis die Rangordnung feststeht, aber sie werden es überleben. Zurück zum Alltag. Welche anderen Fälle stehen an?»

«Einige Einbrüche, einfache Körperverletzung, nichts Dramatisches.» Kevin hob die Hand. «Ah, bevor ich es vergesse. Unten sitzt eine nette Seniorin, die mit jemandem von uns sprechen will. Sie will sich Roland vom Empfang nicht anvertrauen. Es sei wichtig.»

«So wichtig, dass sie gleich bei Leib und Leben anklopft?»

«Das sagt sie. Laut Roland ist sie äusserst gelassen und ruhig … Sie strickt.»

«Was?»

«Woher soll ich das wissen? Einen Pullover oder eine Mütze? Sie ist kaum hier, um einen Mord zu melden. Vielleicht wurde ihr Hund vergiftet.»

«Jungchen, lass dich nicht von entspannten, strickenden Omas täuschen.» Susanne setzte sich hinter ihren Tisch. «Schick die Dame hoch. Ich übernehme persönlich ihr Anliegen.»

***

Cem betrat die Liftkabine und fuhr hoch in den sechsten Stock der Polizeizentrale, wo das Büro lag, das er sich mit Kevin teilte. Er ging auf den Flur hinaus, griff nach seinem Handy und rief Eva an. Sie reklamierte, weil er sich alle zehn Minuten bei ihr meldete, schliesslich habe sie Polizeischutz vor dem Haus, er solle einen Gang zurückschalten.

Als Cem das Mobiltelefon zurück in seine Jeanstasche steckte, war er kein bisschen ruhiger. Energisch öffnete er die Tür zu seinem Büro. «Sag mal, Kevin, wo … Wer sind Sie?» Er starrte auf die ältere Dame, die auf seinem Stuhl hinter dem Tisch sass und Jasskarten sortierte. Sie blickte auf und strahlte. «Guten Morgen, junger Mann, Sie müssen der besagte Cem Cengiz sein. Ihre Chefin hat von Ihnen geschwärmt.»

Irritiert starrte Cem zu Kevins Arbeitsplatz hinüber, der leer war. «Wo ist mein Kollege?»

«Er ist reizend. So einen Schwiegersohn hätte ich gerne. Leider waren mir eigene Kinder vergönnt. Er ist extra über die Strasse, um mir in einem Café einen Verveine-Tee zu besorgen. Aber bitte, setzen Sie sich, damit wir über die ermordete junge Frau sprechen können.» Sie zeigte auf den Stuhl an seinem Tisch, der für Kunden reserviert war.

«Wer ist tot?» Hatte sich Cem verhört?

«Weiss ich nicht. Sie ist hübsch.»

«Und tot.»

«Sage ich doch. Sind Sie schwer von Begriff? Das ist ungünstig, wenn Sie bei der Polizei arbeiten wollen.»

«Entschuldigung. Ich will nicht bei der Polizei arbeiten, ich tue es. Ich bin Cem Cengiz, Ermittler bei Leib und Leben, und Sie, gute Frau, Sie sitzen auf meinem Stuhl.»

«Ja, der ist wesentlich bequemer als der Holzstuhl für die Besucher. Sie werden den doch nicht einer Seniorin zumuten?»

Cem zog die Baseballmütze vom Kopf und rieb sich den Haaransatz. Konnte es sein, dass er kurzzeitig überfordert war? Hatte sich eine Irre in sein Büro verlaufen?

Ohne Vorwarnung schlug sie mit der flachen Hand auf den Tisch. Cem machte einen Schritt rückwärts. «Setzen Sie sich, oder ich bekomme einen steifen Nacken. Wir müssen über die Tote reden.»

Cem hatte keine Ahnung, weshalb er gehorchte.

«Die Wolfsschlucht, kennen Sie die? Dort liegt das arme Ding, das sagen meine Tarotkarten. Wenn wir uns nicht beeilen, lassen die Maden, Mäuse und Raubvögel uns nichts übrig.»

«Sie sprechen von der Leiche einer jungen Frau?»

«Herrgott, sicher nicht von einem Coupe Dänemark!»

Auf den Kopf gefallen war sie nicht, die Dame, und ihr Mundwerk war messerscharf. Cem musterte sie und schätzte ihr Alter auf knapp siebzig. Sie war ein Fliegengewicht, wog bestimmt keine fünfzig Kilo. Die Haare waren aschblond, kinnlang, mit Stirnfransen und mit einer Rundbürste beachtlich zu Volumen geföhnt. Sie trug einen dunkelblauen Anzug mit breitem Kragen, der weiss gepunktet war. Darunter, sauber gebügelt, eine weisse Rüschenbluse mit Perlmuttknöpfen. Die Kleidung wirkte altmodisch. Cem vermutete, dass es ihre Sonntagskleidung war, mit der sie zur Kirche ging.

Sie streckte ihm die Hand hin, zierliche, knochige Finger mit Haut wie Pergament. «Wie unhöflich von mir. Ich bin Ella Wälti aus Finsterwald bei Entlebuch.»

Zögernd nahm Cem ihre Hand. Sie fühlte sich warm und trocken an. Ihre Fingernägel waren glanzlackiert. Finsterwald. Cem war nie dort gewesen, wusste aber, dass es ein abgelegener Ort im Kanton Luzern war. Er war über den Namen gestolpert, und so hatte er damals nachgeschaut. Er lag auf der Glaubenbergstrasse, zwischen Entlebuch und Sarnen. «Woher wissen Sie von der toten Frau?»

«Ich habe sie gesehen.» Verschwörerisch lehnte sich Ella zu ihm vor. «Erschossen, das arme Mädchen.»

«Sie haben sie entdeckt? Beim Wandern?»

«Wie kommen Sie auf diese blöde Idee? Weshalb sollte ich in der Wolfsschlucht wandern gehen?»

«Ähm, weiss nicht. Wo ist denn diese Wolfsschlucht? Nicht im Entlebuch?»

«Aber hallo, junger Mann, haben Sie in Geografie geschlafen? Als Luzerner müssen Sie die Wolfsschlucht kennen. Die liegt auf dem Sonnenberg.»

«Auf unserem Sonnenberg?»

«Ja bestimmt nicht auf dem der Japaner.»

«Die haben auch einen Sonnenberg?»

«Woher soll ich das wissen? Sie weichen schon wieder vom Thema ab. Wenn Sie so begriffsstutzig ermitteln, wie Sie hier ein Verhör führen, dann glaube ich nicht, dass der Mörder der jungen Frau je gefasst wird.» Sie lehnte sich auf dem Stuhl zurück und verschränkte die Arme vor der Brust. War sie beleidigt? Ihre bemalten Lippen presste sie demonstrativ zusammen, der Blick war strafend.

Cem kam sich vor wie ein Schuljunge, der bei einem Streich erwischt wurde. Ging's noch? Er stand auf, hob unschlüssig den Zeigefinger. «Moment.» Er eilte aus dem Büro. Im Flur prallte er fast mit Kevin zusammen, der einen Pappbecher mit Tee in der Hand hielt. Er packte seinen Kollegen am Ellbogen und zog ihn vom Büro weg. «Was ist das?» Er zeigte auf den Becher.

«Verveine-Tee für Frau Ella.»

«Frau Ella?»

«So will sie genannt werden.»

«Wer ist die Frau? Die ist total …»

«… reizend, ich weiss.»

Die verarschen mich, dachte Cem. Er schaute sich um. War hier irgendwo eine versteckte Kamera angebracht? «Die ist durchgeknallt. Die kommandiert mich herum und redet wirres Zeugs. Es soll eine Tote in einer Wolfsschlucht geben.»

«Ja, deshalb ist sie hier. Hast du ihre Aussage aufgenommen? Susanne meinte, du sollst den Fall übernehmen. Sie hat Barbara und Banz auf Viktor angesetzt.»

«Die beiden haben ja kaum ihre Hormone unter Kontrolle, wie können sie da Viktor finden? Nein, Susanne kann mich nicht von dem Fall abziehen.»

***

Endlich war Alain eingeschlafen. Die Nacht war auch für ihn unruhig gewesen. Er hatte im grossen Bett zwischen ihr und Cem geschlafen. Eva blickte auf ihre Rolex. Es war kurz vor Mittag. Sie hatte ihren Sohn heute aus der Schule genommen. Bevor sie nicht überzeugt sein würde, dass er in Sicherheit war, würde sie ihn nicht aus der Wohnung lassen. Liebevoll deckte sie ihn zu und strich ihm über die Stirn. Er hielt seinen Bumblebee so fest umklammert, dass sie ihm das Spielzeug nicht wegnehmen konnte. Warum schlief er nicht mit einem weichen Plüschtier statt mit diesem Kunststoffroboter?

Eva ging zum Fenster, um die Vorhänge zu schliessen. Unten im Streifenwagen sassen die Kollegen der Nidwaldner Polizei. Sie hatte ihnen vor einer halben Stunde Kaffee und Kuchen gebracht. Unschlüssig schlich sie zurück ins Wohnzimmer. Sie musste sich beschäftigen, sonst würde sie durchdrehen. Cem hatte seit über einer halben Stunde nicht angerufen, stellte sie erleichtert fest. Sie fühlte mit ihm. Seine Schuldgefühle, weil er sie letzten Sommer versetzt hatte und es deshalb zu dem … Vorfall kam, waren zurück. Auch gestern war er nicht für sie da gewesen. Wie sollte er? Sie hatte seinen Rat nicht befolgt und war allein zum Parkhaus gelaufen. Ihr Fehler.

In der Küche goss sie sich ein Glas Rotwein ein. Es war definitiv zu früh dafür, aber sie musste sich entspannen, um klar denken zu können. Mit dem Château Lagrange setzte sie sich an den Wohnzimmertisch und zog ihren Laptop heran. Sie öffnete den Browser, loggte sich in die Datenbank der Staatsanwaltschaft ein und holte zwei persönliche Ordner auf den Bildschirm. Sie sah, dass Kernen heute Morgen darauf zugegriffen hatte. Der eine Ordner war mit «Viktor» beschriftet. Eva hatte ihn seit letztem Sommer nicht mehr geöffnet. Der andere Ordner hiess «Sambou». Darin waren alle ihre Nachforschungen und Unterlagen zu dem aktuellen Fall gespeichert. Sie starrte auf die beiden Ordner, griff nach dem Weinglas und trank einen grossen Schluck. Es lag Arbeit vor ihr.

Evas Hand zitterte, als sie mit dem Cursor über den Ordner von Viktor fuhr. Mit einem Klick öffnete sich ein Tor in ihre Vergangenheit, eine Vergangenheit, die sie bisher erfolgreich aus ihren Erinnerungen verbannt hatte.

* * *

Fassungslos starrte Cem auf das Papier vor sich, sie hatte auf Papier bestanden, und auf die wenigen Notizen, die er in der letzten Stunde niedergeschrieben hatte. Nicht einmal zu seiner Zeit als Polizeianwärter hatte er je eine Aussage von Hand auf Papier aufgenommen.

«Mit Ihnen zu arbeiten ist nicht effizient, Herr Cengiz.»

Cems Finger umschlangen den Kugelschreiber fester. Der war durchaus als Mordwaffe zu gebrauchen.

Kevin trat heran, grinsend, und blickte über Cems Schulter auf das Papier. «Eine Aussage aufzunehmen gehört nicht zu seinen Stärken, da muss ich Ihnen recht geben, Frau Ella, und die Schrift ist schlampig, Herr Kollege, echt schlampig.»

Cem knurrte leise.

Kevin tätschelte seine Schulter, als wäre er eine französische Bulldogge. «Lassen Sie es mich für Sie zusammenfassen», fuhr Kevin fort. «Sie haben sich gestern Abend, wie jeden Mittwochabend, mit Ihren Freundinnen getroffen –»

«D' Finstermoor Wiiber.»

«Genau. Sie haben die Karten gelegt.»

«Tarot.»

«Richtig. In den Karten haben Sie dann gelesen, dass in der Wolfsschlucht in Kriens die Leiche einer jungen Frau liegt. Erschossen.»

«Hingerichtet. Kopfschuss.»

«Aber Sie kennen das Opfer nicht. Ihre Aussage stützt sich einzig auf die Hinweise in den Karten.»

«Meine Karten lügen nie.»

Kevin richtete sich auf. «Herr Kollege, was meinen Sie, haben wir alles Nötige, was wir brauchen, um dem nachzugehen? Passen Ihre Wanderschuhe noch?»

Ja, mach du dich über mich lustig, dachte Cem, dem nach einer Stunde auf dem harten Stuhl der Hintern schmerzte. Eine Stunde. Eva! Er schoss vom Stuhl auf und griff nach dem Handy. Ohne ein Wort der Erklärung verliess er das Büro und rief seine Frau an. Sie nahm nach dem zweiten Klingelton ab. «Schhht, du weckst Alain auf. Er ist gerade eingeschlafen.»

Erleichtert atmete Cem aus. «Geht es euch gut?»

«Sicher.»

«Was machst du?»

«Mich betrinken und alte Akten durcharbeiten.»

«Eva, Alkohol ist –» Ein energischer Finger tippte auf seine Schulter. Cem drehte sich um. «Was ist?»

«Dürfen Sie das?», flüsterte Ella in sein Ohr.

«Was?», flüsterte Cem zurück.

«Cem?», fragte Eva. «Alles in Ordnung?»

Cem versprach, gleich zurückzurufen, und legte auf. «Was wollen Sie? Das hier ist privat.»

«Eben. Sie sind doch im Dienst. Mir ist eine Kleinigkeit eingefallen. Das müssen Sie aufschreiben.»

Cem prustete Luft durch seine Lippen. Ein Nervenzusammenbruch bahnte sich an.

«Der Knoblauch», sagte Ella.

«Knoblauch?»

«Ja, der wächst doch so schön in meinem Garten, aber gestern, da –»

Cem schlug die Hände über dem Kopf zusammen. Er war in einem Alptraum gefangen.

***

Irritiert starrte Eva auf das summende Telefon. Aufgelegt. Mit wem hatte Cem geflüstert? Sie würde ihn am Abend danach fragen. Seufzend legte sie das Handy zurück auf den Tisch und widmete sich dem Studium von Viktors Akten. Viel hatte sie nicht zusammengetragen. Er hielt sich geschickt im Hintergrund, seine Geschäfte schienen sauber, auch sein Lebensstil war geradezu langweilig. Es gab keine Partyexzesse, keine Besuche in Bordellen, kein Strafregister, nichts. Im Gegenteil. Er beteiligte sich an diversen Hilfsprojekten, organisierte Wohltätigkeitsveranstaltungen und setzte sich für eine gesunde Umwelt ein. Es gab nur wenige Fotos von ihm. Eva holte eines auf den Bildschirm. Sie hielt kurz den Atem an. Die Angst kam wieder hoch, mit ihr die Tränen. Reflexartig massierte sie sich die Hand. Sie schmerzte.

Unweigerlich zuckte sie zusammen, als es an der Wohnungstür klingelte. Wer konnte das sein? Mit den Nachbarn im Wohnhaus pflegte sie keinen Kontakt. Eva sprang auf und stiess dabei das Weinglas um. Rote Spritzer landeten auf ihrem weissen Seidenpyjama. «Oh nein!» Da gab es nichts mehr zu retten. Sie eilte zum Küchenfenster und schaute hinunter. Die beiden Herren der Polizei unterhielten sich entspannt. Wer immer an der Tür stand, hatte sich an ihnen vorbeigeschlichen. Eva riss die Besteckschublade auf und griff entschlossen nach dem grössten Messer, das sie fand. Damit eilte sie zur Tür. Sie nahm drei tiefe Atemzüge, bevor sie einen Blick durch den Spion wagte. Da stand niemand. In diesem Moment klingelte es erneut. Eva liess vor Schreck das Messer fallen, das knapp ihren Fuss verfehlte. Rasch hob sie es auf. Was sollte sie tun? Sich still verhalten, rufen, die Tür öffnen? Der ungebetene Besucher klopfte energisch gegen die Tür. «Eva, bist du da? Mach schon auf!»

Sie glaubte sich verhört zu haben. Sofort entriegelte Eva die Tür und riss sie auf.

«*Oh, merde,* du bist verletzt.» Lila sah sie entsetzt an.

«Ähm, wie?» Eva realisierte, dass sie mit dem Fleischmesser in der Hand und dem mit Rotwein bespritzten Pyjama unter der Tür stand.

«Du blutest.»

«Oh, nein, ist der Château Lagrange.»

«Bist du betrunken? Es ist erst Mittag.»

«Sicher nicht nach einem Glas.»

«Darf ich reinkommen, aber nur, wenn du mich nicht gleich abschlachtest? Auf Psychonummern stehe ich nicht.»

Eva blieb einen Augenblick unschlüssig stehen, drehte sich um und ging zurück in die Küche. Sie hörte, wie Lila eintrat und die Tür schloss. «Was willst du?», fragte Eva.

«Reden. Marius hat erfahren, was gestern passiert ist. Alles okay bei dir?»

Eva stützte sich auf der Küchenkombination ab. «Klar. So eine kleine Entführung durch einen berüchtigten Kriminellen ist nicht der Rede wert.»

«Ich weiss, was du durchmachst. Wenn du eine Schulter zum Weinen brauchst …» Lila öffnete die Arme.

«Meine Güte, weshalb sieht mich jeder als hilfloses Opfer?» Eva schmiss laut scheppernd das Messer in die Spüle. «Was willst du, Lila? Dein Mitleid kannst du behalten.»

«Mami?» Alain torkelte schlaftrunken aus seinem Zimmer, den Roboter unter seinem Arm. «Wer ist die Frau?»

Lila ging in die Knie. «Du musst Alain sein. Ich habe schon viel von dir gehört. Wow, ist das Bumblebee? Den mag ich von allen Transformers am liebsten.»

Die Stirn gekräuselt, musterte er Lila akribisch. Sie trug ein rosafarbenes Sommerkleid und weisse Turnschuhe. Ihre braunen Haare hatte sie zu einem Pferdeschwanz hochgebunden. «Ich weiss aber nicht, wie du heisst. Bist du eine Freundin von Mami? Mami bringt nie Freundinnen heim.»

Lila streckte ihm die offene Hand entgegen. «Ich bin Lila, und ja, ich bin eine Art Freundin von deiner Mami. Es freut mich, dich kennenzulernen, junger Mann.»

Beherzt ergriff Alain die Hand und schüttelte sie kräftig. Er strahlte über beide Ohren und rannte zu Eva. Sie hob ihn hoch. «Mami, deine Freundin ist nett. Ich glaube, Cem wird sie auch mögen. Bleibt sie zum Abendessen?»

Eva strich ihrem Sohn liebevoll über den Kopf und drückte ihm einen Kuss auf die Wange. «Ich glaube nicht, dass sie lange bleiben kann. Warum gehst du nicht in dein Zimmer spielen? Du darfst ausnahmsweise die Playstation einschalten.»

«Ja! Ja! Playstation!»

Eva setzte ihn zurück auf den Boden, und Alain rannte in sein Zimmer. Sie nahm einen Putzlappen und holte zwei Weingläser aus dem Küchenschrank, ging zum Tisch im Wohnzimmer und goss den Château Lagrange grosszügig ein. Sie reichte Lila ein Glas. «Wir werden nicht anstossen, aber erzähl, was willst du hier?» Sie wischte kurz den ausgeleerten Wein auf und setzte sich.

Zögernd stellte Lila das Glas Rotwein auf den Tisch. «Komm von deinem hohen Ross runter. Ich bin diejenige, die sauer sein sollte. Ich habe alles riskiert, um Sambou herzubringen, und was tust du? Du schleppst mich als Menschenhändlerin vor Gericht.»

«Deine Handlung war kriminell, und durch sie hast du Viktor aufgescheucht. Dank deiner unüberlegten Aktion durfte ich Äther einatmen und mich entführen lassen.»

«Sambou kann dir helfen. Er kennt ein Geheimnis.»

«Sambou schweigt.»

Lila zog einen Stuhl vom Tisch und setzte sich. «Ja, weil die tollen Schweizer Behörden ihn mir weggenommen und bei einer Pflegefamilie untergebracht haben. Er vertraute mir, aber er wurde erneut im Stich gelassen, das ist es, was er denkt. Er hat Angst und schweigt. Und ich darf ihn nicht besuchen.»

«Lila, hör auf, in deiner Traumwelt zu leben. Denkst du, du kannst einen Flüchtlingsjungen in die Schweiz mitnehmen und ihn bei dir aufnehmen? Er ist kein Welpe, den man im Ausland von der Strasse aufgelesen hat. Die Behörden würden dir ...» Eva stockte.

«Sprich es ruhig aus. Die Behörden würden einer Ex-Nutte und einem Ex-Junkie wie mir nie ein Kind anvertrauen.»

«Sambou ist nicht dein Kind, Lila.» Eva wusste, dass sie mit diesem Satz zu weit gegangen war.

Lila stand auf und verliess wortlos die Wohnung.

***

Die Auseinandersetzung mit Susanne lag Cem auf dem Magen, als er nach Hause fuhr. Nicht nur hatte sie ihn von dem Fall Viktor Romanowitsch Kasakow abgezogen, nein, sie bestand darauf, dass er dem Hinweis von Frau Ella Wälti nachging. Die alte Dame hatte ihn den halben Nachmittag in Beschlag genommen. Er musste sie höchstpersönlich nach draussen geleiten, sonst sässe sie weiterhin auf seinem Stuhl fest.

Vor dem Wohnhaus in Stansstad traf er auf die beiden Kollegen der Nidwaldner Polizei. Er wechselte einige Worte mit ihnen und ging hoch in die Wohnung. Cem war heiss. Er brauchte dringend eine Dusche. Alain rannte ihm an der Tür gleich in die Arme. «Hey, Kumpel, hattest du einen schönen Tag?» Cem hob ihn hoch.

«Ja. Ich hatte schulfrei. Aber Mami ist wütend. Und eine Freundin war zu Besuch. Sie war hübsch.»

«Hübsch?» Cem runzelte die Stirn und setzte Alain ab. «Du bist zu jung, um hübschen Ladys nachzuschauen, nicht?»

Er fand Eva in einem seiner Trainingsanzüge auf dem Sofa vor dem Fernseher vor. Eine idiotische Realityshow lief. Ein schlechtes Zeichen. Seit er sie kannte, hatte er Eva nie vor neun Uhr abends vor dem Fernseher sitzen sehen – und Reality-TV war ihr ein Graus. Faul herumliegen war ein Luxus, den sich

Eva selten gönnte. «Hey, wie fühlst du dich?» Er kniete sich vor sie auf den Boden und nahm ihre Hand.

Sie schüttelte den Kopf, sagte aber nichts.

«Lila war hier?»

«Ja, sie war hier.»

Cem stand wütend auf. «Wenn Lila an den beiden Polizisten vorbeikommt, dann wäre es für Viktor ein Kinderspiel. Mit denen habe ich echt ein Wörtchen zu reden.»

«Nicht. Du kennst Lila. Wenn sie etwas will, bekommt sie es.» Eva strich ihre Haare zurück. «Denkst du, sie hat recht? Denkst du, Sambou hat Informationen über Viktor?»

«Barbara und Banz arbeiten an der Sache. Sie finden es heraus.» Nach aussen gab sich Cem gelassen, aber in ihm brodelte es. Lila hatte kein Recht, Eva aufzusuchen, nicht nach dem, was passiert war.

«Banz ist neu bei euch im Team? Geht das gut?»

Gleichgültig zuckte Cem mit den Schultern. «Er ist ein kompetenter Bulle, ob er sich mit Barbara arrangieren kann, ist eine andere Sache. Keine Ahnung. Er mag sie.»

«Kommen sie in dem Fall voran?»

«Weiss ich nicht. Mich hat heute Frau Ella in Beschlag genommen.»

«Wer ist Frau Ella? Etwa die Frau, mit der du am Telefon geflüstert hast?»

Alain kam ins Wohnzimmer gestürmt. «Cem, kochst du Spaghetti? Du hast es versprochen. Bitte. Ich habe Hunger.»

Cem hob den Jungen auf seine Schulter. «Sicher. Wir beide kochen Spaghetti à la Cem, und Mami darf sich ausruhen, okay? Das hat sie verdient. Willst du die Tomaten schneiden oder die Zwiebeln?»

«Ich rühre lieber die Sauce. Zwiebeln machen traurig. Mami soll mich nicht auch traurig sehen.» Er beugte sich zu Cems Ohr herunter. «Mami hat heute geweint.»

VIER

Die Klingel vor dem schmiedeeisernen Tor war vergoldet. Barbara drückte energisch darauf. Es dauerte keine dreissig Sekunden, und der Motor, der das Tor zur Seite hin öffnete, summte leise. Sie gab Gas und fuhr auf den Vorplatz.

Auf dem Beifahrersitz pfiff Banz durch seinen Vollbart. «Nobel, nobel, der Schuppen.»

«Schuppen? Das ist ein Schloss! Warum wusste ich nicht, dass hier am See so ein Prunkstück steht?»

«Abgeschirmt, total. Die Hecken und Bäume verbergen das Grundstück komplett. Ausserdem ist das Gelände leicht abfallend. Da hat sich der Architekt was überlegt.»

Barbara hoffte, dass man ihnen bei ihrem unangekündigten Besuch einen Espresso servierte. Susanne hatte heute Morgen Dampf gemacht, und Barbara konnte sich bloss einen Cappuccino genehmigen, bevor Banz losstürmte. Sie schielte zu ihm hinüber. Ihr Date war vor einem Monat gewesen. Es hatte leidenschaftlicher geendet, als ihr lieb war. Keine Ahnung, was sie damals überkam. Der Alkohol musste als Sündenbock herhalten. Seit Rolfs Tod hatte sie keinen Mann mehr an sich herangelassen. Und dann kam dieser raubeinige Banz, grummelte einige Worte in seinen Bart, zwinkerte zweimal mit seinen tief liegenden Augen, und schon lag sie flach auf seiner billigen Matratze in seiner Alpwohnung oberhalb von Sarnen. Teenager benahmen sich vernünftiger.

Überfordert mit der Situation, sich erneut auf einen Polizeibeamten einzulassen, hatte Barbara ihn danach abserviert. Banz rief mehrmals an, aber sie ignorierte seine Anrufe, bis er nach Tagen endlich aufgab. Für sie war die Sache erledigt – dachte sie.

Wie konnte Susanne ihr bloss diesen Mann als Partner zur Seite stellen? Nein, abermals würde sie nicht schwach werden.

Das Risiko war zu gross. «Sag mal, jetzt, da du bei uns arbeitest, ziehst du nach Luzern?»

«Schon geschehen.»

«Schon?»

«Ich dachte, du mochtest meine Wohnung auf der Alp nicht.»

Barbara beschloss zu schweigen.

«Fahr direkt vor den Eingang», sagte Banz. «Zeigen wir uns offensiv.»

«Sag mir nicht, was ich zu tun habe.» Barbara hielt vor der breiten Treppe, die zum Haupteingang der Villa führte.

Eine Bedienstete öffnete die Tür und lächelte ausdruckslos. Die Dame war älter, trug ein dunkelgraues Kostüm und hatte farblose Haare, die zu einem strengen Dutt nach hinten gekämmt waren.

Sie stiegen aus. Barbara sah, wie Banz seinen Polizeiausweis aus der Tasche zückte. Sie kam ihm zuvor, eilte die fünf Stufen hoch und hielt der Bediensteten den Ausweis unter die Nase. «Kripo Luzern. Wir müssen mit Herrn Kasakow sprechen.»

Die Haushälterin nickte und ging vor. Banz wollte sich vordrängen, aber Barbara war schneller und hängte sich an die Fersen der Frau. Sie sah aus den Augenwinkeln, wie Banz mit seiner Hand eine auffordernde Bewegung machte, um ihr den bereits eroberten Vortritt zu lassen. Angeber. Barbara nahm sich, was sie brauchte, und dazu zählte kein galanter Gentleman. Dem schwachen Geschlecht gehörte sie nicht an.

Sie wurden in einen Salon geführt. Als ob sie ins 18. Jahrhundert zurückkehrte, dachte Barbara. Gepflegte antike Möbel, Spiegel und riesige Gemälde dekorierten den Raum. Eine grosse Fensterfront liess auf den Vierwaldstättersee blicken. Blumenbeete und perfekter englischer Rasen zierten die Grünanlage dazwischen.

«Viktor Romanowitsch hat sie erwartet», sagte die Frau und zeigte auf ein Sofa. «Er wird gleich zu Ihnen stossen. Ich werde Kaffee servieren.»

Banz testete das Polster des antiken Sofas, bevor er sich setzte. Barbara zog es vor, ans Fenster zu treten und die Aussicht zu geniessen. «Weshalb hat er uns erwartet?»

«Weil er Eva entführt hat und weiss, dass sie uns zu ihm bringt.»

«Hast du Handschellen dabei? Eva sagte, sie habe ihm mit dem Absatz ihres Schuhs eins über den Schädel gezogen. Sollte er am Kopf eine Verletzung haben, können wir ihn gleich mitnehmen.»

«Wir sind hier nicht auf Luzerner Hoheitsgebiet. Die Verhaftung müssen wir den Schwyzern überlassen. Wir sind für ein schlichtes Gespräch hier, ausser Dienst.» Banz zupfte an seinem Bart. «Kennst du Herrn Kasakow persönlich?»

«Nein. Ich habe ihn nie getroffen, aber seine Akte von der Staatsanwaltschaft auswendig gelernt.»

«Die würde ich auch gerne lesen», sagte eine angenehme Stimme von draussen.

Barbara drehte sich um. Viktor trat in den Salon, steuerte direkt auf sie zu und reichte ihr die Hand. «Sie müssen Barbara Amato sein, leitende Ermittlerin der Luzerner Polizei.»

An Selbstsicherheit fehlte es diesem Charmebolzen nicht. Sah so ein Russe aus? Er wirkte eher wie ein Aristokrat, wie ein Engländer. Er trug ein dunkles Hemd und eine klassische schwarze Hose, keinen Schmuck, herbes Parfum. Er war ein paar Zentimeter kleiner als Barbara. Sein Händedruck war kräftig und einen Tick zu lange. «Herzlich willkommen in meinem bescheidenen Heim.»

Bescheiden?

«Ich bin Viktor Romanowitsch Kasakow.» Er wandte sich an Banz. «Sie sind der Neue im Team. Hans Peter Banz, richtig?»

«Sie sind auf dem neusten Stand», sagte Banz und legte misstrauisch den Kopf schief.

«Eine meiner Schwächen, gebe ich zu, fast schon eine Obsession. Ich weiss gerne, mit wem ich geschäftlich zu tun habe.»

«Hier geht es nicht ums Geschäft», widersprach Barbara.

«Aber auch nicht um Privates.» Viktor setzte sich in einen Sessel. «Wie kann ich der Luzerner Polizei helfen? Immerhin sind wir hier auf Schwyzer Boden.»

Der Stronzo wusste genau, dass sie ihn nicht verhaften konnten, dachte Barbara. Warum hatte Susanne auf einem Besuch bestanden, statt den behördlichen Weg zu gehen und die Schwyzer Polizei mit ins Boot zu holen?

«Schickes Pflaster haben Sie da an der Stirn», sagte Barbara.

«Mickey-Mouse-Motiv, ich weiss.» Viktor grinste. «Sind die Pflaster meines Sohnes. Andere haben wir nicht im Haus.»

«Was ist passiert?», fragte Banz.

«Aber, aber, das wissen Sie doch», gestand Viktor. «Die High Heels der Staatsanwältin Eva Roos Cengiz sind gemeingefährlich. Frauen sollten solche Schuhe nur mit einem Waffenschein tragen dürfen.»

Barbara glaubte im falschen Film zu sein. Gab der Russe die Entführung zu?

Die Bedienstete kam zurück und servierte ihnen Kaffee und Süssgebäck.

«Danke, Olga», sagte Viktor und wandte sich an seine Gäste. «Bitte, greifen Sie zu. Olgas Watruschki sind die besten, die Sie je gegessen haben. Süsse Hefeteigtaschen mit Quarkfüllung.»

Obwohl ihr der verführerische Duft in die Nase stieg, stürzte sich Barbara nicht gleich auf Kaffee und Watruschki, die sie nicht kannte, wie sie sich eingestehen musste. Sie konzentrierte sich auf Viktor. «Sie geben zu, gestern Nachmittag Frau Roos Cengiz entführt zu haben?»

Viktor blickte überrascht auf. «Entführt? Wie kommen Sie auf Entführung? Ich habe sie im Parkhaus getroffen, zufällig. Ich war in der Stadt einkaufen. Ihr Wagen wollte nicht anspringen, da habe ich sie nach Hause gefahren.»

Hatte sich Barbara verhört? «Wir haben Zeugen, die gesehen haben, wie Sie Eva gewaltsam auf die Ladefläche des Lieferwagens zogen.»

Viktors Stirn kräuselte sich. «Wir haben uns lange nicht gesehen. Das zufällige Treffen hat die Emotionen überkochen lassen. Unsere Begrüssung war stürmisch, ja, nennen Sie es verspielt.»

Banz griff nach einer Watruschka. Wie konnte er so gelassen bleiben? Nüchtern stellte er die nächste Frage, nachdem er einen herzhaften Bissen des Gebäcks genommen und die Kochkünste von Olga überschwänglich gelobt hatte. «Wie kamen Sie zu der Platzwunde an der Stirn?»

«Evas Louboutin, sagte ich doch. Im Wagen war es eng. Sie hat ihn ausgezogen, weil ihr Fuss schmerzte. Im dümmsten Moment fuhr ich über ein Schlagloch. Sie hat kurz die Balance verloren, und da ist der Absatz gegen meine Stirn geknallt.»

«Das erklärt nicht, weshalb Sie mit einem gestohlenen Kastenwagen der Bäckerei Portmann unterwegs waren», sagte Barbara.

«Der Wagen war nicht gestohlen», dementierte Viktor.

«Das sagt aber der Besitzer.»

Viktor lehnte sich zurück. «Ah, jetzt wird mir einiges klar. Tommy, einer der Angestellten, hat ihn mir überlassen. Er wollte unbedingt seine neue Freundin mit meinem Lamborghini beeindrucken und sie zum Lunch einladen, deshalb haben wir am Mittag die Wagen getauscht. Tommy wohnt in Horw. Ich habe ihm den Lieferwagen am Nachmittag wieder vor seinem Wohnhaus abgestellt und meinen Lamborghini zurückgenommen, den er dort geparkt hatte.»

Barbara hätte den Kerl erwürgen können. Weshalb wusste er auf jede Frage eine Antwort? Sofort zückte Banz sein Notizbuch und wollte von Viktor Namen, Adresse und Telefonnummer dieses Tommy. Viktor gab sie ihm bereitwillig, er hatte die Informationen in seinem Kopf gespeichert.

Mit den Händen in die Hüften gestützt trat Barbara vor Viktor. «Wenn alles ganz harmlos und ein Gefallen unter Freunden war, weshalb haben Sie uns dann erwartet?»

«Wir kennen Eva. Sie ist nervös und neigt zur Übertreibung. Möglich, dass ihre Version der Geschichte leicht anders klingt. Eigentlich hatte ich erwartet, dass ihr Mann bei mir auftaucht.» Viktor lehnte sich verschwörerisch vor. «Er mag mich nicht, spioniert mich aus und bewacht seine Frau wie ein Pitbull. Keine Ahnung, weshalb er es auf mich abgesehen hat. Sie sollten ihm einen Fall geben, der ihn beschäftigt. Sich mit mir anzulegen ist riskant.»

Barbara beugte sich zu Viktor hinunter, bis sie ihm so nah war, dass sie seinen Atem riechen konnte. «Kann es sein, dass Herr Cengiz Sie nicht leiden kann, weil Sie seine Frau letzten Sommer spitalreif schlagen liessen?»

Viktor ging auf Konfrontation und lehnte sich in seinem Sessel vor. Ihre Nasenspitzen berührten sich beinahe. «Ich war im August mit Eva im ‹Montana› essen. Ein geschäftliches Dinner mit einem romantischen Touch. Eifersucht von Herrn Cengiz ist fehl am Platz. Soweit ich informiert bin, war er damals mit Frau Lana Rot liiert – Lila, wie Sie sie nennen. Oder haben Sie andere Beweise?»

Schachmatt, dachte Barbara. Ihr waren die Hände gebunden. Weder fand man die drei Schlägertypen, noch konnte die Polizei Viktor eine Verbindung zu dem Überfall auf Eva nachweisen. «Wir kriegen Sie, Viktor Romanowitsch Kasakow, versprochen.»

Er grinste breit und lehnte sich zufrieden im Sessel zurück. «Wetten, es kommt anders?»

∗∗∗

Der Alfa Romeo holperte über den Kiesweg. Die Fenster einen Spalt offen, hörte Cem das Bimmeln von Kuhglocken, während lästige Insekten den Weg ins Innere des Wagens fanden.

Frau Ella scheuchte sie mit hektischen Handbewegungen weg. «Eine Zumutung ist das», klagte sie. «Da liegt die Leiche einer jungen Frau in der Wolfsschlucht, und nur wir beide fahren hin? Wo ist die Verstärkung? Im Fernsehen rücken sie gleich mit der Spurensicherung, einem Arzt und dem Bestatter aus – den brauchen wir auf jeden Fall.»

«Wir sind hier aber nicht in einer Krimiserie im Fernsehen», knurrte Cem und zog seine Baseballkappe tiefer in die Stirn.

Ella schnalzte mehrmals tadelnd mit der Zunge. «Herrje, weshalb keine Verstärkung?»

«Budgetkürzungen. Sie bekommen nur mich.» Sein rotes T-Shirt klebte ihm am Körper. Es war heiss im Wagen an diesem späten Morgen, doch Ella bestand darauf, dass er die Klimaanlage ausschaltete und die Fenster höchstens einen Spalt weit öffnete.

Abschätzig starrte sie auf seine Füsse. Weisse Turnschuhe seien nicht ideal für einen Marsch durch die Wolfsschlucht, rügte sie ihn.

Cem schielte zu ihr hinüber. Sie trug passend Wanderschuhe, lindgrüne Wanderhosen, eine Baumwollbluse mit Sonnenblumenaufdruck und einen geflochtenen Sonnenhut. Sie hatte einen Rucksack mitgebracht, als sie heute Morgen bei der Polizeizentrale hereingeplatzt war. Cem bestand auf eine Inspektion. Fein säuberlich breitete sie den Inhalt auf seinem Arbeitstisch aus. Nebst einer grossen Kanne Kamillentee und einer Flasche Wasser hatte sie selbst gemachten Hörnlisalat und frische Mutschli, Bündnerfleisch, Luzerner Rahmkäse, zwei Cervelats und zwei Biberli eingepackt, dazu Sonnencrème, ein Erste-Hilfe-Set, eine Lupe, Einweghandschuhe und Mundschutz, einen Einwegplastikregenmantel, eine alte Kompaktkamera, ein Diktiergerät und ein Fleischermesser sowie einen Pfefferspray. Messer und Pfefferspray hatte ihr Cem gleich abgenommen. Danach stürmte er in Susannes Büro, um zu protestieren und mit Dienstverweigerung zu drohen. Niemals werde er mit Frau Ella in die Wolfsschlucht fahren, nicht, während Eva zu Hause in Gefahr sei.

Cem war unangefochten Susannes Liebling im Team, doch heute Morgen war sie wie eine russische Genossin aufgetreten und hatte ihn in die Schranken gewiesen. Befehl sei Befehl. An Viktors Fall dürfe er nicht arbeiten, er sei nicht objektiv genug und voreingenommen. Er solle sich um Ella kümmern. Es sei Pflicht der Polizei, jedem Hinweis der Bevölkerung nachzugehen, sei er noch so seltsam. Je schneller er in die Wolfsschlucht fahre und Ella Wälti überzeuge, dass es keine Leiche gab, desto schneller sei er sie wieder los. Abmarsch!

Sackgasse. Cem trat auf die Bremse. Hier endete der Feldweg. Sie waren in Kriens die Zumhofstrasse hoch auf den Sonnenberg gefahren, vorbei an schmucken Einfamilienhäusern mit traumhaftem Ausblick auf den Vierwaldstättersee. Ein schönes Plätzchen, um sich niederzulassen, dachte Cem.

Bei einer engen Rechtskurve bog er in den Gmeinwerch ein, einen Schotterweg, statt der Strasse folgend weiter hoch zum Hotel Sonnenberg zu fahren. Der Feldweg endete vor einer Kuhweide. Weiter oben sah Cem den Waldrand. Dahinter musste die besagte Wolfsschlucht liegen. Der übliche Wanderweg vom Hotel Sonnenberg aus war ihm zu lang, deshalb hatte er sich entschlossen, die kürzere Route über die Kuhweide zu nehmen.

Cem parkierte seinen Alfa am Wegrand und stieg aus.

Nicht so Ella. Sie tippte mit dem Zeigefinger an die Fensterscheibe und wartete, bis er ihr die Tür aufhielt. «Manieren sind das heutzutage», beschwerte sie sich. «Mein Ueli war ein einfacher Mann, aber er kannte die Benimmregeln. Dreiundzwanzig Jahre waren wir verheiratet, bevor der liebe Gott ihn zu sich nahm. Er war ein untadeliger Mann.» Sie stieg aus, drückte Cem den Rucksack in die Hand und marschierte los.

Der Rucksack war verdammt schwer. Cem schloss den Wagen und eilte ihr hinterher. Zum Glück grasten zurzeit keine Rinder auf der Weide. Ella wartete vor dem Drahtzaun, damit Cem ihn für sie hochhob. Sie war erstaunlich sportlich zu Fuss unterwegs, summte ein Volkslied und machte elegante Bögen um die Kuhfladen im Gras. Cem musste sich sputen, um mit ihr mitzuhalten.

Gestern Abend hatte er lange vor dem Computer gesessen und Ella Wältis Lebenslauf studiert, der beängstigend unspektakulär war. Über ihre Kindheit und Jugendjahre fand er wenig, jedenfalls nicht in der elektronischen Datenbank. Kein Wunder, damals wurden Informationen fein säuberlich von Hand archiviert. Immerhin fand er ihre Geburtsurkunde und ein Klassenfoto. Sie war eine geborene Ella Häberli aus Bern. Heute war sie siebenundsechzig. Sie machte nach der Schule eine Ausbildung zur Hotelfachfrau und arbeitete danach mehrere Jahre im Ausland, wo genau, fand er nicht heraus. Vor achtundzwanzig Jahren heiratete sie Ueli Wälti, einen Maschinenmechaniker aus Bern. Zehn Jahre später zogen sie nach Finsterwald ins Entlebuch und eröffneten ihre eigene Käserei. Ella heiratete spät, war bereits neununddreissig. Kinder hatte das Ehepaar keine. Vor fünf Jahren starb ihr Mann an Krebs. Seither führte sie die Käserei, zusammen mit zwei Angestellten. Sie sang im Jodlerclub, war im Dorf engagiert und ging jeden Sonntag zur Kirche, leitete aber gleichzeitig eine esoterische Frauengruppe: D' Finstermoor Wiiber.

«Herr Polizist, nicht träumen. Hopp, hopp! Wir müssen die Frau finden.»

Cem verdrehte die Augen und schloss zu Ella auf. «Wo liegt denn die Leiche?»

«Sie sind der Spürhund. Die Karten haben gesagt, sie liegt in der Wolfsschlucht. Wo genau, gehört zu Ihren Aufgaben. Ich sage doch, Sie hatten Verstärkung mitbringen sollen. Spürhunde wären hilfreich gewesen. Jetzt müssen Sie deren Aufgabe übernehmen.»

Cem klatschte sich eine Mücke vom Hals. Die Viecher waren hier oben extrem aggressiv. Lag das daran, dass sein Blut mit Hormonen vollgepumpt war? Wenn Frau Ella so weitermachte, würde in der Wolfsschlucht bald die Leiche einer alten Dame zu finden sein.

«Haben Sie Kinder?», fragte sie in geschwätzigem Ton. «Ich liebe Kinder, habe aber leider nie welche bekommen. Im Dorf nennt man mich auch die Nanny. Wissen Sie, ich schaue gerne zu den Kleinen, wenn die Eltern mal wegmüssen.»

«Meine Frau hat einen Sohn», sagte Cem. Keine Ahnung, weshalb ihm das herausrutschte, es ging Ella nichts an. «Er ist sechs. Toller Knirps.»

«Sehen Sie.» Ella zwickte ihn in den Oberarm. «Da steckt doch ein Mensch hinter dieser Beamtenfassade.»

Beamtenfassade? Das hörte Cem zum ersten Mal. Er war bekannt dafür, als Ermittler zu höflich, weichherzig und offen zu sein.

«Sind Sie Türke?»

Kam die Strafpredigt? War Ella ausländerfeindlich? «Ich liebe Istanbul», schwärmte sie. «In meinen jungen Jahren habe ich dort für einige Monate in einem Hotel gearbeitet. Aber der jetzige Präsident bereitet mir schlaflose Nächte.»

Sieh an, dachte Cem. Fanden sie endlich einen gemeinsamen Nenner? Der Frieden dauerte nicht lange an. Bevor Cem Luft holen konnte, wechselte sie schon das Thema.

«Wie nehmen wir sie mit?»

«Wen?»

«Die Leiche. Tragen wir sie zurück zum Wagen? Da helfe ich aber nicht.»

«Wir transportieren keine Leiche in meinem Alfa Romeo.»

«Sie hätten gleich den Leichenwagen nehmen sollen.»

«Ich fahr doch keinen Leichenwagen.»

«Deshalb brauchen wir ja den Bestatter. Begriffsstutzig sind Sie, junger Mann. Ihre Frau Staatsanwältin muss es schwer haben mit Ihnen.»

«Meine Frau … Begriffsstutzig? Sie nehmen mir jedes Wort –»

Ella hob die Hand. «Schhht! Müssen Sie so laut sein?», flüsterte sie.

«Weshalb sollte ich leise sein?» Cem verfiel automatisch in einen Flüsterton. «Hier gibt es nur uns beide und mörderische Mücken, die bestimmt taub sind.»

Sie fuhr herum und starrte ihn böse an. «Der Mörder.»

«Mörder?»

«Er ist hier. Ich fühle es.» Sie zeigte zum Waldrand, der rund fünfzig Meter weiter oben vor ihnen lag.

Verschwörerisch beugte sich Cem zu ihrem Ohr vor. «Weshalb sollte der Mörder hier sein? Heute ist Freitag. Am Mittwochabend haben Sie in Ihren Tarotkarten die Leiche gesehen. Hält der Mörder Wache bei seinem Opfer?»

Ella nahm seine Worte ernst. «Er ist zurückgekommen.»

«Woher wissen Sie das? Haben Sie die Karten dabei?»

«Der Wind.»

«Ach, der Wind. Ich befürchtete schon, das Gras spricht zu Ihnen.»

«Heute nicht.»

«Heute …» Weshalb liess sich Cem ständig in ein so albernes Gespräch verwickeln? Er richtete sich auf.

«Schnell, gehen Sie vor. Er ist da drin, in der Schlucht. Er beobachtet uns.»

«Und ich soll vorgehen?» Cem sprach mit normaler Lautstärke weiter. «Das ist lächerlich –»

Die Reaktion kam postwendend mit einem Klaps von Frau Ellas flacher Hand gegen Cems Hinterkopf. «Frecher Bengel! Seien Sie kein Feigling. Wer hat mir denn das Messer und den Pfefferspray abgenommen, hm? Sie haben eine Waffe, also los. Ich komme nach, wenn es sicher ist.»

Cem starrte sie verdattert an und massierte sich den Hinterkopf. Er stürmte vor, nicht weil er ihr gehorchte, sondern um sie loszuwerden. Zu hastig, wie sich herausstellte, als er mit einem seiner weissen Markensneakers in einen saftig braungrünen Kuhfladen trat. «Oh, Scheisse!» Er strich den Mist am Gras von seinem Schuh. Bald würde er seinen ersten Mord begehen …

✢✢✢

Ihr Schreibtisch gab ihr einen gewissen Halt, brachte Normalität zurück ins Leben. Obwohl sie es Cem versprochen hatte, hatte Eva es zu Hause nicht mehr ausgehalten. Sie hatte Alain in die Schule geschickt, unter dem Vorbehalt, dass einer der Polizisten bei ihm blieb und ihn beschützte.

Durch die Glastür konnte Eva beobachten, wie Laura, ihre Assistentin, dem Polizisten, der für ihren Schutz zuständig war, Kaffee servierte. Die beiden lachten ausgelassen.

Eva fuhr ihren Computer hoch. Sie hatte sich vorgenommen, Viktors Leben aufzuarbeiten. Sie wollte von vorne beginnen, mit seiner Familie und seiner Kindheit. Sie musste ihn kennenlernen, um herauszufinden, was er von ihr wollte. Die Entführung ergab keinen Sinn. Weshalb sie betäuben und danach nach Hause fahren?

Sie öffnete das Dokument, welches sie damals über ihn angelegt hatte. Die nächste Stunde arbeitete sie daran, die Lücken zu füllen und über Viktors Kindheit Nachrecherchen anzustellen. Die meisten Berichte, die sie online über die Familie Kasakow fand, waren auf Russisch. Sie brauchte einen Dolmetscher, dringend.

Nach einer Stunde hatte sie wenig Neues zusammengetragen. Die Familie Kasakow gehörte dem neureichen Stand in Russland an, machte ein Vermögen mit Computern, Software und als Mobilfunknetzbetreiber. In Sankt Petersburg zählte die Familie zu den Reichsten der Stadt. Der Vater, Roman Nikititsch Kasakow, hatte in den Sechzigern in den USA Wirtschaft und Informatik studiert. Als Folge des Kalten Krieges musste er die USA vor seinem Abschluss fluchtartig verlassen. Die Amerikaner bezichtigten ihn der Spionage. Roman war ein kluger Kopf. Zurück in der Sowjetunion startete er als Geschäftsmann und Entwickler von Computersoftware durch. Er heiratete Ruslana Janowna Kulikow, eine berühmte Tänzerin am Bolschoi-Theater in Moskau. Sie hatten gemeinsam drei Kinder. Der älteste Sohn war Andrej, der heute die Geschäfte zusammen mit seinem Vater führte. Dann kam Jelena, sie war

Professorin für Kunstgeschichte und arbeitete in der Eremitage in Sankt Petersburg, einem der grössten Kunstmuseen der Welt. Viktor war der jüngste Sohn der Kasakows. Er teilte mit seiner Schwester die Leidenschaft für Kunst, gründete im Alter von zwanzig Jahren seine eigene Firma und machte sich mit Kunst- und Antiquitätenhandel rasch einen Namen.

Eva starrte auf ein Familienfoto, aufgenommen in den Achtzigern. Es wirkte künstlich und gestellt, die Mienen waren ernst. Zu lachen gab es wenig in der Familie. Roman galt als Workaholic, der wenig Zeit mit seiner Familie verbrachte. Ruslana war keine Mutter aus Leidenschaft. Sie bevorzugte Wodka und rauschende Feste. Die drei Kinder wurden von Nannys aufgezogen und verbrachten ihre Schulzeit in Internaten oder mit Privatlehrern. Viktor kam mit dreizehn in ein Internat in Berlin und blieb dort drei Jahre. Deshalb sprach er akzentfrei Hochdeutsch.

Eva fand ein einziges weiteres Kinderfoto von Viktor. Es stammte aus einer russischen Zeitschrift, die ein Familienporträt über die Kasakows brachte. Auf dem Bild war Viktor drei Jahre alt. Die Nanny hielt ihn im Hintergrund an der Hand, während sich seine Mutter auf einem opulenten Sessel in Szene setzte, flankiert von ihren beiden älteren Kindern. Eva zoomte auf den kleinen Viktor. Er war ein Nachzügler, zehn Jahre jünger als seine Schwester. Er klammerte sich an die Hand seiner Nanny, die liebevoll zu ihm hinunterschaute.

Eva musste an Alain denken. Niemals könnte sie ihn in der Obhut einer Nanny aufwachsen lassen. Kinder brauchten die Mutter. Es war für Alain schwer gewesen, nie einen Vater an der Seite zu haben. Gut, dass er Cem so schnell ins Herz geschlossen hatte. Nicht mehr lange, und er würde ihn Papi nennen.

Es machte Eva wütend, dass Viktor diese perfekte Familienidylle durchbrach. Eva konnte sich aus Angst vor ihm im Schneckenhaus verkriechen oder den Fall so schnell wie möglich abschliessen und Viktor einsperren. Genau das würde sie tun.

Stimmen draussen vor ihrem Büro liessen sie aufblicken.

Barbara stürmte herein. «Eva, schlechte Neuigkeiten.»

«Was ist passiert?»

«Sieht übel aus für dich. Viktor behauptet, du seist freiwillig bei ihm in den Lieferwagen gestiegen, weil dein Audi nicht anspringen wollte. Er meint, er habe dich heimgefahren.»

«Unmöglich.» Was erlaubte sich dieser Gauner? «Mein Wagen war erst vor einem Monat im Service. Der läuft einwandfrei.»

«Eben nicht. Wir wollten ihn heute Morgen vom Parkhaus abholen. Er springt nicht an. Sieht nach einem defekten Alternator aus.»

Die Welt unter Evas Füssen kam langsam ins Wanken. «Wir haben Zeugen.»

«Die beiden haben die Szene aus der Entfernung beobachtet. Viktor behauptet, ihr habt euch freudig begrüsst.»

«Weshalb sollte ich ihn freudig begrüssen?»

«Sag du es mir.»

Ihr wurde schwindlig, als der Boden sich schneller zu drehen begann. «Viktor hat mich zusammenschlagen lassen, schon vergessen?»

«Dafür gibt es keine Beweise. Ihr habt letzten Sommer gemeinsam im ‹Montana› gegessen, schick, bei Kerzenlicht und Champagner.»

«Du glaubst mir nicht.»

«Es spielt keine Rolle, was ich glaube. Das ist es, was ein teuer bezahlter Anwalt vor Gericht gegen dich vorbringen wird. Du kennst das Spiel.»

«Viktor hat mich betäubt.»

«Du wolltest nicht ins Krankenhaus fahren und dich untersuchen lassen.»

Eva klammerte sich am Tisch fest. «Ich habe ihn mit dem Schuh geschlagen. Er hat geblutet.»

«Und ein hübsches Pflaster auf der Stirn. Viktor behauptet, es war ein Unfall. Er sei über ein Schlagloch gefahren, als du dir den Schuh ausgezogen hast, weil dein Fuss schmerzte.»

«Aber ... das kann doch nicht ... Der Wagen. Der Lieferwagen, der war gestohlen.»

Barbara atmete tief durch. «Ja, laut dem Besitzer der Bäckerei war er gestohlen. Tatsächlich aber hatte ein Angestellter den Lieferwagen nach seiner Frühschicht zu sich nach Hause genommen, wie er das oft tut. Dieser behauptet, Viktor zu kennen und seinen Lamborghini ausgeliehen zu haben, um seine Freundin zu beeindrucken. Im Gegenzug war Viktor an dem Nachmittag mit dem Lieferwagen unterwegs, einkaufen in Luzern. Wir haben die Quittungen von drei Geschäften.»

«Er lügt.»

«Nein. Viktor hat zugestimmt, dass unsere Techniker die Software des Lamborghini anzapfen dürfen. Das Navi zeichnet alle Strecken auf, die der Wagen in den letzten Tagen gefahren ist. Die Auswertung liegt noch nicht vor, aber wetten, sie deckt sich mit der Aussage des Angestellten. Auch seine Freundin gibt zu, mit dem Wagen gefahren zu sein. Und es gibt Zeugen, welche die beiden in dem auffälligen Wagen gesehen haben. Sie haben im Hotel Bellevue in Seelisberg zu Mittag gegessen.»

Eva musste die Augen schliessen, um nicht von dem Strudel der Informationen mitgerissen zu werden. Sie war dabei zu ertrinken. «Wir haben nichts, um Viktor zu verhaften?»

«Er bleibt ein freier Mann.» Barbaras Worte klangen harsch, entsprachen aber der grausamen Wahrheit, die sie nicht beschönigen konnte.

Viktor hatte gesiegt.

Erneut.

Eva griff mit zitternden Händen nach dem Telefon und rief Cem an. Sie liess es lange klingeln, aber er nahm den Anruf nicht entgegen. Wo war er, wenn sie ihn brauchte?

∗∗∗

Die kriegt mich nicht klein, dachte Cem, nicht mit ihrem nervtötenden Hokuspokus. Er marschierte entschlossen in den

Wald. Wolfsschlucht, wer gab diesem kleinen Tobel auf dem Sonnenberg diesen unheimlichen Namen? Wölfe gab es in der Zentralschweiz schon lange nicht mehr.

Sofort empfing ihn der kühle Schatten des Waldes. Es roch nicht mehr nach blühendem Gras, sondern nach feuchter Erde und Nadelholz. Ein gelbes Wanderwegschild bestätigte ihm, dass er hier richtig war. Cem drehte sich um. Ella folgte ihm. Sie schaute hoch in die Baumwipfel, hielt dabei ihren Strohhut fest. Er hatte keine Ahnung, was für Geschichten die Buchen und Tannen ihr diesmal erzählten. Er ging weiter, langsamer, damit sie ihm folgen konnte, aber peinlich darauf bedacht, dass der Abstand gross genug blieb, damit sie ihn nicht mit weiteren blöden Fragen oder Aussagen nerven konnte.

Der Wanderweg führte erst einige Minuten hoch, bevor er dann in die Wolfsschlucht hinunterging. Cem hatte sich über den Ort informiert, bevor sie losgefahren waren. Es war kein Bach, der die Schlucht aus dem Sandsteingelände gewaschen hatte. Dies war das Werk von Menschenhand. Von der Mitte des 19. Jahrhunderts bis zum Beginn des Zweiten Weltkrieges wurde hier Kohlebergbau betrieben. Der Weg, den sie gewählt hatten, führte sie direkt ins Herz der Schlucht. Es war feucht und modrig, auf den umgestürzten Baumstämmen wuchsen Moos, Farne und Pilze.

Cem blieb stehen und starrte die dreissig Meter hohe Fels-wand vor sich hoch. Ein Kauz rief. Sonst war es so still, dass Cem glaubte, die Ameisen zu hören, die über seine verdreckten Sneakers wanderten. Er kam sich vor wie in einer Märchen-welt. Wäre ein guter Drehort für eine Szene aus «Herr der Ringe» gewesen. Cem konnte sich bildlich vorstellen, wie Frodo mit seinem Schatz durch diese Schlucht irrte, begleitet von Elfen und Feen – kamen Feen überhaupt in der Geschichte vor? Egal. Sie passten definitiv hierher.

«Herr Kommissar, nicht herumträumen. Wir müssen wei-ter nach links. Dort liegt die Leiche.» Sie zeigte die Schlucht hinunter, dorthin, wo sie enger und schmaler wurde.

Lieber wäre Cem in dem verwunschenen Zauberwald verschollen, als in die Realität zurückgeholt zu werden. «Ich dachte, Sie wissen nicht, wo die Leiche liegt.»

Ella stellte sich neben ihn und tippte auf ihre Nasenspitze. «Riechen Sie das nicht? Verwesung. Und nasser Hund. Der Wolf ist hier.»

Cem schnupperte möglichst unauffällig. Tatsächlich stank es hier.

«Schhht! Seien Sie leise. Er darf uns nicht hören.» Sie befeuchtete mit der Zunge die Kuppe des Zeigefingers und streckte ihn hoch. «Exzellent», flüsterte sie, «der Wind kommt von Westen. Er kann uns nicht riechen. Na los, gehen Sie vor.»

Cem starrte sie entgeistert an. «Das beruhigt mich aber, nur ein gewöhnlicher Wolf. Ich dachte schon, es wäre ein Werwolf, der uns auflauert.»

«Seien Sie nicht albern.»

Eine kleine Hoffnung schöpfte Cem: Vielleicht war es der grosse böse Wolf, der gerne Grossmütter verschlang. Er ging weiter. Susanne würde nicht ungestraft davonkommen. Warum hatte sie Ella nicht gleich in ein Irrenhaus einweisen lassen? Cem wusste, weshalb seine Chefin ihn in den Wald schickte – vermutlich hatte sie recht. Niemals hätte er sich aus den Ermittlungen von Barbara und Banz rausgehalten. In der Wolfsschlucht blieb ihm keine andere Wahl. Der Weg war feucht und steinig, überall lagen Felsbrocken und tote Äste und Baumstämme herum. Er griff in seine Jeanstasche, um das Handy hervorzuholen. Das miese Gefühl in seiner Brust liess sich nicht verdrängen. Er hätte Eva nicht allein lassen dürfen. Seine Hand griff in eine leere Hosentasche. Wo zum Teufel war sein Handy? Er blieb stehen und suchte seine Jeanstaschen ab. Unmöglich. Dabei war er sich sicher, es eingesteckt zu haben, als sie den Wagen verliessen. «Frau Ella, ich brauche Ihr Mobiltelefon.» Er musste seine eigene Nummer wählen, möglich, dass es irgendwo auf dem Waldboden lag.

«Ein Mobiltelefon? Wozu sollte ich eines brauchen?»

«Sie haben kein Handy?»

«Ich habe einen Festnetzanschluss zu Hause. Warum wollen Sie denn jetzt telefonieren? Wir jagen einen Mörder und haben eine Leiche zu finden. Setzen Sie Prioritäten in Ihrem Leben, guter Mann, und benehmen Sie sich nicht wie ein dummer Dorfpolizist.»

«Dorfpolizist? Ich … Ach, vergessen Sie's. Ich muss zurück zum Wagen.»

Sie packte ihn hart am Handgelenk. «Müssen Sie nicht. Die Leiche liegt gleich da vorne, neben dem grossen Felsbrocken. Ich fühle es.»

«Es gibt keine Leiche. Leichen findet man nicht durch Tarotkarten. Und Wölfe sind in dieser Gegend ausgestorben.»

Über ihnen lösten sich einige Steine von der Felswand und polterten hinunter in die Schlucht. Ella klammerte sich an Cems Arm. Spielte sie nunmehr die Ängstliche? Eine schauspielerische Meisterleistung, musste Cem zugeben, als sie ihn mit weit aufgerissenen Augen anstarrte. Sie zitterte leicht. «Er beobachtet uns. Da oben steht er. Oh, das ist schauderhaft. Warum haben Sie Ihr Handy im Wagen liegen lassen? Wie unprofessionell. Wir brauchen Unterstützung.»

Cem tätschelte instinktiv die Hand von Ella, die auf seinem Unterarm lag. «Keine Angst. Wir kehren sofort um und begeben uns in Sicherheit. Ich schicke eine Sondereinheit los, die nach der Leiche sucht.»

Ella liess abrupt seinen Arm los. «Ich kann Lügen auch gegen den Wind riechen. Glauben Sie nicht, ich sei im Oberstübchen plemplem.» Beleidigt drehte sie sich um und marschierte die Schlucht hinunter.

Überfordert liess Cem einen Seufzer fallen. Nein, blöd war sie nicht, nur schräg und anstrengend, ungeheuer anstrengend. Er folgte ihr.

Nach wenigen Minuten sah er den Felsbrocken vor sich, von dem Ella gesprochen hatte. Er mass sicher zehn Meter im Durchmesser und erinnerte Cem von der Form her an eine Untertasse. Er stand schief vergraben im Waldboden, als ob er direkt vom All mit voller Wucht hierhergeschossen worden und stecken geblieben wäre. Passten Aliens in Ellas Geschichte? Würde ihn nicht wundern. Sie musste das Gelände auf jeden Fall kennen. Oder hatte ihr jemand von dem Felsen erzählt? Vermutlich die lieben Tarotkarten. Unter dem Felsen gab es eine Feuerstelle. Ella nahm auf einem liegenden Baumstamm daneben Platz. «Reichen Sie mir meinen Rucksack.» Sie schmollte weiterhin und zeigte es deutlich. «Ich muss mich im Schatten unter dem Felsen ausruhen.»

Froh, den Ballast loszuwerden, gab Cem ihr den Rucksack. «Hier gibt es nichts anderes als Schatten. Wir sind mitten im Wald.»

Sie öffnete den Rucksack und gönnte sich Tee aus der Thermoskanne. Was hätte Cem für eine kühle Cola gegeben.

«Was stehen Sie mir nutzlos im Sonnenlicht herum? Sie müssen nach der Leiche suchen. Die liegt hier ganz in der Nähe.» Ella holte die Tupperwareschale mit dem Hörnlisalat aus dem Rucksack. «Ach, eigentlich bin ich gar nicht hungrig. Ich meine, ist das nicht respektlos, gemütlich zu essen, wenn da eine ermordete Frau ganz in der Nähe liegt?» Sie stellte den Hörnlisalat neben sich auf den Baumstamm und verfiel ins Grübeln.

Unmöglich, dachte Cem, stampfte aber davon und entschloss sich, eine Runde um den Felsen zu drehen, sei es auch nur, um Abstand zu halten. Er stolperte über einen der losen Felsbrocken am Boden. Seine Gedanken wanderten zurück zu Eva, als ein hoher, gleichmässiger Ton ihn erstarren liess. Was zum Teufel war das? Sekunden später hörte er die ersten Zeilen eines Liedes: «Es Chnöschpli blinzlet d' Sunne ah, erwacht im junge Tag.»

Cem zog seine Mütze vom Kopf und massierte sich die Stirn, während er gezwungen war, den nächsten Zeilen des Volksliedes zuzuhören. Ella sang mit glasklarer heller Stimme und setzte am Ende der Strophe zu einem herzhaften Jodler an.

Cem beendete rasch seine Runde um den Felsen und trat vor Ella. «Ich dachte, wir sollen still sein.»

«Der Wolf ist weg.»

«Aha.»

«Haben Sie die Leiche gefunden? Wenn nicht, müssen Sie mir einen triftigen Grund nennen, weshalb Sie meinen Gesang unterbrechen.»

«Weshalb singen Sie?»

«Wussten Sie, dass Hirnforscher herausfanden, dass es biologisch unmöglich ist, Angst zu fühlen, während man singt? Das Singen blockiert im Gehirn das Areal, das Angst auslöst. Ausserdem hebt Singen die Stimmung. Sie scheinen beides zu haben. Angst und eine Miesepeter-Laune. Singen Sie mit mir. Der Refrain ist simpel und geht so –»

«Sie haben meine Mordlust vergessen», fuhr Cem dazwischen, bevor sie den nächsten Ton anstimmen konnte.

Ella schüttelte den Kopf und holte Käse aus dem Rucksack. «Haben Sie schon einmal von einem Burn-out gehört? Ich denke, Sie leiden daran. Sie wirken gestresst, Herr Cengiz. Wann hatten Sie die letzten Ferien?»

Gute Frage. Im April hatte er geheiratet. Das Flitterwochenende auf dem Titlis war zu einem echten Agatha-Christie-Horror-Weekend ausgeartet. Er atmete tief durch. An jedem anderen Tag wäre er mit einer durchgeknallten Seniorin locker fertiggeworden, aber nicht an dem Tag, an dem Eva in Gefahr schwebte.

«Wie sieht es aus?», fragte Ella, «haben Sie die arme Frau gefunden?»

«Da liegt keine Leiche.»

«Sie haben lausig gesucht.»

«Hier ist nichts.» Cem schnappte sich den Rucksack. «Wir gehen zurück.»

Ella folgte widerwillig, die Tupperwaredose, den Käse und die Thermoskanne in der Hand. Er hörte, wie sie ihm hinterrücks unschöne Worte zurief. Ihr Vokabular hätte einen

Teenager verstört. «Herr Cem Cengiz», schnauzte sie ihn an, als ihr Repertoire aufgebraucht schien.

«Was?» Er drehte sich um. Sie war ein gutes Stück zurückgeblieben. Mit seinem Tempo hatte sie nicht mithalten können.

Sie hob den Zeigefinger. «Warten Sie. Ich muss mal für kleine Mädchen, dahinten ist ein guter Platz.»

Hatte Cem sich verhört? Er griff sich an den Kopf und blieb stehen. Musste das sein?

Ella stampfte über den Waldboden, weg vom Wanderweg. Sie kletterte über einen moosbewachsenen Baumstamm und über Steine, trampelte Farne nieder, übersah in ihrem Eifer aber einen Ast am Boden, stolperte und stürzte flach auf den Bauch.

Oh, jetzt bloss keinen verstauchten Knöchel, dachte Cem. So weit kam es, dass er sie zurück zum Wagen tragen musste. Ausserdem würde Susanne ihm nie vergeben, sollte er Frau Ella nicht heil zurückbringen. Er eilte zu ihr. Nicht schnell genug.

Sie wollte sich aufrappeln, schrie stattdessen laut auf.

Als Cem sich neben sie auf den Boden schmiss und Ella an den Schultern fasste, entdeckte er den Grund für ihre Hysterie. Nicht ein verstauchter Knöchel oder der Hörnlisalat, der am Boden verstreut lag, waren schuld, sondern die Hand mit den langen, künstlichen Fingernägeln, die sich ihnen unter einem Haufen Laub und Äste hilfesuchend entgegenstreckte. Es stank fürchterlich.

FÜNF

Susanne führte, flankiert von Barbara und Banz, die Kavallerie an. Sie hatte alle aufgeboten und darauf bestanden, die Leitung am Tatort persönlich zu übernehmen.

Da es unmöglich war, mit einem Wagen in die Wolfsschlucht zu fahren, stampfte ein Team von über einem Dutzend Männern und Frauen über die Weide hinein in die Schlucht. Weitere Spezialisten sollten folgen. Dave Berger war aus Zürich unterwegs und würde später eintreffen.

Am Waldrand sah Susanne Ella Wälti heftig winken. Als sie zu ihr aufschloss, nahm die Seniorin sie gleich in Beschlag. «Meine Tarotkarten lügen nicht. Die arme Frau.»

«Bringen Sie uns hin.»

Wie ein General ging Ella vor. Hinter Susanne unterhielt Kevin sich mit dem Amtsarzt. Das Team der Spurensicherung trug die Ausrüstung heran. Zwei Hundeführer waren mit von der Partie. Cem hatte am Telefon erwähnt, dass der Mörder in der Gegend sein könnte – laut dem Gespräch, das Ella mit dem Wind geführt hatte. Die Frau war eigenartig, das war Susanne bewusst, aber irgendwie hatte sie gespürt, dass an der Sache mehr dran sein musste als das Geplapper einer verwirrten Dame. Susannes Instinkt trog sie selten.

Der Weg zur Leiche war weiter, als sie vermutet hatte. Susanne kam ins Keuchen, daran waren nicht nur die Zigaretten schuld.

Endlich entdeckte sie weiter vorne Cem neben der Leiche kniend. Einweghandschuhe übergezogen, hatte er eine erste Laubschicht entfernt und den Oberkörper des Opfers freigelegt. Das war kein schöner Anblick.

Cem stand auf und kam ihr ein paar Schritte entgegen. «Ihr wart schnell.»

«Du hast uns am Telefon auch ordentlich zugesetzt.»

«Sorry, war ausser Atem. Mein Handy lag im Auto, und ich bin den ganzen Weg gerannt.»

Barbara stürmte vor und sah sich die Leiche an. Banz folgte ihr.

«Was wissen wir?», fragte Susanne und betrachtete das Opfer.

«Eine junge Frau», sagte Cem, «etwa Mitte zwanzig. Erschossen. Ein Schuss in den Kopf.»

«Das Werk eines Profis?»

«Sieht danach aus», sagte Cem. «Ich habe vorhin mit Eva telefoniert. Kernen sollte gleich eintreffen. Er übernimmt den Fall.»

«Du hast mit Eva geredet?», fragte Barbara. «Hat sie etwas erwähnt?»

Cem runzelte die Stirn. «Wovon sprichst du?»

«Ach nichts. Konzentrieren wir uns auf das Opfer. Was denkt ihr? Wie lange ist sie tot?»

Susanne rief den Amtsarzt heran. Der warf einen kurzen Blick auf die Leiche, streifte sich Einweghandschuhe über und tastete ihren Kopf ab. «Die Leichenstarre hat nachgelassen, die Verwesung eingesetzt. Da sind massenhaft Maden und Käfer. Sie ist seit einigen Tagen tot. Eine Woche, würde ich grob schätzen.»

Barbara lehnte sich über den Leichnam und starrte in die aufgerissenen Augen. «Sie trägt farbige Kontaktlinsen. Die Wimpern sind künstlich. Perfekt geformte Instabrows.»

«Was sind Instabrows?», fragte Susanne.

Barbara schmunzelte traurig. «Die Augenbrauen, messerscharf gezeichnet. Der neueste Trend im Beautygeschäft. Seht ihr die Lippen? Wetten, die sind aufgespritzt. Die Nase ist verdächtig gerade und makellos.»

«Sieht nicht typisch schweizerisch aus», mischte sich Banz ein. «Sie hat schwarze, lange Haare. Aber für einen Südländertyp ist sie zu blass.»

«Die Haare sind gefärbt», sagte Barbara. «Sie ist sehr schlank. Wir müssen den restlichen Körper freilegen.»

Das Team der Spurensicherung packte die Ausrüstung aus. Ein Techniker begann mit den Tatortfotos.

«Die Kleidung, die sie trägt, passt nicht hierher in den Wald», sagte Cem. «Eher in einen Nachtclub.»

«Entführt, hierher verschleppt und erschossen», fasste Susanne ihre Vermutung zusammen. «Vielleicht auch vergewaltigt.»

Cem drehte sich zu Ella um, die sich im Hintergrund hielt und erstaunlich still geworden war. Sah er da Tränen in den Augen? Er ging zu ihr. «Hey, wie geht es Ihnen?»

«Ich hasse es, recht zu behalten», sagte sie und seufzte traurig. «Es ist ein Fluch.»

«Sie haben die Frau gefunden, und jetzt können wir den Täter fassen, der ihr das angetan hat.»

«Keine so junge Frau sollte auf diese Art sterben.»

Cem schenkte Ella ein aufmunterndes Lächeln, auch wenn er wusste, dass vor ihr ein anstrengendes Verhör lag. Irgendwoher musste sie von diesem Mord erfahren haben. Cem glaubte an vieles, an Gott, an die Liebe, an seine Glücksbringer-Unterhose – aber er glaubte nicht an sprechende Tarotkarten.

«Cem!», rief ihn Barbara zurück zur Leiche. «Sieh dir das an.» Sie untersuchte den ausgestreckten Arm des Opfers. Auf der Innenseite des Oberarms war ein schlanker Schriftzug tätowiert.

«Kyrillisch», sagte Cem. Sein Herzschlag beschleunigte sich.

«Richtig. Und hier, die künstlichen Fingernägel. French Look. Sie sind frisch gemacht, eine spitze Mandelform, die Nagelhaut ist zurückgeschnitten.»

«Ja, und?»

«Russische Maniküre. Bei den Russinnen beinahe Pflicht.»

Banz schaute Barbara an. «Du kennst dich damit aus?»

«Ich bin dir in vielem voraus, Kollege.» Sie grinste herausfordernd.

«Da kommt Oberstaatsanwalt Kernen höchstpersönlich», sagte Kevin. «Dave ist bei ihm.»

Barbara stand auf und schaute zu den beiden Männern, die näher kamen. Susanne entging nicht, dass Banz sich wie ein Berg hinter ihr aufstellte. Hatte sie Naturgewalten heraufbeschworen? Dabei wollte sie Barbara bloss helfen. Die Arme hatte lange genug getrauert und gelitten.

Sie krempelte die Arme ihres übergrossen Shirts zurück, es gab Arbeit. Privates musste hintenanstehen.

※※※

Erst spät am Abend kam Cem heim. Eva war längst zurück aus dem Büro. Alain schlief.

Cem fand seine Frau auf der Terrasse vor. Die Horwer Halbinsel, auf der anderen Seite des Seeufers, wurde von den letzten Strahlen der untergehenden Sonne beleuchtet. Cem beobachtete Eva einen Augenblick, die ihn nicht gleich bemerkte. Sie sass in einem der Rattansessel und lackierte sich die Fussnägel. Neben ihr auf dem Tisch standen ein Glas Champagner und eine Schüssel mit Erdbeeren. Sie trug ein pfirsichfarbenes Sommerkleid. Wunderschön war sie, dachte Cem. «Hey, *Küçüğüm*, gibt es etwas zu feiern?»

«Cem?» Sie drehte sich zu hastig um. «Musst du dich so an mich heranschleichen?» Ihr Lächeln war umwerfend.

Er ging zu ihr und drückte ihr einen innigen Kuss auf die glänzenden Lippen. «Sorry, aber ich konnte nicht anders, als dir zuzusehen. Ein sexy Anblick, wie du deine Fussnägel lackierst. Kein traditionelles Rot diesmal?»

«Manchmal braucht es einen Farbwechsel im Leben.»

Er griff nach der Flasche mit dem Nagellack. «Violently Happy», las er den Namen der Farbe. «Wie habe ich das zu deuten?»

«Schlicht als eine schöne Korallfarbe, passend zu den Farben des Sonnenuntergangs.»

«Wirst du jetzt romantisch oder melancholisch?»

«Von beidem etwas?»

Cem setzte sich in den Sessel gegenüber und legte ihren rechten Fuss auf seinen Schoss. «Hey, alles okay? Wie geht es Alain?» Er schraubte den Deckel der Nagellackfarbe auf und rührte mit dem Pinsel in dem Lack.

«Alain steckt die Sache locker weg, prahlt mit seinem Bodyguard. Schatz, du musst das Flacon schütteln, nicht rühren.» Eva schmunzelte verführerisch. «Dein Tag war hektisch, was? Kernen hat mir einige Details erzählt. Tarotkarten haben euch hingeführt?»

«Tja, die liebe Frau Ella hat es faustdick hinter den Ohren. Ausgerechnet jetzt haben wir einen Mordfall, wo ich doch lieber für dich da wäre.» Cem lackierte ihren grossen Zeh mit der satten Korallfarbe.

«Ablenkung tut uns beiden gut», sagte Eva. «Mach dir um mich keine Sorgen.»

«Barbara war heute bei dir.»

«Ja. Was hat sie dir erzählt?»

«Nichts. Es sei nicht mein Fall, und ich solle mich um Frau Ella kümmern.» Cem verdrehte die Augen und widmete sich dem nächsten Zeh. «Was wollte sie bei dir?» Eva lachte, zu nervös, wie Cem fand.

«Das kitzelt», sagte sie und griff nach dem Glas Champagner. Sie trank einen kräftigen Schluck und schaute auf den See hinaus. «Sie haben nichts gegen Viktor in der Hand. Ich habe mir die Sache durch den Kopf gehen lassen. Ich denke nicht, dass Viktor mich verletzen wollte. Er suchte das Gespräch.»

«Weshalb?»

«Hm, weil ich eine tolle Frau bin?»

So einfach konnte sie Cem nicht hinters Licht führen. Er spürte ihre Anspannung, ging aber auf ihr Flirten ein. «Deine Fussnägel anzumalen macht mich so was von heiss.» Er betrachtete sein Werk. Definitiv hatte er zu wenig Übung im Lackieren.

«Du und meine Füsse – entwickelt sich da was, das ich wissen sollte?»

Cem schraubte den Nagellack zu und stellte ihren Fuss zurück auf den Boden. «Ich liebe schlicht jeden Quadratzentimeter deines Körpers.» Er setzte seinen unwiderstehlichen Welpenblick auf, der zog bei Eva immer.

Sie stand auf und setzte sich auf seinen Schoss. Sofort umhüllte ihn ihr blumiger Duft. Sie schlang ihre Arme um seinen Hals. «Du hast recht. Vergessen wir schräge alte Damen und russische Menschenhändler. Die Nacht gehört uns, bevor wir morgen in die Schlacht ziehen und die Welt vor dem Bösen retten.»

«Meine objektiv denkende Staatsanwältin schwelgt in heroischem Pathos? Ist der Champagner schuld?»

Sie zog ihm sein rotes T-Shirt aus. «Cem, halt die Klappe und bring mich ins Schlafzimmer.»

Er strich ihre Haare hinter die Schultern und knabberte an ihrem Hals. «Die Bettlaken ruinieren meine künstlerische Arbeit an deinen Fussnägeln.»

«Du bist ja so romantisch.»

SECHS

Am Erkerfenster stehend winkte Lila Marius zu, der soeben die Wohnung verlassen hatte. Er wollte zum Frühstück frisches Brot aus der Bäckerei holen. Lila musste zugeben, sie war eine lausige Hausfrau, obwohl sie zurzeit keiner Arbeit nachging. Sie hatte bei ihrem ehemaligen Arbeitgeber Topsped nachgefragt, um wieder als Lastwagenchauffeuse zu arbeiten, doch wer wollte eine Mitarbeiterin einstellen, die bald in den Knast wanderte? Sie musste an das «White Rabbit» denken. Im Zürcher Club könnte sie sofort wieder an der Stange tanzen, aber diese Zeit war vorbei. Sie wurde alt. Lila schmunzelte. Na ja, alt war relativ zu sehen. Definitiv wäre sie eingerostet. Und sie könnte Marius das niemals antun, also versuchte sie sich als Hausfrau – und schickte den Mann einkaufen.

Marius blickte hoch und winkte zurück. Sie schenkte ihm einen Handkuss und wartete, bis er um die Hausecke aus ihrem Blickfeld verschwand. Lila seufzte, ging ins Schlafzimmer und zog sich eine Leggins und eines von Marius' T-Shirts über. Sie konnte schlecht in Unterwäsche in die Waschküche hinunter. In der Küche deckte sie rasch den Frühstückstisch. Aus einer Schublade holte sie eine der Insulinspritzen und legte sie Marius auf den Teller. Im Bad griff sie nach dem Wäschekorb und verliess die Wohnung. Die Waschküche lag unten im Keller, Marius wohnte oben in der Maisonettewohnung. Lila stöhnte, denn Lift gab es keinen in dem alten Haus. Sie hörte, wie unten die Haustür geöffnet wurde. Auf halbem Weg kam ihr einer der Nachbarn entgegen. Lila hatte keinen Kontakt zu den anderen Bewohnern des Hauses und kannte niemanden. Es war nicht geplant gewesen, dass sie vorübergehend bei Marius einzog. Ihre Wohnung in Nebikon hatte eine Freundin übernommen, und die konnte Lila nach ihrer überraschenden Rückkehr aus Italien nicht bei sich aufnehmen, da ihr neuer Kerl es verbot.

Idiot! Wie konnte ihre Freundin mit diesem Typen zusammenleben?

Da das Treppenhaus eng und der Wäschekorb randvoll war, wurde es zu einer logistischen Herausforderung, den Nachbarn zu kreuzen. Er und Lila traten ein paarmal unbeholfen hin und her, bis er sich ans Innengeländer drückte und ihr mit einer freundlichen, aber holzigen Bewegung den Vortritt liess. Sie bedankte sich mit einem Lächeln.

In der Waschküche sortierte Lila die Wäsche und füllte die Waschmaschine. Unglaublich, sie war zur braven Hausfrau mutiert. Ihre Eltern wären stolz auf sie. Sie sollte sie zu einem Abendessen bei sich und Marius einladen. Ihre Eltern wohnten in Lausanne. Sie hatten mit ihrer einzigen Tochter einiges durchgemacht.

Ihre Gedanken schweiften zu Eva. Wie hatte sie sich in ihr täuschen können? Sie hatte ihr und Cem vertraut, aber was bekam sie zurück? Misstrauen. Niemals würde Lila aus Egoismus ein Kind entführen und in die Schweiz bringen. Wie konnte ihr Eva bloss vorwerfen, dass sie Sambou als Kindersatz mitgenommen hatte?

Sie schüttete das Waschpulver in die Waschmaschine und startete das Programm.

Ein kalter Schauer schüttelte sie unvorbereitet. Sie war nicht allein. Lila blieb keine Zeit, zu reagieren.

Eine kräftige Hand legte sich über ihren Mund.

Als das kalte Metall gegen ihre rechte Schläfe drückte, setzte der Herzschlag für einen Moment aus. Eine Waffe.

«*Sdrasstwujtie*», sagte der Mann, dessen Lippen ganz nah an ihrem Ohr waren. «Endlich lernen wir uns kennen, schöne Lila.»

Viktor.

«Sie machen mir das Leben schwer. Warum können Frauen nicht tun, wozu sie bestimmt sind?»

Lila hatte Viktor nie getroffen. Sie wusste, dass er gefährlich war und Eva panische Angst vor ihm hatte. Lila war naiv gewesen zu glauben, ihre Tat würde ihn nicht früher oder später zu ihr führen. Sie hatte einen schlafenden Hund geweckt.

Seine Stimme klang gefährlich freundlich, kultiviert, er sprach perfektes Hochdeutsch. «Frauen sollten sich aus den Geschäften der Männer heraushalten.»

Lila konnte nichts erwidern. Die Hand drückte hart gegen ihren Mund, das Atmen fiel ihr schwer. Sie pumpte heftig Luft durch die Nase.

«Wir beide müssen reden. Ich will Ihre Hände auf der Waschmaschine sehen. Los!» Er drückte den Lauf der Waffe fester gegen ihre Schläfe.

Sie gehorchte.

«Brav so. Ich nehme die Hand von Ihrem Mund. Wenn Sie schreien, bohrt sich die Kugel eine Sekunde später durch Ihren hübschen Kopf, verstanden?»

Sie nickte.

«Nicht umdrehen. Halten Sie den Kopf gesenkt und beantworten Sie mir meine Fragen. Dies ist Ihr einziger Weg, um zu überleben.»

Langsam löste sich seine Hand von ihrem Mund, während der Lauf der Waffe von der Schläfe zu ihrem Hinterkopf wanderte. Lila verhielt sich still. Schreien wäre eine blöde Idee, das wusste sie. Sie schaute auf ihre Hände, die gespreizt auf der Waschmaschine auflagen.

«Sehr schön machen Sie das», sagte Viktor. «Und jetzt erzählen Sie mir von Sambou. Woher kennen Sie den Jungen? Was weiss er? Und wo halten die Behörden ihn versteckt?»

Lila musste Zeit gewinnen, hoffen, dass Marius schnell zurück war und nach ihr suchte. Überleben würde sie das hier sonst nicht. Hatte Viktor die Informationen, würde er sie zum Schweigen bringen, um kein Risiko einzugehen. Lila fühlte, wie der Lauf der Waffe ihre Wirbelsäule hinunterglitt und auf Brusthöhe stehen blieb.

«Ich kenne effektive Methoden, eine Frau zum Reden zu bringen.» Seine linke Hand legte sich auf ihre Schulter, strich an den Konturen des Schulterblattes entlang, wanderte zu ihrem Brustansatz und kam unter ihrem Busen zu liegen. Sein Daumen massierte die Stelle unter ihrer Brustwarze. Lila trug nur ein T-Shirt von Marius, keinen BH. *Fils de pute!* Sie hatte sich von unzähligen Männern betatschen lassen, aber immer war es ihre Entscheidung gewesen. Sie richtete sich wütend auf und wollte sich umdrehen, um dem Russen in die Augen zu sehen, aber er wusste es zu verhindern.

Ein heftiger Schlag mit der Waffe gegen den Hinterkopf liess sie kurz taumeln. Er drückte sie mit dem Ellbogen auf die Waschmaschine hinunter. «Ich will Antworten. Sie haben drei Sekunden, dann wird es ungemütlich.»

Lila hatte keine Wahl. Sie entschloss sich, zuerst auf seine dritte Frage zu antworten. Die war am einfachsten. «Die Behörden haben mir Sambou weggenommen. Er ist bei einer Pflegefamilie untergebracht. Ich weiss nicht, wo, denn ich darf keinen Kontakt zu ihm haben. Sie wissen, dass ich wegen Kindesentführung vor Gericht stehe?»

«Wie sind Sie auf Sambou gestossen?»

«Im Flüchtlingslager in Lampedusa.»

«Das weiss ich. Ich will die Details.»

Lila hörte, wie oben die Haustür geöffnet wurde. Marius war zurück. Es waren unverkennbar seine Schritte, welche die Stufen hoch zur Wohnung nahmen.

«Wie haben Sie Sambou gefunden?», drängte Viktor weiter.

«Das … das habe ich nicht. Er hat mich gefunden.»

Viktor lehnte sich über sie. «Wie das?»

«Ich habe die Essensrationen verteilt. Er hat mich gefragt, woher ich komme.»

«Was hat er Ihnen erzählt?»

Lila ballte die Hände zu Fäusten. «Die ganze Scheisswahrheit über Sie und das Syndikat. Ihr seid der grösste Abschaum dieser Welt. Ihr beutet die Armen und Schwachen aus.»

«Was genau!» Der Lauf der Waffe bohrte sich schmerzhaft in ihren Nacken.

«Die Lieferung. Sambou weiss davon.»

Lila hörte Marius im Treppenhaus nach ihr rufen. Bitte nicht, flehte sie still, komm nicht her, Viktor wird dich ebenfalls erschiessen.

∗∗∗

«Erschossen.» Cem starrte auf die goldene Kugel. «Damit? Echt? Ist Gold nicht zu weich für eine Kugel?»

Metzger schob seine Hornbrille auf die Nase und hüstelte. Er machte keinen Hehl daraus, dass er wenig begeistert war, an diesem Samstagmorgen zu arbeiten. «Sie besteht nicht aus vierundzwanzig Karat. Einzig die Ummantelung ist vergoldet.»

«Wer benutzt solche Kugeln?»

«Selbstverliebte Cowboys.»

«Hä?» Cem war irritiert. Metzger war nicht dafür bekannt, Scherze zu machen. «Wir sind hier nicht im Wilden Westen.»

«Kaliber .357 Magnum. Die Kugel gehört zu einem Revolver. Spezialanfertigung. Wer mit so einer Kugel schiesst, vergöttert seine Waffe. Ich tippe auf ein antikes Modell. Eine Liebhaberwaffe.»

«Hallo, Cem.» Rita Köhler betrat das Labor des Kriminaltechnischen Dienstes, das im Erdgeschoss der Luzerner Polizeizentrale untergebracht war. «Wie geht es Eva?»

«Sie stürzt sich in Arbeit. So schnell lässt sie sich von dem Russen nicht einschüchtern.»

«Gib mir Bescheid, wenn ich helfen kann.» Rita war die gute Seele des KTD und Metzgers rechte Hand. Die Kriminaltechnikerin war eher unscheinbar und scheu, hielt sich im Hintergrund, doch sie war eine echte Spürnase.

Cem bedankte sich für ihr Angebot und fragte, ob sie Informationen über den Tatort in der Wolfsschlucht habe.

«Ist zu früh. Wir werten die Proben aus. Der Leichnam ist bei Dave Berger in Zürich. Er macht heute die Legalinspektion und morgen die Autopsie. In der Wolfsschlucht haben wir nichts gefunden. Ihr Fundort deckt sich aber mit dem Tatort. Sie wurde nach dem Mord nicht mehr bewegt, lediglich mit Ästen und Laub zugedeckt.»

«Wann geschah die Tat?»

«Genau wissen wir es noch nicht», sagte Metzger, «aber ich würde schätzen, dass sie vor rund einer Woche erschossen wurde.»

«Letztes Wochenende», bestätigte Rita. «Ihre Kleidung, die bei mir auf dem Tisch liegt, trägt man auf einer Party, nicht im Büro.»

«Wie kam die Frau dorthin?», fragte Cem. «War sie betäubt?»

«Nein», antwortete Rita. «Ihr rechter Absatz ist abgebrochen. Ihre Schuhe sind voller Dreck. Sie ist durch den Wald gelaufen, könnte höchstens schwach betäubt worden sein.»

«Weshalb bringt man ein Opfer in die Wolfsschlucht?», fragte Cem. «Die liegt nicht gerade am Weg.»

«Deshalb musste sie wohl auch laufen, das arme Ding», sagte Rita. «Niemand würde eine Leiche dorthin tragen. An ihrem Schuh fand ich Spuren von Kuhmist. Ich denke also, sie nahmen den gleichen Weg über die Weide wie du und Frau Ella. Sie hat nach einer ersten oberflächlichen Begutachtung auch keine weiteren Verletzungen. Ich habe Spuren von Urin an ihrer Unterwäsche und Kleidung gefunden.»

«Sie hat dem Tode ins Auge geblickt?»

«Vermutlich schon», sagte Rita. «Sie hat sich aus Angst eingenässt.»

Metzger kam ins Stottern. Die Fakten liessen ihn nicht kalt. «D… das war eine eiskalte Hinrichtung. Da war ein professioneller Killer am Werk.»

«Wissen wir, wer sie ist?», fragte Cem.

Rita seufzte. «Leider nein. Sie hatte nichts bei sich, einzig das Kleid, den Schlüpfer und eine Halskette mit einem echten Diamanten, nicht gross, aber rund zweitausend Franken wert.

Auch das Kleid scheint teuer zu sein, mit Pailletten bestickte Seide. Ich kenne den Designer nicht. Daran arbeite ich noch. Das Label heisst ‹P.Y.H.way›. Keine Ahnung, wie man das ausspricht oder was es bedeutet. Auch unser PC ist ratlos, wenn ich das Label in die Suchmaschine eingebe.»

Cem machte sich eine mentale Notiz, Eva nach dem Label zu fragen. «Da die Halskette nicht gestohlen wurde, ging es nicht um Raubmord. Wurde sie vergewaltigt?»

«Das musst du morgen Dave fragen», sagte Metzger.

«Was ist mit ihrer Herkunft? Eine Ahnung, woher sie stammen könnte?»

Rita schüttelte den Kopf.

Cem bedankte sich bei den beiden und verliess das Labor. Vor dem Lift traf er auf Barbara.

«Kommst du voran in deinem Fall?» Instinktiv rückte sie Cem den Kragen seines Poloshirts zurecht.

«Wir haben wenig. Ich hoffe, Dave kann mir morgen mehr sagen.»

«Du fährst nach Zürich?»

«Scheint so.»

«Morgen ist Sonntag. Du solltest bei deiner Familie sein.»

Cem hob eine Augenbraue. «Meldest du dich freiwillig? Ein Flirt in der Leichenhalle ist nicht wirklich romantisch, aber bestimmt aufregend, wenn Dave Berger die Autopsie durchführt.»

«Ja, macht euch nur lustig über mich.»

***

«Lila?» Marius runzelte die Stirn. Weshalb antwortete sie nicht? Als er von der Bäckerei zurückgekommen war, fand er die Wohnung leer vor, aber ihr Handy lag auf dem Küchentisch neben der Spritze. Im Bad fehlte der Wäschekorb. Also ging Marius hinunter. Lila war eine Katastrophe, wenn es um Wäschewaschen ging. Die meisten seiner Hemden waren ihm mittlerweile zu eng, auch wenn er kein Gramm zugenommen hatte.

Marius stand im Erdgeschoss, von wo man normalerweise die Waschmaschine im Keller rattern hörte. «Lila?»

Nichts. Er ging hinunter. Als er einen Blick in die Waschküche warf, fand er den Wäschekorb am Boden stehend vor, aber Lila war nicht im Raum. Seltsam. «Lila?» Er hörte, wie oben die Haustür geöffnet wurde. Hatte er sie verpasst? Vielleicht hatte sie unterdessen draussen den Briefkasten geleert. Ein Poltern liess ihn aufhorchen, als ob jemand hingefallen wäre. Erneut die Tür, die sich schloss.

Marius ging hoch.

Er stolperte um ein Haar über Lila, die beim Eingang am Boden lag. Sie bewegte sich nicht.

«Lila?» Marius kniete sich neben sie und bemerkte, dass sie am Kopf blutete, eine Platzwunde an der Stirn. Sie ist die Treppe hinuntergefallen, war sein erster Gedanke. Er strich ihr mit der Hand über den Kopf.

Lila stöhnte und klammerte sich an Marius' Arm. «Wo … wo ist er?»

«Wer?» Er half ihr, sich aufzusetzen. Blut tropfte über ihre Wange. «Was ist passiert? Du musst zum Arzt. Das muss genäht werden.»

Sie blinzelte ein paarmal, schien verwirrt, griff mit den Fingern an die Wunde und starrte danach auf ihre blutroten Fingerkuppen. Sie holte tief Luft. «Später. Bring mich zu Eva. Sofort.»

***

Familienidylle war genau die Therapie, die Eva brauchte. Einzig Cem fehlte an diesem Morgen. Es war gut, dass er einen Mordfall hatte, der ihn von ihren Problemen ablenkte. Eva sass mit Alain und ihren Eltern am Esstisch beim Brunch. Es kam selten genug vor, dass ihre Eltern sie in ihrer Wohnung besuchten. Nur ungern verliessen sie den Hof. Ihr Vater war in dieser Hinsicht konservativ. Evas moderne Wohnung war ihm nicht heimelig genug. Sie konnte ihn verstehen und rechnete es ihm deshalb hoch an, dass er heute mitgekommen war. Ihre Mutter hatte selbst gebackenes Brot und Zopf mitgebracht.

Die Stimmung schien entspannt, war es aber nicht. Alain plauderte fröhlich und erzählte von der Fahrt mit dem Streifenwagen. Ihr Vater schaute sie mit zusammengekniffenen Augen an, als er in sein Butterbrot biss. Er machte sich Sorgen, aber sprechen konnte er nicht darüber. Er war nie ein gesprächiger Mann gewesen. Dennoch vergötterte Eva ihn. Überhaupt war es ihren Eltern zu verdanken, dass sie mit beiden Füssen fest im Leben stand.

Als es an der Tür klingelte, schaute sie überrascht auf die Uhr. Es war kurz vor elf. Wer wollte an diesem Samstag zu Besuch kommen? Sie stand vom Tisch auf und blickte durch den Spion. Einer der Polizisten, die auf sie aufpassten, stand draussen. Eva öffnete. «Hannes, was gibt es?»

«Unten sind zwei Personen, die darauf bestehen, hochzukommen. Sie heissen Lana Rot und Marius van Rojen. Wir haben die Ausweise überprüft.»

Eva hätte aufschreien können. Gönnten die beiden ihr nicht einmal am Wochenende einen Hauch Entspannung?

«Die Frau ist verletzt», fuhr Hannes fort. «Eine Kopfwunde, die blutet. Gefällt mir nicht.»

Herrgott, dachte Eva. «Schick sie hoch. Meine Eltern und mein Sohn kommen gleich hinunter für einen Spaziergang. Tut mir den Gefallen und behaltet sie im Auge, ja?»

Ihre Eltern waren nicht begeistert, als Eva sie faktisch zwang, an die frische Luft zu gehen und Alain mitzunehmen, aber sie sagten nichts und verliessen die Wohnung. Im Flur trafen sie auf Lila und Marius.

Alain erkannte Lila sofort. «Das ist die Freundin von Mami. Oh, du blutest am Kopf.»

Lila nickte den Eltern zu und ging in die Knie. «Bloss ein Kratzer, mach dir keine Sorgen.»

«Kommst du mit uns spazieren?»

«Geht leider nicht.»

Evas Mutter nahm Alain an der Hand. «Komm, wir gehen. Deine Mami muss mit den beiden allein sprechen.» Sie warf Eva einen besorgten Blick zu.

Eva nickte tapfer, innerlich aufgewühlt. Sie führte die zwei ins Wohnzimmer.

«Wir wollten nicht stören», begann Marius, «aber Lila hat Neuigkeiten.»

Sie kaute nervös auf einem Fingernagel herum und trat ans Fenster. «Schöne Aussicht.»

«Deshalb seid ihr nicht hier.»

«Viktor hat mich besucht», platzte es aus Lila heraus.

Eva griff sich an die Kehle, die sich bei den Worten reflexartig zuschnürte. «Viktor ...»

«Er hat mich mit einer Waffe bedroht. Ohne Marius wäre ich mausetot.»

«Die Wunde am Kopf ...», stotterte Eva.

«Er hat mich niedergeschlagen, bevor er sich aus dem Staub machte. Arschgeige!»

«Er sucht nach Sambou», sagte Marius. «Er will den Jungen.»

Mein Gott, dachte Eva. Wenn Viktor den Jungen wollte, konnte das nur bedeuten, dass Sambou tatsächlich ein Geheimnis kannte, welches dem russischen Syndikat gefährlich werden könnte. Lila hatte die Geschichte nicht erfunden.

«Weiss die Polizei davon?»

«Ich wollte erst mit dir reden.»

«Warst du beim Arzt?»

«Nein.»

«Komm.» Eva führte Lila ins Bad. «Zeig her.» Sie entfernte den blutgetränkten Gazeverband auf der Stirn. «Autsch. Als Mutter kenne ich mich mit kleinen Wunden aus. Diese hier ist nicht klein. Die muss genäht werden.» Sie zog sich Einweg-handschuhe an und holte Desinfektionsmittel und sterile Gaze aus dem Erste-Hilfe-Schrank. «Setz dich.» Eva zeigte auf die Toilette. Zu ihrer Überraschung gehorchte Lila. Sie gab sich stark, aber Eva fühlte, wie sich Lila fürchtete. «Viktor kann sehr einschüchternd sein.»

«Einschüchternd? Er hat mir mit sexueller Nötigung und Folter gedroht, wenn ich nicht spreche.»

Eva hielt in ihrer Bewegung inne. «Hat er?»

«Ja, der Arsch! Er hat mir an den Busen gegrabscht, während der Lauf seiner Waffe gegen meinen Hinterkopf drückte.»

Viktor ist unberechenbar, dachte Eva, tränkte die Gaze mit dem Desinfektionsmittel. «Das brennt leicht.» Sie reinigte die Wunde und wischte das Blut von der Stirn. Lila zuckte nicht mit der Wimper. «Was hast du ihm erzählt?»

«Was wohl? Ich weiss ja nicht, wo ihr Sambou unterge-bracht habt. Ihr müsst ihn unter Polizeischutz stellen.»

«Ich werde gleich anrufen. Was ist mit dir? Wie viel weisst du? Was hat Sambou dir erzählt? Rede endlich mit mir.»

«Ich kenne nur Bruchstücke. Einzig Sambou kennt die ganze Wahrheit über etwas, das in Mali passiert ist. Ich musste ihm versprechen, darüber zu schweigen. Ich musste schwö-ren, hoch und heilig schwören, mit niemandem über Mali zu reden. Ich werde meinen Schwur einem Kind gegenüber nicht brechen. Wie kann er sonst je wieder einem Menschen ver-trauen? Ausserdem würde es wenig bringen, wenn ich dir die spärlichen Hinweise verrate, die ich kenne. Es sind nur Puzzle-teile, die allein keinen Sinn ergeben. Sambou wollte zu dir. Du bemühst dich nicht wirklich, sein Vertrauen zu gewinnen. Du hast einen Sohn, eigentlich solltest du mit Kindern umgehen können.»

Eva wich der Anschuldigung aus. «Glaubt Viktor, dass du eingeweiht bist in Sambous Geheimnis?»

«Vermutlich. Marius hat ihn vertrieben, bevor er alles aus mir herausbekommen hat. Eva, ich konnte nicht –»

«Es war richtig, was du getan hast. Dein Leben geht vor.»

«*Merde!* Hätte Viktor alle Informationen bekommen, wäre ich mausetot.»

«Er kommt zurück.»

Lila blickte zu Eva hoch, die mit einem Gazeverband ihre Wunde abdeckte. «Wer hätte geglaubt, dass wir beide zusammen einmal in deinem Badezimmer einen gemeinsamen Nenner finden.»

Eva legte Lila die Hand auf die Schulter. «Viktor.»

Lila nickte. «Was tun wir?»

Eva seufzte. Sie wusste, es gab nur eine Lösung. «Ich rufe die Polizei und lasse dich verhaften. Tut mir leid, die nächsten achtundvierzig Stunden wirst du in einer Arrestzelle verbringen.»

Lila sprang von der Toilette auf. «*Comment?*»

«Es muss sein. Du bist eine wichtige Zeugin in diesem Fall. Ich kann nicht zulassen, dass Viktor dich wiederholt bedroht, und das wird er, wenn du draussen frei herumläufst. Vertrau mir, Lila, dieses eine Mal.»

✳✳✳

Sie fuhren auf der Friedentalstrasse Richtung St. Karli-Brücke. Lila sass im Polizeiwagen vor ihnen, der vom Kantonsspital zurück zur Polizeizentrale fuhr. Vier Stiche waren nötig gewesen, ihre Wunde an der Stirn zu nähen. Cem kochte innerlich. Dieser Hund griff die beiden Frauen an, die Cem am wichtigsten waren. Damit würde er ihn nicht durchkommen lassen.

Marius sass auf dem Beifahrersitz seines Alfa Romeo, nicht weniger wütend. «Ihr könnt Lila nicht einsperren.»

«Doch, das werden wir. Glaube mir, hätte Eva keinen Sohn, würde ich sie mit Lila zusammen in die Zelle sperren. Das ist im Augenblick der sicherste Ort. Wir werden gut für sie sorgen, versprochen. Und du kannst jederzeit zu ihr. Viktor ist da draussen. Und er wird nach ihr suchen, bis er hat, was er will.»

Marius schlug hart mit der Faust gegen die Wagentür. «Diese miese Ratte! Den kriege ich.»

«Hey! Keine Alleingänge. Das hier ist Aufgabe der Polizei und nicht die eines Journalisten.» Cem setzte den Blinker und fuhr rechts auf den Parkplatz des Friedhofes. Er stellte den Motor ab und wandte sich zu Marius um. «Hör mir genau zu: Lass die Finger von der Sache. Kümmere dich um Lila. Du kannst so viel Zeit mit ihr in der Zelle verbringen, wie du willst, aber lass uns unsere Arbeit tun.»

Marius fasste sich an den Kopf. Cem sah, dass es ihm elend ging. «Hast du deinen Zuckerspiegel im Griff?»

Marius schoss zu Cem herum. «Glaubst du, ich setze mich hin und messe meinen Zuckerspiegel, während Lila fast getötet wird?»

«Kumpel, wenn du eingeliefert wirst, kann Lila dich nicht am Spitalbett besuchen.»

«Ach, jetzt bin ich wieder dein Kumpel? *Krijg de pest!*»

«In der Scheisse stecken wir zusammen drin.» Cem startete den Wagen. «Wir fahren erst zu dir. Ich schaue mir den Tatort an, du spritzt dir dein Insulin, und danach sehen wir nach Lila. Barbara wird sie verhätscheln, wetten?»

Für einmal schwieg der Holländer. Marius war ein taffer Kerl, hatte während Jahren als Journalist in Kriegsgebieten gearbeitet. Seine Zuckerkrankheit hatte ihn dazu gezwungen, der Kriegsberichterstattung den Rücken zu kehren. Er konnte schlecht damit umgehen, dass Zucker statt Blei oder TNT ihn in die Knie zwang.

In der Waschküche traf Cem auf Rita und einen Kollegen des KTD. «Habt ihr was für mich?»

Rita trat aus der Waschküche, die mit Absperrband gesichert war. Sie streifte sich die Kapuze ihres weissen Schutzanzuges vom Kopf. «Einzig oben beim Eingang das Blut von

Lila. Sonst nichts. Dieser Viktor ist gerissen. Der hinterlässt keine Spuren. Ausserdem gibt es in diesem Haus acht Wohnungen. Zu viele Menschen, die ein und aus gehen. Barbara hat bereits angeordnet, dass alle Bewohner befragt werden.»

«Kameras vor dem Haus?»

«In dieser idyllischen Wohngegend? Nein.»

Marius wohnte im Brambergquartier, klar waren hier die Strassen nicht videoüberwacht. Cem bedankte sich bei Rita und ging hoch zu Marius. Dieser sass am Küchentisch und spritzte sich sein Insulin.

«Besser?», fragte Cem.

«Gib mir ein paar Minuten.»

Cem setzte Wasser auf. «Ich koche uns einen Tee.»

«Bemutterst du mich?»

«Du hast es nötig.» Cems Handy klingelte. Er ging ran und hörte zu. Als er auflegte, setzte er sich niedergeschlagen zu Marius. «Das war Kevin. Viktor ist ein gerissener Hund. Kevin und Banz fuhren gleich zu ihm. Sie fanden ihn in seiner Villa in Küssnacht. Seine Haushälterin wie auch der Gärtner und ein Bodyguard geben ihm ein Alibi. Er habe die Villa heute nicht verlassen. Zudem ist sein Sohn Denis bei ihm. Er sagt ebenfalls aus, dass sein Vater den ganzen Morgen mit ihm Tennis gespielt hat.»

«Er hat einen eigenen Tennisplatz?»

«Scheint so.»

«Die lügen.»

«Denke ich auch. Wie abgebrüht muss Viktor sein, den eigenen Sohn zu einer Falschaussage zu zwingen?»

«Wenn er in einer Villa lebt, ist die bestimmt videoüberwacht.»

«Daran haben meine Kollegen auch gedacht und die Aufnahmen ohne Widerstand sofort zu sehen bekommen. Leider ist der Tennisplatz nicht im Bild. Wenn sich Viktor vom Gelände geschlichen hat, dann jedenfalls nicht über die Einfahrt.»

«Besitzt Viktor eine Waffe?»

Das hatten sie abgeklärt. «Er hat keinen Waffenschein.»

«Wie geht es weiter?»

«Ich werde Sambou besuchen. Lass mich versuchen, ihn zum Reden zu bringen. Wir brauchen seine Informationen.»

«Er vertraut Lila. Lasst sie zu ihm.»

«Das ist im Augenblick zu gefährlich. Und da gibt es rechtliche Probleme, das weisst du.»

«Seit wann hältst du dich an gesetzliche Richtlinien? Unsere Frauen sind in Lebensgefahr.»

«Marius, nicht.»

«Komm schon. Wir waren letzten Dezember ein meisterhaftes Team, haben die Hexe gefunden.» Er streckte Cem die offene Hand entgegen.

SIEBEN

«Mit deinem reizenden Besuch habe ich nicht gerechnet, Babs. Ist es nicht Cems und Kevins Fall?»

«Sonntags haben die Jungs Familienpflichten.» Barbara folgte Dave den Korridor entlang nach hinten. Sie war heute Morgen zum Institut für Rechtsmedizin nach Zürich gefahren, wo er sie an der Tür empfangen hatte. War es eine blöde Idee herzukommen, fragte sich Barbara. Sie starrte auf die breiten Schultern von Dave, der die Treppe hinunterging ins Reich der Toten, wie Cem es einmal ausgedrückt hatte. Dave trug keinen Arztkittel, sondern ein Aerosmith-Tour-T-Shirt und eine schwarze Lederhose. Seine polierte Glatze glänzte im kalten Licht der Neonröhren. Barbara versuchte, den Geruchssinn auszuschalten, als Dave die Flügeltür öffnete und sie in den weiss gekachelten Raum mit dem königsblauen Laminatboden führte, wo die Leichen in Kühlboxen aufbewahrt wurden.

«Nummer hundertsechsundfünfzig liegt bereits auf dem Sektionstisch.»

«Nummer hundertsechsundfünfzig, so heisst unser Opfer?»

«Wisst ihr unterdessen ihren Namen?» Dave zog sich einen Arztkittel und Latexhandschuhe über, die er aus einem Spind holte, und hielt Barbara die nächste Tür auf.

Sie trat in den Raum, der einem Operationssaal in nichts nachstand. Hell beleuchtet lag das Opfer unter einem Tuch auf dem Sektionstisch.

Dave schloss die Tür und trat neben die Leiche. Er legte ihr respektvoll die Hand auf die Schulter, als ob sein Trost ihren Tod angenehmer machen könnte. «Ihr Name ist ein Rätsel, das ich bald lüften werde.»

Barbara legte den Kopf schief. «Was hast du für uns?»

Dave grinste. «Nicht gleich mit der Tür ins Haus fallen. Was ist mit diesem Bauerntölpel?»

«Welcher Bauerntölpel?»

«Der bärtige Älpler, der dir wie ein Wachhund folgt. In der Wolfsschlucht hat er dich keine Minute aus den Augen gelassen. Gehört Banz zu eurem Team?»

«Ja, hat das Personalbüro entschieden. Aber lenk nicht von der Leiche ab.»

«Unsere Abmachung für das Wacken Open Air im Juli steht doch noch?»

«Habe ich je zugesagt?»

«Nicht mit Worten.» Dave trat näher. Barbara musste zu ihm hochschauen. «Der Trip mit meiner Harley nach Deutschland wird dir gefallen, Babs. Laute Musik, schwitzende Körper, das eine oder andere Bier, du in engen Jeans.»

Barbara trat ihm mit der Schuhspitze heftig gegen das Schienbein.

«Autsch!»

«Du flirtest doch nicht echt mit mir vor einer Leiche? Dein Sinn für Romantik ist krank.»

«Du hast meine Einladung für ein Abendessen letzten Monat ausgeschlagen», sagte er mit zusammengebissenen Zähnen. «Das hier ist meine Chance.»

«Wie konnte ein Kindskopf wie du bloss Professor werden?»

«Und eine Koryphäe auf meinem Gebiet dazu. Wenden wir uns dem Geschäftlichen zu. Bitte schön. Leiche hundertsechsundfünfzig.» Dave zog das Laken von der Toten.

Barbara schnappte unweigerlich nach Luft. Sie hatte einige Leichen gesehen, konnte sich aber an deren Anblick nie gewöhnen. Vor allem nicht mit der hässlichen Naht des Y-Schnittes auf der Brust, der bis zum Bauch hinunterreichte. Nicht zu übersehen waren die Nahtstiche dem Haaransatz entlang, wo Dave den Schädel geöffnet hatte. Die Woche im Wald hatte den Verwesungsprozess der Leiche eingeleitet. Ein trauriger Anblick.

«Anhand der äusseren Besichtigung, der Virtopsy im

3-D-Scanner, des CTs und des Zahnabdrucks konnte ich einiges über das Leben der jungen Frau herausfinden», erklärte Dave. «Sie ist Mitte zwanzig, eins fünfundsiebzig gross, sehr schlank, aber durchaus kräftig. Sie dürfte viel Zeit in einem Fitnessstudio verbracht haben. Perfekte Zähne, gerichtet und gebleicht. Ihre Nase wurde operativ modelliert. Professionelle Arbeit. Die Lippen sind aufgespritzt. Sie trägt Kontaktlinsen. Die Wimpern sind aufgeklebt.»

«Die Schönheit im 21. Jahrhundert», sagte Barbara. Sie selbst hielt wenig von all den Beautyoperationen. «Was weisst du über das Tattoo?» Barbara zeigte auf den schlanken Schriftzug mit kyrillischen Buchstaben auf der Innenseite des rechten Oberarmes.

«Schönes Tattoo, von einem Profi gestochen.»

Dave musste es wissen, dachte Barbara. Er trug selbst einige Tattoos am Körper.

«Der Inhalt sagt nichts aus. Ich habe ihn übersetzen lassen. Es ist Russisch und heisst so viel wie ‹Das Leben ist schön›.»

Ein Nullachtfünfzehn-Spruch, dachte Barbara, der brachte sie nicht weiter.

Dave wandte sich den Füssen zu. «Die grossen Zehen sind bereits bedenklich nach innen gekrümmt. Sie trug oft High Heels.»

Barbara schaute sich den Körper an, perfekt enthaart, auch an den intimen Stellen. «Bodywaxing?»

«Sicher.» Dave zeigte auf ihre Brust. «Der Busen wird uns ihre Identität verraten.»

«Wie das?»

«Sie trägt Implantate, schon seit ein paar Jahren. Jedes Implantat muss mit Herstellernamen und Seriennummer versehen und in einer zentralen Datenbank erfasst werden. Ich habe bereits den Antrag gestellt. Es kann aber ein paar Tage dauern, bis wir den Namen des Arztes wissen, der ihr die Implantate eingesetzt hat.»

«Eine Ahnung, woher sie stammt?»

«Ich habe die Daten des Skeletts durch unser Programm laufen lassen. Alles deutet darauf hin, dass sie Osteuropäerin ist. Der DNA-Abgleich läuft noch. Sollte sie in einer Datenbank erfasst sein, finden wir sie.»

«Eine Sexarbeiterin aus den Ostblockländern?»

Dave zuckte mit den Schultern. «Wenn, dann war sie eine Edelprostituierte. Die Schönheitsoperationen waren nicht billig.»

Barbara zog ihr das Laken über den Körper bis zum Kinn hoch. Auch wenn Verstorbene keine Scham empfinden konnten, sie hatten den gebührenden Respekt verdient. «Was hast du über den Mord herausgefunden?»

«Kopfschuss. Der Lauf war direkt auf der Stirn angesetzt, das beweisen die Schmauchspuren und Verbrennungen rund um die Eintrittswunde. Das Projektil habt ihr, es war vergoldet.»

«Da arbeiten unsere Techniker daran. Hat sie andere Verletzungen?»

«Am linken Oberarm zeigen sich postmortal schwache Blutergüsse. Ich vermute, sie wurde grob am Oberarm in den Wald gezerrt. Das beweist auch der Dreck an ihren Füssen.»

«Wurde sie vergewaltigt?»

Dave stützte sich auf dem Seziertisch ab. «Nein. Kein Sex. Der Mageninhalt sagt einiges aus: Fleisch, Gemüse, Kartoffeln, Salat. Ein reichhaltiges Essen, rund acht Stunden vor ihrem Tod. Nehmen wir an, es war das Abendessen um acht Uhr, so dürfte sie etwa um vier Uhr morgens ermordet worden sein. Es passt alles zusammen. Das sexy Kleid, Alkohol im Blut … Ihr solltet ihr Foto in den Nachtclubs und Discos herumzeigen. Ihr Verwesungsverlauf und der Befall der Maden lassen darauf schliessen, dass sie vor einer Woche ums Leben kam. Deshalb mein geschätzter Todeszeitpunkt: Sonntagmorgen, dreiundzwanzigster Mai, um vier Uhr früh.»

«Ihre letzte Partynacht», sagte Barbara. «Sie machte sich hübsch, ging fein essen, tanzte in einem Club, trank Alkohol, hatte Spass … Mit wem war sie aus? Oder lernte sie einen Typen kennen, der sie in den Wald verschleppte und erschoss? Hatte sie Drogen im Blut?»

«Negativ. Sie war bei Bewusstsein und nur angeheitert, als der Täter ihr den Lauf an die Stirn drückte.»

«Unser KTD konnte keine Reifenspuren finden, und für die Suchhunde war die Spur bereits kalt. Wir wissen nicht, woher sie kamen. Wir haben nichts.» Barbara seufzte. «Armes Ding. Im Morgengrauen eiskalt hingerichtet.» Sie drehte sich zu ihm um. «Wer tut so etwas? Ein kranker Täter, der aus Lust mordet?»

«Oder ein Auftragskiller», fügte Dave hinzu.

**

Normalität war eine Illusion, aber Cem und Eva spielten Alain die perfekte Familienidylle vor. Alain hatte ein Recht auf eine unbeschwerte Kindheit. Sie sassen an diesem sonnigen Sonntagmittag auf der Terrasse von Evas Wohnung und spielten Uno. Für ein paar Stunden gab es keine Russen, keine Leichen und keine Lila, dafür tiefblauen See, frische Alpenluft und lästige Fliegen. Cem scheuchte solch ein anhängliches Insekt von seiner Nase und spielte eine blaue Sieben aus.

Alain juchzte vergnügt und legte eine rote Sieben. «Uno.»

Eva stöhnte und zog eine Karte vom Stapel. Cem drückte ihr einen Kuss auf die Wange. «*Küçüğüm*, du kannst nicht immer gewinnen.»

«Huhuuu», hörte Cem von unten eine weibliche Stimme rufen. «Herr Kommissar, huhuuu.»

«Cem, ruft da jemand nach dir?», fragte Eva erstaunt.

Alain sprang sofort auf und schaute über das Geländer der Terrasse. «Da ist eine Oma, die winkt», sagte er und winkte begeistert zurück.

«Alain, weg da», herrschte Eva ihn besorgt an.

Cem trat ebenfalls ans Geländer und zog Alain hinter sich.

«Huhuuu, Herr Cengiz, ich habe Entlebucher Lebkuchen mitgebracht.» Frau Ella stand neben den verdutzten Polizeibeamten und wedelte heftig mit den Armen.

Eva trat neben ihn. «Wer ist deine Verehrerin, die dich mit Süssem verführen will? Ist das Frau Ella?»

«Ja, ist sie. Wartet hier.» Cem stampfte wütend aus der Wohnung und ging hinunter auf die Strasse.

Ella begrüsste ihn freudestrahlend. «Ein so herrlicher Tag. Gehen wir spazieren.» Es war keine Frage.

«Nein. Was wollen Sie hier?»

Enttäuscht verzog sie den Mund und musterte Cem. «So zeigen Sie sich unter Leuten? Mein Ueli wäre an einem Sonntag nie in solch einem schlampigen Aufzug auf die Strasse getreten. Hat Ihre Frau Ihnen keine Hemden und Hosen gebügelt?»

«Sie ... Was?» Cem trug eine kurze Sporthose und ein altes T-Shirt. Perfekte Kleidung, um sich bei diesen Temperaturen auf der Terrasse zu entspannen. Frau Ella hingegen hatte sich schick gemacht. Vermutlich hatte sie in diesem Sonntagsoutfit die Kirche besucht: geblümter Sommerrock, gelbe Kurzarmbluse und Strohhut.

Sie hakte sich bei Cem unter. «Führen Sie mich ein Stück spazieren. Es ist so herrlich hier am See. Das Einzige, das im Entlebuch fehlt, ist ein See.» Sie seufzte. «Wir haben die ‹Grosse Entlen› durch Finsterwald, die ist auch schön.»

Cem löste sich von ihr. «Was wollen Sie? Ich bin nicht im Dienst, und meine Familie ...»

«... kann Sie eine halbe Stunde entbehren. Ich habe Informationen – und Entlebucher Lebkuchen dabei.»

«Kommen Sie morgen in der Polizeizentrale vorbei.»

«Das geht nicht. Morgen darf ich die Zwillinge der Emmeneggers hüten. Heute habe ich Zeit.»

Ging das von vorne los, dachte Cem. «Wir haben Sie gestern Nachmittag verhört. Da waren Sie wortkarg.» Cem erinnerte sich zurück an die Einvernahme. Zusammen mit Kevin hatte er Frau Ella befragt, die auf stur schaltete. Sie fühle sich hintergangen. Ihr sei es zu verdanken, dass die Polizei die Leiche fand, und jetzt behandle man sie wie eine Schwerverbrecherin. Nur weil die Polizei ihren Tarotkarten misstraue, bedeute das nicht, dass sie nicht die Wahrheit sprachen zu jenen, die sie zu lesen verstanden. Frau Ellas Statement.

«Gestern waren Sie ein Grobian. Mein Ueli meinte immer, von mir könne man alles haben, wenn man mich lieb frage, aber stellt jemand eine Forderung, sei ich uneinnehmbar wie eine Festung.»

«Aha. Dann frage ich lieb, ob ich zurück zu meiner Familie darf und Sie die Höflichkeit besässen, morgen zu mir ins Büro zu kommen. Ich werde Ihnen auch einen Verveine-Tee servieren.»

«Reden Sie nicht so geschwollen, das passt nicht zu einem Dorfpolizisten.»

«Nennen Sie mich nicht so. Sie kennen mich doch überhaupt nicht, Frau Ella.»

«Wieso reden Sie ständig von sich? Leicht eingebildet sind Sie schon. Das kann an den Genen liegen.»

«Was haben meine Gene verbrochen?»

«Sage ich ja: nichts.»

Cem kratzte sich hinter dem Ohr. Er hatte den Faden des Gespräches verloren. «Was wollen Sie?»

«Wann lernen Sie endlich zuzuhören? Ich kenne die Frau.»

«Unser Opfer? Woher?»

«Es ist nicht Ihr Opfer. Die Tote hat ein Recht auf Freiheit. Sie ist kein Besitz, auch nicht nach ihrem Ableben. Freiheit ist kostbar, wissen Sie?» Ella wurde nachdenklich und still. Sie drückte Cem die Tüte mit dem Lebkuchen in die Hand und hakte sich wieder bei ihm unter. «Fuhren Sie mich den See entlang und erzählen mir von sich, das sollte Ihnen liegen.»

«Ich dachte, Sie wollten über die Tote reden.»

«Beginnen wir bei den Lebenden. Sie müssen sich nach dem gestrigen Tage und Ihrem Folterverhör die Informationen bei mir verdienen.»

Hatte er eine Wahl? Nicht wirklich. Cem entschloss sich für eine Expressversion seines Lebenslaufes. «Meine Eltern stammen aus der Türkei. Mit sieben kam ich in die Schweiz. Meine kleine Schwester heisst Nesrin und lebt in London. Wir hatten in Zürich ein türkisches Restaurant, das ‹Arkadas›. Mein Vater wollte, dass ich Koch werde, also wurde ich Koch. Als er starb, übernahmen meine Cousine und ihr Mann das Lokal, und ich ging auf die Polizeischule. Seit eineinhalb Jahren arbeite ich für Leib und Leben in Luzern. Zufrieden? Qualifiziert mich das in Ihren Augen, den Fall zu untersuchen?»

Ella seufzte. «Es macht Sie menschlich. Mögen Sie Kunst?»

«Wie kommen Sie auf Kunst?»

«Ich liebe das Theater.»

Ein Theater führte sie hier auf. Was sollte das sinnlose Gespräch? «Sie sind an der Reihe. Was wissen Sie über die Tote?»

«Sie war ein Star. Berühmt.»

«Schauspielerin? Kennen Sie das Opfer aus dem Fernsehen?»

«So in der Art.»

«Lassen Sie mich raten, Ihre Karten haben sie gesehen?»

«Nein, meine Karten schweigen.»

«Der Knoblauch?»

«Den habe ich gestern ins Ratatouille gegeben.»

Wenn jemand versagte, machte sie kurzen Prozess, dachte Cem. War diese Frau äusserst gerissen oder einfach naiv?

Einige Tauben flogen vor ihnen her. Ella steuerte auf eine Parkbank am Seeufer zu und setzte sich. Cem blieb stehen und schaute auf den See hinaus, der in der Sonne silbern flimmerte. Es war windstill und absolut ruhig.

Ella verlangte nach der Tüte mit dem Lebkuchen. Sie griff hinein, holte ein Stück heraus, zerkrümelte es und fütterte die Tauben damit, die freudig gurrten und herangeflogen kamen. Das «Füttern verboten»-Schild übersah sie aktiv.

Cem beobachtete zwei Schwäne, welche die Situation sofort erkannten und herangeschwommen kamen. Er konnte sich ein Lachen nicht verkneifen. Das passte zu der alten Dame. Frau Ella lockte Cem wie einen Hund mit einem Leckerli nach draussen, nur um den Lebkuchen danach an die Vögel zu verfüttern.

«Sie war prominent», sagte Ella nebenbei. «Berühmt. Es dürfte nicht schwierig sein, ihre Identität zu klären. Haben Sie bei der Polizei keine Computerprogramme, die Gesichter abgleichen? Die Kommissare im Fernsehen finden immer ruckzuck eine Antwort auf ein Problem.»

«Im echten Leben sieht das anders aus. Wir sind nicht in Hollywood.»

«Vielleicht doch.» Sie seufzte. «Ist das ganze Leben nicht ein einziges falsches Schauspiel?»

Cem blieb nachdenklich. Wie ernst sollte er Ellas Aussage nehmen? «Woher wissen Sie, dass die junge Frau berühmt war?»

«Sie lachen mich aus, wenn ich es Ihnen sage.»

Womit sie höchstwahrscheinlich recht hatte. Cem schaute den Tauben zu, die gierig die Krümel des Lebkuchens aufpickten.

***

Unruhig blickte Eva auf die Uhr. Cem war bald eine halbe Stunde weg. Was trieb diese ominöse Frau Ella mit ihm? Vom Sessel auf der Terrasse schaute sie Alain zu, der mit seinen Dinosauriern spielte.

«Roarrr, ich fresse dich.» Der T-Rex attackierte den Stegosaurus, der sich aber nicht geschlagen gab und entschlossen austeilte. «Nein. Mich frisst du nicht. Ich bin zwar ein Pflanzenfresser, aber meine Schwanzstacheln sind supermegascharf. Und ich bin viel klüger als du, dummer Rex.» Der Stegosaurus drehte sich rasend schnell im Kreis und warf mit einem gezielten Hieb seines Schwanzes den T-Rex zu Boden. Alain sprang auf und jubelte euphorisch. «Der Stego hat gewonnen, hast du das gesehen, Mami? Ja! Ja! Ja! Der T-Rex war schnell, aber der Stego viel stärker.»

«Ich hab's gesehen.» Alain setzte sich auf ihren Schoss, und sie reichte ihm das Glas mit Orangensaft.

Es klingelte an der Tür.

Alain sprang sofort auf. «Wir haben Besuch. Ist das deine Freundin?»

Eva runzelte die Stirn. Cem hatte einen Schlüssel, er würde nicht klingeln. «Alain, warte hier.» Sie stand auf und schaute zuerst über das Terrassengeländer nach unten. Die beiden Kollegen der Polizei standen vor dem Wagen und unterhielten sich. Keine Spur von Cem. Evas Magen zog sich zusammen. Was war los? Nahm dieser Spuk nie ein Ende? Sie wagte nicht, zur Tür zu gehen, nicht nach dem, was Lila zugestossen war. Stattdessen griff sie nach ihrem Handy und rief Cem an.

«Hey, sorry, ich bin gleich zurück», nahm er den Anruf entgegen.

«Sofort, Cem. Da klingelt jemand an unserer Wohnungstür.»

«Was? Eva, schliess dich und Alain sofort im Badezimmer ein. Ich bin in zwei Minuten bei euch.» Er legte auf.

Ding-Dong.

«Mami, warum öffnen wir dem Besucher nicht?»

«Wir gehen ins Badezimmer.»

«Aber ich muss nicht pinkeln.»

«Wir putzen uns die Zähne. Orangensaft hat viel Zucker drin.»

«Aber da klingelt jemand –»

«Alain, komm.» Sie nahm ihren Sohn bei der Hand und eilte mit ihm ins Bad. Rasch schloss sie die Tür und verriegelte diese.

«Warum schliesst du ab? Ich darf doch die Badezimmertür nicht abschliessen.»

Eva wusste keine Antwort, also sagte sie nichts.

Ding-Dong.

Mit zitternden Händen griff sie nach Alains Zahnbürste. Diesmal konnte es nicht Lila sein, die sass in der Zelle der Polizeistation. Marius? Wäre eine Möglichkeit. Dass Viktor sie überfiel, war wahrscheinlicher. Hatte er beobachtet, wie Cem die Wohnung verliess, und auf diese Gelegenheit gewartet? Aber was wollte Viktor von ihr? Weshalb klingeln, wenn er sie umbringen wollte? Und das hier, in ihrer Wohnung? Er musste ahnen, dass Alain bei ihr war. Eva atmete tief durch und beruhigte sich ein wenig. Viktor würde nicht mehrmals klingeln. Benahm sie sich kindisch und paranoid?

Sie putzte dem protestierenden Alain die Zähne. Cem musste jeden Moment zurück sein.

«Eva! Alain!»

Sie hörte, wie Cem die Tür aufriss und nach ihnen rief. Erleichtert schloss sie das Bad auf und fiel ihm um den Hals.

«Hey, bist du okay?» Er nahm ihren Kopf zwischen seine warmen Hände und schaute sie besorgt an. Sie nickte.

«Ich musste mir schon wieder die Zähne putzen», beschwerte sich Alain bei Cem und zupfte ihn an der kurzen Sporthose.

«Hey, Kumpel.» Cem hob ihn hoch. «Gesunde Zähne können Leben retten.»

Alain setzte einen «Ist das dein Ernst?»-Blick auf, enttäuscht von Cems Antwort. «Mami hat dem Besucher nicht geöffnet.»

«Er ist weg», sagte Cem und setzte Alain auf den Boden.

«Da war niemand?», fragte Eva.

Cem verneinte. «Aber vor der Tür liegt ein Umschlag. Ich hole ihn.»

Eva kniete sich vor Alain. «Spiel mit deinen Dinosauriern. Wir kommen gleich zu dir raus auf die Terrasse, versprochen.»

Neugierig folgte Eva Cem zur Tür, die weit offen stand. Ein grosser brauner Umschlag lag am Boden. Cem holte aus der Schublade im Korridor Lederhandschuhe, zog sie an und hob damit den Umschlag auf. Gewissenhaft schloss er die Tür und verriegelte sie. «Mit unseren Kollegen da unten werde ich ein ernstes Wörtchen reden. Es ist bereits das zweite Mal, dass es jemand unbemerkt bis zu unserer Wohnungstür geschafft hat.»

Sie gingen in die Küche und setzten sich an den Esstisch. Cem tastete den Umschlag ab. «Da sind einige Blatt Papier darin. Keine Gegenstände.»

«Sollte den Umschlag nicht besser der KTD öffnen?», fragte Eva.

Cem schaute auf. «Keine Adresse, kein Absender. Soll ich Metzger anrufen? Deine Entscheidung, Frau Staatsanwältin.»

Eva rang mit sich. Was, wenn der Inhalt zu persönlich war? Nein, sie musste wissen, worum es ging, bevor sie den offiziellen Weg einschlug. «Mach auf.»

«Zu Befehl.» Mit einem Messer öffnete Cem vorsichtig den Umschlag und zog die Papiere heraus.

Das Anschreiben war kurz gefasst. Es war eigentlich kein Anschreiben, weder war der Brief an Eva adressiert, noch hatte der Verfasser ihn unterschrieben. Nur ein Satz stand geschrieben:

Macht auf, Kinder, euer liebes Mütterchen ist heimgekommen und hat jedem von euch etwas aus dem Walde mitgebracht.

Cem und Eva schauten sich verwundert an. «Mütterchen? Hat uns ein Mütterchen diesen Brief gebracht?», fragte Eva. «Aus dem Walde? Da fällt mir gleich deine Frau Ella aus Finsterwald ein.»

«Ich war mit ihr am See, als der Umschlag gebracht wurde.»

Eva war verwirrt. Ging es hier nicht um sie? War der Brief für Cem bestimmt? «Was hat sie aus dem Walde mitgebracht? Was ist noch in dem Umschlag?»

Cem legte den Brief zur Seite. Darunter lagen Fotos im A4-Format. Fotos von jungen, hübschen Frauen. Cem breitete die Bilder auf dem Tisch aus. Sechs Fotos, sechs Frauen. Porträtaufnahmen. «Kennst du die Mädchen?», fragte Cem.

Eva betrachtete sie. «Nein. Keine einzige von ihnen. Die sind echt jung und tragen alle Make-up im Gesicht.» Die Frauen blickten aufreizend und sexy in die Kamera. Bilder, wie sie auf der Startseite von Sexseiten im Netz zu finden waren, wo sich die Mädchen ihren Freiern anboten.

«Professionelle?», fragte Cem. Er musste den gleichen Gedanken gehabt haben.

Eva nickte. «Vermutlich. Aber was soll der Text dazu?» Sie las ihn laut vor. «‹Macht auf, Kinder, euer liebes Mütterchen ist heimgekommen und hat jedem von euch etwas aus dem Walde mitgebracht.› Sind mit ‹Kinder› diese Frauen gemeint?»

«Oder wir von der Polizei? Die Nachricht könnte von Ella sein. Sie ist das Mütterchen, das uns aus dem Walde etwas mitgebracht hat.»

«Die Leiche», huschte es Eva über die Lippen. «Denkst du, diese Frauen werden wir auch finden?»

«Bei Allah, bloss nicht.» Cem stand auf und ging in der Küche auf und ab. Irritiert sagte er den Satz erneut auf. «‹Macht auf, Kinder, euer liebes Mütterchen ist heimgekommen und hat jedem von euch etwas aus dem Walde mitgebracht.›»

«Cem!» Alain stand unter der Terrassentür. «Cem, warum wartest du mit der Geschichte nicht auf mich?»

«Welche Geschichte?», fragte Eva und räumte rasch die Fotos zusammen.

«Warum erzählt Cem dir die Geschichte vom Wolf und den sieben Geisslein? Die kenne ich aus dem Kindergarten.»

«Ein Märchen?» Eva schaute Cem an, dem die Kinnlade offen stand. Sie hielt die Bilder in der Hand. «Cem, sechs Bilder ...»

«... und eine Frau im Walde. Macht sieben.» Er ging in die Knie und nahm Alain in den Arm. «Hey, Kumpel, du hast uns soeben geholfen, ein Polizeirätsel zu lösen. Du bist eine echte Spürnase. Bravo!»

Alain strahlte. «Ich werde ein cooler Polizist, wenn ich gross bin.»

✳✳✳

Cem traf vor dem Haupteingang der Luzerner Polizei auf Kevin. Dieser zeigte gleich mit erhobenem Zeigefinger auf ihn.

«Wenn deine Hinweise nicht Gold wert sind, fahre ich zurück und hole aus unserer Küche das Nudelholz. Es ist mein freier Sonntag. Gabi war echt sauer, als du angerufen hast. Meine Frau ist schwanger. Sie soll sich schonen, nicht aufregen.»

Cem wedelte entschuldigend mit dem Briefumschlag in der Luft herum. «Da drin ist reines Gold an Informationen. Gehen wir hoch ins Büro, du schnallst dich besser an, bevor du das öffnest. Metzger ist auch unterwegs. Kennst du dich mit Märchen aus?» Cem hielt Kevin die gläserne Eingangstür auf.

«Das Baby soll erst einmal zur Welt kommen und aus der Blabla-Phase herauswachsen, bevor ich mich mit der Welt der Märchen befasse.» Kevin zückte seinen Ausweis und hielt ihn unter den Scanner, der ihnen Zutritt zur Polizeizentrale gewährte. Sie gingen zu den Liften.

Cem klärte Kevin über den Umschlag auf.

«Und ihr wisst nicht, wer geklingelt hat? Ich dachte, Eva hat Polizeischutz.»

«Die wachten bisher unten vor dem Haus. Ich habe ihnen aufgetragen, vor der Wohnungstür Position zu beziehen. Hat ihnen nicht gefallen, nicht bei diesem sonnigen Wetter. Im Treppenhaus gibt es keine Seesicht – und keine netten Passantinnen, die man grüssen kann.» Sie betraten den Lift und fuhren hoch auf die sechste Etage.

«Verständlich. Der Job würde mir auch nicht gefallen.»

«Hast du Neuigkeiten von Barbara?», fragte Cem.

«Sie war doch heute beim schönen Dave in Zürich. Nein,

noch nichts. Banz habe ich gestern vor Feierabend gesprochen. Er hatte den Bericht der Spurensicherung, die sich den Lieferwagen der Bäckerei vorgenommen hatte. So weit deckt sich alles mit der Aussage von Viktor. Es könnte sich so zugetragen haben, wie er es behauptet.»

Cems Gesichtszüge verhärteten sich. Diese Ratte!

«Was nicht heisst, dass er die Wahrheit sagt», fügte Kevin rasch hinzu. «Auch die ausgewerteten Daten des Lamborghini stimmen überein. Wir fanden DNA von dem Angestellten der Bäckerei und dessen Freundin im Wagen. Sie sind die Route gefahren, die sie angegeben haben, und das Personal vom Seerestaurant Bellevue bestätigte, dass die beiden mit dem Lamborghini vorgefahren waren.»

«Das war eine geplante Aktion», sagte Cem. Der Lift hielt, und sie stiegen aus. «Viktor ist clever. Er weiss, was er tut. Er plant voraus, weit voraus, wie sonst wäre er ein erfolgreicher Geschäftsmann geworden, dem man nichts anhaben kann? Er ist Multimillionär, verdammt, und doch ist er unsichtbar wie ein Geist.» Sie gingen schweigend den Korridor entlang. Kevin schloss ihre Bürotür auf. Cem setzte sich an seinen Platz, streifte Einweghandschuhe über, zog den Umschlag aus einer Plastikmappe und öffnete ihn. «Das sind die Bilder. Sechs junge, hübsche Frauen. Wir müssen ihre Identität klären, rasch, sonst enden sie wie unser Opfer in der Wolfsschlucht, da bin ich mir sicher.»

Kevin schaute sich die Abzüge an. «Täusche ich mich, oder sehen sie stark nach Osteuropäerinnen aus? Keine scheint älter als fünfundzwanzig. Sexarbeiterinnen?»

«Ich vermute es.»

Rasch machte Kevin mit seinem Smartphone Aufnahmen von jeder Frau. «Ich schicke die Fotos durch unsere Datenbank. Hoffen wir, dass der visuelle Abgleich einen Treffer ergibt. Zeig mir die Nachricht.»

Cem schob ihm das Papier mit dem Text hin.

«Und der Satz stammt aus einem Märchen? Euer Alain ist

spitze. Was hat der Text im Zusammenhang mit den Bildern zu bedeuten?»

Cem lehnte sich im Stuhl zurück. «Ich habe das Märchen gleich nachgeschlagen. Alain hat ein Märchenbuch im Zimmer. Also, die Mutter lässt ihre sieben Geisslein im Haus zurück. Der Wolf will sich mit List Zutritt verschaffen, scheitert aber immer wieder. Als es ihm endlich gelingt, frisst er sechs der sieben Geisslein auf. Das siebte kann sich in der Wanduhr verstecken. Die Mutter kommt zurück und entdeckt das siebte Geisslein, das erzählt, was passiert ist. Die Mutter findet den Wolf, schlafend, mit vollem Magen am Fluss. Sie schneidet seinen Bauch auf, rettet ihre sechs Geisslein und legt sechs grosse Steine in den Bauch des Wolfes, den sie wieder zunäht. Der Wolf wacht durstig auf, will im Fluss trinken gehen, doch das Gewicht der Steine zieht ihn unter Wasser und er ersäuft jämmerlich.»

«Gott, solche Horrorgeschichten erzählen wir unseren Kindern?» Kevin schüttelte heftig den Kopf. «Dieses Märchen bekommt mein Junior niemals zu hören. Stell dir bloss vor, wir würden eine Leiche aus dem Fluss ziehen, der eine wütende Mutter Steine in den Bauch genäht hat. Unvorstellbar, so ein Verbrechen.»

«Unvorstellbar? Was, wenn dieses ‹Opfer› vorher deine sechs Kinder verspeist hat?»

«Sag nicht, wir haben es mit einem Kindermörder zu tun. Dazu habe ich als werdender Vater nicht die Nerven.»

Cem zeigte auf die Bilder. «Nur im übertragenen Sinne. Das hier sind unsere sechs Kinder.»

«Aber das siebte konnte sich nicht retten. Es ist mit einer goldenen Kugel erschossen worden.»

Stimmt, dachte Cem, das ergab keinen Sinn. Er musste herausfinden, wer ihm den Umschlag zugestellt hatte.

Schritte im Flur kündigten Metzger an. «Ihr habt nach mir verlangt?»

Cem grüsste Metzger und reichte ihm den Umschlag und

die Bilder. «Ich brauche Fingerabdrücke, DNA-Spuren, alles, was du finden kannst. Ich muss wissen, wer mir diesen Umschlag zugestellt hat und wer die Frauen auf den Bildern sind.»

«Sofort?»

«Ja, sofort, solange die Spur zu dem Boten warm ist.»

Metzger rückte seine Brille zurecht, nahm den Umschlag mit den Bildern und stampfte aus dem Büro.

«Du machst dich heute nicht beliebt.» Kevin grinste und setzte sich an seinen Platz.

«Habt ihr schon nachgefragt, ob unser Opfer oder ein Verdächtiger im Hotel Sonnenberg übernachtet hat?»

«Fehlanzeige. Alle Hotelgäste sind sauber.»

«Weshalb eine Hinrichtung in der Wolfsschlucht auf dem Sonnenberg? Ein Mord im Affekt, ja, vielleicht, ein romantisches Date, das schiefläuft. Aber eine eiskalte Hinrichtung?»

«Darauf habe ich keine Antwort. Aber ich habe andere Informationen für dich. Sie betreffen eine von Viktors Firmen: Vitjart & Antiques PAO. Sie ist Viktors Hauptfirma, mit ihr wurde er reich. Er ist Hauptaktionär, im Besitz von einundfünfzig Prozent der Aktien. Vitjart & Antiques PAO handelt mit Kunst und Antiquitäten. Da es eine öffentliche Aktiengesellschaft ist, konnte ich einen Blick in die Bücher werfen. Die Bilanz fällt eher schlecht aus. Der Umsatz war gut, aber der Ertrag fiel ins Minus. Ich kann mir das nicht erklären. Die Anzahl Importe und Exporte von Antiquitäten und Kunstgegenständen hält sich die Waage mit den Vorjahren, aber der Gewinn ist zurückgegangen. Ich habe einen Spezialisten zugezogen, der an der Börse arbeitet und sich in der Kunstszene auskennt. Seiner Meinung nach hätte der Gewinn höher ausfallen sollen. Kunst ist gefragt, nach wie vor, die Marge auf keinen Fall kleiner geworden. Und Viktor ist schon zu lange in dem Geschäft tätig, als dass er schlecht investiert.»

«Hat er Schulden?»

«Nein, keine Schulden, sein Privatvermögen ist stabil, auch die legalen Geschäfte schreiben schwarze Zahlen, aber sie sind rückläufig. Es ist auch nicht so, dass eine grosse Fehlinvestition, zum Beispiel in eine teure Fälschung eines Bildes, die Bilanz drückt. Der Gewinnrückgang summiert sich konstant über Monate, was ich mir nicht erklären kann.»

«Was ist mit seinen illegalen Geschäften? Dem Drogenhandel und Menschenschmuggel?»

«Sorry, Mann, zu diesen Geschäftsbüchern kann ich mir keinen Zugang verschaffen.»

«Könnte er einen Teil seines Gewinnes unbemerkt umbuchen? Viktor hat bestimmt einen gerissenen Buchhalter an seiner Seite.»

«Theoretisch schon. Sein Konto für Spenden und wohltätige Ausgaben ist beachtlich, umfasst mehrere Millionen, und es lässt sich nicht leicht feststellen, wohin das Geld tatsächlich fliesst. Bloss hält sich der Betrag dieses Kontos seit Jahren etwa auf dem gleichen Stand. Das erklärt nicht den verminderten Gewinn.»

«Hat der KTD unterdessen Spuren von ihm in der Waschküche gefunden, die sein Alibi widerlegen?»

«Nein. Nichts. Wir können ihn nicht vorladen.»

«Viktor hat Beziehungen zu zwielichtigen Typen. Er könnte jemanden zu Lila geschickt haben, so, wie er damals drei Schlägertypen auf Eva gehetzt hat. Viktor macht sich die Hände nicht selbst schmutzig.»

«Sicher kann er das», sagte Kevin. «Aber ohne Beweise können wir nichts unternehmen. Uns sind die Hände gebunden.»

«Und der Mistkerl weiss das. Der lacht sich über uns kaputt.»

«Hier gibt es nichts zu lachen.» Barbara trat ins Büro. «Ich musste mir gerade die Leiche einer jungen Frau anschauen.»

«Und das ist erst der Anfang», sagte Cem. «Wir vermuten, dass sechs weitere folgen werden.»

Sie zeigten ihr die Fotos der Frauen auf Kevins Handy, und Cem klärte Barbara über den Umschlag auf. «Ich weiss nicht, wer ihn vorbeigebracht hat. Frau Ella war so charmant, mich zu entführen, als der Bote geklingelt hat.»

«Frau Ella? Was wollte die schon wieder von dir?»

«Spazieren gehen und die Tauben füttern. Sie behauptet, unsere Tote sei ein Promi. Hat Dave etwas herausgefunden?»

«Sie war eine teure Schönheit, hat sich ihr Äusseres einiges kosten lassen. Das deckt sich mit Frau Ellas Behauptung. Ich dachte an eine Edelprostituierte, aber ein Starlet könnte sie auch gewesen sein. Du musst dich ein weiteres Mal mit unserer Seniorin unterhalten. Sie weiss mehr, als sie zugibt.»

Cem drehte sich der Magen um, wenn er an ein weiteres Gespräch mit Frau Ella dachte. Diese Frau trieb ihn auf direktem Weg in die Klapsmühle.

ACHT

Die Nacht war eine Katastrophe gewesen. Cem hatte kein Auge geschlossen. Entweder liessen ihn seine eigenen Gedanken und Sorgen nicht zur Ruhe kommen, oder Eva wälzte sich im Schlaf unruhig hin und her. Sie übernachteten in Cems Wohnung. Seine Familie war in Stansstad nicht sicher genug, wie er fand. Es gab zu viele Hintereingänge und Fenster, die leicht aufgebrochen werden konnten. Cem wohnte in einem Haus in der Altstadt von Luzern, in der Maisonettewohnung. Sie war bei Weitem nicht so gross wie Evas Wohnung, aber um einiges sicherer. Es gab nur einen Eingang. Ausserdem freute sich Alain, wenn er Cems Meerschweinchen streicheln konnte, die im Flur seiner Wohnung in einem Käfig wohnten.

Cem hatte Mühe, sich an diesem Morgen auf seine Arbeit im Büro zu konzentrieren. Er wollte die Identität der Frauen klären, was sich als schwierig herausstellte. Sein Computer kündete mit einem Piepton eine Mail von Marius an. Er wollte Cem dringend persönlich sprechen. War er nachtragend, weil Lila in Schutzgewahrsam steckte? Aber sie war in Gefahr, ebenso wie Sambou. Cem hatte die Wachen verdoppeln lassen, die auf den Jungen aufpassten.

Roland vom Empfang rief an und sagte, Frau Ella warte auf ihn. Cem seufzte. Ella hatte sich selbst vorgeladen. Eine weitere Einvernahme mit ihr war unumgänglich, aber Cem hätte sie gerne hinausgezögert. An diesem Montagmorgen fehlten ihm die Nerven für ein Gespräch mit ihr. Er trug Roland auf, sie im Wartezimmer zu platzieren, bis er sie holen liess. Die alte Dame hatte bestimmt genug Zeit zum Warten. Cem runzelte die Stirn. Hatte sie nicht gestern behauptet, sie müsse zu Zwillingen schauen? Er würde dem auf den Grund gehen.

Kevin trat ins Büro, seine Wangen gerötet. «Wir haben sie gefunden.»

«Wen?»

«Die Frauen. Alle sechs. Das glaubst du nicht. Setz dich.»

«Ich sitze bereits.»

«Oh.» Kevin schien durch den Wind. «Sorry.» Er setzte sich hinter seinen Schreibtisch und griff nach einem Bleistift, der zwischen seinen Zähnen landete. Eine typische Geste, wenn er nervös war. «Ich habe mit Rita die halbe Nacht durchgearbeitet und die Bilder mit allen möglichen Datenbanken abgeglichen und Interpol kontaktiert, bis wir sie identifizieren konnten.»

«Wer sind die Frauen?»

«Sexarbeiterinnen, wie wir vermutet haben.»

«Alle aus dem gleichen Bordell?»

«Nein. Unterschiedliche Bordelle, unterschiedliche Länder.»

«Lass dir nicht jedes Wort aus der Nase ziehen.» Cem sprang vom Stuhl auf. «Hast du die Frauen schon gewarnt?»

«Kann ich nicht. Sie sind tot.»

Cem klammerte sich an seinen Schreibtisch. Sie waren zu spät.

«Ermordet», sagte Kevin. «Kopfschuss. Goldene Kugel.»

«Gleicher Mörder.»

«Ja.»

«Wann?»

«Ihre Morde erstrecken sich über einen Zeitraum von einem halben Jahr. Komm her.» Kevin startete den Computer und öffnete eine Datei. Er holte das Bild einer der Frauen auf den Monitor. «Das ist Svetlana, das erste Opfer, dreiundzwanzig, Weissrussin. Sie hat in einem Bordell in Hamburg gearbeitet, verschwand spurlos. Man zog ihre halb verweste Leiche vor vier Monaten aus der Elbe.» Kevin holte das nächste Bild auf den Monitor. «Ilka, Serbin, einundzwanzig, erschossen und gefunden auf einer Müllkippe in Neapel. Das hier ist Alisa, Russin, fünfundzwanzig. Sie wurde in den Gassen von Moskau ermordet. Sie hier», Kevin zeigte auf eine junge blonde Schönheit, «das ist Réka, neunzehn, Ungarin. Ermordet in einem Vorort von Paris. Maja fand man im Schwarzwald. Sie ist ebenfalls Russin, sechsundzwanzig.» Kevin zog das letzte Bild auf den Monitor. «Das jüngste Opfer der sechs: Doina. Rumänin. Sie ist erst achtzehn. Die spanische Polizei fand sie vor drei Wochen in Madrid in einem Abwasserkanal. Sie hat dort in einem Bordell gearbeitet.»

«Und nun unser siebtes Opfer in der Wolfsschlucht. Was verbindet die Fälle ausser der goldenen Kugel und dem gemeinsamen Beruf?»

«Da arbeiten wir daran. Kollegen zeigen im Rotlichtmilieu das Bild unseres Opfers herum. Hoffen wir auf einen Treffer. Der Austausch mit den ausländischen Behörden wegen der anderen Frauen dauert. Alle stammten aus Ostblockländern und arbeiteten im westlichen Europa. Was sagt dir das?»

Cem trat ans Fenster, seine Hände zu Fäusten geballt. «Menschenhandel. Organisiertes Verbrechen.»

«Ja, ich vermute es. Réka scheint der Schlüssel zu sein. Bevor sie im März nach Paris zog, hat sie drei Monate in Lausanne gearbeitet. Unsere französischen Kollegen waren in dieser Beziehung sehr offen. Ich habe heute Morgen beim Bundesamt für Migration nachgefragt. Réka, die Ungarin, reiste Anfang Dezember von Rotterdam nach Zürich in die Schweiz ein. Sie besass ein gültiges Arbeitsvisum für drei Monate. Eine Firma namens B.P.F. Group hat für sie den Antrag gestellt und gebürgt.»

«Wer ist diese B.P.F. Group?»

«Eine Aktiengesellschaft, die offiziell Reinigungskräfte und Pflegefachfrauen, vorwiegend aus dem Ostblock, in ganz Europa vermittelt.»

«Nie davon gehört.»

«Es dürfte dich interessieren, wer dreissig Prozent der Aktien besitzt.»

«Viktor!»

«Korrekt.»

«Warst du damit bei Susanne?»

«Noch nicht. Ich wollte zuerst dich informieren. Unsere

beiden Fälle hängen zusammen. Das ist kein Zufall, Cem. Was haben die Entführung von Eva und die ermordete Frau in der Wolfsschlucht gemeinsam? Was plant Viktor?»

Cem ging zur Tür. «Ich werde das herausfinden. Gib mir eine Stunde Vorsprung, bevor du Susanne oder die anderen informierst.» Cem hörte, wie Kevin protestierte, aber er liess sich nicht von seinem Plan abbringen. Er musste Viktor zur Rede stellen. Persönlich.

Unten beim Empfang hörte er seinen Namen rufen. Verdammt, die hatte er total vergessen.

Ella eilte ihm hinterher, die gelbe Handtasche in die Höhe gestreckt, als wollte sie sich grösser machen. «Huhuuu, Herr Cengiz, so warten Sie doch.»

Cem beschloss, sie nicht zu beachten, aber er hatte ihre Fitness unterschätzt. Auf dem Parkplatz holte sie ihn ein. Er riss die Tür seines Alfa Romeo auf, als sie sein Handgelenk packte. «So nicht, junger Mann. So behandeln Sie keine ältere Dame. Mich ignorieren ist ein Unding.»

Er schoss wütend zu ihr herum. «Ein Unding? Ich habe einen Notfall und muss sofort los. Es geht um Leben und Tod.»

«Sie sind ja ganz bleich, was ist denn passiert?»

«Wir sprechen später.»

Ella schien zur Vernunft zu kommen und liess ihn los. Aber Cem freute sich zu früh. Er sass im Wagen und startete den Motor, als die Beifahrertür aufgerissen wurde und Ella einstieg. Laut knallte sie die Tür zu und legte den Sicherheitsgurt an. «Gestern haben Sie mich am See sitzen lassen. Das passiert mir nicht abermals. Ich komme mit. Ich kann Ihnen helfen.»

Cem war sprachlos. Wie eine Klette heftete sich Ella an ihn. Was sollte er tun? Er konnte unmöglich eine fast siebzigjährige Seniorin auf die Strasse schmeissen. «Ich dachte, Sie müssen heute die Zwillinge hüten?»

«Ach die, die sind krank geworden.»

Ja sicher, dachte Cem. Sein Handy klingelte Sturm. Kevin.

«Später», brummte Cem, schaltete es auf stumm und steckte es in seine Hosentasche. Er legte den Rückwärtsgang ein und fuhr los. Welche Wahl hatte er?

«Wo fahren wir hin?», fragte Ella und zog eine übergrosse Sonnenbrille aus ihrer Handtasche. Das altmodische Ding hätte Sophia Loren fabelhaft gestanden, bei der zarten Ella war es schlicht ein dreister Fremdkörper im Gesicht.

«Ich muss nach Küssnacht. Unterwegs lasse ich Sie raus. Gehen Sie in einem Seerestaurant einen Kaffee trinken, bis ich Sie wieder abhole. Können Sie das für mich tun, ja? Bitte.»

«Die Seeburg ist ganz nett, Sie können mich dort absetzen.»

Hatte Cem sich verhört? Sie stimmte ohne Widerrede zu?

Ella holte ein Handy aus ihrer Handtasche und tippte eine Nachricht ein.

Cem fuhr die Bruchstrasse hinunter und schielte zu ihr hinüber. «Ich dachte, Sie haben kein Handy.»

«Ich bin nicht von gestern. Sicher habe ich ein Handy, aber meistens liegt es ausgeschaltet in einer Schublade. Wissen Sie, dass die Geheimdienste diese Dinger jederzeit orten können und Daten sammeln? Mich bespitzeln die nicht. Seit ich aber mit Ihnen zusammenarbeite, ist mein Leben um einiges hektischer und gefährlicher geworden. Und auf Sie ist kein Verlass, Herr Kommissar. In der Wolfsschlucht haben Sie Ihr Telefon im Wagen liegen lassen, das war leichtsinnig.»

Hatte er nicht. Es musste Cem beim Aussteigen aus der Gesässtasche der Jeans gefallen sein. Er hatte es zwischen den Sitzen gefunden. «Was haben Sie Wichtiges zu schreiben?» Er gab Gas und fuhr die Pilatusstrasse entlang Richtung Bahnhof. Er hatte gehofft, während der Fahrt einige Gedanken zu den Frauen und Viktors Verhalten zu sortieren, aber Ella liess ihm keine Ruhe.

«Annelies arbeitet heute im Laden. Sie muss vor dem Mittag Schrattenkäse und Rothorn-Mutschli nachbestellen.»

***

«Bitte, nehmen Sie Platz, Frau Iljin.» Eva bot der Mittfünfzigerin einen Stuhl an ihrem Arbeitstisch an. «Schön, dass Sie so rasch kommen konnten. Die anderen Übersetzer haben sich vor der Aufgabe gedrückt, als ich erzählte, wobei sie mir helfen sollen.»

«Es ist gefährlich», sagte Raisa Janowna Iljin, ihr Gesichtsausdruck war ernst. Sie trug die dunklen Haare streng zu einem Dutt nach hinten gebunden. Die ockerfarbene Bluse war trotz der morgendlichen Hitze bis nach oben zugeknöpft. «In Russland gibt es heikle Angelegenheiten, in die man sich besser nicht einmischt. Sie sollten dies wissen, Frau Staatsanwältin.»

Eva rieb sich die Hand. «Ich habe einen Fall zu bearbeiten und brauche Ihre Hilfe. Wir leben hier in der Schweiz, nicht in Russland.»

«Das macht keinen Unterschied. Russlands Arm reicht weit. Ich habe einen Schweizer geheiratet und wohne seit fast dreissig Jahren in Luzern. Mütterchen Russland hat nie den Kontakt zu mir abgebrochen, wenn Sie verstehen, was ich meine.»

Eva wollte nicht darauf eingehen. «Kennen Sie Viktor Romanowitsch Kasakow?»

«Nicht persönlich, aber ich weiss, wer er ist. Kunsthändler. Ein einflussreicher Mann, vor allem in Sankt Petersburg. Hier in der Schweiz lebt er zurückgezogen, gibt sich grosszügig, verkauft sich gerne als stiller Philanthrop.»

«Ist er das?»

«Nein.»

«Weshalb nicht?»

Frau Iljin zögerte. «Es gehen, wie soll ich sagen, Gerüchte um, dass er dem organisierten Verbrechen angehört, einem mächtigen Syndikat, es nennt sich ‹W.Z.O.R.›, ‹das Auge›. Geldwäsche, Schutzgelderpressung, Kunstfälschung, Drogen-, Waffen- und Menschenhandel, das Tätigkeitsgebiet von W.Z.O.R. ist gross.»

Die Übersetzerin war topinformiert. Eva reichte ihr eine Mappe. «Darin befinden sich Berichte aus Zeitungen, aus dem

Internet und auch von anderen Quellen. Sie handeln von Viktor Kasakow und dem Syndikat. Da sie auf Russisch sind, kann ich sie nicht lesen. Ich möchte, dass Sie die Berichte durchsehen und mir diejenigen Stellen markieren und übersetzen, die für mich relevant sein könnten, alles, was Viktor mit dem Syndikat in Verbindung bringen könnte. Ich muss mehr über diesen Mann erfahren, auch über sein Privatleben. Ich möchte, dass die Unterlagen mein Büro nicht verlassen. Meine Assistentin Laura hat Ihnen am Fenster einen Tisch freigeräumt und einen Laptop eingerichtet.»

Frau Iljin nickte und machte sich an die Arbeit.

Kurze Zeit später trat Oberstaatsanwalt Dr. Kernen ins Büro. «Ihr Ehegatte macht sich rar», beschwerte er sich. «Wir arbeiten zusammen an dem Fall in der Wolfsschlucht, aber er ist nicht zu erreichen. Sein Kollege meint, er musste in einem dringenden Fall weg und sei erst nach dem Mittag wieder zurück.» Kernen legte eine Akte auf Evas Tisch.

«Ist das euer Fall?», fragte sie.

«Ja. Mager bisher, die Ermittlungsergebnisse. Keine Identität der Leiche.»

Eva öffnete die Mappe und zog das Bild der ermordeten Frau heraus. «Barbara war doch gestern im Institut für Rechtsmedizin.»

«Ja, war sie. Deshalb fahre ich zur Polizeizentrale und spreche mit ihr. Finden Sie Ihren Gatten. Ich will ihn dabeihaben bei dem Gespräch, das ist schliesslich sein Fall.» Kernen schnappte sich die Akte und stürmte aus dem Büro. Hatte der eine miese Laune, dachte Eva und bemerkte, dass sie noch das Bild der Ermordeten in der Hand hielt. Sie wollte Kernen zurückrufen, aber der schloss bereits die Tür hinter sich.

Eva seufzte und legte das Foto neben sich auf den Arbeitstisch. Sie wählte Cems Handynummer, erreichte ihn aber nicht, also schrieb sie ihm eine Textnachricht, dass Kernen nach ihm suche. Danach holte sie erneut die Informationen über Sambou auf den Monitor. Wie konnte ein malischer Flüchtlingsjunge

Informationen über einen russischen Kriminellen in Erfahrung bringen? Wie und wo überschnitten sich ihre Lebensläufe?

«Sagen Sie, Frau Iljin, haben Sie schon einmal davon gehört, dass sich das Syndikat Sklaven aus Schwarzafrika holt?»

Frau Iljin überlegte einen Augenblick. «Nein, das wäre mir neu. Sie handeln vorwiegend mit jungen osteuropäischen Frauen, die sie als Sexarbeiterinnen, billige Arbeitskräfte oder auch als Gebärmaschinen missbrauchen.»

«Gibt es einen anderen Kontakt zwischen W.Z.O.R. und Schwarzafrika, Mali im Besonderen?»

«Rohstoffhandel wäre möglich. Wahrscheinlicher ist aber Waffenhandel.»

Waffenhandel. Warum war Eva nicht selbst darauf gekommen? Sie klopfte beim VBS, dem eidgenössischen Departement für Verteidigung, bei Interpol und auch bei anderen Organisationen wie der UNO an. Bis ihre schriftlichen Anfragen beantwortet würden, könnte es einige Zeit dauern. Sie suchte nach Zeitungsberichten zu diesem Thema. Illegaler Waffenhandel war für Eva neues Terrain und, wie sie befürchtete, eine Spur zu gross für sie.

Es war kurz vor Mittag, als Frau Iljin ihre Übersetzungen zu ihr an den Tisch brachte. «Bitte schön, ich hoffe, die helfen Ihnen weiter, aber ich denke nicht, dass Bahnbrechendes darunter ist.» Sie legte die Ausdrucke auf den Tisch neben das Foto der Leiche, das Eva dort hatte liegen lassen. Frau Iljin erstarrte. «Ist sie tot?»

«Ähm, wer?» Eva schaute vom Monitor auf.

Frau Iljin griff nach dem Bild und starrte es an.

«Sagen Sie nicht, Sie kennen die Tote? Wir konnten sie bisher nicht identifizieren.»

«Meine Tochter ist vernarrt in sie. Luna ist in Russland sehr berühmt.»

«Luna? Ist sie Schauspielerin?»

«Nein. Eine Influencerin. Ein Star in den sozialen Netzwerken. Ihre Beautyvideos sind beliebt.»

«Kennen Sie ihren vollen Namen?»

«Lassen Sie mich an den Computer», forderte Frau Iljin.

Eva machte Platz. Die Übersetzerin wechselte die Tastatursprache auf kyrillische Schrift und tippte ein Wort in die Suchmaschine. Sofort erschienen diverse Videos zur Auswahl. Frau Iljin öffnete eines davon.

Eva schaute sich das professionelle Video gebannt an. Luna erklärte leidenschaftlich, wie man sich die Lippen schöner, voller und exakter schminken konnte. Um das zu verstehen, brauchte Eva keine Russischkenntnisse. Ohne Zweifel, diese Youtuberin war ihr Opfer aus der Wolfsschlucht. Wie zum Teufel kam eine erfolgreiche russische Influencerin dorthin, noch dazu mit einer goldenen Kugel im Kopf?

Frau Iljin klickte weitere Beiträge über Luna durch, Berichte aus der russischen Klatschpresse, und wurde hektisch. Sie drängte Eva zur Seite und tippte hastig auf die Tastatur ein. Sie hielt in der Bewegung inne, starrte auf das Bild von Luna, eine Aufnahme aus einem Modemagazin mit zweizeiliger Legende. Langsam richtete sich Frau Iljin auf. Sie klopfte mit ihrem Zeigefinger auf den Bildschirm. «*Eto uschasno!* Übel, übel, Frau Staatsanwältin. Das glauben Sie nicht …»

***

Am Schwanenplatz herrschte Chaos. Ein Reisebus suchte vergeblich einen Parkplatz und behinderte den Durchgangsverkehr. Es waren gleichzeitig zu viele Busse mit asiatischen Gästen vorgefahren. Vor dem Juweliergeschäft drängten sie sich dicht aneinander, darauf bedacht, ihren Führer mit dem Fähnchen in dem Gedränge nicht zu verlieren. Cem musste auf die Bremse treten und warten. Er schaute Ella an. «Sie lagen falsch.»

«Womit?»

«Die Frau in der Wolfsschlucht ist nicht berühmt.» Mehr wollte er nicht verraten.

«Sie haben die anderen gefunden.» Es war eine Feststellung.

Hatte Cem sich verhört? «Welche anderen?», fragte er.

«Die anderen sechs Frauen.»

«Woher zum Teufel ...» Das konnte sie unmöglich wissen, es sei denn ... «Sie», er zeigte mit dem Finger auf Ella, «Sie haben mir den Umschlag zugesteckt.»

«Welchen Umschlag?»

Sie konnte unmöglich der Bote sein, dachte Cem, er war höchstpersönlich ihr Alibi.

«Einen Umschlag habe ich Ihnen nie gegeben. Junger Mann, ich habe kein Alzheimer. Denken Sie nicht, weil ich ein paar Jahre älter bin, dass mein Oberstübchen verkalkt ist.»

«Woher wissen Sie von den anderen Frauen? Und behaupten Sie nicht, der Wind, der Knoblauch oder die Jasskarten hätten es Ihnen zugeflüstert.»

«Heieiei! Jasskarten sind zum Jassen da, die sehen nicht in die Zukunft. Ihnen fehlt es bedenklich an Allgemeinbildung, Herr Dorfpolizist.»

Das Verkehrschaos vor ihnen löste sich auf, und Cem konnte weiterfahren. Auf Ellas Bemerkung ging er nicht ein. Er brauchte seine Nerven und den Kopf für den Besuch, den er sich vorgenommen hatte.

Ella strich sich eine ihrer weissblonden Föhnlocken hinters Ohr. «In der Wolfsschlucht hat uns der Wolf beobachtet. Er war da, glauben Sie mir. Und er ist böse, sehr böse. Er spielt ein Spiel mit Ihnen. Ein Spiel mit uns. Ich brauche Polizeischutz, Herr Kommissar.»

«Wie kommen Sie denn jetzt darauf? Sie weichen meiner Frage betreffend der Frauen aus.»

«Er hat mich angerufen.»

«Wer?»

«Na, der Wolf. Hören Sie mir überhaupt zu?»

Cem presste Luft durch seine Lippen. Er musste sich beruhigen. «Was wollte er?»

«Drohen. Ich solle mich ins Entlebuch zurückziehen, sonst würde es mir ergehen wie den sieben anderen Opfern.»

«Das hat er gesagt?»

«Kontaktieren Sie die Telefongesellschaft, die kann Ihnen bestätigen, dass er mich gestern Abend um einundzwanzig Uhr angerufen hat – auf dem Festnetz.»

Wenn das so einfach wäre, dachte Cem. «Hat er noch etwas gesagt?»

«Aufgelegt.»

Cem versuchte, sich einen Reim darauf zu machen. Angenommen, Ella hatte die Tote durch übernatürliche Kräfte gefunden, wie sie behauptete, und sie hatten den Wolf in der Schlucht aufgescheucht, wie kam er an ihre Telefonnummer? Kannte er Ella, und weshalb sollte er ihr drohen? «Was wissen Sie über Viktor Romanowitsch Kasakow?»

Ella schüttelte den Kopf. «Ist das ein Russe?»

«Vergessen Sie's.» Cem gab Gas und fuhr am Verkehrshaus vorbei. «Da vorne kommt gleich die Seeburg. Trinken Sie einen Kaffee. Ich werde einen Streifenwagen vorbeischicken, der sie zurück zur Polizeizentrale fährt. Wir unterhalten uns später.»

Ella drehte sich im Sitz zu ihm um. «Herr Cengiz, seien Sie vorsichtig. Der Wolf ist da draussen, und er ist gefährlich. Passen Sie auf sich und Ihre Familie auf.»

Familie?

***

Susanne tobte. Wie Rumpelstilzchen stampfte sie in ihrem Büro im Kreis und funkelte Kevin wütend an. «Wie konntest du ihn gehen lassen? Cem steht völlig neben den Schuhen.»

«Hätte ich ihn mit Gewalt aufhalten sollen?»

«Ja, hättest du. Warum hast du ihm die Informationen geliefert? Warum bist du nicht zuerst zu mir gekommen?»

«Es ist sein Fall.»

«Wir haben die Verbindung zu Viktor, und es wird persönlich. Wo stecken Barbara und Banz, wenn man sie braucht?»

«Die sind zur Garage in Emmenbrücke gefahren, wo Evas

Wagen steht. Sie wollen herausfinden, ob der Alternator manipuliert wurde.»

Susanne haderte mit sich. Sollte sie umgehend Verstärkung zu Viktors Anwesen schicken? Hatte Cem sich im Griff? «Wir müssen sofort mit den russischen Behörden Kontakt aufnehmen. Ich will wissen, ob die auch hinter Viktor her sind. Vielleicht können wir uns in diesem Fall zusammenschliessen. Die Sache wird zu gross für uns Luzerner. Kontaktiere Oberstaatsanwalt Kernen und informiere die Bundespolizei.»

«Was tun wir wegen Cem?», fragte Kevin vorsichtig.

«Eva soll ihn zurückpfeifen.» Susanne wollte nach dem Telefon greifen, als es klingelte. Sie nahm ab.

«Susanne, wo steckt Cem?»

«Eva? Dich wollte ich soeben anrufen. Es geht um den Fall, an dem Cem arbeitet.»

«Habt ihr es auch herausgefunden?»

«Wer die anderen sechs Frauen sind, ja. Alles Sexarbeiterinnen aus dem Ostblock.»

Es wurde still in der Leitung.

«Eva, bist du noch dran?»

«Sexarbeiterinnen? Das ergibt keinen Sinn.»

Susanne gefiel nicht, wie Eva ins Stocken kam. «Was hast du herausgefunden?»

«Ich kenne die Identität des Opfers aus der Wolfsschlucht. Sie ist keine Prostituierte. Sie ist in Russland berühmt, wie es eure Seniorin prophezeit hat. Sie nennt sich Luna und ist eine Influencerin. Mit bürgerlichem Namen heisst sie Stella Andrejewna Zwetkow. Und jetzt halte dich fest. Luna ist Viktors Nichte, die Tochter seines älteren Bruders Andrej. Also, wo zum Teufel steckt Cem, und weshalb geht er nicht an sein Handy?»

***

«Ein Herr von der Polizei», kündigte die ältere Bedienstete ihn an, als sie Cem ins Arbeitszimmer führte.

Viktor, dieser aalglatte Sklaventreiber, machte einen auf Kumpel und nahm Cem in Empfang wie einen Freund, den er seit Jahren nicht gesehen hatte, dabei war Cem ihm nie persönlich begegnet. Zwei Herren in dunklen Anzügen standen verschwörerisch am Fenster. Viktor nickte ihnen zu, und sie verliessen den Raum. Ihrer Statur nach zu urteilen, waren es Viktors «Sicherheitsleute». Cem fiel keine bessere Bezeichnung ein.

Er ignorierte Viktors Begrüssungsfloskeln und die ausgestreckte Hand und ging auf Konfrontationskurs. Für einmal liess er seinem türkischen Temperament freien Lauf, auch wenn ihn das seinen Job kosten konnte. «Sie haben sich den Falschen ausgesucht für Ihr mieses Spiel. Finger weg von meinen Frauen.»

«Ihre Frauen? Ich wusste ja, dass Sie Moslem sind, aber ich dachte, Sie wären einzig mit Eva liiert.»

«Werden Sie nicht frech. Wir beide wissen, dass Sie Eva entführt und Lila bedroht haben.»

«Ich habe Ihre Frau nach Hause gefahren.»

«Auf die russische Art, was?» Cem musterte Viktor, der gelassen blieb. Er strahlte eine Ruhe aus, die beängstigend war. Cem hatte sich ihn grösser und bulliger vorgestellt. Er entsprach nicht dem typischen Russen. Viktor trug Jeans und ein dunkles T-Shirt, die Kleidung eines normalen Bürgers, nicht die eines Multimillionärs. Das war das Gefährliche an ihm. Viktor verstand es, unsichtbar zu bleiben, der nette Geschäftsmann von nebenan. Dabei konnte Cem nicht leugnen, dass er einen gewissen Charme besass.

Viktor machte eine einladende Bewegung auf den Sessel an der Seite. «Setzen wir uns. Olga bringt uns Kaffee.»

Cem weigerte sich und starrte demonstrativ aus dem Fenster. Die Sicht auf den See und die Alpen im Hintergrund war grandios.

Höflich ignorierte Viktor sein Verhalten und setzte sich. Elegant schwang er ein Bein über das andere. «Ihre Frau liegt mir sehr am Herzen, Herr Cengiz. Das habe ich ihr gesagt. Ich mag sie, und sie ist wirklich eine hervorragende Staatsanwältin.»

Cem schoss herum. «Und deshalb lassen Sie sie zusammenschlagen, entführen sie und drohen, ihrem Sohn etwas anzutun?»

«Ich habe ihr das Leben gerettet, dafür sollten Sie mir danken. Und Alain habe ich mit keiner Silbe bedroht. Ich habe ihr erklärt, was wir gemeinsam haben und wie wichtig die Familie ist. Für meinen Sohn Denis würde ich alles tun. Kinder sind unsere Zukunft und die Chance auf ein besseres Leben. Sie sollten es wissen, Herr Cengiz. Wann ist der Prozess Ihrer Cousine noch gleich? Nächsten Monat? Hoffen wir, dass sie freigesprochen wird. Was geschieht sonst mit ihren drei entzückenden Kindern? Ihr Vater ist bereits –»

«Halten Sie die Klappe! Was soll die Drohung?»

«Es liegt mir fern, Ihnen zu drohen.»

Cem tigerte im Zimmer auf und ab. Er durfte nicht die Nerven verlieren, sonst würde Familie Cengiz bald im Knast Familienfeste feiern. «Was ist mit Lila?»

«Was soll mit ihr sein?»

«Weshalb haben Sie sie in der Waschküche bedroht?»

Viktor schwieg einen Augenblick. «Lila? In der Waschküche?»

«Lassen Sie Lila da raus. Sie hat Ihnen nichts getan.»

Viktor nickte. «Der Junge hat die Sache ins Rollen gebracht. Passen Sie gut auf ihn auf.»

Cem verstand es, zwischen den Zeilen zu lesen. Eine Drohung. Wie dreist konnte der Kerl werden?

Es klopfte an der Tür, und Olga trat mit einem Tablett ins Arbeitszimmer. Sie servierte den Kaffee und wechselte einige Worte auf Russisch mit Viktor. Dieser stand auf. «Herr Cengiz, entschuldigen Sie mich einen Augenblick. Da ist ein wichtiger Anruf, den ich entgegennehmen will. Geschäfte, Sie verstehen …» Viktor liess Cem allein mit der Haushälterin im Büro zurück, die auffällig umständlich mit dem Geschirr hantierte und partout das Zimmer nicht verlassen wollte.

Cem sprach sie an: «Arbeiten Sie schon lange für Herrn Kasakow?»

«Ja.»

«Sie sind Russin?»

«Ja.»

«Wie ist Herr Kasakow so als Arbeitgeber?»

«Wie schmeckt der Kaffee?», stellte sie eine Gegenfrage, baute sich demonstrativ neben der Tür auf und wartete, zur Salzsäule erstarrt.

Das ist wie in einem Film, dachte Cem. Wo trieb Viktor solche Angestellten auf? Grimmig beobachtete sie ihn. War er in Gefahr? Den Kaffee liess er stehen, reine Vorsichtsmassnahme. Cem griff nach seinem Handy. Er hatte vergessen, dass es auf stumm geschaltet war. Er musste die Zentrale anrufen, damit eine Patrouille Ella in der Seeburg abholte. Perplex starrte er auf das Display, nicht nur Kevin hatte ihn gesucht, sondern auch Eva und Susanne. Was war passiert? Cem wählte Evas Nummer. Erleichtert atmete er durch, als er ihre Stimme hörte – auch wenn Wut ein zu mildes Wort war für die Emotion, mit der sie ihn attackierte.

«Bist du von allen guten Geistern verlassen? Wie kannst du zu Viktor fahren? Wenn du gegen die gesetzlichen Auflagen verstösst, können wir ihn unmöglich vor Gericht zerren. Da hängt uns sein Anwalt Verfahrensfehler an, und das war's.» Sie schnaubte laut. «Lebt der Verbrecher noch?»

«Ich habe Abstand gehalten. Was ist passiert?»

«Wir haben Neuigkeiten. Ich habe herausgefunden, wer die junge Frau aus der Wolfsschlucht ist. Kannst du sprechen?»

«Ich bin in Viktors Arbeitszimmer.»

«Mit ihm?»

«Mit der entzückenden Haushälterin Olga.» Er warf ihr ein Lächeln zu, das ignoriert wurde. «Viktor bekam einen Anruf und verliess vor drei Minuten den Raum.»

«Hör zu», sagte Eva im Flüsterton. «Verhalte dich ganz normal. Wir dürfen Viktor nicht aufschrecken. Eine Sondereinheit ist mit einem Haftbefehl unterwegs zur Villa.»

Cems Herz machte einen Sprung. Das waren grandiose Neuigkeiten. «Alles klar, *Küçüğüm*. Dann kaufe ich heute nach Dienstschluss ein. Brauchst du noch etwas ausser Koteletten, Salat und Weichkäse? Wie heisst die Sorte? Ich habe den Namen vergessen.»

«Die Sorte heisst Stella Andrejewna Zwetkow.»

«Die kenne ich nicht.»

«Ihr Künstlername ist Luna. Sie ist eine berühmte Influencerin in Russland. Und Viktors Nichte.»

Cem war platt. Wie kam es, dass Viktors Nichte erschossen in der Wolfsschlucht von einer Hellseherin aus dem Entlebuch gefunden wurde? «Ist ... ist der Käse im Sonderangebot? Wie viel brauchst du?»

Eva begriff schnell. «Die Sondereinheit ist in fünf Minuten bei euch. Halte Viktor solange hin. Aber Cem, sei vorsichtig.» Eva konnte das Zittern in ihrer Stimme schlecht zurückhalten.

«Keine Sorge, den Käse finde ich. Ich freue mich bereits auf das Abendessen. Ich werde kochen.» Cem legte auf und schaute auf die Uhr. «Holen Sie bitte Herrn Kasakow her. Ich muss weiter und habe vorher einige wichtige Fragen an ihn.»

Olga öffnete die Tür des Arbeitszimmers. «Bitte, Sie dürfen gehen. Viktor Romanowitsch hat eine Nachricht erhalten. Er musste geschäftlich weg. Ich weiss nicht, wann er zurück sein wird.»

«Geschäftlich weg? Ein schöner Ausdruck für Flucht ist das.» Cem hätte sich die Haare raufen können. Da war ihm die Arschgeige vor seinen Augen entwischt.

Olgas Miene blieb regungslos. «Er ist seiner Konkurrenz immer einen Schritt voraus, deshalb ist er so erfolgreich. Sie könnten einiges von ihm lernen. Darf ich Sie nun bitten zu gehen.»

NEUN

Die Ankunftshalle im Terminal 2 des Flughafens Zürich war voll an diesem Dienstagmorgen. Cem war spät dran. Er hatte den Stau vor dem Gubristtunnel unterschätzt. Wie konnten sich die Menschen dieses Verkehrschaos jeden Morgen antun, wenn sie zur Arbeit fuhren?

Er blickte auf die digitale Uhr an der Wand. Es war bereits fünf vor acht. Der Flug aus Moskau war vor über einer halben Stunde gelandet. Er musste den Agenten vom FSB, dem Inlandgeheimdienst oder auch «Föderaler Dienst für Sicherheit der Russischen Föderation», in Empfang nehmen, Susannes Order. Cem hatte sich letzte Nacht erst in die Strukturen der russischen Behörden einlesen müssen. Das war komplett fremdes Terrain für ihn. Nach der gehörigen Standpauke von Susanne, der sich sogar der Kommandant der Luzerner Polizei angeschlossen hatte, war Cem zum Fahrer degradiert worden. Susanne wollte den Fall höchstpersönlich leiten und hatte sich in der Angelegenheit an die Russen gewandt, die unbürokratisch schnell Hilfe versprachen. Einer ihrer besten Agenten, der seit Wochen hinter dem Mörder der Frauen her sei und sich mit der russischen Organisierten Kriminalität bestens auskenne, würde sich bei ihnen melden. Am Nachmittag rief er aus Moskau an und sagte, er habe gleich einen Flug nach Zürich gebucht. Anscheinend hatten die Russen Viktor schon länger im Visier.

Cem schaute sich um. Wie sollte er einen russischen Agenten erkennen? Der Mann hiess Fjodor Borisowitsch Wolkow, mehr wusste Cem nicht. Er wollte nicht stümperhaft rüberkommen und ein Namensschild in die Höhe halten. Das gehörte sich in Geheimdienstkreisen nicht – vermutete er. Beschämt musste Cem zugeben, dass er aufgeregt war. Der Fall entwickelte sich zu einem Spionagethriller, eine Abwechslung zu all den Beziehungsdelikten, die sie normalerweise bearbeiteten, auch wenn es ihm lieber wäre, wenn er Eva und Lila da raushalten könnte. Er seufzte. Susanne hatte Cem beauftragt, sich um diesen Wolkow zu kümmern. Sie verlangte eine fruchtbare Zusammenarbeit. Na dann! Wolkow arbeitete für eine Sonderabteilung des FSB. Dieser war der Nachfolger des KGB. Wolkow gehörte der Sonderabteilung URPO an, der «Direktion zur Infiltration krimineller Organisationen». Es machte den Anschein, als wollten die Russen Viktor zurück in Russland sehen. Weshalb war er für sie so wichtig? Sollten ihre berüchtigten Verhörmethoden ihm alle Informationen über das W.Z.O.R.-Syndikat entlocken? Würde Viktor recht geschehen. Einem Mann, der seine Frau misshandelte, konnte Cem nie vergeben.

«Sie sind spät», sagte eine neutrale Stimme in perfektem Hochdeutsch hinter ihm.

Er drehte sich um. «Herr Wolkow?»

«Herr Cengiz.»

Woher kannte der Russe seinen Namen? Susanne hatte ihm nicht gesagt, wer ihn abholen kam.

«Ich informiere mich gerne über das Team, mit dem ich zusammenarbeite.» Er reichte Cem die Hand wie ein Vertreter, bloss das Lächeln fehlte. «Ich mag es unkompliziert. Ich bin Fjodor. Aber man nennt mich meist beim Nachnamen: Wolkow.»

«Cem, Ermittler bei Leib und Leben.» Er schüttelte ihm kräftig die Hand. «Auf eine erfolgreiche Zusammenarbeit. Ich fahre dich nach Luzern und werde dich in unseren Fall einführen.»

Wolkow reiste mit einem kleinen Handkoffer. Er war Mitte vierzig, schätzte Cem, rund eins achtzig gross und hatte dunkle Haare, die ihm bis zu den Schultern reichten. Auf seinem Kopf sass ein klassischer Herrenhut. Sein gestutzter Bart war grau meliert. Das Gesicht war schmal, ebenso die Augen. Er trug eine graue Bundfaltenhose und ein schwarzes Hemd. Der einzige Schmuck war eine silberne Halskette mit einem Kreuz, wie es die russisch-orthodoxen Christen trugen: drei unterschiedlich lange Querbalken, welche den senkrechten Balken schnitten. Cem hätte den Mann als Prediger, aber niemals als Geheimagenten eingestuft. Diesen Wolkow umgaben eine Ruhe und pastorale Aura, wären da nicht seine Augen gewesen, die eher denen eines Raubtiers glichen als denen eines Priesters.

«Hattest du einen angenehmen Flug?», fragte Cem, als sie zum Parkhaus gingen.

«Danke. Ich bin heilfroh, haben wir hier sonniges Wetter. In Moskau hat es gestürmt und geregnet. Keine Anzeichen von Frühsommer.»

Es war schräg, mit einem Geheimagenten über das Wetter zu plaudern. Cem beschloss, wichtigere Themen anzuschlagen. «Wie lange ist der FSB Viktor auf den Fersen?»

«Ein paar Jahre. Der Verbrecher ist gerissen. Wir haben Vermutungen, aber die Beweise fehlen. Viktor ist hervorragend vernetzt und uns immer einen Schritt voraus.»

Das kam Cem bekannt vor. Viktor war aalglatt wie ein Fisch, der einem ständig aus den Händen glitt.

«Deine Chefin, Susanne Oggenfuss, hat mir letzte Nacht einen Bericht geschickt, mit den wichtigsten Informationen. Sie sagt, eine Hellseherin hat die Leiche in der Wolfsschlucht gefunden?»

«Ja, eine Ella Wälti. Die Seniorin lebt in einem Dorf im Luzerner Hinterland. Sie ist äusserst charmant …»

«Ich will sie so schnell wie möglich vernehmen. Ich glaube nicht an Übersinnliches.» Wolkow sprach die Worte harsch und kalt aus. Zeigte er sein wahres Gesicht?

Cem versuchte, die Spannung durch einen Scherz aufzulockern. «Da stimme ich mit dir überein. Aber Waterboarding lässt meine Chefin nicht durchgehen.»

«Es gibt andere Methoden», sagte der Russe, keine Spur von Humor in seiner Stimme.

Doch kein freundlicher Priester, dachte Cem. Der Kerl war knallhart, ein echter russischer Geheimagent eben. Cem trank keinen Alkohol, aber heute Abend würde er Eva bitten, ihm einen Wodka-Martini zu mixen, geschüttelt, nicht gerührt.

***

Die Angst liess sich am einfachsten mit Arbeit bezwingen. Eva ging erneut die Berichte durch, welche Frau Iljin übersetzt hatte. Die meisten priesen Viktor als intelligenten Geschäftsmann an, als Gönner, Philanthropen, als Gutmenschen. Ein Zeitungsbericht einer kleineren linken Zeitung beschimpfte ihn als Blender, als Egomanen, der seinen Reichtum durch Betrug erwirtschaftet hatte. Der Bericht ging so weit, Viktor als Kunstfälscher anzuprangern und ihn der Zusammenarbeit mit dem organisierten Verbrechen zu beschuldigen. Ein anderer Bericht aus einem Internetforum war weit interessanter. Der Verfasser behauptete, der Tod von Viktors Frau sei kein Unfall gewesen. Er habe sie ermorden lassen, weil sie ihn verlassen wollte. Eva atmete tief durch. Wenn das stimmte, war Viktor eine Bestie.

Seine Frau Sofja kam vor sechs Jahren bei einem Autounfall ums Leben. Sie verlor auf der kurvenreichen Strasse von Luzern nach Interlaken über den Brünig die Kontrolle über ihren Wagen. Alkohol am Steuer. Der Selbstunfall wurde von den Obwaldner Behörden rasch ad acta gelegt. Wäre es möglich, diesen Unfall inszeniert zu haben? Eva lud sich den Bericht des Unfalls, den sie schon letztes Jahr angefordert hatte, auf den Monitor. Er geschah mitten in der Nacht. Es gab wenig Verkehr und keine Zeugen. Eva klopfte mit ihren Fingernägeln auf die Tischplatte. Ging ihre Phantasie mit ihr durch? Die Aussage von Sofjas Frauenarzt bestätigte, dass Sofja nach der Geburt von Denis an postnataler Depression litt, die sie auch nach zwei Jahren noch quälte.

Eva stand auf und hängte das moderne Acrylbild, das hinter

ihr an der Wand hing, ab. Auf ihrem Tisch lagen zwei Akten: der Fall mit Lila und Sambou und derjenige, an dem Cem mit Oberstaatsanwalt Kernen arbeitete. Eva hatte vom Chef eine Kopie der Akte angefordert. Das hatte einen Grund. Sie brauchte Struktur in den beiden Fällen, die auf bizarre Art miteinander verwoben waren. Mit rotem Farbstift zog sie eine Senkrechte auf der weissen Wand. Rechts schrieb sie «LUNA» hin, links «LILA». Sie hängte ein Bild von Luna unter ihren Namen. Daneben hängte Eva in Tabellenform die Bilder mit Namen der ermordeten Frauen auf, geordnet nach ungefährem Todeszeitpunkt, dazu schrieb sie die Länder der Fundorte. Sie trat einen Schritt zurück und betrachtete ihr Werk:

Luna	Mai	Schweiz
Doina	Mai	Spanien
Maja	April	Deutschland
Réka	März	Frankreich
Alisa	März	Russland
Ilka	Februar	Italien
Svetlana	Dezember	Deutschland

Eva holte Bilder aus der anderen Akte. Eines von Lila und eines von Sambou. Sie hängte die Fotos auf die linke Seite der Tabelle. Darunter schrieb sie «April». Lila hatte Sambou im April in die Schweiz gebracht. Eva zögerte einen Augenblick, aber sie musste ehrlich mit sich sein. Sie griff nach ihrem eigenen Foto, das in der Akte lag, und hängte es unter das von Lila und Sambou. Sie war der Grund, weshalb Lila den Jungen in die Schweiz gebracht hatte. Laut Lila kannte er Evas Namen. Unter der Senkrechten zog sie eine waagerechte Linie und hängte Viktors Bild darunter. Er war der gemeinsame Nenner.

Erneut trat Eva einen Schritt zurück und betrachtete ihre Wandcollage. Es fehlte ein Detail. Genau. Der Brief mit dem Satz aus dem Märchen. Der Wolf und die sieben Geisslein. Eva nahm einen grünen Farbstift und umkreiste die sechs Mädchen damit. Danach umkreiste sie Viktors Foto und verband diese Blase mit der um die Mädchen. Neben Viktor schrieb sie in Grossbuchstaben «WOLF?». In dem Märchen war es aber dann das Mütterchen, das den Wolf besiegte und die Geisslein befreite. War es Zufall, dass eine Seniorin Cem auf die Spur von Luna brachte? Frau Ella musste mit auf die Wand. Eva suchte nach einem Bild und hängte es oben über die Senkrechte. Sie umkreiste es ebenfalls grün und schrieb daneben «MÜTTER-CHEN?».

Abermals studierte Eva ihr Kunstwerk. Kernen würde sie rügen wegen der Kritzelei an der Wand. Viktor war der gemeinsame Nenner der beiden Fälle, aber was war das Motiv? Weshalb mussten die Frauen sterben, sechs Prostituierte und eine Influencerin? Wie passte das zusammen? Und welches Geheimnis hütete ein Flüchtlingsjunge aus Afrika, das Viktor bedrohte?

Eva sollte bei Viktors Wurzeln ansetzen, beim Menschenhandel. Sie besass einige Kontakte, aber sie wusste, wie schwer es war, diese Frauen zum Reden zu bringen. Sie hatten Angst, verständlich. Letzten Sommer hatte sie eine seiner Sexsklavinnen überzeugt, gegen Viktor und das Syndikat auszusagen, aber im letzten Augenblick hatte die Frau einen Rückzieher gemacht. Eva suchte ihre Nummer heraus. Flora lebte jetzt in Zürich und arbeitete dort in einem Club. Diesmal wollte Eva sie nicht überreden, vor Gericht auszusagen, sie brauchte bloss Informationen. Möglich, dass Flora wusste, was die goldene Kugel bedeutete.

Bevor Eva den Anruf tätigen konnte, klopfte es an der Tür. Laura, ihre Assistentin, trat ein und starrte einen Moment auf ihr «Wandgemälde». Sie atmete heftig. «Schlechte Neuigkeiten. Sambou ist verschwunden.»

∗∗∗

Am Empfang liess Cem für Wolkow einen Besucherausweis ausstellen, der ihm den Zutritt zur Polizeizentrale sicherstellte. «Und du willst nicht zuerst ins Hotel?»

«Je schneller der Fall gelöst wird, desto schneller bin ich weg. Es liegt Arbeit vor uns.»

«Ach, Cem», unterbrach Roland vom Empfang das Gespräch. «Frau Ella Wälti wartet oben in deinem Büro.»

Cem stöhnte. «Schreibt sie meine Berichte neu, die sich auf dem Tisch stapeln? Weshalb lässt du sie hoch?»

«Kevin hat sie mitgenommen. Er hat ein Auge auf sie.»

«Wo ist dein Büro?», fragte Wolkow und ging voran zu den Liften. «Ich will ein Verhörzimmer, in dem wir ungestört sind.»

Ja, so weit kommt es, dass ich dich mit Frau Ella allein lasse, dachte Cem. «Wir können in meinem Büro mit ihr sprechen. Dort sind die Stühle bequemer.»

Auf der sechsten Etage führte er den Russen den Korridor entlang zu seinem Büro. «Schüchtere Frau Ella nicht zu sehr ein, dann schaltet sie auf stur und sagt kein Wort mehr. Andererseits, wenn du sie reden lässt, treibt sie dich in den Wahnsinn.»

«Ich will nachher ihre Akte lesen.»

Wolkow lehnte sich weit aus dem Fenster. Er war Gast hier, kein Chefermittler.

Wie erwartet sass Frau Ella auf Cems Sessel hinter dem Arbeitstisch und plauderte munter mit Kevin.

Cem grüsste kurz angebunden. «Frau Ella, das ist Herr Wolkow. Er wird uns bei der Suche nach dem Mörder unterstützen und hat einige Fragen an Sie.»

Ella starrte Wolkow mit grossen Augen an. Und schwieg. Cem hatte sie nie sprachlos erlebt. Hätte Ella einen Laserblick, wäre Wolkow innert einem Bruchteil einer Sekunde zu Dampf verpufft.

«Frau Ella, alles in Ordnung? Sie sind blass –»

«Der Russe!», rief sie und schoss vom Stuhl auf. Heute trug sie eine karierte Hose mit einer dunkelroten Rüschenbluse. Im Haar steckte eine Schleife. Wo fand diese Frau bloss solche Kleider? «Sie sind es.» Mit ihrem knochigen Finger zeigte sie auf ihn.

«Sie kennen Herrn Wolkow?», fragte Cem und wechselte mit dem Agenten einen Blick. Dieser schien ebenso verwirrt.

Ella fuchtelte mit ihrem Zeigefinger in der Luft herum. «Wahrhaft! Es ergibt alles Sinn. Die Karten sprachen deutlich, ich habe sie bloss falsch gedeutet.»

Kevin trat neben Cem, grüsste kurz Wolkow und schaute Ella irritiert an.

«Ich dachte», fuhr sie fort, die gewohnte Theatralik in der Stimme, «ihr Mann oder Vater würde kommen, in Trauer um Luna. Aber nein, er ist ein Agent. Er ist der Ausweg.»

Cem bestand darauf, dass Ella sich deutlicher ausdrückte.

«Die Karten», erklärte sie. «Gestern war Vollmond, da habe ich die Tarotkarten gelegt. Sie haben mir erzählt, dass ein Mann kommen wird, um Luna zu holen. Und dass es für sie Hoffnung gibt. Der Stern, Lunas Trumpfkarte, er schenkt ihr Hoffnung. Dazu kam die Hofkarte des Königs, ein Mann, der ihr beisteht. Er hat das Element Feuer. Die beiden verbindet die Karte der fünf Kelche. Sie steht für Traurigkeit, für Sorgen und schlechte Nachrichten. Ich habe den König damit in Verbindung gebracht. Aber falsch. Die Karte der fünf Kelche steht im Positiven auch dafür, dass ein Ausweg gefunden wird.» Ella zeigte auf Wolkow. «Er ist der König, er bringt den Fall zu einem Ende.»

Erneut eins hinter die Rübe, dachte Cem, ich bin eh der trottelige Dorfpolizist. «Und für mich haben Sie die Karte des Narren gezogen, was?»

«Seien Sie nicht beleidigt, Herr Cengiz. Ihre Zeit wird kommen, versprochen.»

Welch hoffnungsvolle Weissagung.

Wolkow legte seine Handflächen vor dem Mund aufeinander, tippte die Fingerkuppen gegeneinander und überlegte, dabei scannte er Ella mit einem Röntgenblick, endlos lange, ohne zu atmen. Niemand im Raum wagte, ein Wort zu sagen.

* * *

Eva war sofort von der Staatsanwaltschaft in Kriens nach Luzern zur Polizeizentrale gefahren. Sie grüsste Roland am Empfang und marschierte direkt zur hinteren Zelle im Erdgeschoss, wo Lila vorübergehend Quartier genommen hatte. Cem hatte es ihr so gemütlich wie möglich eingerichtet. Fernseher, Kuscheldecke, Bücher – sogar ein Teddybär sass neben ihr auf dem Bett.

Sie blickte von ihrem Handy auf, als Eva die Zellentür aufschloss und eintrat. «Ich habe echt keinen Bock auf dich. Verschwinde!»

«Ich will dein Leben schützen, deshalb bist du hier.» Eva schloss die Tür hinter sich.

«*Mon Dieu*, ich passe auf mich selbst auf, seit ich sechzehn bin. Danke, auf deine Hilfe pfeife ich.»

«Aber ich nicht.» Eva setzte sich auf den einzigen Stuhl im Raum und beobachtete Lila, die das Handy weglegte, nach dem Teddybären griff und ihn auf ihren Schoss zog.

«Den hat mir Cem geschenkt», sagte Lila, sich des Seitenhiebes bewusst. *«Mon nounours.»*

Cem war und blieb Lilas Teddy, dachte Eva. Aber jetzt war keine Zeit für Eifersüchteleien. Das Leben eines Kindes stand auf dem Spiel. «Sambou ist verschwunden.»

«Was?» Lila schmiss den Teddy in die Ecke und sprang vom Bett auf. Eva schreckte zurück. Sie glaubte, Lila würde ihr gleich an die Kehle springen. Drohend stand sie vor ihr. «Wie kann er verschwinden? Hat ihn die Mafia …? Oh, bitte nicht, sag, dass sie ihn nicht gefunden haben. Sonst ist er bereits –»

«Nein. Wir glauben, dass er getürmt ist.»

«Wann?»

«Letzte Nacht. Er lag am Morgen nicht mehr in seinem Bett. Er hat einen Rucksack gepackt. Der fehlt, wie auch einige Kleidungsstücke und Müesliriegel aus der Küche.»

Lila ballte die Hände zu Fäusten. «Du hast mir versprochen, dass er bei dieser Pflegefamilie in Sicherheit ist und dass niemand weiss, wo er ist.»

«Nur Leib und Leben, eine Mitarbeiterin der KESB und ich waren informiert. Niemand hat ihn gefunden, Lila. Er ist abgehauen. Aber Sambou spricht kein Deutsch, er hat weder Geld noch einen Ausweis, und er ist erst zwölf. Wo will er hin?»

«Zu mir.»

«Wo ist das?»

«Er kennt Marius' Wohnung nicht, aber die von Cem. Dort habe ich ihn hingebracht, als wir herkamen.»

«Ich werde gleich eine Streife hinschicken», sagte Eva.

«Nein. Lass mich gehen. Ich finde Sambou. Wenn er vor Cems Wohnung Polizisten sieht, wird er abhauen. Der Junge ist clever, sonst hätte er eine Flucht allein von Mali über das Mittelmeer nicht geschafft. Er ist ein Überlebenskünstler. Ihr werdet ihn nicht finden.»

Eine waghalsige Idee war das, dachte Eva. Lila war draussen in Lebensgefahr – genau wie Sambou. Sie waren Zeugen in einem Fall gegen das Syndikat und auf deren Abschussliste. Was auch das Geheimnis war, das Sambou im Kopf mit sich trug, Lila kannte es, oder Teile davon, und es war tödlich. Eva versuchte es erneut. «Sprich mit mir, Lila. Erzähl mir, was du von Sambou erfahren hast.»

«Nein. Ich breche mein Versprechen Sambou gegenüber nicht. Er wird mit dir reden, wenn ich ihn gefunden habe. Ich kann ihn überzeugen, mir vertraut er hoffentlich noch, nachdem die feinen Schweizer Behörden uns auseinandergerissen haben.» Lila stellte sich breitbeinig vor Eva auf.

Diese kleine, zierliche Person wuchs in Krisensituationen über sich hinaus, das wusste Eva, während sie in solchen Situationen in Schockstarre verfiel. Es gab Momente, da war sie mehr als eifersüchtig auf Lila. Sie hasste sich dafür, für ihre eigene Schwäche, dafür, dass die taffe, selbstsichere Staatsanwältin bloss ein perfekt gespieltes Konstrukt war. Eva war nur eine Frau, keine Heldin, wie Lila es war.

«Du kannst hier nicht rausspazieren wie aus einem Hotel.»

«Cem wird es verstehen. Ausserdem sind die achtundvierzig Stunden längst um. Du kannst mich nicht mehr festhalten.»

Da hatte Lila recht. «In Ordnung. Aber nimm Cem mit.»

«Ich gehe allein. Sambou vertraut nur mir.»

«Du bist lebensmüde.»

«Ich tue das Richtige.» Lila zögerte keine weitere Sekunde und verliess die Zelle. «Kommst du? Du musst Roland vom Empfang sagen, dass er mich rauslässt.»

Unruhig zupfte Eva ihren Bleistiftrock zurecht, als sie die Einsatzleitzentrale im Erdgeschoss verliess und zu Cem hoch ins Büro fuhr. Sie würde sich eine Standpauke anhören müssen. Aus ihrer Handtasche holte sie das Parfumflacon. Der Blumenduft würde Cem besänftigen, hoffentlich. Sie war nervös. Gegen das Gesetz zu handeln war nicht ihre Art.

Sie hörte Stimmen aus Cems Büro. Kaum trat sie ein, bezweifelte Eva, dass es richtig gewesen war, Lila gehen zu lassen. Die Stimmung war aufgeheizt. Cem unterhielt sich aufgebracht mit Susanne. Frau Ella redete auf Kevin ein. Barbara und Banz sprachen mit einem Fremden. Niemand bemerkte Eva an der Tür. Sie räusperte sich entschlossen und klopfte energisch an den Türrahmen. «Guten Morgen.» Es wurde augenblicklich still. Eva legte ihren inneren Schalter auf Staatsanwältin um. Es war nicht der richtige Zeitpunkt für ein lockeres Gespräch unter Freunden. Sie verschränkte die Arme vor der Brust und schaute taff. «Darf ich fragen, was hier los ist?» Als ob die Lehrerin die Schüler beim Schwatzen erwischt hatte, dachte Eva.

Dabei diente dieses Schauspiel einzig dazu, ihre eigene Unsicherheit zu verbergen. Sie schritt energisch in die Mitte des Raumes, liess ihre Absatzschuhe so laut als möglich auf dem Laminatboden in einem rhythmischen Takt aufschlagen. Cem wollte zu ihr kommen, aber sie warf ihm gleich den «Halte Abstand»-Blick zu und schaute Susanne an. Sie hatte hier die Leitung.

Susanne verzog den Mund zu einem schiefen Lächeln. «Sie kommen gerade richtig, Frau Staatsanwältin. Darf ich Ihnen Frau Ella Wälti vorstellen.»

Mit der Höflichkeitsform, mit der Susanne sie ansprach, hatte Eva nicht gerechnet, es war ihr aber recht. Sie nickte der Seniorin zu. «Ich habe viel von Ihnen gehört, Frau Wälti. Ich bin Eva Roos Cengiz.»

Die Frau strahlte und ergriff unaufgefordert Evas Hand. Ihr Händedruck war kräftig. Eva glaubte, Erleichterung in ihrem Gesicht zu sehen. «Endlich lernen wir uns kennen. Sie sind also die berühmte Ehefrau von diesem Dorfpolizisten.» Sie warf Cem einen verschmitzten Blick zu.

Eva konnte sich bildlich vorstellen, wie Cem überkochte und der Dampf aus seinen Ohren schoss. War es gemein, wenn sie diese Frau Ella mochte? Schadenfreude durfte es auch in einer guten Ehe geben. Sie beugte sich zu der Frau vor und flüsterte in ihr Ohr: «Verscherzen Sie es sich nicht mit Cem. Er ist Gold wert.»

Frau Ella tätschelte Evas Wange. Eine Berührung, auf die sie nicht vorbereitet war und die sie perplex erstarren liess. «Er hat ein grosses Herz», flüsterte sie in Evas Ohr, «aber Sie sollten ihren Gatterich besser erziehen. Er ist schusselig und grün hinter den Ohren. Es braucht Zeit, ich weiss. Mein Ueli war nach Jahren nicht der perfekte Gemahl, aber – der liebe Gott habe ihn selig – ich habe ihn geliebt.»

Auch wenn die anderen im Raum das Gespräch nicht mithören konnten, so waren alle Augen auf sie gerichtet. Eva nickte kurz, um ihre Verlegenheit zu überspielen, und wandte sich dem Unbekannten zu. «Darf ich fragen, wer Sie sind?» Er passte nicht in den Raum. Ein grosser, eher schlaksiger Mann, knapp fünfzig, schätzte Eva. Seine Augen lagen tief, waren dunkel und schmal. Sein grau melierter Bart war gepflegt, aber die langen schwarzen Haare wirkten fettig und strähnig. Benutzte er Haarcrème? Barbara und Banz machten einen Schritt in den Hintergrund, als der Fremde vor Eva trat.

Er musterte sie lange, absolut keinen Ausdruck in seinem Gesicht. «Sie sind die Staatsanwältin Eva Roos Cengiz. Cem hat von Ihnen geschwärmt.» Er sprach perfektes, akzentfreies Hochdeutsch.

Eva ahnte, wer er war. «Sie sind der Mann des FSB. Herr Fjodor Wolkow, richtig? Cem erwähnte, dass er Sie heute Morgen in Zürich abholt. Das ging schnell.»

«Beim FSB arbeiten wir effizient.» Er schaute sich im Raum um. Sollte das ein Tadel sein?

«Könnt ihr mich aufklären, was hier los ist?», fragte Eva in die Runde.

Ella ergriff entrüstet das Wort. «Ich lasse mich nicht mit einem russischen Agenten in einen Verhörraum sperren. Ich habe Agentenromane gelesen und weiss, wie die Russen Verhöre durchführen.»

Barbara griff ein. «Frau Ella, wir sind hier nicht in einem russischen Agentenroman. Sie müssen sich nicht vor Herrn Wolkow fürchten. Er muss unsere Gesetze achten. Er will mit Ihnen reden wie wir auch, um den Mörder zu finden.»

«Die Karten sagen mir aber, ich solle mich auf den Dorfpolizisten verlassen.»

Eva erkannte, wie sich Cems Stirnfalte tiefer in die Haut grub. Neben einem russischen Agenten als Dorfpolizist betitelt zu werden war mit Sicherheit einer der Tiefpunkte in seiner Karriere.

Er trat vor die Seniorin. «Vor wenigen Minuten behaupteten Sie, der König würde den Fall lösen. Bin ich unverhofft wieder im Spiel?»

Eva hatte keine Ahnung, wovon er sprach. Sie stand unter Zeitdruck. Sie musste Sambous Flucht und Lilas Freilassung beichten. «Scheint so, als muss hier die Staatsanwaltschaft eingreifen. Wir gehen wie folgt vor: Kevin führt das Gespräch mit Frau Wälti. Herr Wolkow darf mit im Raum sein – passiv. Einverstanden? Prima.» Sie strich sich die Haare in den Nacken. «Wir haben ein weit wichtigeres Problem. Sambou ist verschwunden.»

Alle Augen waren auf Eva gerichtet.

«Hat Viktor ihn gefunden?», fragte Banz.

«Nein. Wir vermuten, dass er abgehauen ist.»

«Wo finden wir ihn?», fragte Susanne.

Eva blickte Cem an. «Lila wird ihn zurückbringen.»

Es wurde still im Raum.

«Alle raus», sagte Cem, ruhig, aber todernst.

Sie gehorchten ohne Widerrede. Einzig Wolkow zögerte einen Moment, aber Susanne nahm ihn mit aus dem Büro und schloss die Tür.

Cem blieb auf Distanz. «Was hast du getan?»

Eva hob das Kinn. «Das Richtige. Wir brauchen den Jungen. Allein da draussen ist er schutzlos. Lila wird ihn finden. Ihr vertraut er.»

«Du hast sie freigelassen? Verdammt!» Eva musste sich eine Tirade türkischer Fluchworte anhören. Zum Glück verstand sie kein einziges. Zornig zeigte Cem aus dem Fenster. «Bist du von allen guten Geistern verlassen? Viktor ist da draussen. Er sucht nach Lila.»

«Er will Sambou. Sambou ist ein Kind. Wir müssen ihn schützen.»

«Zu welchem Preis? Das Leben von Lila? Du kennst sie. Sie steigt, ohne an die Konsequenzen zu denken, in die Hölle hinab, wenn sie es für richtig hält.»

«Sie ist nicht allein. Ich habe gleich zwei Kollegen aufgeboten, die ihr heimlich folgen und sie im Auge behalten.»

«Lila kann man nicht im Auge behalten. Denkst du, sie rafft

das nicht? Wetten, sie hat die Kollegen in weniger als einer halben Stunde abgehängt?»

Evas Handy klingelte. Ein Anruf der Polizeileitzentrale im Erdgeschoss. Oh, bitte nicht, stöhnte Eva innerlich auf. Hatte sie einen Fehler gemacht?

**

Cem konnte sich unmöglich beruhigen. Der Streit mit Eva war übel gewesen. Sie verliess danach zornig die Polizeizentrale. Obwohl Cem alle Hebel in Bewegung setzte, gab es keine Spur von Lila. Marius war am Telefon durchgedreht und machte sich ebenfalls auf die Suche. Kollegen positionierten sich vor Cems Wohnung. Lila hatte ihr Handy in der Zelle liegen gelassen. Absichtlich, vermutete Cem, damit sie es nicht orten konnten. Auch von Sambou fehlte weiterhin jede Spur. Die Grossfahndung nach den beiden lief. Es war ein Wettlauf gegen die Zeit. Wie hatte Eva so leichtsinnig handeln können, Lilas Leben aufs Spiel zu setzen, um Sambou zu finden? Lila durfte kein Bauernopfer werden.

Kevin übernahm unterdessen das Verhör von Frau Ella. Wolkow verzichtete darauf, dem beizuwohnen, und bot Cem seine Hilfe an. Hoffentlich tauchten Sambou oder Lila bei seiner Wohnung auf. Cem beschloss, zu Fuss hinzulaufen. Die frische Luft würde seine Hormone beruhigen. Er musste klar denken können. Wolkow hängte sich an seine Fersen, den kleinen Rollkoffer hinter sich herziehend.

Sie marschierten über die Reussbrücke zur Altstadt. Es war bald Mittag, und die Sonne stand hoch am stahlblauen Himmel. Cem hatte Wolkow über Sambou und Evas Fall vor Gericht gegen Lila informiert. Der Russe griff das Thema erneut auf. «Wie, denkst du, sind die beiden Fälle verbunden?»

«Keine Ahnung. Ich weiss bloss, dass Viktor seine Finger im Spiel hat.»

«Waffenhandel», sagte Wolkow.

Cem schaute ihn überrascht an. «Waffenhandel? Ich dachte, Viktor handle mit Frauen, Kunst und Antiquitäten.»

«Was weisst du über W.Z.O.R.?»

«Das Syndikat? Zu wenig, fürchte ich. Ihr Russen wollt nicht wirklich Informationen mit uns austauschen. Ich habe mich schon gewundert, dass sie dich so schnell und unkompliziert zu uns geschickt haben. Und dass der Kommandant dich unbürokratisch in unser Team integriert.»

«Es steht viel auf dem Spiel, für beide Seiten. Wir haben russische Agenten, die verdeckt ermitteln. Wir dürfen sie nicht in Gefahr bringen.»

Cem kratzte sich am Hals. «Aha, ich habe schon lange vermutet, dass Susanne Oggenfuss eine Genossin ist.»

«Diese Zeiten sind vorbei. Wir sind nicht mehr im Kalten Krieg.»

«Hm, und in welchen Zeiten stecken wir?»

«Viktor will aufsteigen. Es bahnt sich ein Machtwechsel innerhalb des Syndikats an. Er will das Auge stürzen.»

«Das Auge?»

«W.Z.O.R. Aus dem Russischen übersetzt bedeutet es ‹das Auge› – im poetischen Sinn.»

«W.Z.O.R. ist eine Person?»

«Auch.»

Musste man dem Agenten jedes Wort aus der Nase ziehen? «Wer?»

«Konstantin Zakharowitsch Petrow.»

«Viktor will also den Big Boss stürzen und selbst an die Spitze?»

«Ja.»

«Dann sind wir mitten im Krieg – und der wird nicht kalt.»

«Viktor will das Waffengeschäft an sich reissen», erklärte Wolkow. «Wir wissen, dass das Syndikat Kriegsmaterial nach Afrika verkauft, an Regierungen, Oppositionen, ans Militär und an Aufständische. Wir haben Hinweise, dass ein grosser Deal mit einer Rebellenorganisation in Mali läuft. Religiöse

Fanatiker, die Anarchie wollen, um daraus ihren Gottesstaat zu errichten.»

«Dort hat Sambou Viktor kennengelernt?» Cem blieb stehen. War die Sache eine Nummer zu gross für die Luzerner Polizei? War Wolkow deshalb hier? Wenn das zutraf, musste Interpol zugezogen werden.

«Eine Möglichkeit, ja. Sambou hat Informationen, die Viktor den Kopf kosten können, deshalb jagt er den Jungen und deine Lila, der Sambou vermutlich sein Wissen anvertraut hat. Wir müssen sie vor Viktor finden. Er wird sie eiskalt ermorden.»

Wolkow verstand es, Cem Angst einzujagen. Seine Wut auf Eva wuchs. Sie hatte verantwortungslos gehandelt. So kannte er sie nicht. Als Staatsanwältin hielt sie sich normalerweise peinlich genau an das Gesetz. Solche Schnellschüsse waren seine Schwachstelle. Färbte Cems Charakter in der Ehe auf sie ab? «Die goldene Kugel, was weisst du darüber?»

«Viktors Markenzeichen. Er lebt im Reichtum und tötet mit Luxus, billiges Blei genügt ihm nicht.»

«Weshalb hat er die Frauen ermordet?»

«Als Menschenhändler muss er unter seinen Opfern einen gewissen Ruf wahren. Sie müssen ihn fürchten, nur so behält er die Kontrolle und verhindert, dass Frauen zu den Behörden überlaufen. Spurt eine nicht, macht er kurzen Prozess. Jede Sklavin kennt die Bedeutung der Kugel. Sie erhalten eine goldene Kugel an einer Halskette als ein Willkommensgeschenk vom Syndikat, bevor der erste Freier über sie steigt. Ein Symbol der Angst und der Macht.»

Cem schauderte, als sie die Rössligasse hocheilten. Ein Strom chinesischer Touristen kam ihnen entgegen. «Wie passt da Luna ins Bild?», fragte er. «Weshalb ermordet Viktor kaltblütig seine eigene Nichte?»

«Keine Ahnung. Hat sie Delikates in Erfahrung gebracht und ihn damit erpresst? Oder es geht nicht ums Geschäft, sondern um die Familie? Viktor und sein älterer Bruder Andrej sprechen seit Jahren nicht mehr miteinander.»

«Begeht er diese Morde eigenhändig? Warum ordnet er sie nicht an? An Auftragskillern wird es beim Syndikat nicht mangeln.» Cem musste an die bulligen Anzugträger in Viktors Büro denken und an Genossin Olga.

«Viktor ist ein Perfektionist. Er gibt ungern Verantwortung ab, vertraut keinem und nimmt Angelegenheiten lieber selbst in die Hand.»

Diese Worte stimmten Cem nachdenklich. Weshalb hatte Viktor Schläger angeheuert, die Eva angriffen? «Wer ist der Wolf?»

Wolkows Blick war auf die Pflastersteine am Boden gerichtet. «Wir wissen es nicht. Der Wolf ist die grosse Unbekannte. Auch unsere V-Männer kommen nicht an ihn heran. Ganz ehrlich, es gehen Gerüchte um, dass es den Wolf nicht gibt, dass Viktor ihn erfunden hat, um den FSB in die Irre zu führen.»

«Glaubst du das?»

«Ich denke, Viktor ist der Wolf.»

«Wie kommen wir an ihn heran?»

«In Russland überhaupt nicht. Er hat einflussreiche Freunde, die ihn decken. Er ist faktisch der Herrscher über die Unterwelt von Sankt Petersburg. Hier in der Schweiz sind die Chancen erfolgversprechender, deshalb bin ich hier. Viktor hat keinen Einfluss auf die Polizei. Sein Schwachpunkt ist sein Sohn, und mit ihm können wir Viktor aus der Reserve locken.» Wolkows Worte klangen sachlich und trocken.

Cem gefiel das nicht. «Ich kann keinen achtjährigen Knirps verhaften und Viktor mit dem Leben des Kindes drohen. Wir haben hier Gesetze, an die wir uns halten müssen. Wir gehen nicht mit den Methoden einer Mafia vor. Auf diese Stufe setzen wir uns nicht herab.»

Wolkow zuckte gleichgültig mit der Schulter. «Tja, das ist das Problem im Westen: Ihr seid zu zaghaft. Dabei könntet ihr das Leben unzähliger Frauen retten, die täglich aus dem Osten an euch reiche Westler verkauft werden wie Sklavinnen. Schon einmal darüber nachgedacht?»

Logik und Menschlichkeit waren ein zweischneidiges Schwert. Cem wusste, dass er sich immer auf die Seite der Menschlichkeit stellen würde. «Wir brauchen einen Weg, der moralisch vertretbar ist und keine Opfer verlangt.»

Wolkow blieb stehen. «Diesen Weg gibt es. Ich habe einen Plan.»

ZEHN

Das Forellenfilet schwamm in einer leichten Dillsauce. Barbara schob es auf dem Teller hin und her und blickte hinaus auf das Reusswehr. Sie sass bei schönstem Wetter auf der Terrasse des Wirtshaus Taube im Luzerner Kleinstadtquartier. Vis-à-vis sassen Banz und Dave. Dave war kurz vor Mittag aus Zürich angereist, und Banz hatte ihn gleich zum Lunch eingeladen. Er meinte, die Luft in der Polizeizentrale sei schwer zu atmen.

Die Männer hatten ihre Bratwurst vertilgt und unterhielten sich über Fussball. Typisch.

Barbara legte das Besteck auf den Teller. «Basta», sagte sie und schaute auf. «Wir sind nicht zum Plausch hier, Fussball kann warten.»

«Weiht mich ein», sagte Dave. «Was ist heute Morgen bei euch vorgefallen?» Seine karamellfarbene Glatze glänzte unter einer Schicht Sonnencrème. Zu seinem Metallica-T-Shirt und den Shorts trug er eine Pilotensonnenbrille mit Spiegelgläsern. Er war in bester Ferienstimmungslaune. Anders Banz. Er hatte die Ärmel seines karierten Hemdes hochgekrempelt. Sein dunkler, kräftiger Vollbart absorbierte das Sonnenlicht. Sein Blick wurde ernst. «Interne Angelegenheiten. Darüber plaudern wir nicht», sagte er.

Dave lehnte sich entspannt im Stuhl zurück. «Hm, seid ihr interessiert an den Neuigkeiten, die ich euch extra nach Luzern bringe?»

Sie wusste, weshalb er hier war. Auch wenn sich die Herren scheinbar locker über Fussball unterhalten hatten, das Testosteron kochte über an diesem Tisch. Beide waren komplett anders als der zurückhaltende, wortkarge Wymann, mit dem sie über Jahre eine heimliche und lockere Beziehung geführt hatte. Dave und Banz waren am Scharren wie Streithähne. Sie sollte das Werben um ihre Gunst geniessen und mit den

Herren spielen, zum Zeitvertreib. Sie seufzte heimlich. «Was hast du für uns, Dave?» Sie strahlte ihn an.

Prompt reagierte er auf ihre Signale und lehnte sich zu ihr vor, wagte einen direkten Blick auf ihr Dekolleté. Das grüne T-Shirt mit V-Ausschnitt liess tief blicken, das wusste sie. «Brustimplantate», sagte Dave.

«Brust… was?» Banz war irritiert. «Niemals. Ich weiss –» Dave hob eine Augenbraue. «Was weisst du?»

«Luna trug Brustimplantate», fuhr ihm Barbara ins Wort und klärte Banz auf. «Unser Professor hier hat anhand der Seriennummer des Herstellers ihre Identität herausgefunden, richtig?»

«Moment.» Dave zog die Sonnenbrille von der Nase. «Luna? Wie kommt ihr auf diesen Namen? Das Opfer hiess Stella Andrejewna –»

«Zwetkow», beendete Banz den Satz. «Wissen wir. Das sind keine Neuigkeiten für uns.»

Es geht los, dachte Barbara. Sie hätte die beiden nicht gegeneinander ausspielen sollen. Rasch klärte sie Dave darüber auf, wie Eva auf Luna gestossen war, um von sich selbst abzulenken.

«Zufall also», spielte er die Entdeckung herunter. «Aber ihr kennt den Grund nicht, weshalb sie in der Schweiz war.»

Barbara wurde hellhörig. Dave genoss den Moment und dehnte ihn genüsslich in die Länge. «Wie wäre es mit einem Dessert?» Er lehnte sich über die Ecke des Tisches zu ihr vor. «Süss und erfrischend?»

Barbara tat es ihm gleich, bis sie nur Zentimeter trennten. «Ich brauche einen Espresso, kräftig und bitter.» Sie wandte sich an Banz. «Du auch?»

Banz grinste in seinen Bart und rief den Kellner, bestellte zwei Espresso und eine Kugel Zitronensorbet für Dave.

«Schiess los», sagte Barbara. «Weshalb war Luna bei Viktor zu Besuch?»

«Viktor war nicht der Grund.» Dave liess Banz nicht aus

den Augen. Er genoss den Konkurrenzkampf, genau wie Banz. «Stella – oder Luna, wie ihr sie nennt – war wegen einer Abtreibung in der Schweiz. Ihre Blutwerte machten mich nachdenklich, da der HCG-Wert erhöht war. Deshalb habe ich nachträglich ihre Gebärmutter genauer untersucht. Volltreffer. Ich habe in den umliegenden Luzerner Kliniken und bei Frauenärzten herumtelefoniert. Am Dienstag, achtzehnter Mai, wurde bei Luna in einer Privatklinik in Meggen eine Abtreibung durchgeführt. Sie war in der elften Woche schwanger.»

«Sind Abtreibungen in Russland illegal?», fragte Banz.

«Im Gegenteil. Abtreibungen sind dort ein lukratives Geschäft. Lieber warnt die Gesundheitsbehörde vor Nebenwirkungen der Antibabypille und empfiehlt eine Abtreibung, die unter Umständen bis zur zweiundzwanzigsten Schwangerschaftswoche absolut legal ist. Ich nehme an, unser Opfer hatte genug Geld, sich eine Interruptio in einer Luxusklinik in der Schweiz leisten zu können.»

Daves Handy klingelte. Er ging ran. Unterdessen servierte der Kellner Kaffee und Dessert. Dave schob das Sorbet Barbara zu. Er stand auf. «Leute, ich muss weiter. Ein ungeklärter Todesfall in Zürich. Die brauchen mich. Banz, du übernimmst die Rechnung?»

«Sicher. Ich habe dich eingeladen. Barbara und ich bleiben ein paar Minuten länger und geniessen die Mittagspause.»

Dave zögerte eine Sekunde, zwinkerte Barbara zu und setzte lässig seine Sonnenbrille auf. «Tut das. Ich schwinge meinen Hintern auf meine Harley. Nicht vergessen, Babs, Wacken, Ende Juli, die Karten für das Wochenende habe ich besorgt.» Grinsend machte er sich davon.

«Wacken?», fragte Banz. «Und ich dachte an ein urchiges Wochenende am Brünigschwinget im Juli.»

«*Mamma mia!* Können wir uns auf den Fall konzentrieren? Wir müssen Viktor finden.»

«Er ist untergetaucht, seit er Cem entwischt ist.»

«Er konnte nicht wissen, dass –»

«Cem hätte nicht zu ihm fahren dürfen. Lasst ihr dem Pascha eigentlich alles durchgehen? Weshalb geniesst er einen Sonderstatus im Team?»

«Er hat seine eigenen Methoden und ist damit meist erfolgreich. Wir lassen weiterhin Viktors Sohn Denis überwachen. Sein Vater hat ihn bisher im Internat nicht kontaktiert.» Barbara stocherte in dem Zitronensorbet herum. «Unser Verhör mit der Haushälterin Olga geht mir nicht aus dem Kopf. Die war eiskalt und abgebrüht.»

«Eine professionelle KGB-Spionin?»

«Fängst du auch noch mit dem James-Bond-Ding an? Was habt ihr Jungs bloss? Neidisch? Den KGB gibt es nicht mehr, schon vergessen? Olga ist Viktors Haushälterin mit russischen Wurzeln, das haben wir überprüft. Sie ist kein Oberst Rosa Klebb, die uns ‹Liebesgrüsse aus Moskau› überbringt.»

«Mein Fehler, dass ich gestern Nacht im Fernsehen ‹Der Spion, der mich liebte› schaute.» Banz zuckte spitzbübisch mit den Schultern. «Aber ich konnte nicht widerstehen.»

Worauf wollte er anspielen? Etwa «Der Bulle, der mich liebte»? «Wir kommen in unserem Fall nicht weiter», sagte Barbara, entschlossen, seine zweideutigen Worte zu ignorieren. «Die Garage konnte uns nicht bestätigen, dass der Alternator in Evas Wagen manipuliert worden war. Kaputt war er, aus welchem Grund auch immer. Und Viktor, Lila und Sambou bleiben verschwunden.»

«Cem wird seine Lila aufspüren. Sorgen macht mir der Junge.»

«Sambou hätte niemals entwischen dürfen. Vier Männer haben das Zuhause der Pflegefamilie in Hochdorf überwacht.»

«Sie haben sich auf einen Angriff von aussen vorbereitet. Niemand dachte daran, dass der Junge fliehen würde. Wie will er sich durchschlagen, und wohin geht er?»

«Er will zu Lila, da bin ich mir sicher. Unterschätze den Jungen nicht. Er hat eine Reise von Mali bis zur Küste von Algerien und eine Fahrt auf einem Flüchtlingsboot übers Mittelmeer nach Italien überstanden, da wird er sich auch nach Luzern durchschlagen können.»

«Ich wüsste zu gerne, was Sambou über Viktor weiss. Und warum der Junge bisher geschwiegen hat.»

«Auf jeden Fall ist sein Wissen tödlich, so viel steht fest.»

***

Um die Mittagszeit herrschte reger Betrieb im Bahnhofsgebäude. Wenig rücksichtsvoll stiess Cem Passanten beiseite, als er sich einen Weg zu Gleis zehn bahnte. Der Anruf der unbekannten Nummer hatte ihn vor wenigen Minuten erreicht. Cem war heilfroh, dass er den Russen vorher losgeworden war. Wolkow wollte sich bei seinen Vorgesetzten melden und checkte im Hotel Schweizerhof ein, das nur wenige Gehminuten von Cems Wohnung entfernt lag und wo für ihn ein Zimmer reserviert war. Weder Lila noch Sambou waren aufgetaucht, und nach einer Stunde war Wolkow die Lust am Warten vergangen.

Der Anruf änderte alles. Lila war am anderen Ende der Leitung. Sie benutzte das Handy eines Fremden und fasste sich kurz. Cem solle sofort zum Bahnhof kommen.

Auf Gleis zehn war soeben die S9 eingefahren. Cem blieb stehen und schaute sich um. Durch die einzelnen Glasplatten auf dem Dach des Sackbahnhofes brannte die Mittagssonne. Er zog sich seine Baseballkappe vom Kopf und fuhr sich mit der Hand über die verschwitzte Stirn. Er war den ganzen Weg von der Hertensteinstrasse bis hierher gerannt.

Endlich entdeckte er sie. Lila sass auf der hintersten Bank des Perrons und winkte ihm unauffällig zu. Cem rannte hin. Erleichtert ging er in die Knie, als er Sambou erkannte, der sich an Lilas Schulter presste und ihn mit grossen Augen anstarrte, das Weiss seiner Augen im harten Kontrast mit seiner dunklen Haut. Sambou hatte an Gewicht zugelegt. Aber für sein Alter von zwölf Jahren wirkte er nach wie vor klein und zerbrechlich. Er trug Sportkleider und Turnschuhe. Dieses Kind hatte in seinem bisher kurzen Leben mehr durchgemacht als mancher Schweizer während einer ganzen Lebensspanne. «Hey, Kumpel, *ça va bien*?» Cems Französisch war eine Katastrophe, aber anders konnte er sich mit Sambou nicht verständigen. Er legte Lila seine Hand auf das Knie. «Und du, bist du okay? Mensch, was macht ihr denn für Sachen? Marius flippt total aus.» Cem setzte sich neben Sambou.

«Dies war unser heimlicher Treffpunkt», erklärte Lila. «Wir haben das abgesprochen, als wir in die Schweiz flohen. Sollte irgendetwas passieren und wir uns aus den Augen verlieren, würden wir uns hier wiederfinden.»

«Genial ausgedacht. Aber warum hast du uns das nicht erzählt?»

Lila funkelte Cem böse an, hielt ihre Stimme aber ruhig und freundlich. «Weil ihr mich ja nicht mit Sambou sprechen lasst. Ihr hättet ihn gleich wieder in eine Pflegefamilie gesteckt.»

Logischerweise hatte sie recht. Cem strich dem Zwölfjährigen über das kurze, krause Haar. «*Pourquoi tu es* ... ähm ...»

«*Le loup! Il est ici*», schoss es aus Sambou heraus.

Cems Französischkenntnisse reichten aus, um die wenigen Worte zu verstehen. «Der Wolf? Er ist hier?»

Lila nickte. «Ja. Viktor hat die Pflegefamilie ausfindig gemacht. Sambou hat ihn vom Fenster seines Zimmers aus auf der Strasse gesehen und ist deshalb geflohen.»

«Wann?»

«Letzte Nacht.»

Cem ballte seine Hände zu Fäusten. Diese miese Ratte! «Wird Sambou mit uns sprechen?», fragte er.

Lila zuckte mit den Schultern. «Wenn er sich sicher fühlt und wieder Vertrauen fasst.»

«Was hältst du davon, wenn ihr zur Polizeizentrale mitkommt?»

«Wieder in eure gemütliche Zelle? Niemals. Die achtundvierzig Stunden sind um. Ich lasse nicht zu, dass ihr Sambou

einsperrt, auch nicht zu seiner eigenen Sicherheit. Gitterstäbe
werden ihn endgültig verstören. Gefängnisse in Mali sind –»

«Keine Zelle. Ich richte euch ein Zimmer her, bei uns, auf
der sechsten Etage. Dort seid ihr sicher und zusammen.»

«Das wird Susanne niemals erlauben.»

«Wetten?»

***

Den ganzen Nachmittag über hatte Eva zu Hause in Stansstad gearbeitet. Sie wollte niemandem begegnen, der sie strafend anstarrte. Möglich, dass es ein Fehler war, Lila gehen
zu lassen, aber das Leben eines Kindes stand auf dem Spiel,
das war wichtiger als Gesetze, Paragrafen und Vorschriften.
Cems erlösender Anruf, dass er Lila am Bahnhof zusammen
mit Sambou gefunden hatte, beruhigte sie. Die beiden waren
auf der Polizeizentrale in Sicherheit. Dass Viktor allerdings
Sambous Aufenthaltsort herausgefunden hatte, war beängstigend. Trotz Grossfahndung und verstärkten Polizeikontrollen
blieb er unauffindbar.

Eva blickte auf die Uhr, es war kurz nach drei. Zeit, Alain
von der Schule abzuholen. Sie verliess das Haus und liess sich
von ihrem Personenschützer fahren.

Sie warteten ein paar Minuten, bis die Pausenglocke ertönte.
Kurz darauf strömten die Kinder aus dem Schulhaus. Eva stieg
aus dem Wagen und ging Richtung Eingang. Nur noch wenige
Primarschüler kamen aus dem Gebäude, Alain war nicht unter
ihnen. Nervosität machte sich breit. Eva erkannte ein Mädchen, mit dem ihr Sohn zur Schule ging, und sprach es an. Alain
sei bei der Lehrerin, sagte sie. Die Worte beruhigten Eva ein
wenig. Hatte ihr Junior Dummheiten angestellt? Sie gab dem
Polizisten, der im Wagen wartete, ein Zeichen und betrat das
Schulgebäude. Alains Klassenzimmer lag im zweiten Stock.
Sie ging hoch. Unterwegs grüsste sie einige Lehrer, die ihr
entgegenkamen. Die Tür zum Schulzimmer von Frau Ulrich

stand weit offen. Eva hörte Alain munter mit ihr plappern. Gott sei Dank war er wohlauf.

«Echt wahr!», rief Alain begeistert. «Ich habe es herausgefunden. Cem meinte, ich werde ein toller Polizist. Nur ich kannte das Märchen vom Wolf und den sieben Geisslein.»

«Cleveres Bürschchen», antwortete eine Männerstimme.

Eva blieb stehen, unfähig, sich zu rühren. Diese Stimme würde sie aus Tausenden wiedererkennen. Sie wollte nach dem Handy in ihrer Handtasche greifen, realisierte aber, dass diese nutzlos im Wagen lag. Die Panik riet ihr zur Flucht, doch der Mutterinstinkt war stärker. Eva ballte die Hände zu Fäusten und marschierte ins Schulzimmer. Im Notfall konnte sie erneut die Absatzschuhe als Waffe einsetzen. Die marineblauen Manolos, die sie trug, waren mindestens so gefährlich wie die Christian Louboutins.

Frau Ulrich schaute erleichtert auf, als Eva das Zimmer betrat. «Frau Roos Cengiz, ich habe soeben versucht, Sie zu erreichen.» Sie hielt ihr Mobiltelefon in der Hand.

«Mami!» Alain rannte in ihre Arme.

Eva packte ihn und hob ihn hoch, drückte ihn fest an sich. Wutentbrannt schaute sie den Mann an, der am Fenster stand und freundlich lächelte. «Viktor.»

«Hallo, Eva. Dein Sohn hat uns gerade erzählt, wie er dir und Cem bei den Ermittlungen hilft.»

«Was tun Sie hier?»

«Wir müssen uns ungestört unterhalten. Ich dachte, dies wäre ein optimaler Ort. Frau Ulrich wird uns bestimmt einige Minuten allein lassen.»

Die Lehrerin schaute erschrocken zwischen Eva und Viktor hin und her. «Aber … aber Sie sagten doch soeben, Sie seien Alains Personenschützer, weil … Sie wollten ihn doch eben mitnehmen.»

Viktor zuckte mit den Schultern. «Nicht nötig, jetzt, da seine Mutter hier ist. Ich bin flexibel. Warum gehen Sie nicht zusammen mit Alain nach draussen und warten im Wagen der

Polizei? Lange wird es nicht dauern. Was denkst du, Eva, wie viel Zeit bleibt uns, bis die Kavallerie anrückt?»

«Mami, was ist eine Kavallerie?»

«Nein, nicht so», sagte Eva. «Mit Ihnen rede ich nicht. Den Gefallen tue ich Ihnen nicht. Frau Ulrich, gehen wir. Können Sie diesen Mann in Ihrem Zimmer einschliessen?»

Frau Ulrich kam nicht dazu, zu geschockt, um schnell zu reagieren. Viktor eilte zwischen ihr und Eva vorbei nach draussen in den Flur, wo er sich umdrehte und mit der Hand zum Gruss kurz an die Stirn tippte.

Weg war er.

***

Die Aussicht auf den Pilatusplatz mit dem Luzerner Hausberg im Hintergrund war beruhigend. Das Leben unter ihnen drehte sich weiter, als gäbe es keine Killer und Geheimagenten. Die Nacht brach an. Es war kurz vor zehn, und Cem sass mit Eva auf dem kleinen Balkon ihrer Suite im Hotel Anker. Drinnen schlief Alain tief und fest im Kingsizebett. Cem schielte von seiner Cola auf und beobachtete Eva, die an dem Rotwein nippte. Sie brauchten beide diese Ruhe, um den katastrophalen Tag zu verarbeiten. Was für ein Monster musste Viktor sein, um Alain als Druckmittel gegen Eva einzusetzen? Sie war vollkommen aufgelöst gewesen, als Cem sie bei der Schule abholte. Viktor war erneut entwischt. Die Fahndung lief auf Hochtouren, erfolglos. Wolkow sass an diesem Abend mit dem Team der Luzerner Polizei im Büro, um gemeinsam eine Strategie zu erarbeiten, wie sie Viktor fassen konnten. Cem war angespannt, weil er nicht dabei war, aber seine Familie brauchte ihn dringender. Ihre Nervosität konnte Eva nicht überspielen, und Alain war müde gewesen. Der Junge hatte bis in den Abend hinein mit Sambou auf der Polizeizentrale gespielt. Kurz entschlossen nahmen sie sich ein Hotelzimmer. Zumindest hier sollten sie die Nacht vor Viktor sicher sein.

Und sie hatten eine Aussprache dringend nötig. Nach wie vor hing das Streitgespräch vom Morgen wegen Lila in der Luft.

«Du starrst mich an», sagte Eva.

«Ja, das tue ich.»

«Woran denkst du?»

«Dass ich die wundervollste Frau der Welt geheiratet habe. Ich hasse es, mir um dich und Alain Sorgen zu machen. Das ist nicht fair.»

Sie lächelte müde. «Entspann dich.»

«Sorry, dass ich dich heute vor der Belegschaft so angefahren habe. Du hast richtig gehandelt und Sambous Leben gerettet.»

Sie zwinkerte ihm zu. «Das habe ich von dir gelernt. Impulsives Handeln ist dein Spezialgebiet.»

«Du sollst nur meine positiven Eigenschaften kopieren.»

«Die da wären?» Sie stand auf und setzte sich auf seinen Schoss.

«Hm, lass mich überlegen. Meine Kochkunst zum Beispiel.»

Sie fuhr ihm mit der Hand durchs Haar. «Das ist ungerecht. Du hast eine Kochlehre abgeschlossen, während ich nur Bücher gewälzt habe und Sandwiches ass.» Sie drückte ihm einen Kuss auf den Mund. «Danke, dass du für uns da bist, Cem. Ich weiss nicht, wie ich das ohne dich durchstehen könnte.»

«Ihr seid meine Familie, du und Alain.»

Eva schmiegte sich an ihn. «Wie geht es weiter?»

«Wir werden den Spiess umdrehen und den Verbrecher jagen.»

«Wie?»

«Einen Russen fängt man mit einem Russen.»

«Wolkow? Ich mag ihn nicht.»

«Wir müssen keine Freunde werden, aber ich denke, er ist unsere Lösung.»

«Hat er einen Plan, wie er Viktor fassen will?»

Cem schwieg und strich mit der Hand über Evas Rücken.

Sie trug einen seidenen Pyjama in einem dunklen Violett, den er aus seiner Wohnung geholt hatte. Ihr blumiges Parfum verführte ihn, und Cem schloss seine Augen.

«Cem?»

Er wusste, dass er die Frage beantworten sollte. «Ja, Wolkow hat einen Plan. Einen Plan, dem ich niemals zustimmen werde.»

Eva setzte sich gerade hin. «Was hat er vor?»

«Er will dich als Lockvogel einsetzen.» Cem atmete tief durch. «Nur über meine Leiche lasse ich das zu.»

ELF

Der Kaffee war zu süss. Gedankenversunken hatte Eva Zucker hineingegeben. Sie war nervös. Cem zu belügen lag ihr schwer auf, aber sie kannte ihn gut genug, um zu wissen, dass er diesem Treffen niemals zugestimmt hätte. Eva blickte sich um. Sie sass in der «Coffee Lounge» in der oberen Etage vom Pilatusmarkt in Kriens. Das Shoppingcenter war an diesem Mittwochmorgen belebt. Die Menschen gaben Eva eine gewisse Sicherheit. Unter dem Vorwand, in eine Sitzung zu müssen, hatte sie sich aus ihrem Büro geschlichen, wo Cem sie vor einer Stunde abgesetzt hatte, und ihren Personenschützer weggeschickt. Cem selbst war auf dem Weg ins Entlebuch, eine strikte Anweisung von Susanne, um Ella Wältis Umfeld auf den Zahn zu fühlen. Alain war mit seiner Grossmutter und einem Kollegen der Polizei nach Zürich in den Zoo gefahren. Dort sollte er vor Viktor sicher sein. Seine Lehrerin, Frau Ulrich, meldete sich krank. Den Schock von gestern hatte sie nicht überwunden.

Nervös blickte Eva auf die Uhr, es war kurz nach zehn. Er verspätete sich. Fand er den Pilatusmarkt nicht? Unmöglich. Ein russischer Agent sollte dazu imstande sein, auch wenn er neu in Luzern war und die Stadt nicht kannte. Eva hatte ihn am Morgen angerufen und um dieses heimliche Treffen gebeten, weit weg von der Luzerner Polizeizentrale. Sie musste mit Wolkow unter vier Augen sprechen, um seinen Plan zu erfahren.

«Bitte entschuldigen Sie meine Verspätung», sagte eine weiche Stimme hinter ihr.

Eva drehte sich um.

Wolkow nickte zur Begrüssung und setzte sich ihr gegenüber an den kleinen Tisch. Er zog seinen Hut vom Kopf und legte ihn vor sich hin.

«Oh, schon in Ordnung. Mein Anruf kam kurzfristig»,

sagte sie. «Hier ist Selbstbedienung. Darf ich Ihnen einen Kaffee holen?»

«Ich trinke keinen Kaffee, danke.» Er schaute sich in der Mall um. «Ein geheimes Treffen? Weiss Cem, dass wir hier plaudern?»

Eva war nicht danach, die Frage zu beantworten und Schuldgefühle zuzulassen. «Sprechen wir über Viktor.» Sie holte ein Notizbuch aus ihrer Handtasche und griff nach einem Kugelschreiber. «Ich muss ihn fassen, so rasch wie möglich, damit wieder Ruhe einkehrt und meine Familie in Sicherheit ist. Sie verfolgen das gleiche Ziel.»

«Viktor gehört in Russland vor Gericht gestellt.»

«Das klären wir nicht heute», sagte Eva. Garantiert würde es Viktor in seinem Heimatland schlimmer treffen, als wenn er in der Schweiz hinter Gitter sass, da liess die Härte in Wolkows Stimme keine Zweifel aufkommen. Sibirische Straflager waren berüchtigt. «Wie fassen wir ihn?»

Wolkow lehnte sich vor, dabei fiel ihm eine seiner langen Haarsträhnen ins Gesicht. «Mein Vorschlag, über seinen Sohn an ihn heranzukommen, hat Ihnen nicht gefallen.»

«Ausgeschlossen. Denis wird nicht involviert.»

«Es gibt eine weitere Möglichkeit», sagte Wolkow. Weshalb klangen seine Worte wie eine Drohung? «Viktor will Sie, Frau Staatsanwältin.»

Eva tippte mit der Spitze des Kugelschreibers auf das leere Papier ihres Notizblockes. «Weshalb will er mich? Ich bekomme das Gefühl nicht los, dass er mit mir reden will, nur reden. Warum? Lila hingegen hat er brutal bedroht. Sie und Sambou kennen ein Geheimnis über Viktor, etwas, das mit Mali zusammenhängt.»

«Lassen Sie mich mit den beiden sprechen», forderte Wolkow. «Sie sind in der Polizeizentrale untergebracht, aber ich durfte nicht zu ihnen.»

«Sambou soll nicht weiter verwirrt werden. Er braucht Ruhe und Schutz. Wir werden ihn nicht verhören.»

«Ich jage Viktor seit Jahren hinterher. Meine Behörde macht Druck, und ich muss Ergebnisse liefern.»

Eva lehnte sich im Stuhl zurück. «Erzählen Sie mir von Ihren Ermittlungen. Wie sind Sie auf Viktor aufmerksam geworden?»

«Mütterchen Russland behält seine Bürger im Auge, auch wenn sie reich und einflussreich sind und im Ausland wohnen.»

«Was sagen Sie da?»

«Dass Russland –»

«Sie sagten Mütterchen Russland.»

«Ja, so nennen wir gerne unseren grossartigen Staat. Russland schaut zu seinen Bürgern.»

Das Märchen, dachte Eva, was, wenn nicht Ella das Mütterchen war, sondern die Russen. Sollte der Satz bedeuten, dass die Russen den bösen Wolf ersäufen? Sie starrte Wolkow an. Auch wenn er nicht der sympathischste Mensch war, er konnte ihr helfen.

«Frau Staatsanwältin, habe ich etwas Falsches gesagt? Sie sind blass.»

«Nein. Im Gegenteil. Ich denke, wir sollten unsere Ressourcen zusammenlegen und Viktor gemeinsam fassen.»

«Deshalb bin ich hier.»

«Andere Frage. Viktor hat sechs Prostituierte ermordet. Wie passt Ihrer Meinung nach Luna ins Bild? Sie war seine Nichte. Weshalb sollte Viktor seine Nichte umbringen? Wie war sein Verhältnis zu ihr? Denken Sie, es wird weitere Opfer geben?»

«Das sind vier Fragen. Ich sollte mir doch einen Tee holen. Scheint, als könnte unser Gespräch länger dauern.»

Eva begann, den Agenten zu mögen. Sein Auftreten und sein Äusseres waren steif, distanziert, und seine Mimik war schwer zu deuten, aber er war ein Mann, der sich vollkommen im Griff hatte. Eva wusste es nicht, vermutete aber, dass das Training bei einer russischen Eliteeinheit hart sein musste.

Hatte er früher für den KGB gedient? Nein, dafür war er zu jung. Eva erinnerte sich, dass der KGB 1991 aufgelöst worden war und anschliessend in den neu gegründeten FSB überging. Wolkow musste seit den Anfängen dabei sein. Sie wusste wenig über Fjodor Borisowitsch Wolkow. «Reine Neugier: Sind Sie verheiratet?» Sie deutete auf den goldenen Ring an seinem Finger.

Er hob die Augenbrauen und legte den Kopf schief. «Nein, ich war nie verheiratet, mein Beruf lässt das nicht zu. Ist besser so. Der Ring ist ein Familienerbstück. Ich lebe mit meiner Mutter in Moskau. Sie kümmert sich um alles, wenn ich auf Reisen bin, was meistens der Fall ist.»

«Woher beherrschen Sie perfektes Deutsch?»

«Sprachen sind essenziell in meinem Beruf. Ich muss mit den Leuten sprechen können.»

War das Wort «sprechen» bei einem Mann wie Wolkow anders zu verstehen? Es kribbelte unter ihrer Haut. Sie fühlte sich wie mitten in einem Spionagethriller. Sei nicht naiv und verhalte dich professionell, mahnte sie sich. Cem färbte definitiv auf sie ab. Sie richtete den Kragen ihrer pfirsichfarbenen Bluse. «Zurück zu Luna.»

«Stella Andrejewna Zwetkow war ein Star in Russland», sagte Wolkow. «In den sozialen Medien hat man von ihrem Tod erfahren und trauert. Ihre Videobeiträge werden tausendfach geteilt und gelikt, das sagt man doch so. Ich bin kein Fan der sozialen Medien.»

«Weshalb trug Luna nicht den Nachnamen der Kasakows?»

«Sie war verheiratet.»

«Und kam in die Schweiz für eine Abtreibung?»

«Abtreibung?»

«Hat man Sie nicht informiert?»

Wolkow zog die Augenbrauen tief. «Weshalb schliesst die Polizei mich nicht vollumfänglich in ihre Ermittlungen ein? So war es zwischen unseren Behörden ausgehandelt.»

Berechtigte Frage. Um den Mord an Luna kümmerte sich

Kernen. Traute er dem Russen nicht? «Sie hat in einer Klinik in der Nähe abtreiben lassen», sagte Eva, «einige Tage vor ihrem Tod.» Sie kam ins Stocken. «Hat sie in der Schweiz abtreiben lassen, weil ihr Gatte nichts davon erfahren sollte?»

Wolkow überlegte. «Möglich. Haben Sie herausgefunden, wo sie logiert hat?»

«Nicht bei Viktor. Sie hat im Seehotel Hermitage in Luzern gewohnt und am Samstagmorgen, zweiundzwanzigsten Mai, regulär ausgecheckt. Wir vermuten, dass sie in dieser Nacht ermordet wurde, wissen aber nicht, was sie den ganzen Tag über oder am Abend gemacht hat. Die Polizei kann laut den Passagierlisten und Einreisebehörden bestätigen, dass Viktor erst am dreiundzwanzigsten Mai aus Sankt Petersburg zurück in die Schweiz kam.»

«Der Flug verschafft ihm ein schwaches Alibi. Er könnte heimlich auf dem Landweg in die Schweiz gekommen sein, tötete Luna, fuhr zurück nach Sankt Petersburg und nahm den Flug nach Zürich.»

«Stand er in engem Kontakt zu ihr?», fragte Eva.

«Wir denken schon. Luna hielt nichts von der Familienfehde. Sie hat Viktor von Zeit zu Zeit besucht.»

«Könnte er …»

«… der Vater des Kindes sein?», vervollständigte Wolkow die Frage.

Eva schüttelte den Kopf. «Er ist ihr Onkel. Nein, das glaube ich nicht.» Aber es wäre ein mordsmässiger Skandal, dachte Eva, und ein mörderisches Motiv dazu.

Wolkow faltete die Hände vor dem Gesicht. «Viktor ist ihr Onkel, ja, aber nur fünfzehn Jahre älter als Luna. Die Frauen mögen ihn. Er ist attraktiv, charmant, gebildet und reich.»

«Es würde Sinn ergeben, weshalb Luna nicht ins Bild der anderen ermordeten Frauen passt: Das siebte Geisslein war besonders.»

«Wie bitte?»

«Ach, nichts. Weshalb hat Viktor in den letzten sechs Monaten diese Frauen erschossen? Weshalb reiste er dafür durch halb Europa? Gab es vor dieser Zeit keine Morde? Weshalb fängt er vor einem halben Jahr damit an? Und ist es vorbei, was denken Sie? Es liegt auf der Hand, diese Frauen verbindet etwas. Sie kannten vielleicht ein Geheimnis und mussten deshalb sterben. Ein Geheimnis ... auch Sambou kennt ein Geheimnis ...»

«Stellen Sie keine Fragen», sagte Wolkow. Zeigte sich in seinem Gesicht ein Anflug von Humor? Wenn ja, dann war er rasch verflogen und die steinerne Maske zurück. «Finden Sie Antworten. Sie wollten ein Treffen mit mir, weil Cem Ihnen von meinem Plan erzählt hat.»

«Cem wird niemals zulassen, mich als Lockvogel einzusetzen.»

«Wie sehr wollen Sie Viktor kriegen? Welchen Preis sind Sie bereit zu zahlen?»

Ruckartig klappte Eva ihr unbeschriebenes Notizbuch zu. Sie atmete tief durch und schaute Wolkow herausfordernd in die Augen. «Wie lautet der Plan?»

***

Die Herz-Jesu-Kirche stand direkt an der Glaubenbergstrasse, die durch Finsterwald führte. Cem hatte einen Termin um zehn mit dem Dorfpfarrer. Wenn jemand die wenigen hundert Schafe des kleinen Aussenbezirks der Gemeinde Entlebuch kannte, dann der Pfarrer. Und Ella Wälti war keine Frau, die sich unscheinbar in der Herde verkroch.

Die Luft hier oben auf eintausend Metern war Anfang Juni frisch, die Ruhe, wie auch die Distanz zu dem Trubel in Luzern, eine Wohltat. Das Entlebuch schien in einer anderen Zeitebene zu existieren. Die Menschen spazierten zum Dorfladen und hetzten nicht unter Zeitdruck zum Supermarkt. Man traf sich auf dem Trottoir und gönnte sich einige Minuten für einen kleinen Schwatz. Hier herrschten andere Gesetze.

Die Entlebucher blieben unter sich und liessen sich ungern von Luzern in ihre Angelegenheiten reden. Es gab einen Grund, weshalb man das Entlebuch den «Wilden Westen Luzerns» nannte. So wütend Cem anfangs über Susannes Anweisung war, hierherzufahren, um über Ella Wälti Nachforschungen anzustellen, so dankbar war er ihr jetzt für die Möglichkeit, seinen Kopf durchlüften zu können. Eva war in ihrem Büro in Sicherheit, und Alain genoss den Tag mit der Grossmutter und einem Bodyguard im Zoo in Zürich. Hoffentlich stieg dem Knirps die VIP-Behandlung nicht zu Kopf.

«Sie müssen der Herr von der Kriminalpolizei sein. Was führt Sie nach Finsterwald?»

Cem drehte sich zu der Stimme um. Hinter ihm stand ein Mitdreissiger mit modischer Frisur, Jeans und rotem T-Shirt. Er reichte Cem seine kräftige Hand. «Ich bin Sämi Hunkeler, der Dorfpfarrer. Was kann ich für Sie tun?»

«Können wir uns über Frau Ella Wälti unterhalten?»

Hunkeler hob überrascht die Augenbrauen. «Was hat die gute Frau Ella mit der Kriminalpolizei zu schaffen?»

«Sie ist – wie soll ich es sagen – sie hilft uns bei einem Fall als externe Fachkraft.»

«Hat sie Ihnen die Karten gelegt?» Hunkeler lachte herzhaft. «Sie hat es in den letzten Jahren bei jedem Einwohner von Finsterwald versucht. Eher erfolglos, würde ich sagen. Bis auf D' Finstermoor Wiiber, die Damen sind ihr hörig. Ja, unsere Frau Ella ist ein Dorforiginal. Manchmal leicht … ähm … anstrengend, vor allem wenn sie mir mitten in die Predigt redet, aber eine liebe Seele und trotz ihrem Hang zur Esoterik eine religiöse Frau. Keine Ahnung, wie sie es schafft, diese beiden Interessen zu vereinen. Frau Ella kann das, für sie ergibt alles einen Sinn. Sie ist ein spiritueller Mensch. Aber bitte, statt hier draussen zu plaudern, wollen wir in die Kirche gehen und uns dort unterhalten?»

Cem war nicht in der Stimmung für ein Gotteshaus. Er fühlte sich hier draussen freier. «Danke, ich will Sie nicht lange aufhalten. Wie lange kennen Sie Frau Ella schon? Was wissen Sie über ihre Vergangenheit?»

«Ich bin erst seit zwei Jahren Pfarrer in dieser Gemeinde und komme ursprünglich aus Werthenstein. Aber fragen Sie doch Herrn Dahinden senior, drüben im Dorflädeli. Er ging mit Ueli Wälti zur Schule und ist im Jassclub, zusammen mit Frau Ella.»

Cem bedankte sich für den Tipp und ging hinüber zum Dorfladen. Er fragte die Verkäuferin nach Herrn Dahinden senior, der eine Minute später misstrauisch um die Ecke der Fleischtheke blickte. «Ja?», war alles, was er sagte, als er auf ihn zukam und sich trotz seines Alters vor Cem wie ein Schwingerkönig aufbaute.

Cem stellte sich vor.

Kaum hörte Herr Dahinden die Worte «Luzerner Kriminalpolizei», fürchtete Cem, dass dieser einen Revolver zog, um ihn aus seinem Laden zu vertreiben. Wie war das noch gleich, die Entlebucher liessen sich nicht gerne von der Obrigkeit in Luzern bevormunden? Wie zu einem Duell standen sie sich gegenüber, Dahindens Stirn in tiefe Falten gelegt. Cem musste das Misstrauen brechen, setzte seinen treuen Dackelblick auf und sagte, er sei ein Freund von Frau Ella, die ihn liebenswürdigerweise beim Lösen eines Kriminalfalles unterstütze.

Sofort leuchteten Dahindens Augen, seine Stirnfalten lösten sich in nichts auf, und seine Hand schoss nicht zu einem Duell vor, sondern wie zur herzlichen Begrüssung eines alten Freundes. «Warum sagen Sie das nicht gleich? Ellas Freunde sind meine Freunde. Gehen wir nach hinten. Für einen Birli-Träsch und ein Hinterländer-Znüni ist immer Zeit. Es steht schon auf dem Tisch.»

«Danke, aber ich trinke keinen Alkohol.» Cem schaute auf die Uhr. Es war erst kurz nach zehn.

«Ist Selbstgebrannter.» Dahinden führte ihn durch ein Hinterzimmer des Dorfladens nach draussen in den Garten. An der Rückwand des Hauses stand eine Bank mit einem schiefen

Gartentisch. Eine idyllische Oase mit Blick auf den Glaubenberg. Cem hörte das rhythmische Bimmeln von Kuhglocken. Bienen arbeiteten fleissig in Dahindens Garten, wo Rosenstöcke in bunten Farben blühten. In den Gemüsebeeten wuchs der grösste Kopfsalat, den Cem je gesehen hatte. «Wow, schön haben Sie es hier.» Es war fast zu kitschig, um wahr zu sein. Wie in einem Heimatfilm.

«Mis Gärtli.» Dahinden grinste. «Ihr Grossstädter denkt, ihr seid fortschrittlich und modern. Dabei hetzt ihr durch den Alltag und vergesst die wahren Werte des Lebens. Die Familie, die Natur, das Miteinander, das ist es, was zählt. Ihr lacht über uns Hinterwäldler, tatsächlich lachen wir über euch.»

«Sie vertreten eine klare Meinung.»

Dahinden holte aus einem alten Schrank wie zu Gotthelfs Zeiten, der an der Hauswand stand, zwei Kafi-Luz-Gläser, hübsch verziert mit traditionellen Scherenschnittmustern. Auf dem Tisch standen eine Thermoskanne, eine Dose mit wasserlöslichem Fertigkaffee, ein Pack Würfelzucker und eine halb volle Glasflasche mit einer von Hand beschrifteten Etikette: «Birli-Träsch». Das Znüni-Plättli war prall gefüllt mit Aufschnitt, Trockenfleisch, Speck und Käse. Frische Scheiben Buurebrot lagen in einem Korb daneben.

«Setzen wir uns ans Tischli», sagte Dahinden. Er stellte in jedes Kaffeeglas einen Kaffeelöffel, goss zu drei Viertel heisses Wasser hinein, gab einen halben Löffel Kaffeepulver und zwei Würfelzucker hinzu und füllte das Glas mit dem selbst gebrannten Birnenschnaps. Er reagierte nicht auf Cems Einwände, dass er keinen Alkohol trank und fahren müsse.

«Was wollen Sie wissen?», fragte Dahinden und rührte mit den Löffeln in beiden Gläsern gleichzeitig.

«Können Sie mir etwas über Frau Ellas Vergangenheit erzählen?»

«Weshalb sollte ich? Sie hilft Ihnen bei einem Fall, haben Sie gesagt. Weshalb stellen Sie dann Fragen über sie?»

«Ja, sie hilft uns, aber ihre Methoden sind …»

«… aussergewöhnlich? Das ist unsere Ella, seit sie vor bald zwanzig Jahren nach Finsterwald kam. Bitte, langen Sie zu.» Dahinden zeigte auf das Znüni-Plättli.

Cem griff nach einem Stück Käse. «Zuvor lebte sie mit ihrem Mann in Bern?»

«Ja. Ueli war einer von uns, war in Finsterwald geboren. Seine Eltern starben früh, und er wanderte nach Luzern aus, beruflich.»

Konnte man dem Auswandern sagen, fragte sich Cem, wenn man vom Entlebuch nach Luzern zog?

«Später ging er für einige Jahre als Maschinenmechaniker ins Ausland. Zurück in der Schweiz heiratete er Ella und liess sich in Bern nieder. Aber zu dieser Zeit hatten wir selten Kontakt.»

«Sie haben sich nicht hier im Entlebuch trauen lassen?»

«Nein.» Dahinden reichte Cem ein heisses Glas mit dem Kafi Schnaps und überlegte einen Moment. «Manchmal kam Ueli her, um seine Verwandten zu besuchen, aber nie mit Ella. Das Haus mit der Käserei seiner Eltern hatte er vermietet. Vor bald zwanzig Jahren zogen sie dann doch nach Finsterwald. Aber sie waren damals schon lange verheiratet. Die Mieter der Käserei kündigten den Pachtvertrag, und Ueli und Ella übernahmen das Geschäft wieder persönlich.»

«Was wissen Sie über Ellas Vergangenheit? Woher kommt sie?» Cem stellte das heisse Glas zurück auf den Tisch.

«Hmm, keine Ahnung. Ich kann mich nicht daran erinnern, dass Ella je über ihre Kindheit oder Jugend gesprochen hat. Sie war auch nicht mehr die Jüngste, als sie herzogen. Kinder hatten die beiden keine. Warten Sie …» Dahinden hob eine Hand wie in der Schule. «Vor etwa zehn Jahren führten wir ein Dorftheater auf. Ella spielte eine der Hauptrollen. Sie spielte grandios und meinte, sie habe früher schon Theater gespielt. Mehr weiss ich aber nicht.»

Das half Cem nicht weiter. Laientheater gab es in der Schweiz in fast jedem Dorf. Ellas Vergangenheit blieb ein Mysterium. «Wie hat sie sich im Dorf eingelebt?»

«Wie ein Parasit.» Dahinden lachte herzhaft. «Sie mischt sich in alles ein und muss immer das letzte Wort haben, und sie hat das Talent, uns mit ihren verrückten Ideen zu überzeugen. Wir nennen sie das sechste Gemeinderatsmitglied, wenn Sie verstehen.» Dahinden zwinkerte Cem zu. «Ella bringt Leben in unser Dorf. Sie ist unsere gute Seele, immer hilfsbereit und mit einem offenen Ohr, wenn jemand Kummer hat.» Dahindens Zeigefinger neigte sich Richtung Cem. «Wenn Sie Ella schlecht behandeln, wird Ihnen ein ganzes Dorf die Hölle heissmachen.» Seine Warnung schien bedrohlicher als die des Russen.

«Was denken Sie über Ellas Fähigkeiten, in den Karten zu lesen oder mit den Pflanzen zu sprechen?»

Dahinden klopfte sich amüsiert auf die Beine. «Ihr Talent ist miserabel, aber lustig. Ein Abend mit den Finstermoor Wiibern ist unterhaltender als ein Abend mit Netflix, glauben Sie mir. Prost!» Dahinden hob das Kaffeeglas und genehmigte sich einen kräftigen Schluck.

Netflix? Waren die Entlebucher doch nicht die Hinterwäldler, für die die Stadtluzerner sie hielten?

✳✳✳

Kevin sass in seinem Büro und arbeitete an den internationalen Beziehungen. Der Kontakt zu den Dienststellen der Länder, welche die Morde der Frauen untersuchten, gestaltete sich von simpel bis hyperkompliziert, zudem mischten sich der Nachrichtendienst des Bundes, die Bundesanwaltschaft sowie Interpol ein, und auch Amnesty International hatte Wind von der Sache bekommen und drängte auf Zusammenarbeit. Andere Organisationen, andere Länder, andere Mentalitäten, andere Abkommen, andere Dienstwege, andere Gesetze. Es schien, als sei Leib und Leben aus Luzern ins Zentrum Europas gerückt und die Fäden liefen bei Kevin zusammen. Er war am Limit. Jede Behörde wollte etwas von ihm, aber bloss keine Eigenverantwortung übernehmen.

Man konnte sich an dem Fall schnell die Finger verbrennen. Dennoch, Kevin glaubte endlich, einen Überblick zu haben. Noch fehlten die Details. Die Frauen waren über die russische B.P.F. Group nach Westeuropa vermittelt worden. Alle arbeiteten sie im Sexgewerbe. Waren es Sexsklavinnen, die zu fliehen versuchten und für ihren Wunsch nach Freiheit einen tödlichen Preis zahlten? Das Syndikat W.Z.O.R. mischte mit, da war sich Kevin sicher. Viktor fungierte als Schleuser für die Frauen. Auch als Vollstrecker der Abtrünnigen?

Kevin hatte sich über das Syndikat schlaugemacht, obwohl er nur wenige Informationen fand. Ein deutsches Fernsehteam hatte für eine Reportage über das russische Straflager «Polareule» einen ehemaligen Auftragsmörder des Syndikats interviewt. Der von Kopf bis Fuss tätowierte Mann zeigte weder Reue noch Mitgefühl, im Gegenteil, obwohl er lebenslänglich in dem unwirklichen Ort am Polarkreis hoch oben in Sibirien in einer engen Zelle seinen Alltag fristete, sang er Lobeshymnen auf das Syndikat und «das Auge». Er musste den Namen Konstantin Zakharowitsch Petrow nicht aussprechen. Es war ein offenes Geheimnis, dass er das Auge war und seine Organisation kaltblütig und gewinnorientiert mit eiserner Hand führte. Man nannte ihn auch den «Zaren von Perm».

Die Millionenstadt lag im Südwesten des Uralgebirges, war geprägt von Schwer- und Rüstungsindustrie und war ein wichtiges Wirtschaftszentrum für Russland. Vor allem während des Kalten Krieges blühte die Stadt, galt als Waffenschmiede der Sowjetunion und war eine verbotene Zone für westliche Staatsbürger. Nach dem Niedergang der UdSSR fiel die Stadt in eine tiefe Rezession und konnte sich bis heute nicht komplett erholen. Die Wirtschaft brach zusammen, das organisierte Verbrechen hingegen gedieh erfolgreich, da Moskau zu weit entfernt lag und ein Auge zudrückte, solange die Geschäfte für alle Beteiligten von Nutzen waren. Das Ende des Kommunismus war der Beginn für das W.Z.O.R.-Syndikat.

Konstantins Geschäftssinn beförderte ihn vom einfachen

Soldaten zum mächtigsten Mann hinter den Kulissen der Stadt. Er war ein Kontrollfreak, daher der Name «das Auge». Kevin fand nur ein Foto von Konstantin, ein Russe dem Klischee entsprechend: gross, glatzköpfig, schwergewichtig, mit breitem, tätowiertem Hals, starkem Unterkiefer und finsterer Miene. Sein Syndikat war ein Familienunternehmen. Der Arm der Familie Petrow reichte weit, besetzte alle wichtigen Ämter von Perm. Ein Cousin von Konstantin war Oberhaupt der Stadt, ein Onkel der Präsident der örtlichen Polizei, und seine Frau kümmerte sich in der Regierung um die Finanzen.

Frustriert lehnte sich Kevin im Stuhl zurück und steckte einen Bleistift zwischen seine Zähne. Wollte es die Luzerner Polizei mit solch einem Mann aufnehmen? Kevin musste an Gabi denken und an das Kind, das sie erwartete. Wie gefährlich war es, sich in das Geschäft der Russen einzumischen?

«Wir bringen dir Kaffee, sonst gibt es ja nichts zu tun.»

Kevin schaute auf. Lila stand unter der Tür. Vor ihr hielt Sambou eine Kaffeetasse in der Hand und kam langsam auf ihn zu, darauf bedacht, den Kaffee nicht zu verschütten.

«Merci», sagte Kevin.

«Bitte», antwortete Sambou und strahlte.

«Du hast Deutsch gelernt?»

Sambou nickte. «Ja. Ein bisschen.»

«Wir lernen fleissig», sagte Lila. «Deutsch und Mathe. Ich würde eine prima Lehrerin abgeben.» Sie trat ein, setzte Sambou auf den Besucherstuhl und nahm selbst hinter Cems Arbeitstisch Platz.

«Ist euch langweilig?»

«Was denkst du denn? Bei dem schönen Wetter in einem Verhörzimmer eingesperrt zu sein ist nicht berauschend. Aber ich halte schön die Klappe. Wenigstens ist Sambou bei mir, und wir sind hier in Sicherheit.»

«Willst du mir nicht erzählen, was du weisst?»

«Sambou muss es tun, das wisst ihr. Er wird reden, braucht nur etwas Zeit. Woran arbeitest du?»

«Ich verschaffe mir einen Überblick über das Syndikat. Und Viktors Bruder hat uns geschrieben. Er hat von den russischen Behörden und aus den sozialen Medien vernommen, dass seine Tochter in der Schweiz ermordet wurde. Er will von uns Erklärungen und wissen, wann er ihren Leichnam für die Beerdigung abholen kann.»

«Hat er Viktor erwähnt?»

«Nein. Die beiden haben keinen Kontakt mehr, schon seit Jahren.» Kevin sah, wie Sambou bei dem Namen Viktor unruhig wurde. Lila sprach mit ihm auf Französisch und beruhigte ihn.

«Die ermordeten Frauen, denkst du, es wird weitere geben?», fragte er.

«Ja, die gibt es immer, die gab es immer. Auch wenn ihr Viktor schnappt, es wird nie vorbei sein. Sex ist ein Geschäft, ein lukratives Geschäft, und es ist ein Symbol von Macht.»

«Tötet Viktor deshalb die Sexarbeiterinnen? Um Macht zu zeigen?»

«Absolut. Als mich Viktor in der Waschküche bedrohte ...» Sie fröstelte. «Ich hatte selten so eine Angst vor einem Mann wie vor ihm. Er ist eiskalt und brutal.»

«Wolkow meint, dass er Konstantin stürzen und das Syndikat an sich reissen will.»

«Hat dieser Wolkow überhaupt von irgendetwas eine Ahnung? Wie lange jagt er erfolglos hinter Viktor her? Das ist doch nur ein Bürohengst, der gross aufspielt. Ihr müsst ihn mir vorstellen.»

«Das versuchen wir zu verhindern, seit er gestern Morgen hier aufgetaucht ist. Er will Sambou verhören.»

«Niemals! Ich lasse keinen russischen Agenten zu Sambou.» Sie stand auf und nahm den Jungen beschützend in die Arme. «Wer weiss, welche Verhörmethoden der anwendet.»

Das Telefon klingelte, und Roland kündigte Marius an, der dringend zu Lila wollte. Kevin liess ihn hochkommen. «Dein Journalist will zu dir.»

Lila seufzte erleichtert. «Hoffentlich hat er die frischen Kleider dabei.»

Eine Minute später klopfte Marius an die Tür und trat ins Büro. «Wo ist Cem?», fragte er.

«Monsieur», beschwerte sich Lila, «was ist das für eine rüde Begrüssung?»

Marius zwinkerte ihr zu. «Schmusen können wir später. Ich habe Neuigkeiten über das Syndikat und die sechs ermordeten Frauen.»

Kevin sprang vom Stuhl auf. «Ich warte nicht, bis Cem zurück ist. Was hast du herausgefunden?»

«Im letzten Herbst arbeiteten alle Frauen in einem grossen Bordell in Rotterdam.»

«Sie kannten sich?», fragte Lila.

«Nicht nur das. Im November führte die niederländische Polizei in dem Nachtclub eine Razzia durch. Die sechs Frauen waren unter den Verhafteten, wurden kurz darauf aber wieder freigelassen.»

«Woher weisst du das?», fragte Kevin.

«Ich bin Holländer und habe eben die richtigen Beziehungen.»

«Ins Rotlichtmilieu?», fragte Lila. «Weshalb weiss ich das nicht?»

Marius ging zu ihr und nahm sie in die Arme. Er grinste breit. «Nicht ins Rotlichtmilieu, na ja, ein wenig vielleicht. Ich bin in Journalistenkreisen eine Berühmtheit, schon vergessen? Ich habe nett angeklopft und meine Freunde und Kollegen sich umhören lassen. In Sachen Drogen und Prostitution sind wir leider oft irgendwie involviert.»

«Prostitution ist in Holland nicht illegal», sagte Kevin.

«Nein», antwortete Marius. «Die Frauen hatten auch eine Aufenthalts- und Arbeitsbewilligung.»

«Scheint so, als habe das Syndikat sie nach dem Vorfall in ganz Europa verteilt untergebracht», sagte Lila.

Marius nickte. «Doch die Massnahme schien das Syndikat

nicht zufriedenzustellen. Sie wurden danach gezielt ausgeschaltet.»

«Weshalb?», fragte Kevin. «Was hat das mit der Razzia in dem Club zu tun?»

«Bei der Razzia ging es nicht um Prostitution», sagte Marius. «Es ging um Waffenhandel.»

ZWÖLF

Lila knöpfte Marius das Hemd auf. Er sass auf der Fensterbank des Einvernahmeraums und bewunderte ihren Elan. «Lila, wir sind hier mitten in der Polizeizentrale.»

«Richtig. Und die Bullen haben nebenan ein Auge auf Sambou. Wir haben zehn Minuten. Wie fit bist du?»

Marius lachte laut heraus, packte ihr Handgelenk und schaute ihr in die Augen. «Dein Angebot ist verführerisch, aber –»

«*Mais non!* Wann kommt die nächste Gelegenheit, in einem Verhörzimmer der Polizei Sex zu haben?»

«Vermutlich nie.»

«Eben. Sei nicht prüde.»

Marius stand auf. «Du solltest mich besser kennen.» Er schob den Träger ihres BHs hoch und hob das rosafarbene T-Shirt vom Boden auf. «Ein kurzer Entzug tut dir gut.»

Sie schmollte. «Das ist ungesund.»

«Nimm Rücksicht auf einen armen Mann wie mich.» Er zog ihr das T-Shirt über den Kopf und küsste sie auf die Stirn, dort, wo das Pflaster klebte. «Tut's noch weh?»

«Nein.»

«Ich muss da raus, Lila, und helfen, den Fall zu lösen – zu deinem Schutz.»

«Das macht Cem schon.»

«Mein Freund braucht Hilfe. Allein kriegt er das nie hin. Ich habe einen Tipp bekommen, wer hinter dem Waffenhandel steckt. Ich muss dem nachgehen.»

«Und ich?»

Marius seufzte. «Du bleibst hier und kümmerst dich um Sambou. Er muss dir vertrauen, um zu reden. Du kennst bisher nur Bruchteile von dem, was er weiss.»

«Was tust du jetzt?», fragte Lila und schmiegte sich an seine Brust.

Marius wusste, dass er ihr längst hörig war. Dieser Frau konnte er nicht widerstehen, geschweige denn böse sein. Sie hatte ihm an Weihnachten das Leben gerettet. Diese kleine, zierliche Person war eine Kriegerin. Eine sture Kriegerin, die keine Grenzen kannte, und doch hatte sie verletzliche Seiten. Er umschlang sie. «Der Flieger geht in drei Stunden. Ich muss los.»

«Du fliegst weg? Wohin?» Sie blickte erschrocken auf.

«Dakar.»

«In den Senegal? Du kannst doch nicht –»

«Lila, hier kommen wir nie an die Informationen, die wir brauchen. Ich habe alte Freunde dort. Sie hören sich bereits um und haben einen Kontaktmann aufgetrieben, der Informationen über ein Waffengeschäft mit den Russen hat. Ich werde ihn an der malischen Grenze treffen.»

«Es ist gefährlich.»

«Ich habe mein halbes Leben in Kriegsgebieten und unter Beschuss verbracht. Da ist der Senegal geradezu ein ruhiges Pflaster. Nach Mali komme ich kurzfristig nicht rein. Mir fehlt ein Visum, das ich so rasch nicht auftreiben kann. Wenn alles funktioniert, bin ich am Samstag zurück. Mir geschieht nichts, versprochen.»

«Weiss Cem davon?»

«Bisher nicht.»

«Bleib hier.»

«Ich muss gehen. Ich will dich nicht eingesperrt sehen.»

Sie legte ihren Kopf an seine Brust. «Drei Tage ohne dich überlebe ich nicht.»

Er schob sie sanft von sich und lächelte. «Das schaffst du.»

«Monsieur», sagte sie kokett, «ich überlebe das nur, wenn du mir sofort das T-Shirt vom Leib reisst. Du hast fünf Minuten. Denkst du, ein armer Mann wie du kann eine Frau wie mich in dieser Zeit glücklich machen?»

Marius legte den Kopf schief und öffnete die oberen Knöpfe seines Hemdes. «Du zweifelst an mir?»

Lila liess einen Juchzer fallen, den die Bullen im Zimmer nebenan hören mussten, und riss sich das T-Shirt selbst über den Kopf.

✳✳✳

Kernens dritter Anruf, er suchte nach ihr. Eva hätte ihr Büro nicht heimlich verlassen sollen. Unter dem Vorwand, auf die Toilette zu gehen, hatte sie ihre Assistentin Laura und den Personenschützer der Polizei ausgetrickst und sich davongestohlen. Womöglich informierte Kernen gleich die Polizei und meldete sie als vermisst, sollte sie nicht rangehen. Eva nahm den Anruf entgegen und liess das Donnerwetter über sich ergehen. Danach erklärte sie dem Oberstaatsanwalt, dass sie unterwegs nach Weggis sei und nach dem Mittag zurück ins Büro komme. Es brauchte einige Überredungskunst, Kernen davon abzuhalten, ihr die Polizei hinterherzuschicken. Letztlich willigte er ein und gab ihr bis vierzehn Uhr Zeit, bevor er einen Polizeieinsatz anordnen würde, um Eva an ihren Arbeitsplatz zurückzuholen. Sie versprach hoch und heilig, pünktlich zurück zu sein, und legte auf.

Die halbstündige Fahrt in ihrem Audi von Kriens nach Weggis dem Vierwaldstättersee entlang entspannte ihre Nerven. Sie hatte das Verdeck des Cabrio heruntergefahren und genoss den Fahrtwind in ihrem Gesicht. Zu ihrer Rechten schimmerte der See in den schönsten Blau- und Silberfarben. Im Hintergrund erhob sich majestätisch die Rigi in den wolkenfreien Himmel. Ferienstimmung kam auf.

Eva warf einen Blick auf die Uhr am Armaturenbrett. Halb zwölf. Sie sollte rechtzeitig dort sein.

In Küssnacht machte die Hauptstrasse eine enge Rechtskurve um das Seebecken herum und führte sie über Greppen nach Weggis.

Das Internat lag erhöht über dem Dorf, nahe der Talstation der Luftseilbahn, die hoch auf die Rigi führte. Eva war lange nicht mehr oben gewesen. Nach dem mörderischen Ausflug auf den Titlis hatte sie vorerst genug von Bergen, auch wenn der Gipfel der Rigi gletscherfrei war und tausend Meter tiefer lag als die Bergstation des Titlis.

Auf dem Besucherparkplatz des Internats parkierte sie ihren Wagen. Die Schulglocke läutete zur Mittagspause. Perfektes Timing. Telefonisch hatte Eva ihren Besuch der Internatsleitung angekündigt.

Wie verabredet nahm sie die Direktorin beim Eingang in Empfang, ihr Blick besorgt. «Unser erstklassiger Ruf darf nicht gefährdet werden. Wir sind ein internationales Internat und bilden die Kinder einflussreicher Eltern aus. Einen Skandal können wir uns nicht erlauben. Kann ich mich auf Ihre Diskretion verlassen?»

«Gewiss. Deshalb habe ich auch nicht den offiziellen Weg gewählt. Ich will nur kurz mit Denis sprechen.»

«Er wartet im Besucherzimmer. Folgen Sie mir.»

Die Direktorin führte Eva zu einem Zimmer im hinteren Teil des Gebäudes und zog sich diskret zurück.

Denis sass auf einem Stuhl am Tisch und schaute zu ihr auf, als sie eintrat. Er war ein zierlicher, scheuer Junge, nur wenig grösser als Alain, hatte braune Haare und ein freundliches Gesicht. Denis besass grosse Ähnlichkeit mit ihrem Sohn. Er hätte sein älterer Bruder sein können. Eva verkrampfte sich bei dem Gedanken, dass Wolkow diesen Jungen verhören wollte. Niemals würde sie das zulassen. Kinder waren unschuldig, ganz gleich, was ihre Eltern taten oder wer sie waren. «Hallo, Denis, ich bin Eva.» Sie setzte ihr bestes Lächeln auf und reichte ihm die Hand.

Er stand auf und schüttelte sie nach kurzem Zögern, traute sich aber nicht, ihr dabei in die Augen zu sehen. «Papa hat gesagt, dass Sie kommen werden. Sie sind die Staatsanwältin. Er sagte, Sie sind nett.»

Eva erstarrte. Nicht einmal sie selbst hatte geplant, herzukommen. Es war ein spontaner Entschluss gewesen. Eva setzte sich Denis gegenüber an den Tisch. «Dein Vater konnte nicht wissen, dass ich vorbeikomme.»

Denis faltete die Hände im Schoss. «Doch. Er sagt, Sie seien toll und werden uns helfen. Sie werden Fragen stellen, und ich soll sie beantworten.»

Das war unmöglich. Wie konnte Viktor ihr ständig einen Schritt voraus sein? «Kommt dein Papa oft zu Besuch?»

«Manchmal. Er arbeitet viel.»

«Was arbeitet dein Papa?»

«Kunst, Antiquitäten …» Denis kam leicht ins Stottern. «Er arbeitet auch für Konstantin, aber er mag ihn nicht, denn Konstantin ist böse.»

Eva musste leer schlucken. «Du kennst Konstantin?»

Denis biss sich auf die Lippen und schüttelte den Kopf. «Papa hat mir von ihm erzählt und gesagt, ich solle ihn besser nie kennenlernen.»

In diesem Punkt war sich Eva mit Viktor einig. «Du liebst deinen Papa sehr, was?» Die Worte fielen Eva schwer.

Denis strahlte. «Ja. Mein Papa ist der Beste.»

Eva konnte sich vorstellen, dass Viktor mit seinem Sohn ein liebevolles Verhältnis pflegte. Wie konnten Menschen bloss so unterschiedlich sein? Im Privaten der fürsorgliche Vater und geschäftlich ein Monster, welches Frauen ermordete? «Weisst du, wo er jetzt ist?»

«Nein. Er hat Geschäfte zu erledigen. Aber wenn sie abgeschlossen sind, will er mich heimholen. Ich soll in einer Familie aufwachsen, hat er gesagt, nicht in einem Internat.»

Viktor plante die Flucht, dachte Eva. Wollte er nach Perm, Konstantin stürzen und das Syndikat übernehmen? Oder hatte er andere Pläne? Sie kam nicht darum herum, Denis beobachten zu lassen. Es tat ihr im Herzen weh, daran zu denken, den Kleinen als Lockvogel zu nutzen. Sollte sie doch auf Wolkows Plan eingehen und sich selbst opfern, um Viktor zu fassen? Für den Jungen würde es ein Trauma sein, wenn sein Vater vor seinen Augen verhaftet wurde. Das konnte sie ihm nicht antun. Er hatte keine Mutter und würde seinen Vater nie mehr in Freiheit sehen können. Die Welt war grausam. Wie konnte Viktor bloss seine Geschäfte über das Wohl seines Kindes stellen? Manchmal hasste Eva ihre Arbeit. «Hast du andere Verwandte oder Freunde, die herkommen oder die ihr manchmal besucht?»

«Nein. Ich habe nur Papa und Olga, aber die ist streng.» In der Tat. Cem hatte Eva von dieser Olga erzählt.

«Er mag Sie», sagte Denis und blickte Eva zum ersten Mal entschlossen in die Augen.

Hatte sie sich verhört? Sie brachte kein Wort heraus.

«Er vertraut Ihnen», fuhr Denis fort, «das hat er mir gesagt, und er will Sie treffen, aber Sie dürfen es niemandem sagen. Nicht Ihrem Mann, dem Polizisten, und nicht dem russischen Spion, der ihm hilft.»

Das konnte unmöglich wahr sein. Wie kam Denis zu diesen Informationen? Viktor war grausam. Missbrauchte er seinen Sohn für seine eigenen Zwecke?

«Ich musste Papa versprechen, es nur Ihnen zu sagen. Er will mit Ihnen sprechen, beim alten Strandbad in Vitznau. Genau eine halbe Stunde, nachdem Sie das Internat verlassen haben. Aber Sie dürfen es niemandem weitersagen.»

Eva musste Cem anrufen. Sofort. Wenn Viktor dieses Treffen vorschlug, hiess das, dass er das Internat beobachtete und wusste, dass Eva hier war. Die Panik war zurück.

«Haben Sie keine Angst», sagte Denis und griff nach ihrer Hand.

Sie schaute ihn perplex an.

«Papa weiss, dass Sie Angst vor ihm haben, aber er tut Ihnen nichts. Er braucht Sie, deshalb will er mit Ihnen sprechen. Bitte, Sie sind unsere einzige Hoffnung …»

«Was meinst du damit?»

Denis liess ihre Hand los. «Konstantin ist wütend.»

Das ist eine Falle, schrillten in ihrem Kopf die Alarmglocken. Viktor missbrauchte die ehrlichen, unschuldigen Augen eines Kindes, um sie zu ködern. Nein, in diese Falle würde sie nicht tappen. Niemals! Sie musste die Polizei informieren.

«Mein Papa braucht Sie», sagte Denis traurig. «Bitte, helfen Sie uns.»

✳✳✳

Mit zwei riesigen Kopfsalaten unter dem Arm ging Cem ins Büro. Barbara sass auf seinem Tisch und unterhielt sich mit Kevin. Sie blickte auf. «Sag mal, gehst du unter die Gärtner?»

Cem drückte ihr einen der Salate in die Hand. «Sind ein Geschenk von Dahinden.»

Belustigt wischte Barbara Cem ein Salatblatt vom Arm. «Wie war der Ausflug in den Wilden Westen?»

«Oh, verhungern und verdursten musste ich nicht. Was habt ihr Hübschen so getrieben?»

«Ach, nichts Dramatisches», sagte Kevin. «Wir jagen Waffenhändlern und Warlords hinterher. Marius ist auf einem Flug nach Dakar.»

«Dakar? Was will er dort?» Da war Cem einen Morgen ausser Haus, und schon lief es hier aus dem Ruder. Er liess sich von seinen Kollegen auf den neuesten Stand der Ermittlungen bringen. «Lila wird nicht gefallen, was Marius vorhat», war sein abschliessendes Statement. «Ich werde nach ihr sehen. Ist sie mit Sambou nebenan?»

«Wo sonst?», fragte Barbara. «Sie ist verständlicherweise nervös. Marius trifft sich mit zwielichtigen Männern und stellt gefährliche Fragen. Er ist genial in seinem Job und hat die richtigen Beziehungen, die wir nicht haben, aber im Senegal können wir ihn nicht beschützen.»

Cem liess einen Seufzer fallen. «Waffenhandel also. Weiss Eva schon Bescheid?»

Kevin verneinte.

«Dann werde ich zu ihr ins Büro fahren. Sie wird sich über den Salat freuen.»

«Da knabbert eine Schnecke am äusseren Blatt», sagte Barbara. «Du solltest Evas Lunch erst waschen. Kevin? Gehen wir drüben im Restaurant essen?»

«Klaro.» Das Telefon auf Kevins Tisch klingelte. «Was will Roland um Viertel nach zwölf?» Er nahm den Anruf entgegen. Sein Grinsen wurde breit. Als er auflegte, verzog er amüsiert den Mund. «Cem, ich denke, den Salat musst du in den Kühlschrank legen. Frau Ella wartet unten auf dich. Sie hat aufregende Neuigkeiten, die sie nur dir erzählen will – und Hunger.»

«Nee.» Cem winkte heftig ab. «Nicht mit mir. Ich bin nicht da, keine Chance, ich habe Mittagspause, nehme den Hinterausgang und schleiche mich vom Feld.»

«Geht nicht», sagte Kevin. «Sie hat deinen Alfa Romeo entdeckt.»

«Die stalkt mich.»

«Na, na.» Barbara klopfte ihm auf die Schulter. «Du lädst sie besser zum Essen ein. Sie kann die Karten legen und zumindest herausfinden, wo das Geld des Littauer Bankraubes liegt, nach dem wir seit drei Jahren suchen.»

«Huhuuu.» Ella stand vor seinem Wagen, einen geblümten Sonnenschirm über dem Kopf. Sie hatte sich schick gemacht, trug einen luftigen Rock in grünen Farben und eine weisse Bluse, zum Glück diesmal ohne Rüschen, dafür mit Margeriten bestickt.

Cem setzte verstimmt seine Baseballmütze auf, als er vor sie trat. «Frau Ella, was haben Sie diesmal für mich? Haben die Kuhglocken Morsezeichen gebimmelt?»

«Junger Mann, ich bekam einen Anruf.»

Klang schlüssig. Cem glaubte definitiv an die Mobilfunktelefonie. «Was hat Ihnen der Anrufer Wichtiges zugeflüstert?»

«Nicht geflüstert. Gegeben.»

«Durch das Telefon kann man aber nichts geben.»

«Sie machen sich erneut lustig über mich. Er hat mir etwas

vor die Tür gelegt.» Sie trat näher vor Cem. «Einen Hinweis, den habe ich gefunden.»

«Vor einer Minute sagten Sie, Sie hätten einen Anruf erhalten.»

«Der kam danach.»

«Nach was?»

«Jesses, Dahindens Fährlimore hat eine kürzere Leitung. Der Anruf kam nach dem Hinweis vor der Tür.»

Cem platzte fast der Kragen. Mit einem Mutterschwein hatte ihn noch nie jemand verglichen. «Lagen Schweinekoteletten vor der Tür?»

«Wie kommen Sie denn jetzt auf Fleisch? Haben Sie Hunger? Nein. Sie hören nie zu. Wann nehmen Sie mich endlich beim Wort?»

«Tue ich doch die ganze Zeit.»

Ein Zischlaut kam über ihre Lippen. «Der Anrufer war ein Russe. Suchen Sie nicht nach Viktor Kasakow?»

Das kam überraschend. «Viktor hat Sie angerufen?»

«Nein. Nicht Viktor. Aber den suchen Sie, richtig? Fahren wir zum Renggloch.»

«Was wollen wir dort?»

«Sie waren bei Dahinden.»

«Das wissen Sie?»

«Warum fragen Sie nicht mich, wenn Sie meine Vergangenheit so sehr interessiert, statt mir heimlich hinterherzuschnüffeln?»

Wenn das so einfach wäre, dachte Cem. Gespräche mit dieser Frau waren sprunghaft, anstrengend und demoralisierend. «Was wissen Sie über Viktor? Wer hat Sie angerufen? Und was wollen wir im Renggloch?»

«Ist der Geheimagent in der Nähe?»

«Wolkow? Der ist auf eigene Faust unterwegs, denke ich. Vielleicht schläft er heute aus. Er ist nur erreichbar, wenn er erreichbar sein will. Nicht sehr verlässlich, dieser russische Spion.»

«Himmelherrgott, ich traue den Russen nicht über den Weg. Na los, fahren wir. Hopp, hopp!»

***

Es gab zwei Möglichkeiten: Sollte Viktor sie beobachten, würde er ihr folgen, nachdem sie das Internat verlassen haben würde. Oder er wusste, dass sie hier war, zum Beispiel weil einer seiner Schergen das Internat beobachtete oder weil die Internatsleiterin mit ihm unter einer Decke steckte. Deshalb würde er zum Treffpunkt in Vitznau vorfahren, um … Ja was? Wie dreist war der Kerl? Wie dreist war sie selbst? Wut kochte in ihrem Bauch, Wut darauf, dass Kinder mit hineingezogen wurden, Wut, dass Viktor jedes Mittel recht war, um zu ihr durchzudringen.

Vorsichtig verliess sie das Schulgebäude und ging zu ihrem Wagen. Sie fühlte sich beobachtet. Womöglich war es pure Einbildung. Sie hielt das Mobiltelefon in der Hand, um gleich die Polizei zu rufen, sollte sie Viktor entdecken. Du kriegst mich nicht gebrochen, du Schweinehund, dachte sie, drückte ihre Wirbelsäule durch und hob den Kopf. Provokativ drehte sie sich langsam im Kreis, die Augen wachsam in die Ferne gerichtet.

«Hier bin ich», flüsterte sie in den warmen Wind, der von der Rigi herunterwehte. «Ich werde dich im See ersäufen wie das Mütterchen den Wolf. Du kriegst keine Kinder mehr zu fressen. Du bekommst es mit den Erwachsenen zu tun.» Sie griff in ihre Handtasche, holte den Schlüsselbund hervor und hob ihn in die Luft. Ihr Herz flatterte vor Angst, aber für einmal war die Wut in ihrem Bauch stärker. «Vitznau also? Wie du willst, du miese Ratte!»

Sie stieg in den Wagen, liess den Motor aufheulen und gab Gas. Sie musste schneller sein als die Angst, die ihr die Kehle zudrückte. Als Eva zehn Minuten später durch Vitznau fuhr, war sie ein reines Nervenbündel. Was für eine blöde Idee hatte sie geritten, auf Viktors Vorschlag einzugehen?

Ausserhalb des Dorfes konnte sie von der Hauptstrasse, die leicht oberhalb des Sees in steilem Gelände verlief, rechts auf einen kleinen Parkplatz fahren. Von dort führte ein Fusspfad hinunter zum Ufer des alten Strandbades. Der Weg war abgesperrt, und eine Tafel warnte vor Steinschlag. Kein sicherer Ort. Eva blieb unschlüssig im Wagen sitzen, wägte die Gefahr ab. Wie war Viktor hergekommen? Zu Fuss? Es stand kein anderer Wagen hier oben.

Eva stieg aus, ging ein paar Schritte und schaute sich um. Ab und zu fuhr ein Fahrzeug die Strasse entlang. Ein paar Meter weiter gab es ein Geländer. Dort waren die Bäume nicht so dicht und liessen einen besseren Blick auf das verlassene Strandbad zu. Sie konnte feinen Kies erkennen und das ruhige Wasser. Zu idyllisch, wie in einem Horrorfilm, bevor das Monster zuschlug. In ihrem Kopf hörte sie schon die schaurige Begleitmusik, dunkle lange Klänge eines Cellos und hektisch vibrierende Saiten von Geigen, deren Bogen im Stakkato dem Instrument die schrillsten Töne entlockten. Nur weg hier, dachte Eva und wollte zurück zum Wagen, als sie unten am Strand eine Bewegung ausmachte.

Ein Mann.

Viktor!

Er ging barfuss dem Ufer entlang über den Kies und schaute zu ihr hoch, winkte.

Wie absurd.

Viktors Pose war lässig. Er blieb stehen, steckte seine rechte Hand in die Tasche der beigefarbenen Shorts, die er zu einem weissen T-Shirt trug. In der Linken hielt er seine Schuhe, weisse Sneakers. Sein Blick wich nicht von ihr. Er war zu weit entfernt, als dass sie seine Gesichtszüge erkennen konnte, sie schienen entspannt. Ungefährlich. Ihr wäre ein Monster lieber gewesen, dann wäre Eva um ihr Leben gerannt und mit dem Wagen davongerast. Was sollte sie mit diesem freundlichen und gut aussehenden Mann da unten anfangen? Wollte er reden, oder sollte sein nonchalanter Charme sie in eine tödliche Falle locken? Wieder erinnerte sie sich an das Gespräch im Lieferwagen. Damals wollte Viktor reden. Weshalb sonst fuhr er sie heim, wenn er anderes mit ihr plante? Lilas Erzählung drängte sich auf, wie Viktor sie brutal überfallen hatte und mit Folter drohte. Dieser Mann war ein Wolf im Schafspelz. Sie konnte ihm nicht vertrauen. Verstört rieb sie sich die Hand, die schmerzte wie die Hölle. Eva sah wieder die Springerstiefel vor sich, die mit einem festen Tritt ihre Knochen zertrümmerten. Entschlossen griff sie nach ihrem Handy. Da unten am Strand sass Viktor in der Falle. Es gab bloss einen Weg hoch auf die Strasse. Er hatte sich sein eigenes Grab geschaufelt. Ihren Wagen würde sie ihm nicht überlassen, und rennen konnte er nicht schnell genug, um der Polizei zu entkommen, die in wenigen Minuten hier sein würde.

✳✳✳

Cem parkierte den Wagen oben auf dem kleinen Parkplatz der Rengglochstrasse. Hunderte Male war er auf dieser Strasse von Kriens nach Littau gefahren und wusste von den Plänen des Kantons, diese viel befahrene Minipassstrasse zu sanieren. Dass man hier oben wandern konnte, war ihm jedoch neu.

Er folgte Ella den Pfad mit Naturstufen zur Schlucht hinunter, welcher mit den gelben Wanderwegweisern gut beschildert war. Auf der Fahrt hatte Ella ihn darüber aufgeklärt, dass unzählige Wanderwege von hier durch den Hergiswald oder gegenüber zum Sonnenberg führten und die Wolfsschlucht in weniger als einer Stunde zu Fuss zu erreichen sei.

Obwohl Cem versuchte, das Thema zu wechseln, und sie mehrmals aufforderte, endlich zu sagen, was vor der Tür lag oder was der Anrufer wollte, liess sie ihn am langen Arm verhungern. Cem resignierte. Er fragte sie über ihre Kindheit und Jugendjahre aus. Ebenfalls vergeblich. Zumindest wusste er jetzt, dass sie Mathe nicht mochte und strenge Eltern hatte. Damit konnte er nichts anfangen.

Fast stolperte er über eine Wurzel, die quer über den Wanderweg wuchs. «Was sollen wir da unten?» Er hörte das Rauschen des Renggbaches. Bei schönem Wetter ein kleiner Bach, aber wenn es über dem Pilatus so richtig schüttete, verwandelte sich das Wässerchen in einen reissenden Strom. Der Bach war für unzählige Überschwemmungen in Kriens und Luzern verantwortlich und frass über zwanzig Millionen Franken, damit ihm entlang rund siebenhundert Bachsperren gebaut werden konnten. War es unverschämt, diesen Bach mit Frau Ella zu vergleichen?

«Der Wolf hat in der Rengglochschlucht etwas verloren. Wir müssen über die Brücke.» Ella schaute sich aufmerksam um, so als suche sie nach etwas.

«Das hat Ihnen der Anrufer gesagt? Wie lange wollen Sie mich auf die Folter spannen?» Cem sah vor sich die Fussgängerbrücke, die über die enge Schlucht führte, welche kaum breiter als zehn Meter war, aber bestimmt zwanzig Meter tief. Der Bach stürzte hier als Wasserfall rauschend in die Tiefe. Cem blickte nach rechts. In der Luft hing eine Leiter, mitten über der Schlucht. Sie wirkte fragil, hatte keine Bodenhaftung und endete im Himmel. Cem fragte sich, was diese nutzlose Leiter dort zu suchen hatte.

Ella beantwortete ihm ungefragt seine Neugier. «Das ist Kunst. Grandios, nicht? Stellt sich da nicht unweigerlich die Frage nach dem Sinn des Lebens?»

Diese Frage stellte sich Cem ununterbrochen, seit er Ella kennengelernt hatte.

«Da.» Sie zeigte auf die andere Seite der Brücke, wo die Überreste von zwei Picknicktischen standen. Immerhin hatte eine verwitterte Tischplatte dem Zerfall getrotzt. «Da ist der Baumstrunk, etwas rechts den Weg hoch.»

«Was soll dort sein?»

«Ein vortrefflicher Platz für ein Päuschen im Schatten.» Sie steuerte darauf zu.

«Wir machen hier aber keine Siesta. Ich habe zu arbeiten.»

«Hach, sind Sie ein Nörgler. Alles nur Tarnung. Der Wolf könnte uns beobachten, also tun wir so, als geniessen wir gemeinsam den Tag.» Sie setzte sich auf den Waldboden. «Aber lange Zeit lassen dürfen wir uns auch nicht. Heute Abend sitzen wir Finstermoor Wiiber zusammen. Um sechs muss ich zu Hause sein.»

Das war absurd, dachte Cem. «Wie Sie wollen, fahren wir zurück.»

«Schhht!» Sie hob den Zeigefinger an ihre Lippen.

«Was hören Sie?», flüsterte Cem.

Sie lauschte einen Augenblick. «Nichts. Sie müssen sich setzen, sonst können wir nicht unauffällig danach suchen.»

«Wonach?»

«Nach den Beweisen. Sie liegen unter dem Baumstrunk versteckt.»

Cem setzte sich widerwillig.

Ella kramte eine handgrosse Weihnachtsguetzli-Dose aus ihrer Handtasche hervor und öffnete sie. Zu Cems Überraschung lagen keine Chräbeli oder Zimtsterne darin, sondern ein Ohrring auf einem Samtkissen. Ein schwerer Klunker, kein billiger Kitsch.

Theatralisch lächelnd schloss Ella die Dose. «Ich glaube, der ist echt. Er lag vor meiner Tür, in einem gepolsterten Couvert, ohne Adresse. Der zweite soll hinter diesem Baumstrunk versteckt liegen, zusammen mit etwas anderem.»

«Mit was?»

«Das weiss ich nicht, hat der Anrufer nicht gesagt, aber er meinte, diese Gegenstände sollten die Polizei auf die richtige Fährte führen.»

«Na dann, schauen wir nach.»

«Nicht so auffällig.»

Cem ignorierte Ellas Protest und schaute hinter den Baumstrunk. Dort gab es eine Vertiefung. Er räumte welkes Laub beiseite und tastete hinein. In dem Erdloch lag ein Gegenstand. Vorsichtig zog Cem einen Jutebeutel heraus.

Ella stöhnte. «Jetzt weiss es der Wolf. Sie benehmen sich wie ein Elefant im Porzellanladen.»

Für einmal überhörte Cem ihren Tadel. Er zog sich Einweghandschuhe über, die er in der Jeanstasche mit sich trug, und öffnete den Beutel, der höchstens ein paar Tage dort gelegen haben konnte. Zum Vorschein kamen der zweite Ohrring und ein Notizbuch. Dieses war älter. Cem warf einen Blick hinein und seufzte. Kyrillische Schrift. Es sah aus wie ein Tagebuch. Er schaute auf. «Frau Ella, ich brauche Ihr Handy. Wir müssen den Anrufer zurückverfolgen.»

«Aber nein, er hat mich zu Hause auf dem Festnetztelefon angerufen. Danach bin ich gleich mit dem Zug nach Luzern gefahren.»

In diesem Moment klingelte Cems Handy. Er sah Evas Namen auf dem Display aufleuchten und nahm ihren Anruf entgegen. «Du rätst nicht, wo ich bin», sagte er. «Wir haben etwas gefunden.»

«Cem! Nicht böse sein, aber ich habe soeben Viktor gestellt. Er sitzt in der Falle. Die Polizei ist jede Minute hier.»

Cem schoss vom Boden auf. «Du hast Viktor gestellt? Wo bist du?»

«In Vitznau, beim alten Strandbad.»

«Wie kommst du nach Vitznau? Ich dachte, du arbeitest im Büro. Bist du in Gefahr?»

«Nein, keine Angst, ich halte genügend Abstand zu Viktor. Ich erkläre es dir später. Komm her. Die Schwyzer Polizei ist mit Rotlicht unterwegs, ebenso Susanne, Barbara und Banz.»

«Das halbe Polizeikorps rückt aus, und ich werde als Letzter informiert. Na danke. Bin auf dem Weg.» Cem steckte das Handy zurück in die Jeanstasche. Er schaute Ella an. Bis er mit der Seniorin oben beim Wagen wäre, konnte eine Ewigkeit vergehen.

Sie lächelte ihn an. «Scheint, als bräuchte Sie Ihre Frau. Gehen Sie. Ich geniesse meine Siesta und komme später zurück nach Luzern.»

«Aber, wie …?»

Sie hob den Daumen. «Autostopp funktioniert hervorragend. Die Automobilisten lassen keine alten Damen am Strassenrand stehen, und man lernt dabei nette Leutchen kennen.»

«Was ist mit dem Wolf?»

«Ich bin zu zäh, mich frisst er nicht.»

Cem wusste, dass es falsch war, Ella zurückzulassen, aber Eva war in Gefahr, auch wenn sie anderes behauptete. Wie konnte sie auf eigene Faust Viktor verfolgen? Bis Vitznau war es ein ganzes Stück zu fahren. Er musste erst zurück nach Luzern und von dort auf die andere Seeseite gelangen.

«Na los, husch, husch. Ihre Frau braucht Sie.»

**

Die Strasse war abgesperrt, und rund ein Dutzend Beamte suchten das Gelände ab. Barbara und Banz waren unten am Strand. Susanne stand neben Eva oben am Geländer. Das war der absolute Tiefpunkt ihrer Karriere, dachte Eva beschämt. Sie hatte alles falsch gemacht. Weshalb bloss? Alleingänge waren nie ihre Art gewesen. Sie hielt sich ans Gesetz und ans Protokoll, normalerweise. Fest umklammerte sie das Geländer, damit Susanne nicht bemerkte, wie ihre Hände zitterten. Wo blieb Cem? Warum konnte er nie bei ihr sein, wenn sie ihn dringend brauchte?

«Dir ist nichts passiert», sagte Susanne, «das ist die Hauptsache.»

«Sag gleich, dass es leichtsinnig war.»

«Meine Worte willst du nicht hören.» Susannes Lippen waren zu einer schmalen Linie gepresst. «Cem wird toben, das reicht als Strafe.»

Eva atmete tief durch. Er hatte jedes Recht dazu. «Ich ahnte nicht, dass –»

«Du weisst, dass Viktor schlau ist. Denkst du, er kommt ohne Notfallplan hierher?»

Kurz nach dem Telefonat mit Cem erhielt Viktor einen Anruf. Eva konnte es genau beobachten. Nur Sekunden später machte er einen Rückzieher. Er hatte ein Motorboot am Ufer, das Eva nicht hatte sehen können. Mit heulendem Motor raste er auf den See hinaus und verschwand hinter der nächsten Uferbiegung. Die Seepolizei war zu spät eingetroffen. Seine Spur verlor sich in dem verzweigten Seebecken des Vierwaldstättersees. Viktor musste einen Unterschlupf für das kleine Boot haben und war danach vermutlich mit einem Wagen geflohen und untergetaucht. Jedes Bootshaus in der Gegend aufzusuchen würde ewig dauern.

«Ich setze Barbara und Banz darauf an herauszufinden, ob er dir gefolgt ist. Wie konnte er wissen, dass du bei seinem Sohn warst? Hast du es jemandem gesagt?»

«Nein, es war ein spontaner Entscheid. Einzig Kernen war informiert.»

«Hmm.» Susanne liess sie stehen und ging hinunter an den Strand, wo die Schwyzer Kollegen nach Spuren suchten.

Eva schreckte herum, als hinter ihr das Rollen von Steinen zu hören war. Ein paar kleine Brocken hatten sich oben aus der Felswand gelöst und kullerten auf die Strasse.

«Sie scheinen die Gefahr anzuziehen», sagte eine Stimme neben ihr. Wolkow. «Mutiger Entscheid, hierherzukommen.»

«Ich war töricht.»

«Nicht in meinen Augen. Ich arbeite über zwanzig Jahre für den FSB. Glauben Sie mir, ich habe unzählige solcher törichten Entscheidungen getroffen. Oft wurde es gefährlich, aber letzten Endes waren es diese Entscheidungen, die mich weitergebracht haben.»

Eva lachte nervös. «Sie versuchen mich zu überreden, bei Ihrem Plan mitzumachen.»

Wolkow legte den Kopf schief und kopierte ihre Geste, das Geländer mit beiden Händen zu umklammern. Er lehnte sich leicht zurück und blickte hoch in den Himmel, in dem fette, bauschige Quellwolken schwebten. «Hören Sie nicht auf andere. Nicht auf Ihren Boss, nicht auf die Polizei, nicht auf mich und nicht auf Cem. Sie sind klug. Treffen Sie Ihre eigenen Entscheidungen. Es war richtig, die Chance zu nutzen und herzufahren. Es war falsch, die Polizei zu rufen, bevor Sie mit Viktor sprechen konnten.»

«War es das? Er ist ein Serienkiller, schon vergessen?»

«Er mordet nicht im Blutrausch. Er will etwas von Ihnen, Eva, und das ist nicht Ihr Tod. Wenn dem so wäre, würden Sie nicht hier stehen und mit mir plaudern. Ah, da kommt Ihr Gatte angerast.» Wolkow drückte kurz ihren Arm. «Viel Glück. Rufen Sie mich, sollten Sie Hilfe brauchen.»

Die würde sie in der Tat brauchen. Der Alfa Romeo kam mit quietschenden Reifen zum Stehen. Sofort sprang Cem aus seinem Wagen und rannte auf sie zu.

Die erste Minute verlief liebevoll. Er nahm sie in den Arm, es war genau das, was sie brauchte. Als er sie aus seiner Umarmung entliess, war es mit dem Frieden vorbei.

«Was hast du dir dabei gedacht, das Büro heimlich zu verlassen? Den Polizisten, den wir dir zum Schutz abgestellt haben, hast du ausgetrickst.»

Sie hätte sich entschuldigen sollen, ihm beipflichten, aber Wolkows Worte gingen ihr nicht aus dem Kopf. Sie hatte ein Recht auf eigene Entscheidungen, auch wenn sie gewisse Risiken bargen. «Ich bin nicht deine Gefangene», sagte sie und versuchte, die Worte weich klingen zu lassen, denn die Bedeutung klatschte wie eine Ohrfeige in Cems Gesicht.

Entsprechend fiel seine Reaktion aus. Sein leidender, liebevoller Gesichtsausdruck wich einer Fratze aus Unglauben und Entsetzen. Er schwieg gefährlich lange. Als seine flache Hand gegen das Geländer schlug, zuckte Eva zusammen. «Seit wann hast du das Gefühl, dass ich dich einenge? Darf ich mir keine Sorgen um meine Frau machen? Du hast einen Sohn. Willst du, dass Alain ohne Mutter aufwächst? Viktor ist dieses Risiko nicht wert. Spiel nicht die Superheldin.»

«Nicht die Superheldin, die Staatsanwältin. Ich entscheide,

was unternommen wird, für dieses Recht habe ich lange studiert.»

«Nett, dass du mich daran erinnerst, dass ich ja nur der unbedeutende Bulle bin, der nach deiner Pfeife tanzen soll. Sorry, dass du mit einem Mann ohne Studium und Doktortitel verheiratet bist.»

Eva wusste nicht, weshalb sie auf stur schaltete, aber das war nicht fair. Sie hatte schlicht genug von der Opferrolle. «Seit dem Vorfall letzten Sommer hütest du mich wie ein Wachhund. Ich will frei sein, Cem.»

«Frei sein?» Wütend zeigte er auf den Strand hinunter. «Das nennst du Freiheit? Einen der gefährlichsten Männer allein zu jagen? Sorry, aber ich habe nicht vergessen, was er dir angetan hat. Niemals werde ich den Tag aus meiner Erinnerung tilgen können, als ich an deinem Spitalbett gesessen habe. Du warst grün und blau geschlagen und von Kopf bis Fuss einbandagiert.»

«Erinnere mich nicht daran.»

«Doch, das muss ich wohl. Ich bin nicht der Böse.»

Cem hatte recht. Er war der Gute, der sich um sie und Alain sorgte. Eva fühlte die Schuldgefühle keimen. Sie hatte einen Fehler gemacht, und dazu musste sie stehen. Sie legte ihre Hand auf die seine und suchte nach den Worten für die richtige Entschuldigung. «Cem, ich –»

«Ich erkenne dich nicht wieder.» Er zog die Hand weg und starrte sie an. «Diese Aktion war fahrlässig und unnötig. Seit wann verhältst du dich so? Es kommt mir vor, als stünde Lila vor mir.»

«Lila? Logisch. Vielleicht sollte ich mehr wie sie werden. Lila hast du für ihre Impulsivität vergöttert. Aber wenn ich eine spontane, unkonventionelle Entscheidung treffe, ohne mich mit dir abzusprechen, dann sitze ich gleich auf der Anklagebank. Nein, Cem, wenn du dir als Gattin eine brave Hausfrau wünschst, die bloss deinen Anweisungen folgt und hörig ist, dann hast du die Falsche geheiratet.»

«So habe ich das nicht gemeint, das weisst du.»

Eva drückte ihren Zeigefinger auf Cems Brust. «Vergleiche mich nie mehr mit Lila. Ich will ihren Namen nie mehr aus deinem Mund hören. Und jetzt entschuldige mich, ich muss gehen und einen Serienmörder fassen.» Es waren nicht nur Evas Hände, die zitterten. Was war soeben passiert? Mein Gott, diesen Streit hätte es so nicht geben dürfen. Eva schluckte bitteren Speichel hinunter und unterdrückte den Würgereflex. Es war Viktors Schuld. Er zerstörte ihr Leben. Sie kanalisierte ihre ganze Wut auf den Russen. Er würde dafür büssen. Wolkow hatte recht, Eva musste eine Entscheidung treffen, und das hatte sie bereits. Sie ging hinunter zum Strand. Wolkow starrte hinaus auf den See, als sie neben ihn trat. «Wir machen es», sagte sie.

«Sicher?»

«Ja.» Sie blickte zurück und sah Cem oben am Geländer stehen, seinen Blick auf sie gerichtet.

DREIZEHN

Die Dunkelheit hüllte ihn ein wie ein schützender Kokon. Cem konzentrierte sich auf seinen Atem. Morgens um fünf war das Quai von der Altstadt dem See entlang Richtung Verkehrshaus menschenleer. Sport war das richtige Rezept, um sich abzuregen. Das Joggen liess Cem zur Ruhe kommen. Er hatte bei sich in der Wohnung übernachtet, während Eva und Alain nach wie vor im Hotel logierten. Seit dem Streitgespräch gestern Nachmittag hatte er sie weder gesehen noch gesprochen. Funkstille.

Cem war von Vitznau zurück zum Renggloch gefahren, fand Frau Ella aber nicht mehr dort vor. Er rief sie vergeblich auf ihrem Festnetzanschluss an. Weshalb kannte er ihre Handynummer nicht? Danach war er mit schlechtem Gewissen ins Büro gefahren und hatte die Ohrringe und das Notizbuch Metzger vom KTD gebracht. Banz klärte ihn über den Stand der Ermittlungen auf. Barbara war mit Eva zur Staatsanwaltschaft gefahren, wo sie die Befragung vornahm. Oberstaatsanwalt Kernen tobte ebenfalls. Gut möglich, dass Eva freigestellt wurde. Sie musste einiges einstecken.

Mit seinen energischen Schritten schreckte Cem verschlafene Enten und Schwäne auf, die es sich am Ufer gemütlich gemacht hatten. An Schlaf war letzte Nacht für ihn nicht zu denken gewesen. Wie hatte es so weit kommen können? Zweifelte Eva, weil sie überstürzt geheiratet hatten? Sie lernten sich vor eineinhalb Jahren kennen, ein Jahr später, im Januar, kamen sie zusammen, nachdem Lila ihn hatte sitzen lassen. Im April gaben sie sich spontan das Jawort. War es naiv, zu glauben, dass die unabhängige, selbstsichere und studierte Staatsanwältin sich mit einem Bullen zufriedengab? Nicht nur der akademische Status lag zwischen ihnen, es gab auch eine Kluft, was Kultur und Religion betraf. Cem war kein praktizierender Moslem, aber er glaubte an Allah. Eva glaubte an Gott. Gab es da einen Unterschied? In seinen Augen nicht. Jeder Mensch besass die Freiheit, an das zu glauben, was für ihn richtig war. Das grösste Problem jedoch, welches zwischen ihnen lag, war Lila.

Lila war prädestiniert, Probleme zu bereiten. Cem war längst darüber hinweg, dass sie ihn verlassen hatte, was aber nicht bedeutete, dass ihm nichts mehr an ihr lag. Sie war eine enge Freundin geworden und war ihm wichtig. Sah Eva das anders? War sie eifersüchtig auf Lila?

Beim Verkehrshaus angelangt, blieb er ausgepowert stehen und atmete heftig durch. Er sollte mehr Sport treiben und weniger Chips futtern. Der Schweiss tropfte ihm von der Stirn. Lange schaute er über das Wasser zum Luzerner Seebecken. Er sollte umkehren, duschen und sich für die Arbeit bereit machen, aber ihm war nicht nach Büroluft. Noch blieb Zeit. Er wollte bis zum Schiffslandesteg der Seeburg laufen, bevor er umkehrte. Hoffentlich unterdrückte die Müdigkeit danach seine Sorgen.

Vor sich sah er die Morgendämmerung anbrechen, auch wenn die Sonne sich bisher hinter der Rigi versteckt hielt. Immerhin, die katastrophale Nacht war überstanden.

Drei Stunden später sass er frisch geduscht auf seinem Stuhl im Büro. Eva hatte ihm eine Nachricht auf sein Handy geschickt: Alain und sie seien wohlauf, und sie fahre jetzt zur Staatsanwaltschaft. Das war alles. Keine Herzchen und keine Emojis.

Resigniert legte Cem das Handy weg. Gegenüber sass Kevin vor dem Computer und verschickte Anfragen per Mail. Er quälte sich mit den Behörden der anderen Staaten herum, um wertvolle Informationen über die ermordeten Frauen zu sammeln. Auf seinem Tisch lag ein Papiersack, aus dem es herrlich duftete. Frühstück für Lila und Sambou. Sie hatten sich im Einvernahmeraum nebenan eingerichtet wie in einem Hotelzimmer. Der Polizeikommandant beschwerte sich offen über diese unhaltbaren Zustände. Für Schutzgewahrsam gebe es Arrestzellen, oder sonst sollten sie in ein Hotelzimmer mit Polizeischutz umziehen. Zelle kam nicht in Frage, und Hotelzimmer war Cem nicht sicher genug. Nicht, wenn Viktor da draussen auf der Jagd war. Im Moment gab ihm Susanne Rückendeckung. Aber wie lange noch?

«Hast du nichts zu tun?», fragte Kevin und schaute von seinem Bildschirm auf. «Oder gehst du unter die Tagträumer? Was ist los?»

«Ärger», brummte Cem.

«Barbara hat erzählt, dass du dich gestern mit Eva gezofft hast.»

«Ist Barbara die Klatschtante vom Dienst?»

«Mann, komm runter. Was für eine miserable Laune hast du denn?»

«Sorry, war nicht so gemeint.»

«Gut hat das Barbara nicht gehört. Sie ist unterwegs nach Weggis, um mit Denis zu sprechen. Es ist klar, dass sein Vater ihn für seine Sache missbraucht. Wir werden den Jungen nicht mehr aus den Augen lassen. Viktor wird kommen, um ihn zu holen, früher oder später. Dann schnappen wir uns den Gangster.»

«Ihr missbraucht ein Kind als Lockvogel? Seit wann ist die Polizei so tief gesunken?» Lila stand unter dem Türrahmen, sah verschlafen aus, mit ungekämmtem Haar und ohne Make-up. Sie trug eine kurze pinkfarbene Pyjamahose und ein schwarzes T-Shirt mit dem Playboy-Hasen aufgedruckt.

«Du kannst doch nicht in diesem Aufzug bei Leib und Leben auf dem Gang herumspazieren», sagte Cem, konnte sich ein Grinsen aber nicht verkneifen. «Was denken da die Kollegen?»

«Hundertpro mögen die den Anblick einer bezaubernden Frau, *n'est-ce pas*? Ich brauche einen Kaffee.» Sie steuerte auf die Espressomaschine auf dem Sideboard zu. «Sambou schläft noch.»

Kevin versuchte weiterzuarbeiten, aber Lila setzte sich mit

der Kaffeetasse in der Hand auf seinen Arbeitstisch, und um seine Konzentration war es geschehen. Sie griff nach der Tüte mit den Brötchen, als wäre es das Normalste der Welt, Kevin ihren Allerwertesten und die nackten Beine zum Frühstück zu präsentieren. «Hmm, göttlich.» Sie biss in ein frisches Weggli und spülte es mit heissem Kaffee die Kehle hinunter. «Jungs, wie läuft der Fall? Habt ihr Viktor endlich hinter Gittern, damit wir von hier verduften können? *Mon Dieu*, ich brauche neue Kleider. Wäre perfektes Wetter, um shoppen zu gehen. Ihr habt nicht zufällig Lust, mitzukommen? Ich könnte eine Polizeieskorte gebrauchen.»

«Du bist in Schutzgewahrsam, schon vergessen?» Cem lehnte sich in seinem Stuhl zurück und genoss die skurrile Szene. Kevin bemerkte es und stand auf. Unbeholfen marschierte er im Zimmer auf und ab.

«Wo ist denn dieser russische Geheimagent? Wird Zeit, dass ich ihn persönlich kennenlerne. Solltest du nicht an seinem Arsch kleben, Cem?»

«Der kommt allein zurecht. Keine Ahnung, was der die ganze Zeit treibt. Seit gestern habe ich ihn nicht mehr gesehen. Womöglich ist er shoppen gegangen.»

«Pass bloss auf, dass er Viktor nicht vor dir kriegt.» Sie lehnte sich neckisch vor und liess tief in ihren Ausschnitt blicken. «Das wäre peinlich für die Luzerner Polizei.»

Cem zeigte zur Tür. «Abmarsch. Geh duschen, Zähne putzen und dich anständig anziehen. Sieht dich der Kripochef in diesem Aufzug, schmeisst er dich raus.»

«Oh, *mon Nounours*, keine Sorge, die Männer kann ich um den Finger wickeln. Es ist Doris Mörgeli, die Schwierigkeiten macht. Sie mag mich nicht.»

Logo, dachte Cem amüsiert. Die eher konservative Pressesprecherin der Luzerner Polizei war von Lilas Aufenthalt nicht angetan.

«Was grinst du?», fragte Lila, stand auf und nahm den Papiersack mit.

«Woher hast du bloss das Talent, mich aufzuheitern, egal, wie mies der Tag ist.»

Sie trat neben Cem und setzte sich unaufgefordert auf seinen Schoss. Kevins nervöses Räuspern ignorierte sie. «Erzähl mir deine Sorgen, mein Knuddelbär.» Sie wuschelte ihm mit der Hand durch sein Haar. «Traurigkeit steht dir nicht. Wut auch nicht.»

***

Saubere Polizeiarbeit, tadellos organisiert, klar strukturiert, mit dem Gesetz im Einklang und mit der Staatsanwaltschaft abgesprochen, auf diese Art wollte Susanne Oggenfuss ihre Fälle bearbeitet haben. Der Status quo an diesem Tag sah anders aus: Anarchie herrschte bei Leib und Leben. Die Stimmung war gereizt. Fetzen von Informationen wanderten von Tisch zu Tisch, nichts machte Sinn, die beiden Fälle liessen sich nicht trennen, ergaben aber zusammen kein Muster. Die einzige Konstante war Viktor. Schlauer Fuchs oder böser Wolf? Was hatte ein Wolf in diesem Chaos zu suchen? Zu häufig stolperte Susanne über das Wort.

Sie seufzte und trat hinaus auf die Dachterrasse der Polizeizentrale. Die Zigarette war dringend nötig an diesem späten Nachmittag. Sie zündete sie an und inhalierte den Rauch tief in ihre Lungen, schlug die Warnung ihres Arztes in den Wind. Die Sonne stand hoch am Himmel. Hinter dem Pilatus zogen mächtige Wolken auf. Es sah nach dem ersten Sommergewitter aus, das sich zusammenbraute. Die Zeichen standen auf Sturm, auch bei Leib und Leben. Wenn das mal gut ging. Kripochef Schnellmann wollte Ergebnisse sehen, die sie nicht liefern konnte, und Wolkow war nicht die erwartete Hilfe, auf die sie gehofft hatte. Susanne überlegte, sich beim FSB in Moskau zu beschweren. Der Russe war selten anwesend. So hatte sie sich die Zusammenarbeit nicht vorgestellt.

Hinter sich hörte Susanne, wie die Terrassentür geöffnet

wurde. Banz trat zu ihr heraus. Es war ein Vorteil, ihn im Team zu haben. Er war der ruhende Pol, ein echter Fels in der Brandung, nicht nur optisch, auch menschlich. Er wäre prädestiniert für ihren Posten als Abteilungsleiter. Keine Ahnung, weshalb er zu den Luzernern wechselte und dabei eine Degradierung zum Chefermittler akzeptierte. Susanne würde den wahren Grund herausfinden, aber nicht heute. «Zigarette?»

Banz lehnte ab. «Ich habe Neuigkeiten betreffend Ella Wälti. Ich kann vermutlich eine Lücke in ihrem Lebenslauf füllen, der wie Emmentaler Käse durchlöchert ist, was ihre Jahre als junge Erwachsene betrifft. Sie sagte Cem, dass sie beruflich im Ausland war, was auch stimmt, aber nicht in Istanbul, wie sie behauptet, und sie hat auch nicht im Gastgewerbe gearbeitet.»

«Lass mich raten: Sie ist eine Spionin, eine Doppelagentin oder eine Auftragsmörderin?»

Banz grinste. «Nicht ganz. Schau dir das an.» Er drückte ihr drei Bilder in die Hand, die er ausgedruckt hatte.

Es dauerte einen Augenblick, bis Susanne begriff, was sie da sah. Die Bilder waren in einem Theater aufgenommen worden. Die schlechte Qualität deutete darauf hin, dass es alte Fotos waren. Das erste zeigte einen prächtigen Theatersaal. Ganze fünf Reihen Balkone ragten in die Höhe bis unter die reich verzierte Decke, an der ein gewaltiger Kronleuchter hing. Goldfarbene Stuckaturen und Malereien zierten die Wände, die mit roten Samtvolants veredelt waren.

«Das Alexandrinsky-Theater im Zentrum von Sankt Petersburg», sagte Banz. «Eines der berühmtesten Theater in Russland. Das Gebäude gehört zum UNESCO-Weltkulturerbe.»

Susanne schaute sich das nächste Bild an. Es zeigte eine Szene aus einem Theaterstück. Vornehm gekleidete Herrschaften unterhielten sich bei einer Feier in einem noblen Haus, wie das Bühnenbild deuten liess.

«‹Iwanow›», klärte Banz sie auf. «Ein Theaterstück von Anton Tschechow, aufgeführt im Alexandrinsky-Theater. Es handelt von gescheiterten Intellektuellen des Kleinadels. Die Hauptfigur Nikolaj Iwanow bandelt mit der jungen Sascha an, während seine Frau an Schwindsucht erkrankt ist und im Sterben liegt. Sieh dir das nächste Bild genau an.»

Susanne begriff nicht, worauf Banz hinauswollte. Das letzte Foto zeigte eine Nahaufnahme von der Titelfigur Nikolaj vor dem Bühnenbild eines Gartens. In den Armen hielt er vermutlich seine junge Geliebte Sascha. «Das kann doch unmöglich sein.» Susanne betrachtete das Bild genauer. «Diese Sascha, ist das unsere Frau Ella?» Susanne griff nach einer weiteren Zigarette.

Banz lehnte sich lässig ans Geländer. «Ich vermute es. Es ist schwierig, weil sie auf den Bildern jung ist und Make-up trägt. Laut unserer Gesichtserkennungssoftware haben wir eine Übereinstimmung von dreiundachtzig Prozent.»

«Ella Wälti am Theater in Sankt Petersburg?»

«Ihr Mädchenname war damals Ella Häberli. Sie heiratete Ueli Wälti Jahre später. Aber die Rolle der Sascha spielte bei dieser Aufführung keine Ella Häberli, sondern eine Polina Ruslanowna Sorokin.»

«Eine Russin? Du denkst, unsere liebe Frau Ella ist eine Russin?»

«Ja. Es sei denn, ich täusche mich und diese Polina hat dummerweise eine grosse Ähnlichkeit mit Frau Ella.»

«Wie bist du auf diese Bilder gestossen?»

«Frau Ellas Prophezeiungen liessen mir keine Ruhe. Vor ihrem Leben in Bern und Finsterwald scheint sie ein Geist gewesen zu sein. Ja, es gibt eine Geburtsurkunde von Ella Häberli und auch ein Klassenfoto. Sie ging in Bern zur Schule und hat dort eine Ausbildung zur Hotelfachfrau gemacht. Diese Schule ist seit über zehn Jahren geschlossen. Ich zweifelte, ob das die wahre Identität von unserer Ella ist. Ihre Spur verliert sich für ganze zwanzig Jahre, bis sie in Bern auftaucht und Ueli Wälti heiratet. Cem hat mir erzählt, dass sie das Theater liebt und selbst früher gespielt hat. Wir nahmen an, sie sprach von

Laientheater. Mir kam der Gedanke, dass das ganze Theater, das sie hier aufführt, von wegen Tarotkarten, geheimnisvollem Knoblauch und flüsterndem Wind, schlicht die Inszenierung einer professionellen Schauspielerin sein könnte. Da Ella irgendwie in Verbindung mit Viktor steht, habe ich mir die Theater in Sankt Petersburg vorgenommen und bin die Bilder der Inszenierungen durchgegangen, welche in jenen zwanzig Jahren aufgeführt wurden, die uns von Ella fehlen. War bloss so eine Idee ...»

«Deine Idee war goldrichtig. Kompliment. Diese nette alte Dame führt uns demnach an der Nase herum. Wann wurde das Foto aufgenommen?»

«Weiss ich nicht genau. Das Stück lief ab 1978 für ein paar Jahre.»

«Da war Viktor noch nicht geboren. Er ist heute vierzig.»

«Richtig.»

«Was weisst du über diese Polina ...»

«Polina Ruslanowna Sorokin. Nichts. Das Alexandrinsky-Theater lässt mich nicht ohne Einwilligung der russischen Behörden an ihre Akten, und in Russland jemanden zu finden, der damals mit ihr zusammenarbeitete, ist kompliziert.»

«Willst du Wolkow und den FSB einweihen?»

«Ich denke, wir haben keine andere Option. Sag mal, geht es nur mir so, oder ist der Typ unsympathisch?»

«Er ist für meinen Geschmack zu verschlossen. Misstrauisch, wie ich bin, habe ich erneut beim FSB nachgefragt und mir bestätigen lassen, dass er der Mann ist, den sie uns geschickt haben. Sein Vorgesetzter schwärmte in den höchsten Tönen von ihm. Er sei einer ihrer besten Männer und äusserst zuverlässig. Na ja.» Susanne starrte auf die drei Zigarettenstummel am Boden. Sie hatte zu viel geraucht.

Die Terrassentür wurde aufgerissen, und Metzger stürzte zu ihnen heraus. Er zuckte zusammen, als das Sonnenlicht auf sein Gesicht fiel, und hielt sich schützend den Arm vor die Augen. Seine Neuigkeiten mussten wichtig sein, sonst würde er sich nicht aus seinem Bau wagen. Er keuchte heftig. «Susanne ... phuuu ... da. Ich habe dich überall ... ähm ... gesucht.»

Sie musste ihm einmal eine anständige Mahlzeit ins Labor liefern lassen. Dem hageren Metzger passten keine Kleider, und die schwere Hornbrille rutschte unablässig den Nasenrücken hinunter.

Er schob sie hoch. «Das Buch, das Cem im Renggloch gefunden hat, ich habe es ... ähm ... entschlüsselt.» Metzger drückte ihr ein schmales Dossier in die Hand. «Hier, die Übersetzung. Es ist ein Tagebuch. Ach ja, die Ohrringe: An einem fanden wir Spuren von Blut. Der DNA-Abgleich hat ein Resultat ergeben. Ich habe nichts anderes erwartet. Passt mit dem Inhalt des Tagebuches zusammen und mit einem Todesfall auf dem Brünig vor sechs Jahren. Die Obwaldner Polizei hat den Tod der Frau als ... ähm ... Selbstunfall zu den Akten gelegt.» Er schaute Banz an. «Erinnern Sie sich an den Fall von Sofja Janowna Kasakow?»

«Ja», sagte Banz.

Susanne starrte ihn baff an. Dieser Hund! War er deshalb nach Luzern gekommen? Wegen Kasakow? Hatte auch er eine Rechnung mit ihm offen, nicht nur Eva?

Banz schaute sie ausdruckslos an. «Es war eindeutig ein Selbstunfall. Die Frau hatte beachtlich Alkohol im Blut. Zudem litt sie an einer postnatalen Depression, die sie nicht in den Griff bekam.»

Weshalb kaufte ihm Susanne die Aussage nicht ab? «Trug sie diese Ohrringe bei dem Unfall?»

«Möglich. Ich werde mir die Polizeifotos des Unfalles nochmals genau ansehen. Ihre Sachen wurden dem Ehemann übergeben, nachdem der Fall für uns abgeschlossen war.»

«Abgeschlossen?» Metzger schüttelte den Kopf. «Lest ihr Tagebuch und streicht das ‹eindeutig› von diesem Fall. Herrschaften.» Er machte auf dem Absatz kehrt, was seine Balance kurzzeitig aus dem Gleichgewicht brachte, und verliess die Terrasse.

Susanne war sprachlos. Viktors Vergangenheit schien der Schlüssel zu diesen beiden Fällen. Und Frau Ella steckte mittendrin. Cem musste gleich ins Entlebuch fahren und ihr diese Schauspielerin höchstpersönlich herbringen. Susanne musste mit der Hochstaplerin sprechen, auch wenn das Verhör bis Mitternacht dauern würde. Endlich hatten sie Hinweise, die sie weiterbrachten. Sie hob das schmale Dossier hoch, das sie von Metzger erhalten hatte. «Sofjas Tagebuch. Ich lasse Kopien davon anfertigen, damit es alle vom Team umgehend lesen. Und Banz, bring mir den Russen her. Wo steckt dieser Wolkow, wenn man ihn braucht?»

«Geht klar.» Banz wollte gehen.

«Stopp!», hielt ihn Susanne zurück. «Nicht so eilig, werter Kollege. Gibt es da nicht eine Sache, die du mir beichten musst?»

Banz nickte gelassen. Ihre Worte schüchterten ihn nicht ein, oder er zeigte es nicht. Wäre auch lächerlich. Banz war fast doppelt so gross wie Susanne und wog das Fünffache von ihr. «Ich erkläre es dir. Ein andermal.»

**

Ella eine russische Schauspielerin? Niemals. Sie sprach perfektes Berndeutsch, ohne einen Anflug von Akzent.

Cem hielt seinen Wagen vor der Käserei an, die gleich links an der Glaubenbergstrasse lag. Es war kurz nach sechs, als er den Verkaufsladen betrat. «Wältis Käserei» hiess das Geschäft, das urchig eingerichtet war. Der Käse wurde auf Baumstammscheiben präsentiert. An den Wänden hingen Kunstdrucke mit Entlebucher Landschaften. Es roch würzig und streng. Cem fragte an der Ladentheke nach Ella, da er sie telefonisch nicht hatte erreichen können. Er wurde vertröstet. Ella habe donnerstags um diese Zeit jeweils Probe mit dem Jodlerclub unten in Entlebuch, im Saal des Landgasthofs «Drei Könige». Also fuhr Cem die Glaubenbergstrasse zurück nach Entlebuch. Das historische Gebäude im traditionellen Chaletstil war unübersehbar. Es lag direkt an der Dorfstrasse.

Cem trat ein und folgte den Jodelklängen, die nicht zu überhören waren. In einem Saal standen die Herren im Halbkreis vor ihrem Dirigenten und sangen mit Inbrunst ein mehrstimmiges Volkslied, die Hände in den Hosentaschen. Cem entdeckte Ella, die neben einer anderen Frau in der Mitte des Halbkreises stand und mit einer zarten, aber kräftigen Stimme die hohen Lagen des Jodelliedes sang. Niemals konnte diese Frau eine russische Doppelagentin sein. Ellas Dialekt war ein Mix aus Berndeutsch und Entlebucherdeutsch. Und wie zum Teufel sollte eine russische Schauspielerin so perfekt jodeln können?

Ella bemerkte Cem, zwinkerte ihm zu und jodelte noch herzhafter. Cem verstand nichts von Jodeln, er war kein Fan von Volksmusik oder Jodlerfesten, an denen sich die Vereine im Jodeln regelrechte Wettkämpfe lieferten, aber er kam nicht umhin, diese traditionelle Kunst zu bewundern.

Der Dirigent lobte Ellas Gesangskunst, hatte an den Bassstimmen der Männer aber Verbesserungsvorschläge und wollte den Refrain wiederholen. Ella ging dazwischen, freudig erregt. «Meine Herren, liebe Annagret, wir haben hohen Besuch.» Sie winkte Cem heran. «Huhuuu. Das ist der nette Polizist, von dem ich euch erzählt habe.»

Ein Gemurmel ging durch den Chor. Männer jeglichen Alters waren vertreten. Die einen grüssten aufgeregt, die andern nickten freundlich, einige wenige blieben skeptisch.

«Grüezi mitenand», sagte Cem.

«Herr Cengiz ist Türke», posaunte Ella laut genug, dass es alle mitbekamen. «Wetten, die Türken können nicht jodeln?»

«Da hat Frau Ella recht», gab sich Cem geschlagen. «Ich muss Sie sprechen, es ist wichtig.»

«Erst wenn Sie für uns gesungen haben.»

Sicher nicht. Cem war auf Susannes Anweisung hier, Ella nach Luzern zu bringen.

Der Dirigent räusperte sich. Schien, als wollte er mit der Probe fortfahren.

«Frau Ella, Sie müssen mitkommen», sagte Cem.

«Ist sie verhaftet?», fragte ein junger Mann.

«Nein. Aber wir müssen sie dringend in unserem Fall befragen.»

Ella kicherte. «Glück gehabt, wie? Na, dann bleibt ja Zeit für eine kleine Kostprobe. Meine Herren, machen Sie dem Polizisten Platz. Erster Tenor, denke ich. Da drüben.» Sie wies Cem einen Platz zwischen zwei Jodlern zu. «Stellen Sie sich zwischen Samuel und Anton. Habt ihr dem Kommissar ein Notenblatt mit Text?»

«Ich jodle nicht», sagte Cem. Die konnte das nicht ernst meinen? «Wir müssen gehen.»

«Sofort. Sobald Sie mit uns gesungen haben.»

«Ich warte draussen», sagte Cem und wollte gehen.

«Warum ist Ihre entzückende Frau nicht mitgekommen?», rief ihm Ella hinterher.

«Sie arbeitet.»

«Wir waren heute zusammen im Café», sagte Ella.

Cem schoss herum. «Wo waren Sie?»

«Na, im ‹Heini›, in der Altstadt. So eine liebe Frau. Sie sah nicht sehr glücklich aus.»

Cem besprach seine Eheprobleme sicher nicht vor dem Jodlerclub. Warum hatte Eva ihm das nicht erzählt? «Weshalb trafen Sie meine Frau?»

«Sie hören mir nie zu.» Ella schmollte und bekam vom Männerchor eine bestätigende Basslinie.

«Worüber haben Sie sich unterhalten?»

«Über Russland. Wir waren nicht allein. Dieser Geheimagent hat sich zu uns gesetzt. An Ihrer Stelle wäre ich vorsichtig. Ich glaube, er mag Ihre Frau.»

Cem kämpfte mit seinem türkischen Temperament, um sich einen Gefühlsausbruch nicht anmerken zu lassen. Wie kam es, dass Wolkow den Tag mit Eva verbrachte? Dieser Hundesohn!

«Frau Ella Wälti, Sie steigen umgehend in meinen Wagen, oder ich erzähle den Herren vom Jodlerclub Interessantes über eine talentierte Polina Ruslanowna Sorokin.»

Ella schwieg.

«Wer ist Polina?», fragte Annagret, die neben Ella stand.

Ella rollte die Augen. «Die verdrehen die ganze Wahrheit», sagte sie. «Die Luzerner Polizei kommt ohne meine Hilfe nicht vom Fleck in diesem Fall. Ihr müsst mich entschuldigen. Sie brauchen mich dringend. Herr Cengiz, einen Moment, ich hole hinten nur meine Handtasche und die Jacke. Und ich muss kurz für kleine Mädchen. Es ist eine lange Fahrt bis nach Luzern.»

Cem nickte und setzte sich auf einen freien Stuhl an der Wand.

Erleichtert, mit der Chorprobe fortfahren zu können, stimmte der Dirigent das nächste Lied an.

Cem schweifte mit seinen Gedanken ab. Wie hatte Eva den Tag mit Wolkow verbringen können, ohne ihn zu informieren? Er hatte geglaubt, sie sei im Büro gewesen. Cem wählte ihre Nummer, konnte sie aber nicht erreichen. Er versuchte es bei der Staatsanwaltschaft. Laura, die Assistentin, nahm den Anruf entgegen. Cem musste dreimal nach Luft schnappen, als sie ihm erklärte, dass Eva am Mittag nach einem Streit mit Oberstaatsanwalt Kernen aus dem Büro gestürmt sei. Eva war mit sofortiger Wirkung freigestellt. Das hatte sie der gestrigen Aktion in Vitznau zu verdanken. Cem rief bei Evas Eltern an. Diese erklärten, dass Alain bei ihnen auf dem Hof übernachte. Eva habe gesagt, sie wolle mit Cem einem Hinweis nachgehen. Ob sie nicht bei ihm sei? Cem beruhigte seine Schwiegermutter und behauptete, alles sei in Ordnung.

Nichts war in Ordnung.

Er wählte Wolkows Nummer, aber sein Handy war ausgeschaltet. Das war übel. Cem blickte auf die Uhr. Es war halb sieben. Was machte Ella so lange auf der Toilette? Er stand auf und verliess den Saal durch die Hintertür, folgte der Beschilderung zu den Toiletten. Er klopfte mehrmals an die Damentoilette, bekam aber keine Antwort. Im Restaurant fragte er nach, ob jemand Frau Ella gesehen habe.

«Natürlich», sagte die Servicefachangestellte. «Ella hat vor etwa zehn Minuten das ‹Drei Könige› verlassen.»

··*

Ihre Nerven lagen blank. Ob aus Angst oder weil ihr schlechtes Gewissen sie plagte, wusste Eva nicht. Unruhig ging sie den Steg auf und ab, grüsste ein verliebtes Pärchen, das soeben mit einer kleinen Yacht an einem der Gästeparkplätze im äusseren Bereich von Mole 9 angelegt hatte. Eva kannte den Gemeindebootshafen in der Lopperbucht von Hergiswil gut. Er lag nur einen Steinwurf von Stansstad entfernt, und früher war sie mit Freunden an den Abenden oft hier herumgesessen.

Nervös spielte sie mit dem Schlüssel in der Hand. Er gehörte zu dem Motorboot, das am äussersten Platz vertäut lag und sanft in den Wellen schaukelte. Es war lange her, dass Eva ein Boot gefahren war. Hoffentlich würde sie es nicht brauchen. Es war ihre Lebensversicherung, ebenso die Sportschuhe, die sie zu dem Jogginganzug trug. Sie war eine Zielscheibe, ausgestellt auf Mole 9, ein Lockvogel für den Wolf. Der Plan war erfolgversprechend, das hoffte sie zumindest, auch wenn es nicht ihre Aufgabe war, die Arbeit der Polizei zu übernehmen. Doch der Plan barg ein Risiko. Mit Cem hatte sie den ganzen Tag kein Wort gesprochen. Sie konnte es nicht, konnte ihn nicht anlügen, denn niemals hätte er diesem Plan zugestimmt. Aber Eva hatte genug von der Opferrolle. Es gab nur einen Weg, um sich sicher zu fühlen: Viktor musste gefasst werden. Auf dem konventionellen Weg funktionierte es nicht.

Eva blickte den Steg zurück. Sie wusste, dort hielt sich Wolkow versteckt auf der Lauer. Er würde die ganzen Lorbeeren ernten, wenn er der Luzerner Polizei heute Abend Viktor in Handschellen auslieferte. Wolkow die Lorbeeren und Eva die

Prügel. Konnte Cem ihr je vergeben, was sie hier gegen sein Wissen tat? Sie ging einige Schritte auf und ab. Das Plätschern des Seewassers, das gegen die Mole schlug, beruhigte sie nicht. Es war drei Minuten vor sieben. Viktor sollte jeden Moment auftauchen, wenn er sich auf das Treffen einliess. Sie schaute auf den See hinaus, sah aber kein Boot, das auf den Hafen zusteuerte. Würde er über den Landweg kommen? Beobachtete er sie bereits? Ein kalter Schauer lief ihr über den Rücken. Vom Gotthardmassiv zogen mächtige Wolken heran, die sich dunkel verfärbten. Hier würde bald ein gewaltiges Sommergewitter toben. Die Zeichen standen auf Sturm.

Eva musste an diesen Tag zurückdenken. Den ganzen Morgen über war sie mit Wolkow zusammen in ihrem Büro gesessen. Er hatte Überzeugungsarbeit geleistet. Dann stürmte Kernen herein, und die Situation eskalierte. Er tadelte Eva wegen ihres Alleinganges in Vitznau. Wolkow nahm sie in Schutz, stellte sich wie eine Wand vor sie. Eva kam um ein Lächeln nicht herum, denn Kernen bekam Schiss vor dem Russen. Auch wenn Wolkow kein grosser, bulliger Typ war, so konnte er sehr überzeugend sein. Eva musste ihre erste Abneigung ihm gegenüber korrigieren. Nach dem Streit zog Kernen Eva von dem Fall ab und stellte sie vorübergehend von der Arbeit frei. Wütend verliess sie zusammen mit Wolkow das Gebäude der Staatsanwaltschaft, entschlossen, den Lockvogel zu spielen, um unter diesen Fall einen Schlussstrich zu ziehen. Sie war nach Hause gefahren, während Wolkow in Hergiswil zurückblieb, bevor sie sich am späteren Nachmittag wieder in Luzern trafen. Eva schrieb Viktor eine Mail an seine Geschäftsadresse und erklärte, dass es ein Fehler gewesen war, ihn gestern an die Polizei zu verraten. Sie müsse ihn sprechen. Sie nannte diesen Treffpunkt im Hafen von Hergiswil. Heute Abend um sieben Uhr würde sie auf Mole 9 auf ihn warten. Allein.

Wolkow war überzeugt, dass Viktor anbeissen würde.

Später am Nachmittag war Eva zu ihm ins Hotel gefahren.

Auf seinem Zimmer gingen sie die Details durch. Zu ihrer Absicherung hatte Wolkow ein Motorboot gemietet und auf dem äussersten Gästeparkplatz des Hafens in Hergiswil abgestellt. Er wollte am Eingang zur Mole 9 auf der Lauer liegen. Viktor hatte zwei Möglichkeiten, wollte er Eva treffen. Entweder kam er mit einem Boot auf dem Seeweg zu ihr. In diesem Fall musste sie warten, bis er aus dem Boot ausgestiegen war, und ihn bis zur Mitte des Steges locken, bevor sie loslaufen musste. Deshalb die Sportschuhe und der Trainingsanzug. Wolkow war überzeugt, dass Viktor sie nicht auf dem öffentlichen Hafengelände hinterrücks erschiessen würde. In dem Moment, in dem sie losrannte, wusste Viktor, dass es eine Falle war. Er würde zurück zu seinem Boot flüchten. Doch da wäre Wolkow bereits auf seinen Fersen. Viktor würde nicht schnell genug das Boot losbinden und den Motor starten können. Die zweite Möglichkeit, dass Viktor von der Strasse her über den Steg auf sie zukam, war Eva lieber. Sobald er den Steg betrat, sass er in der Falle. Sie konnte zu ihrem Boot rennen und sich auf dem See vor ihm in Sicherheit bringen, während Wolkow die Falle zuschnappen liess. Es bestand natürlich die Möglichkeit, dass Viktor erst gar nicht auftauchte, vielleicht, weil ihn die Mail nicht rechtzeitig erreicht hatte. Damit konnte Eva leben.

Sie schaute auf die Uhr: Es war drei Minuten nach sieben. Motorengeräusch liess sie auf den See hinausblicken. Ein Boot fuhr auf den Hafen zu, mit einem Mann am Ruder. Er trug ein T-Shirt, eine Baseballkappe auf dem Kopf und eine Sonnenbrille im Gesicht. Es würde zwei bis drei Minuten dauern, bis das Boot nah genug am Hafen war, um den Mann zu identifizieren. Eva schaute zurück zur Landseite. Die Nordflanke des Loppers fiel steil bis hinunter zum See. Eva beobachtete einen Mann, der auf dem Trottoir entlang der Strasse zu den Stegen schritt, die Hände in den Taschen seiner kurzen Hosen vergraben, den Kopf gesenkt. Viktor? Grösse und Statur stimmten. Das Gesicht konnte sie unmöglich erkennen. Ich bin paranoid, dachte Eva, und die Angst wuchs. Ihr Plan schien nicht mehr vielversprechend. Hatte sie den grössten Fehler ihres Lebens begangen? Was würde aus Alain werden, wenn … Sie durfte nicht daran denken. Sie musste stark bleiben.

Eva erinnerte sich wieder an den Nachmittag. Laura hatte sie zu Hause angerufen. Eine Ella Wälti suche sie dringend. Erst hatte Eva abgewunken, aber als sie Wolkow davon berichtete, erklärte er ihr, dass er diese Frau treffen wollte. Bisher hatte Cem ein Verhör von ihr durch Wolkow erfolgreich verhindert. Sie verabredete sich mit Ella Wälti im Café Heini in der Altstadt, in entspannter Atmosphäre, wie sie glaubte. Frau Ella erschien mit zehn Minuten Verspätung. Sie und Wolkow beäugten sich misstrauisch. Cem hatte nicht übertrieben, als er sagte, sie sei schwierig. Das Gespräch war eine Katastrophe, ständig wechselte die Seniorin das Thema, und ihre Gedankengänge waren so sprunghaft und absurd, dass Eva befürchtete, Frau Ella leide an Geisteswahn. Eines hingegen war klar: Ella vergötterte Cem und schwärmte von ihm in den höchsten Tönen, obwohl er manchmal an Konzentrationsschwäche und mangelnder Logik litt, wie sie auf ihre charmante Art hinzufügte, aber er habe ein gutes Herz. So sei ihr Ueli auch gewesen.

Wolkow hatte mehrmals versucht, das Gespräch auf ihre Weissagungen zu lenken, an die er offensichtlich nicht glaubte. Beharrlich wies Ella ihn wegen seiner Ungeduld und seines Unglaubens zurecht. Sie hielt bei dem Gespräch die Zügel in der Hand. Als sie eine halbe Stunde später aus dem Café stolzierte, kannte Eva den eigentlichen Grund für ihr Treffen und das groteske Gespräch nicht. Sie vermutete, dass Ella sie bloss kennenlernen wollte. Seltsam war, dass Eva das Gefühl nicht loswurde, sie zu kennen. Bloss woher? Sie kam nicht darauf.

Eva blickte auf den See hinaus. Das Motorboot war in den Hafen eingelaufen, schlug aber einen anderen Weg ein und fuhr auf Steg 1 zu, wo die kleinen Boote der Dauermieter vertäut lagen. Fehlalarm. Sonst war auf dem See kein weiteres Boot auszumachen, das auf den Hafen zusteuerte. Sollte Viktor auftauchen, dann vom Landweg her. Ihre Augen suchten das Ufer nach dem Mann in den kurzen Hosen ab. Sie konnte ihn aber nicht mehr entdecken, was kein beruhigendes Gefühl war. Wo blieb Viktor? Sie ging bis zum Ende der Mole. Ihr Herz pochte. Sie drückte den Schlüssel für das Motorboot fester in der Hand. Es lag direkt vor ihr, neben der kleinen Yacht, mit der das Liebespaar vor ein paar Minuten angekommen war. Das Bedürfnis zu fliehen wurde stärker. Sie wollte Wolkow ein Zeichen geben, um abzubrechen, als sie eine Stimme neben sich hörte.

«Hallo, Eva. Endlich können wir uns ungestört unterhalten.»

Sie schoss herum und starrte direkt in Viktors Augen. Er stand zwei Meter von ihr entfernt auf dem Deck der kleinen Yacht. Er war die ganze Zeit über hier gewesen. Das Liebespaar, dachte Eva, sie hatten Viktor unbemerkt in den Hafen gefahren.

Die Falle schnappte zu – aber auf der falschen Seite.

Entsetzt starrte Eva auf den Lauf der Waffe, der auf sie zielte. «Steig ein. Der Champagner ist kühl gestellt.»

Sie zitterte, warf einen Blick den Steg hinunter. Wolkow kam aus seiner Deckung und rannte die Mole entlang auf sie zu.

Viktor packte Eva am Handgelenk und zog sie aufs Boot. Er hatte vorher die Vertäuung unbemerkt gelöst. Rasch startete er den Motor, Eva vor sich, den Lauf der Waffe gegen ihre Seite gepresst. Ohne auf die Geschwindigkeitsbegrenzung im Hafenbecken zu achten, gab er Schub.

Wolkow hatte keine Chance, er war nicht schnell genug bei ihnen. Eva sah, wie er auf der Mole stehen blieb und seine Waffe zog.

«Runter!», schrie Viktor und riss sie mit sich auf den Boden. Ein Knall. Fast zeitgleich schlug die Kugel über ihnen durch die Windschutzscheibe.

VIERZEHN

Acht Stunden. Seit acht Stunden war Eva in Viktors Gewalt. Acht Stunden Hölle für sie und Cem. Er konnte ihr nicht helfen, und das zerriss ihn innerlich.

Er stand an Mole 9 und starrte hinaus auf den tiefschwarzen See. Der Mond war nicht zu sehen, und bis zum Sonnenaufgang dauerte es noch ein paar Stunden. Es regnete in Strömen. In der Ferne rumorte das letzte Donnergrollen des heftigen Gewitters, das die Zentralschweiz heimgesucht hatte. Gischt spritzte hoch. Der See war unruhig, doch dies stand in keinem Vergleich zu Cems gequälter Seele. Die Kälte seiner durchnässten Kleider betäubte den inneren Schmerz nicht, genauso wenig wie sein geschwollenes Kinn.

Nach Wolkows Anruf war das ganze Team von Leib und Leben ausgerückt, was den Nidwaldner Kollegen sauer auflag. Hergiswil war deren Hoheitsgebiet. Wie ein brodelnder Vulkan war Cem auf Wolkow zugesteuert, der auf Mole 9 auf sie wartete, und pfefferte ihm seine Faust ins Gesicht. Der Schlag erzielte mässig Wirkung. Obwohl ein Fliegengewicht und trotz seines gelassenen und pastoralen Temperaments zögerte Wolkow nur den Bruchteil einer Sekunde, bevor seine Rechte vorschnellte. Wolkows Kinnhaken hob Cem regelrecht aus den Schuhen und schleuderte ihn zu Boden. Einen halben Meter weiter rechts und er wäre von der Mole hinunter in den See gefallen. Die Polizeiausbildung in der Schweiz musste einem russischen Agententraining meilenweit hinterherhinken. Banz und ein uniformierter Kollege der Nidwaldner Polizei konnten den Kampf beenden, sonst hätte es Tote gegeben, und es stand ausser Frage, wer ins Gras gebissen hätte.

Susanne war dem Russen nicht minder an den Karren gefahren und liess ihn von Banz und Barbara kurzerhand festnehmen, was ihr Ärger mit den russischen Behörden einbrachte, selbst Fedpol meldete sich bei ihr, aber Susanne stand ihre Frau im Angesicht der Ereignisse. Leider konnte sie ihn nicht lange wegsperren, schon am späten Abend war Wolkow zurück im Hotel. Auch mit Cem war sie wenig zimperlich verfahren. Statt Mitleid bekam er von ihr Urlaub aufgebrummt. Er war raus aus dem Fall. Wenigstens hielten ihn seine Kollegen auf dem aktuellen Stand der Ermittlungen. Zeugen berichteten, dass am Hafen ein Schuss gefallen war. Wolkow habe auf das Motorboot geschossen, das aus dem Hafengelände raste. Er reagierte nicht auf die Anschuldigung, sondern beschloss zu schweigen. Als ausländischer Gast bei der Luzerner Polizei war er nicht berechtigt, eine Waffe in der Öffentlichkeit zu tragen. Susanne liess ihn nach der Festnahme gründlich durchsuchen, auch das umliegende Gelände, vergeblich. Es war keine Waffe aufzufinden. Sie blieb ebenso verschwunden wie Eva.

Wie hatte sie so leichtsinnig sein können, auf Wolkows Plan einzugehen? Es war seine Schuld, dachte Cem und fuhr sich mit den Händen über seinen gestutzten Bart, als er jetzt, Stunden später, auf den See hinausstarrte, der von der Nacht verschlungen wurde. Hätte er sich nicht mit Eva gestritten, hätten sie bloss miteinander geredet, hätte er sie davon abhalten können. Hätte, hätte, hätte … Er hatte sie im Stich gelassen. Punkt.

Den ganzen Abend bis tief in die Nacht hinein versuchte sein Team den Tathergang zu rekonstruieren und Eva zu finden. Vergeblich. Der Hafenmeister hatte die Nummer des Motorbootes notiert, das den Anlegeplatz am Nachmittag regulär gebucht hatte. Es gehörte Viktor. Das Pärchen fand man beim romantischen Abendessen im Seerestaurant Belvédère. Sie zeigten sich geschockt, als sie erfuhren, was passiert war. Sie lernten Viktor am Nachmittag zufällig kennen, in Buochs am Seeufer. Sie kamen ins Gespräch, und Viktor bot ihnen an, sie am Abend mit dem Boot nach Hergiswil zu fahren. Diese Gelegenheit wollten sie sich nicht entgehen lassen. Die Nidwaldner Kollegen fanden heraus, dass das Boot in einem

Bootshaus in Buochs einen Dauermietplatz hatte. Sie fuhren sofort hin – und fanden die kleine Yacht vor Ort, als wäre nichts geschehen, bis auf das Einschussloch in der Windschutzscheibe über dem Ruder. Wolkow hatte geschossen, das war der Beweis. Wenigstens fand die Spurensicherung kein Blut. Evas und Viktors Fingerabdrücke konnten rasch sichergestellt werden. Die Suchhunde waren zu spät vor Ort. Das heftige Gewitter spülte die Fährte weg. Eva war verschwunden. Dem Pärchen gönnte man keinen romantischen Abend. Die beiden wurden von den Nidwaldner Kollegen verhört. Bisher erfolglos.

Der Sturm riss Cem die Schiebermütze vom Kopf und blies sie auf den See hinaus, wo sie von den hohen Wellen verschluckt wurde und in der Dunkelheit verschwand. Der Regen tropfte ihm übers Gesicht und riss die salzigen Tränen der Wut und Verzweiflung mit sich zu Boden. Es war drei Uhr nachts. Viktor hatte sich bisher nicht gemeldet, auch von Ella fehlte jede Spur. Zu gerne hätte sich Cem von ihr für einmal die Tarotkarten legen lassen. Er hätte sogar einen Jodler gejauchzt und Frau Ella einen Picknickkorb bis hoch auf den Pilatus getragen für einen einzigen Hinweis, dass Eva lebte. Was war am Nachmittag zwischen Ella, Eva und Wolkow in dem Café vorgefallen? Dieses Treffen war nicht zufällig zustande gekommen. Als Cem bei der Probe des Jodlerclubs den Namen Polina Ruslanowna Sorokin ins Spiel brachte, war dies der Auslöser für ihre Flucht gewesen. Ella war Russin, eine Schauspielerin, das stand mittlerweile ausser Frage. War sie eine Geheimagentin, und hatten die Russen sie als Schläfer in die Schweiz gebracht? Cem vermutete, dass die Kindheit in ihrem Lebenslauf gefälscht war. Ella, oder Polina, war in Russland aufgewachsen. Was stimmte, war, dass sie vor achtundzwanzig Jahren Ueli Wälti heiratete, zehn Jahre in Bern lebte und dann nach Finsterwald zog und ein anscheinend bodenständiges Leben führte. Diesbezüglich gab es genügend Zeugen und Belege. Was war der Auslöser, dass Ella nach achtundzwanzig Jahren aktiv wurde? War Wolkow ihr Vorgesetzter? Arbeiteten die beiden zusammen? Cem kam ein neuer Gedanke. Lag der Fokus nicht auf Viktor, sondern auf Luna? Sie passte nicht ins Bild der ermordeten Prostituierten. War Luna der Grund für Ellas Handeln oder der Grund, weshalb Wolkow in die Schweiz kam? Sie mussten mehr über diese Frau und ihre abgebrochene Schwangerschaft erfahren. Cem griff nach seinem Handy in der Jeanstasche. Kevin konnte seinen Schlaf später nachholen. Das Mobiltelefon regte sich nicht. Es war durchnässt und nutzlos. «Verdammte Scheisse!» Cem schmiss es mit all seiner Wut im Bauch auf den Steg. Es zersprang in Hunderte von Einzelteilen.

***

Die knarrenden Türangeln rissen Eva aus einem leichten Dämmerschlaf. Sie hatte versucht wach zu bleiben, aber letztlich war die Müdigkeit stärker gewesen.

«Guten Morgen», sagte Viktor, seine Stimme leicht melancholisch. «Ich hoffe, du konntest ein paar Stunden schlafen. Ich habe Frühstück dabei: Kaffee, Zopf, Butter und Käse. Hast du Hunger?»

Eva rutschte auf dem kleinen Bett weiter zurück bis an die Wand des Wohnwagens, wo Viktor sie gefangen hielt. Ihre rechte Hand war mit Handschellen an das fest verschraubte Bettgestell gefesselt. Sie wusste längst, dass der Wohnwagen irgendwo im Wald in der Einsamkeit abgestellt war. Die nächtlichen Geräusche und Rufe der Wildtiere und Nachtvögel waren hitchcockmässig furchteinflössend gewesen. Um Hilfe zu rufen war zwecklos.

Viktor richtete in der engen Wohnwagenküche das Frühstück her. Sein Plauderton blieb gefährlich freundlich. «Ich hoffe, es ist dir recht, wenn wir uns duzen? Wir sind unter uns, da sind Höflichkeitsanreden fehl am Platz. Nimmst du Zucker in den Kaffee?»

Eva rutschte ein Nein heraus. In ihrem Inneren lieferten sich

Todesangst und rasende Wut ein Duell. Ihr Körper reagierte darauf mit mentaler Paralyse. Lag das an den Drogen, die Viktor ihr gestern auf dem Boot verabreicht hatte? Er zwang sie, einen Würfelzucker zu schlucken. Sie erinnerte sich undeutlich, wie sie aus dem Boot gestiegen waren, zu einem Wagen gingen und später eine steile Strasse hochfuhren. Das heftige Gewitter hatte die Landschaft innerhalb von Minuten in Dunkelheit gehüllt. Was danach geschah, wusste Eva nicht mehr. Vermutlich hatte Viktor den Würfelzucker mit K.-o.-Tropfen versehen, eine kleine Dosis, aber genug, dass sie willenlos war und während der Autofahrt immer wieder wegdämmerte. Sie erinnerte sich, wie sie ihm in den Wohnwagen gefolgt war und sich ans Bett hatte fesseln lassen. Er gab ihr Wasser zu trinken, legte sie hin und deckte sie zu. Sie verlor den Kampf gegen einen traumlosen Schlaf.

Viktor reichte ihr den heissen Kaffee, nickte auffordernd auf ihr Zögern. «Du traust mir nicht, verständlich, aber der Kaffee ist sauber. Keine K.-o.-Tropfen mehr, versprochen.»

Sie nahm den Kaffee mit der freien Hand.

«Es musste gestern schnell gehen, und ich wollte dir nicht ständig meine Waffe an den Kopf halten. Die Drogen erleichterten es, dich gewaltfrei herzubringen. Die Dosis war gering.»

«Du Scheisskerl!»

«Deshalb sind wir hier: Du musst deine Meinung über mich ändern, dringend.»

«Wenn Cem dich findet, bist du ein toter Mann.»

«Das glaube ich dir sofort. Cem ist ein feiner Kerl. Er liebt dich, daran besteht kein Zweifel.»

Aus einem Reflex heraus schüttete Eva wutentbrannt den heissen Kaffee auf Viktor. Er reagierte zu spät und bekam die volle Ladung ins Gesicht gespritzt. Fluchend eilte er zum Lavabo und hielt den Kopf unter das kalte Wasser.

Mein Gott, dachte Eva, habe ich ein Monster gereizt? Er wird mich bestrafen. Sie wusste, der Kaffee war nicht heiss genug, um ihn ernsthaft zu verbrühen.

Viktor richtete sich auf und drehte sich zu ihr um, seine Miene ausdruckslos, das Gesicht und T-Shirt triefend nass. Er griff nach einem frischen Geschirrtuch auf der Ablage. «Ich denke», langsam trocknete er sich ab, «das habe ich verdient. Noch einen Kaffee?»

Eva realisierte, dass sich ihre lackierten Nägel in ihre Handflächen gebohrt hatten. Sie versuchte, die verkrampften Finger zu lösen. «Gerne», sagte sie, «noch einen Kaffee, aber diesmal siedend heiss, bitte.»

Viktor lachte. «Du bist mutig, ich wusste es. Sicher, du hast Angst, aber du bist mutig. Ich habe mich in dir nicht getäuscht.»

«Was willst du?», fragte Eva, die langsam die Oberhand über Körper und Geist zurückgewann.

«Du hörst mir nie zu, das ist dein Problem. Du vertraust mir nicht. Deshalb muss ich ausholen. Wenn du mich besser kennst, siehst du den Fall mit anderen Augen.» Viktor legte eine Kapsel in die Kaffeemaschine. «Du weisst einiges über meine Kindheit. Wir gehörten dem neureichen Adel an. Als Kind badete ich im Luxus, aber innerlich verarmte ich. Einzig mit meiner älteren Schwester verband mich eine Liebe, doch sie verbrachte die meiste Zeit in einem Internat und war nur in den Ferien zu Hause. Meine Eltern hatten keine Zeit und keine Lust, sich mit uns Kindern zu beschäftigen. Wir wurden von Nannys aufgezogen und für die Ausbildung auf unterschiedliche Internate geschickt.»

Eva erinnerte sich wieder an das Foto, daran, wie der kleine Viktor die Hand der Nanny hielt und bewundernd zu ihr hochschaute.

«Ich war der Kluge in der Familie, aber auch der Unzähmbare. Mit meinem Vater verstand ich mich nie, und meine Mutter konnte mit uns zwei Jungen wenig anfangen. Bei ihr drehte sich alles um Schönheit. Es machte ihr Freude, meine Schwester hübsch anzukleiden, so, als sei sie eine Puppe.» Viktor reichte Eva vorsichtig den Kaffee und ging zur Sicherheit auf Distanz, zurück in die Kochnische. Er schnitt den Zopf auf. «Mein Vater schickte mich auf ein Internat nach Deutschland und später an eine Eliteuni in Moskau, um Wirtschaft zu studieren. Ich sollte nach dem Abschluss in seine Firma einsteigen. Heimlich schrieb ich mich an der Uni auch für Kunstgeschichte ein. Dort lernte ich Ivan Petrow kennen und durch Ivan seine Familie, die, wie sich bald herausstellte, ein mächtiges Syndikat führte. Ivans Vater Konstantin Zakharowitsch Petrow war ‹das Auge›, das Oberhaupt von W.Z.O.R., wie sich das Syndikat nennt. Unter den Professoren galt ich als Genie mit einem fotografischen Gedächtnis, was Ivan seinem Vater erzählte, der deshalb auf mich aufmerksam wurde. Ich verbrachte die Sommerferien als Gast der Petrows am Schwarzen Meer. Als ich Ivan in meine Pläne einweihte, das Wirtschaftsstudium zu schmeissen und mit Kunst- und Antiquitätenhandel ein eigenes Business aufzubauen, berichtete er seinem Vater davon. Mir fehlte das Startkapital, und meine Familie wollte in dieses Geschäft keinen Rubel investieren. Konstantin gab mir ein grosszügiges zinsloses Darlehen. Später, sagte er, später einmal kannst du es zurückzahlen.»

«Die Mafia hat in dich investiert.»

Viktor nickte. «Klar wusste ich es. Im jugendlichen Leichtsinn war ich vor die Wahl gestellt, mit Mafiageldern mein eigenes Imperium aufzubauen oder unter Vaters Regime ein Sklave in seiner Firma zu werden.» Viktor brachte ihr einen Teller mit Zopfscheiben, Butter und Käse ans Bett. «Ich entschied mich für die Freiheit, dachte ich damals. Es war überheblich, zu denken, ich könnte mich aus den Geschäften der russischen Mafia heraushalten. Mit Geldwäsche fing es an, dann Schmuggel, Erpressung und Diebstahl und endete Jahre später mit Drogen-, Waffen- und Menschenhandel. Das Syndikat ist Teil der Wory-Gesellschaft. Die Mitglieder nennen sich ‹Diebe im Gesetz›, ein Ausdruck, ursprünglich entstanden im Gulag. Die Wory stiegen zur Elite der kriminellen Organisation in der Sowjetunion auf. Die Strukturen der Mafia sind komplex und stark verflochten mit den russischen Behörden, Nachrichtendiensten, dem Wirtschaftssektor und internationalen Handel. Konstantin schickte mich in die Schweiz, der perfekte Platz, um Geld zu waschen und auf Bankkonten anzulegen, damals jedenfalls. Es gibt unter den Worys den Verbrecherkodex, dass sie ‹ehrbare Diebe› sind, sich aus der Politik raushalten und die Finger von Prostitution und Menschenhandel lassen. Dieser Kodex ist weitgehend im Zerfall begriffen, und Konstantin hält sich längst nicht mehr daran.»

«Du hast die Armut junger Frauen ausgenutzt, sie nach Europa geholt und als Sexsklavinnen verkauft.»

«Schuldig», sagte Viktor, seine Stimme tonlos. «Ich bin nicht stolz darauf. Ich war nur der Lieferant, was danach mit ihnen –»

«Du trägst ebenso Mitschuld wie die Zuhälter. Rede dich nicht heraus. Was ist mit Körperverletzung?», fragte Eva und hielt ihre Hand hoch. «Zwölf Knochen waren zertrümmert.»

«Schuldig.» Viktor setzte sich ihr gegenüber auf einen Stuhl.

«Mord?»

Viktor schwieg.

«Weshalb schüttest du mir dein schuldiges Herz aus?», fragte Eva. «Soll ich Mitleid mit dir empfinden? Dich verstehen? Dir vergeben? Entschuldige, aber du hast es so gewollt. Du hast auf die dunkle Seite gewechselt.» Sie rupfte an den Handschellen.

«Ich bestreite nicht, dass ich dem Syndikat angehöre und für sie Geschäfte erledige, die unschön sind und auf die ich verzichten will. Aber ich habe keine Wahl – nicht mehr. Vor zehn Jahren lernte ich Sofja kennen. Zum ersten Mal in meinem Leben gab es einen Menschen, der sich für mich interessierte und nicht für meinen Status oder mein Geld. Wir trafen uns auf dem Brünig, ein glücklicher Zufall.»

«Sofja war doch aber Russin.»

«Ja, und studierte an der Hotelfachschule in Luzern. Sie liebte die Natur, die Berge, zog sich jeden freien Tag die Wanderschuhe an. Zehn Monate später machte ich ihr den Heiratsantrag. Sie schleppte mich an einem Sonntag kurz nach Sonnenaufgang in die Wolfsschlucht, und ich fragte sie, auf dem Waldboden kniend, ob sie meine Frau werden wolle. Es war ein spontaner Entschluss. Ohne den Bruchteil einer Sekunde zu zögern, sagte sie Ja. Wir kauften uns ein Haus auf dem Sonnenberg und heirateten. Nicht empfehlenswert, wenn man der Mafia angehört. Ein Jahr später kam Denis zur Welt. Der Moment, in dem ich beschloss auszusteigen.»

«Der Autounfall deiner Frau», sagte Eva, «es war kein Unfall, richtig? Was ist passiert? Hat sie herausgefunden, dass du ein Krimineller bist und Frauen als Sexsklavinnen an Männer verkaufst? Hat sie herausgefunden, dass du ein Mörder bist?»

«Schuldig, Frau Staatsanwältin.»

Wenn Eva vor Gericht eine Sache nicht leiden konnte, dann waren das Angeklagte, die mit stoischer Gelassenheit auf jede Frage nett antworteten. «Konnte sie mit diesem Wissen nicht mehr weiterleben und nahm sich das Leben?»

Zum ersten Mal zeigte sich eine Regung in Viktors Gesicht. War es Zorn?

Eva dämmerte erst jetzt, welche grausame Wahrheit hinter seiner Geschichte mit Sofja steckte. «Der Brünig, die Wolfsschlucht. Es war nie ein Zufall, dass …»

«Nein. Wolkow kennt mich gut genug. Es ist doppelt grausam, Menschen, die man liebt, an einem Ort zu verlieren, der von persönlicher Bedeutung ist.»

Mein Gott, dachte Eva. Wolkow!

***

«Susanne war zu streng zu Cem. *Porca puttana!* Ich weiss, wie er sich fühlt. Damals, als Rolf … Vergiss es.»

Banz sass am Steuer und fuhr von Sarnen Richtung Giswil. Sie hatten die Obwaldner Polizei besucht, seine ehemaligen Teamkollegen. Er brauchte die Informationen über den Todesfall von Sofja Janowna Kasakow. Tony, ein Kollege, der damals den Fall untersucht hatte, gab bereitwillig Auskunft. Eine Kopie der Akte lag auf dem Rücksitz des Dienstwagens.

«Cem ist am Durchdrehen», sagte Banz, «so kann er nicht arbeiten. Er bringt nur sich und andere in Gefahr mit seinen impulsiven Aktionen.»

«Glaubst du, er sitzt zu Hause herum? Bei uns im Mutterhaus hätten wir wenigstens ein Auge auf ihn. Ich hoffe, dass es Eva …» Barbara blieben die Worte im Hals stecken. Sie fuhren einige Minuten schweigend weiter. Banz lenkte den Wagen die Brünigpassstrasse hoch. «Denkst du, wir finden da oben Antworten?», fragte Barbara.

«Die Luft ist frisch», sagte Banz trocken. Die kurvige Strasse zog sich hin.

Barbara zeigte auf einen Parkplatz am Strassenrand, ein beliebter Aussichtspunkt. «Halt da an.» Es war kurz vor Mittag. Der Gewittersturm von gestern hatte sich längst verzogen. Einige geknickte Äste an den Bäumen, welche den steilen Hang säumten, zeigten, mit welcher Wucht das Unwetter zugeschlagen hatte. Barbara stieg aus, lehnte sich an den Wagen und schaute in die Tiefe.

Banz stellte sich einen Tick zu nahe neben sie.

«Du bist ein kluger Kopf», sagte Barbara. «Du hast den richtigen Riecher bei Kriminalfällen.»

«Hm, das Gleiche könnte ich über dich sagen.» Banz grinste breit.

Barbara liess sich nicht aus der Ruhe bringen. «Testen wir unsere Teamintelligenz. Ich kann klarer denken, wenn mich kein Büro einengt. Unsere drei Fälle, Sambou und Lila, Luna und die Prostituierten und nun Evas Entführung, die sind zu einem einzigen grossen Puzzle verschmolzen. Wir haben den Rahmen, der das Puzzle zusammenhält.»

«Viktor.»

«Genau. Aber uns fehlt das Motiv.»

«Womöglich erkennen wir das Motiv erst, wenn das fertige Bild an der Wand hängt.»

«Wo sollen wir beginnen? Welches Puzzleteil fügen wir als Erstes ein?»

«Sofja», schlug Banz vor.

«Viktors Frau? Du denkst, ihr Tod war kein Unfall? Du hast den Fall damals bearbeitet ...»

«Es war Tonys Fall. Ich war sein Vorgesetzter und hatte anderes um die Ohren. Es schien eindeutig: Sie hatte zu viel getrunken, war zu schnell die Brünigpassstrasse hochgefahren und verunfallt. Wir haben uns nie gefragt, wohin sie wollte oder weshalb sie sich zu Hause betrunken hatte. Viktor war an jenem Abend in Sankt Petersburg. Es gab Belege dafür.»

«Wo genau geschah der Unfall?»

Banz zeigte mit der Hand auf eine Kurve weiter unten, eine enge Haarnadelkurve. «Sie krachte mit hoher Geschwindigkeit gegen den Felsen. Der Wagen wurde herumgeschleudert, überschlug sich und stürzte dann auf der anderen Seite über die Abschrankung in die Tiefe.»

«Habt ihr an Selbstmord gedacht?»

«Sicher.»

«Weshalb der Brünig? Weshalb fuhr sie mitten in der Nacht von Küssnacht über Luzern nach Sarnen und den Brünig hoch Richtung Berner Oberland? Und dies betrunken? Von Viktors Villa bis hierher fährt man rund eine Stunde. Sie hat die ganze Strecke ohne einen Kratzer bewältigt, mit eins Komma fünf Promille im Blut. Habt ihr Alkohol in dem Wagen gefunden?»

«Nein. Sie muss vorher getrunken haben.»

«Die Angestellten wie auch die Bilder der Überwachungskameras bezeugten, dass sie um dreiundzwanzig Uhr zehn losfuhr. Der Unfall geschah um halb eins.»

«Entweder ist sie sehr langsam gefahren, oder uns fehlen zwanzig Minuten, in denen unterwegs etwas passiert sein muss oder in denen sie sich betrunken hat. Vielleicht hat sie jemanden besucht?»

Banz drehte sich zu ihr um. «Das Tagebuch.»

Sein Gesicht war nah, Barbara konnte die einzelnen weissen Haare in seinem vollen dunklen Bart erkennen. Sie musste leicht den Kopf heben, um ihm in die Augen zu sehen. «Das Tagebuch ist der reinste Liebesroman», sagte Barbara. «Sofja hat Viktor geliebt.»

«Vergöttert», korrigierte Banz.

«Sie war krank.»

«Sie war am Heilen. Ihr letzter Eintrag im Tagebuch war voller Hoffnung. Sie glaubte daran, die postnatale Depression überwunden zu haben.»

«Sie freute sich darauf, dass er aus Sankt Petersburg zurückkam.» Barbara fühlte, wie ihr Herz schwer wurde. «Kanntest du das Tagebuch?»

«Nein, es lag uns Obwaldnern nie vor.»

«Zwei Tage nach diesem letzten Eintrag war sie tot.» Barbara zuckte bei ihren eigenen Worten zusammen.

Er bemerkte es und legte seine Hand auf ihre Schulter. «Alles gut?»

«Nein. Es ist, als ob ich Sofjas Puzzleteil in meiner Hand drehe und wende, es aber nicht platzieren kann. Es passt nirgendwohin.»

«Leg es zurück und heb ein anderes auf.»

Barbara schaute auf seine Hand, die auf ihrer Schulter lag. Banz grinste. Er zog die Hand langsam zurück und ging auf Distanz. «Sprechen wir über Luna. Cem denkt, sie ist wichtig.»

«Wir haben uns alle ihre Fotos und Videos im Netz angesehen. Beauty, Fitness, Mode – oberflächliche Beiträge, tausendfach gelikt. Ihre Familie will nicht vernünftig mit uns sprechen, und nach wie vor haben wir keine Ahnung, wer der Vater des Kindes ist, das sie abgetrieben hat. Vielleicht ihr Mann, vielleicht ein Geliebter. Wenigstens kennen wir mittlerweile den Designer ihres schicken Minikleides. Rita hat mir heute Morgen die Info gebracht. Das Label P.Y.H.way steht für Runway. PYH sind die kyrillischen Zeichen für RUN. Aber diese Information hilft uns kaum weiter.»

«Luna ist das verbindende Glied zwischen der russischen Mafia und den ermordeten Prostituierten», sagte Banz.

Barbara schoss herum. «Das ist es. Wir dachten, Viktor sei der gemeinsame Nenner. Was, wenn es nicht Viktor ist, sondern das Syndikat.»

Banz zog die Augenbrauen tief. «Wie meinst du das?»

«Wir gingen immer von Viktor als Mörder aus, weil wir denken, dass er böse ist und für das organisierte Verbrechen arbeitet. Aber er ist auch ein stinkreicher russischer Geschäftsmann. Macht er sich echt die Hände selbst schmutzig? Wir können davon ausgehen, dass das Syndikat die Morde an den Prostituierten in Auftrag gab. Auch den an Luna, obwohl er vielleicht in keinem Zusammenhang zu den anderen Frauen steht, wie wir es immer angenommen haben. Luna kam in eine Schweizer Luxusklinik, um abzutreiben. Weshalb? Weil sie das Geld dazu hat, weil sie es verheimlichen wollte oder aus einem anderen Grund?»

«Worauf willst du hinaus?»

«Lunas Vater ist Viktors älterer Bruder Andrej», erklärte Barbara. «W.Z.O.R. operiert von Perm aus. Wollen sie in den Westen expandieren und Sankt Petersburg einnehmen, mit den Kasakows an ihrer Seite?»

«Du vermutest, Andrej arbeitet mit dem Syndikat zusammen?»

Barbara schüttelte den Kopf. «Keine Ahnung. Er leitet das riesige Familienunternehmen. Bei den Kasakows dreht sich alles um Kommunikation. Wetten, das Syndikat ist daran interessiert?»

«Sie lassen Luna ermorden, um Andrej zu drohen, so wie sie es mit Sofja und Viktor getan haben könnten? Du denkst, Sofjas Tod war ein Auftragsmord von W.Z.O.R.?»

«Wäre doch möglich. Wir müssen herausfinden, ob Andrej weitere Kinder hat.»

«Fahren wir zurück», sagte Banz und schwang den Autoschlüssel in der Hand. «Es gibt viel zu tun.»

«Noch einen Augenblick», sagte Barbara, schloss die Augen und atmete tief durch. Sie erwartete, das blühende Gras zu riechen, die Triebe der Kiefern, den alten Schnee auf dem Gipfel, aber ihr Geruchssinn wurde von männlich herben Duftnoten verführt. Konnte man Testosteron riechen?

«Suchst du nach einer Fährte?», fragte Banz belustigt.

Barbara öffnete die Augen und strich sich ihre roten Haare hinter die Schulter. «Ich suche nach Klarheit.»

«Über Luna?»

Nein, dachte Barbara, über mich. Dass zwei Prachtexemplare der männlichen Spezies so offensichtlich um sie buhlten, war ein ungewohntes Gefühl. Sie konnte nicht leugnen, dass sie das Spiel genoss. Hoffentlich konnte Rolf ihr das vergeben ... Er fehlte ihr. «Es gibt ein drittes Puzzleteil, um das wir uns kümmern müssen», sagte Barbara.

«Ella Wälti alias Polina Ruslanowna Sorokin», antwortete Banz. «Sie hat uns ganz schön an der Nase herumgeführt. Oscarverdächtig, ihre schauspielerische Leistung. Und weisst du was, ich mag sie.»

«Das ist die Quizfrage: Ist sie eine der Guten oder eine der Bösen?»

«Weder noch. Was, wenn sie auf keiner Seite steht und ihr eigenes Theater mit der Polizei und dem Syndikat inszeniert?»

«Du denkst, der Umschlag mit den Fotos kam von ihr?»

«Ja, da bin ich mir fast sicher. Ihre schrägen Hinweise und Tipps sollten uns auf die richtige Fährte bringen.»

Barbara massierte sich den Hals. Er fühlte sich steif an. «Aber warum arbeitet sie dann nicht offen mit uns zusammen?»

Banz öffnete für Barbara die Wagentür. «Finden wir sie und fragen die reizende Dame.»

***

Den Schwiegereltern in die Augen zu sehen war eine Tortur. Cem sass am Küchentisch, die Kaffeetasse vor ihm war unberührt. Evas Vater schwieg, hatte kein Wort gesagt, seit Cem vor zehn Minuten eingetreten war. Die Mutter hatte gerötete Augen und quälte sich ein Lächeln auf, das seinen Zweck, Trost zu spenden, weit verfehlte. Alain kam auf Cem zugerannt und fiel ihm in die Arme. «Wann kommt Mami endlich nach Hause?», fragte er traurig. «Sie war die ganze Nacht weg, und heute bin ich schon wieder nicht zur Schule gegangen. Dabei bin ich gar nicht krank. Schau.» Alain griff nach Cems Hand und führte sie an seine Stirn. «Ist gar nicht heiss.»

«Sorry, Kleiner.» Mehr brachte Cem nicht über die Lippen.

Alain zuckte verzeihend mit den Schultern. «Ich habe Opi beim Melken geholfen, und mit Omi habe ich einen Kuchen gebacken für Mami. Willst du ihn probieren?»

«Hey, Kumpel, wir warten damit, bis Mami zurück ist, ja?»

«Was hast du da am Kinn? Bist du hingefallen?»

«Nur ein Kratzer», wich Cem aus.

«Sind das Freunde?», flüsterte Alain ihm ins Ohr.

«Wer?»

«Die Polizisten, die mit uns am Tisch sitzen.»

«Das sind Kollegen der Nidwaldner Polizei.» Cem nickte ihnen zu. Die Beamten hatten Cem bestätigt, dass alles ruhig war und sie mit Argusaugen auf Alain und Evas Eltern achten würden.

Die Stimmung war zu erdrückend, als dass Cem es länger aushielt. Er musste hier weg.

Der Tag war eine Katastrophe gewesen. Als Erstes hatte er sich ein neues Mobiltelefon gekauft, für den Fall, dass Eva anrief. Zum Glück funktionierte die SIM-Karte noch. Seine Nerven lagen blank, die Schuldgefühle kontrollierten sein Denken. Der heftige Streit mit Susanne hatte das Fass zum Überlaufen gebracht. Suspendiert. Es war nicht das erste Mal für ihn, aber die schlimmste Strafe, die er im Augenblick erhalten konnte.

Nicht für Eva da zu sein, nicht bei den Ermittlungen zu helfen, sie nicht retten zu können, war die Hölle. Den ganzen Tag war Cem von Ort zu Ort gehetzt, um eine Spur zu finden, aber Eva blieb wie vom Erdboden verschwunden. Viktor konnte sie bis nach Russland entführt haben, dachte Cem. Auch Schlimmeres war möglich, wollte er sich aber nicht in Gedanken ausmalen. Er brauchte einen Hoffnungsschimmer. Irgendetwas, woran er sich festhalten konnte.

Es gab nichts, nichts bis auf die volle Tasse mit kaltem Kaffee, die vor ihm auf dem Küchentisch stand.

***

«Abendessen gibt es draussen am Lagerfeuer», sagte Viktor und schloss ihre Handschellen auf. Er liess Eva auf die Toilette, wartete aber vor der Tür. Keine Chance für sie, eine Flucht zu wagen. Die Toilette in dem Wohnwagen war nicht nur eng, sondern auch fensterlos. Als Eva hinaustrat, griff er nach ihrer Hand, an der noch die Handschelle hing. Kurzum liess er den offenen Ring der anderen Seite um sein eigenes Handgelenk schnappen.

«Was soll das?», protestierte Eva. An Viktor gekettet zu sein war eine Peinigung, die auf diese Art erzwungene Nähe nicht zu ertragen.

«Es ist ein schöner, warmer Abend, wir sind hier draussen ganz für uns allein, und ich will das Abendessen am Feuer einigermassen geniessen, ohne dich ständig einfangen zu müssen oder mit der Waffe auf dich zu zielen.» Er hob seinen linken Arm und damit Evas rechten. «So ist es unkomplizierter.» Er öffnete die Tür des Wohnwagens und ging vor.

Eva hatte richtig vermutet, sie waren mitten im Wald. Der Wohnwagen war auf einem Kiesweg am Ufer eines Flusses abgestellt. Vor dem Wohnwagen stand der Jeep, mit dem sie hergefahren waren. Weiter vorne war ein schweres Motorrad geparkt.

Viktor hatte einen Campingtisch aufgestellt, mit Tischtuch und einer Vase mit Schnittblumen darauf. Er war für zwei Personen gedeckt. Die Rotweingläser waren gefüllt, die offene Weinflasche stand daneben. Château Pétrus! Je eine Schüssel Kartoffelsalat und grüner Salat waren aufgetischt. Neben dem Tisch stand ein runder Holzkohlengrill, auf dem Fleisch und Gemüse brutzelten. Der herrliche Duft stieg Eva in die Nase.

«Wird das meine Henkersmahlzeit?»

«Ich sehe es eher als unsere zweite, längst überfällige Verabredung.»

Eva versteifte sich. «Wird es wie letztes Mal mit Körperverletzung enden?»

«Du kannst mir nicht vergeben, ich verstehe das, aber es war nötig, um dein Leben zu retten.»

«Spiel dich nicht als Wohltäter auf. Warum hast du dich mit mir im ‹Montana› getroffen, wenn du wusstest, wie der Abend enden würde?»

«Weil es keine Rolle spielte. Das Syndikat wusste längst, dass du deine hübsche Nase zu tief in deren Geschäfte gesteckt hast. Sie wollten, dass ich handle und das Problem aus der Welt schaffe. Ich habe den Weg gewählt, der dir das Überleben sicherte.»

«Drei Schlägertypen. Hast du eine Vorstellung, was die mit mir gemacht haben?»

«Ja. Ich habe deine Krankenakte gelesen.»

«Wie kommst du an meine Krankenakte? Ach, lass es. Ich frag besser nicht.» Eva kämpfte gegen Tränen an.

Viktor kam ins Stocken, wollte eine Erklärung liefern, schwieg dann aber. Seine Hand, die an Evas gefesselt war, griff nach ihren Fingern, aber sie entzog sie ihm heftig. Er nickte. «Setzen wir uns.»

Es war mühsam, sich gegenüberzusitzen, je eine Hand auf dem Tisch, die zu nichts zu gebrauchen war. Neben Evas Teller lag ein Geschenkpaket.

«Öffne es», sagte Viktor. «Die bin ich dir schuldig.» Er fasste sich an die Stirn, dorthin, wo das Pflaster klebte.

Eva zögerte kurz, riss die Schleife ab und den Deckel der goldfarbenen Schachtel auf. «Schuhe?»

«Wegen mir hast du dir die Louboutins ruiniert. Diese hier sind eine Spezialanfertigung von Christian. Davon gibt es weltweit nur einhundert Paar. Ich hoffe, sie gefallen dir.»

Eva hätte in jeder anderen Situation vor Freude gejuchzt. Die High Heels waren traumhaft. Sie stellte die Schachtel kurzerhand auf den Waldboden und zog einen wütenden Schmollmund.

Viktor hob das Weinglas. «Ich hoffe, eines Tages kannst du mir vergeben.»

«Dieser Tag wird nie kommen.» Eva griff nach ihrem Château Pétrus und trank das Glas in einem Zug leer. Der Wein brannte die Kehle hinunter. Er war würzig und schwer.

Viktor konnte sich ein Grinsen nicht verkneifen. «Du hast gerade Rotwein im Wert von fünfhundert Franken das Glas ex getrunken, als wäre es billiger Wodka.»

Eva wischte sich demonstrativ mit der Handfläche über den Mund. «Seit wann seid ihr russischen Oligarchen knausrig? Schenk mir nach. Es ist das Mindeste, das ich verdiene, nachdem du mich den ganzen Tag allein in dem Wohnwagen hast schmoren lassen.»

Viktor schenkte ihr grosszügig nach. «Ich musste ein paar Dinge organisieren, geschäftlich, du verstehst.»

«Geschäftlich, sicher doch. Ich will Cem sprechen, sofort. Er muss wissen, dass ich noch am Leben bin.»

«Später.»

Viktor holte mit einer Gabel ein Steak und Gemüse vom Grill und schöpfte ihr umständlich mit einer Hand Salat in den Teller. «Iss.»

Eva trank das zweite Glas leer. Sie hob den Kopf, als sie den Motor eines Fahrzeugs hörte. Das Abblendlicht hinter den Bäumen auf der anderen Seite des Bachbettes war schwach zu erkennen. Der Wagen war zu schnell verschwunden, als dass sie eine Chance hatte, ihm einen Hilferuf zukommen zu lassen.

Viktor schenkte nach.

«Wo sind wir?», fragte sie und starrte auf das dritte volle Glas. Sie fühlte, wie der Alkohol auf leeren Magen seine Wirkung zeigte. Ihr Ohren wurden heiss. Betrunken war die Angst leichter zu ertragen, aber sie hatte sich dadurch auch nicht mehr voll unter Kontrolle und könnte leichtsinnig handeln. Viktor war ein hervorragender Schauspieler, der es verstand, die Menschen um sich herum zu manipulieren. Und er war hochintelligent. War es seine Absicht, sie betrunken zu machen, um an Informationen zu gelangen? Zu spät dämmerte es Eva, dass sie auf seinen simplen Trick hereingefallen war. Sie liess das Glas stehen und griff nach der Plastikgabel.

«Wir sind auf dem Glaubenberg», sagte Viktor.

«Auf dem Glaubenberg? Warten wir hier auf eine Eingebung? Auf Erlösung? Ein Zeichen Gottes? Deshalb der Château Pétrus? Wie wäre es mit einem Tischgebet?»

«Hier oben haben wir unsere Ruhe. Niemand wird uns belästigen.»

«Ja, bring mich her, töte mich und vergrabe meine Leiche im Wald. Der Glaubenberg wird schweigen. Wird Cem je davon erfahren?»

«Nein.»

Sie schluckte schwer. «Der Teufel lauert auf dich, hast du das nicht begriffen? Auch auf dem Glaubenberg kannst du dich nicht vor dem Bösen verstecken. Du bist ein Verdammter, Viktor, und du weisst das. Cem wird dich kriegen, früher oder später, er wird nicht lockerlassen, bis ich gerächt bin.»

Er stocherte mit der Gabel in dem Kartoffelsalat herum. «Cem ist nicht mein Problem.»

«Was willst du von mir? Warum holst du nicht Frau Ella her? Sie könnte die Tarotkarten legen. Hoffe ja nicht, dass sie für mich die Karte der Hohepriesterin zieht, die dir deine Sünden vergeben wird.»

«Ich will reden», sagte er leise. «Ich will, dass du zuhörst, wollte ich schon, als ich dich im Wagen der Bäckerei heimgefahren habe. Du hörst nie zu, Eva.»

«Du hast mich brutal entführt, ich habe dich niedergeschlagen und konnte fliehen.»

«Ich habe es geschehen lassen.»

Sie schnappte nach Luft. «Was hast du mit mir nach dem Gespräch vor?»

«Keine Ahnung. Das hängt von deinen Antworten ab.»

Eva lief es kalt den Rücken hinunter. Sie musste an Cem denken. Sie war über vierundzwanzig Stunden verschwunden. Er musste durchdrehen. «Wie du willst, wir können reden, aber erst will ich Cem anrufen.»

«Er wird die paar Stunden ohne dich überleben. Er ist bei deinen Eltern.»

«Wie …» Evas Herz machte einen Sprung. «Du lässt ihn beobachten?»

«Ihn und deine Eltern. Meine Leute passen auf sie auf. Alain hat deinem Vater mit den Kühen geholfen. Ich mag den Jungen. Aufgewecktes Kind.»

Eva sprang vom Tisch auf, riss dabei das volle Rotweinglas mit. Sie holte mit ihrer freien Hand aus, um Viktor eine Ohrfeige zu verpassen, doch er wich geschickt zur Seite, rupfte an der Hand mit den Handschellen und brachte sie aus dem Gleichgewicht.

«Setz dich, Eva!» Seine Stimme war hart und erbarmungslos. «Deiner Familie wird nichts geschehen, versprochen.»

Eva erkannte, wie aussichtslos ihre Lage war, und setzte sich, am ganzen Körper zitternd.

Viktor stellte vorsichtshalber die Weinflasche auf den Boden neben sich. «Du hast genug getrunken. Morgen bringe ich Eistee zum Abendessen mit.»

Eva hielt mit den Fingern den Ehering umklammert. Morgen?

«Wir müssen über die Bedeutung der Familie reden», begann Viktor und schob seinen Teller von sich weg. Ihm schien der Appetit vergangen zu sein. «Familie ist alles, wofür es sich zu kämpfen lohnt. Für meinen Sohn gehe ich durch die Hölle, kämpfe mit dem Teufel und», er starrte Eva in die Augen, «blicke ins Angesicht des Todes.»

Eva hielt seinem Blick stand. «Stirb», sagte sie.

«Vielleicht. Wir spielen längst russisches Roulette. Du bist am Zug.»

✳ ✳ ✳

«Du hast Hausverbot, schon vergessen?», flüsterte Lila, die Sambou liebevoll zudeckte und Cem grob aus dem Zimmer bugsierte. Im Flur der Polizeizentrale starrte sie ihn tadelnd an. «Eva ist gefangen in Viktors Klauen, und du zerfällst in Selbstmitleid? Schäm dich!»

«Ich kann sie nicht finden», sagte Cem und hasste sich für seine Machtlosigkeit.

Lila griff nach seinem Kinn und hielt es fest.

«Autsch», protestierte Cem.

«Was ist passiert?»

«Ich habe mich geprügelt.»

«Mit wem?»

«Wolkow.»

«Er hat es verdient. Ich hoffe, er sieht schlimmer aus als du.»

Cem antwortete nicht.

«Geh heim und schlaf ein paar Stunden.»

«Ich kann nicht, unmöglich. Meine ganze Wohnung riecht nach ihrem Parfum.»

«Männer! Na, hier schlafen geht auch nicht, das schadet meinem Ruf als Marius' treue Freundin. Nimm dir ein Hotelzimmer, wenn das hilft. Du bist ein kreativer Kopf, der Lösungen in schwierigen Situationen findet.»

«Schweigt Sambou noch immer?»

Lila schnaubte laut und zwirbelte ihr Haar hoch, befestigte es mit einem Haargummi, das sie am Handgelenk trug. «Ich arbeite daran. *Mais, c'est pas si facile.* Flüchtlingskinder sind traumatisiert, und Vertrauen ist ein schwieriges Wort. Sambou hat keine Familie mehr und ist bei kriegerischen Rebellen aufgewachsen. Er braucht Zeit.» Sie hakte sich bei ihm unter und zog ihn von der Tür weg. «Da vorne steht ein wunderbarer Getränkeautomat. Ich spendiere dir eine Cola. *Merde!* Ich habe kein Kleingeld mehr. Leihst du mir was?»

Endlich entlockte sie Cem den Hauch eines Lächelns. «Hast du Nachricht von Marius?»

«Am Mittwochabend hat er sich kurz gemeldet. Er hat seinen Kontaktmann am Flughafen in Dakar getroffen, und sie wollten gleich losfahren, am Rand der Sahelzone entlang nach Ballou an der malischen Grenze, wo Marius einen Informanten treffen will, der einiges über einen Waffenhandel zwischen malischen Rebellen und russischen Warlords wissen soll. Es ist eine zehnstündige Fahrt durch die Wüste, und die Verbindung ist abgerissen. Funkstille. Eigentlich sollte er sich längst wieder gemeldet haben. Sein Flugzeug zurück in die Schweiz hat Dakar vor vier Stunden verlassen. Keine Ahnung, wo er steckt. Siehst du, wir sitzen beide im gleichen Boot. Wir müssen hoffen und vertrauen.»

«Marius ist ein Überlebenskünstler.» Cem drückte Lila einen Zweifränkler in die Hand.

Sie warf die Münze in den Automaten. «Und Eva ist die stärkste Frau, die ich kenne. Sie packt das schon und macht den russischen Kretin fertig. Wetten?»

«Es gibt mindestens eine Frau, die ebenso stark ist. Wir hätten dir glauben sollen, Lila, als du mit Sambou zu uns gekommen bist. Es war falsch, dich wegen Kindesentführung anzuzeigen.»

Lila warf Cem einen Luftkuss zu. «Du bist süss. Und ein Esel. Klar hätten du und Eva mir glauben sollen. Hier, deine Cola. Der Einvernahmeraum da vorne ist frei. Setzen wir uns dorthinein. Die Fensterbank ist echt bequem.» Lila spürte Cems Erleichterung, dass sie die Führung übernahm. Er war mit seinen Kräften am Ende. «Wann hast du das letzte Mal geschlafen?»

«Vor zwei Tagen.»

Lila setzte sich auf die Fensterbank in dem Verhörzimmer. Draussen war dunkle Nacht. Sie klopfte mit der Hand auf den Platz neben sich. Cem zögerte kurz, bevor er sich neben sie setzte. Es dauerte nicht lange, und er legte seinen Kopf an ihre Schulter. Lila suchte nach den richtigen Worten. Zu genau erinnerte sie sich, wie Viktor sie in der Waschküche bedroht hatte. Auch sexuell. Sie konnte das wegstecken, sie hatte Schlimmeres in ihrer Zeit im Rotlichtmilieu erlebt. Aber Eva? Sie würde eine Vergewaltigung nie verkraften. Sie war stark, doch verletzlich. Über den gewalttätigen Anschlag von Viktors Schergen im letzten Sommer kam Eva schlecht hinweg.

Lila fasste sich an den Bauch. Vergessen konnte sie auch die Peinigung und Schmerzen nie, die ihr Ex ihr zugefügt hatte, geschweige denn den Mord an ihrem ungeborenen Kind. Sie war nicht schuldlos an diesem Drama. Weshalb bloss hatte sie gegen die gut gemeinte Erziehung ihrer Eltern rebelliert? Was für ein törichter Teenager sie gewesen war. Der Absturz folgte unweigerlich, und der Fall war tief. Sie bezahlte ihre Dummheit mit dem Leben ihres Babys. Nie würde Lila eine Mutter werden. Eine Gebärmutter konnte man nicht ersetzen. Aber sie hatte sich gefangen, war aufgestanden und konnte, dank Cem, ein neues Leben führen. Lila empfand es als ihre Pflicht, ihm beizustehen, auch wenn sie keine Ahnung hatte, wie sie ihm helfen konnte, Eva zu finden. «Weisst du, wir sollten … Cem?»

Er war an ihrer Schulter eingeschlafen.

FÜNFZEHN

Die kurze Nacht auf der harten Fensterbank hinterliess ihre Spuren. Sein Rücken schmerzte, aber Lilas Nähe hatte ihn beruhigt. Cem verliess die Polizeizentrale, bevor seine Kollegen zur Arbeit kamen. Er marschierte nach Hause, die frische Morgenluft weckte seine Lebensgeister.

In der Wohnung gönnte er sich eine Dusche. Das kalte Wasser rann seit Minuten über seinen Körper. Ein Wunder wäre angebracht, dachte Cem und blickte hoch. «Das ist dein Stichwort einzugreifen.» Warum konnte Eva nicht einfach heimkommen? Sie war Viktor bereits einmal entwischt.

Es klingelte an der Wohnungstür.

Cem schoss in der Dusche herum und verlor kurz die Balance auf dem rutschigen Boden. War es zu früh, Allah zu danken? Hektisch schnappte er sich ein Handtuch, wickelte es um die Lenden, rannte triefend nass zur Tür und riss sie auf.

Keine Eva. Er stöhnte. «Was willst du hier?»

«Wie wäre es mit Tee?», fragte Wolkow.

«Susanne hat uns freigestellt, schon vergessen? Du gehörst nicht mehr zum Team. Wegen dir ist Eva in Viktors Gewalt, und wegen dir ist mein Kinn grün und blau, also nimm den nächsten Flug und trink Tee mit Putin. Russische Geheimagenten bringen uns nur Ärger.»

«Ich weiss, wie wir deine Eva befreien.»

Cem traute Wolkow nicht über den Weg. Er war unberechenbar und liess sich nicht in die Karten blicken. Sein Prediger-Pokerface klebte wie ein Poster vor seinen Gedanken.

«Wie geht es deinem Kinn?», fragte Wolkow.

Cem schlug ihm die Tür vor der Nase zu, verriegelte sie und ging zurück ins Badezimmer. Er trocknete sich ab und zog sich im Schlafzimmer an, eine Jeans und ein altes T-Shirt mussten reichen. Erst fütterte er die pfeifenden Meerschweinchen im Flur, dann ging er in die Küche, setzte Wasser für einen türkischen Chai auf und fügte dem starken schwarzen Tee zwei Kapseln Kardamom hinzu. Er ging zurück zur Wohnungstür und öffnete sie. Wie erwartet stand Wolkow noch draussen, lässig an das Treppengeländer gelehnt. «Hast du wenigstens Brötchen mitgebracht?», fragte Cem.

Wolkow hob eine Papiertüte. «Roggenbrot.»

«Dein Glück, dass ich Hunger habe.» Cem führte Wolkow in die Küche. «Zucker?»

«Schwarz.»

Cem stellte ihm die Tasse hin und schnitt das Brot auf, während der Russe bedächtig in der Tasse rührte. «Mach es nicht spannend», sagte Cem. «Wie retten wir Eva und töten den Mistkerl Viktor?»

«Töten? Du bist ein Polizist.»

«Nicht heute.»

«Wir kriegen Viktor durch Ella Wälti.»

«Ella? Du meinst Polina Ruslanowna Sorokin. Was hat sie mit dem Wolf zu tun?»

«Sie hilft ihm.»

«Weshalb?»

«Daran arbeite ich noch. Ich habe mich gestern in Finsterwald umgehört.»

Cem schnellte herum. Sofort musste er an den alten Dahinden denken und an Pfarrer Hunkeler. «Sag nicht, du hast –»

«Ich habe niemandem ein Haar gekrümmt. Aber ich habe Polinas Haus durchsucht. Ihr braucht in der Schweiz Ewigkeiten für einen Durchsuchungsbefehl.»

«Weil Ella … Polina … nicht …»

«Hier.» Wolkow knallte ein Foto auf den Tisch.

Cem setzte sich und starrte darauf. Sofort erkannte er Ella. Sie war jung auf dem Bild, Ende zwanzig, schätzte er, eine Schönheit mit langem braunem Haar. Neben ihr stand ein grosser, kräftiger Mann, unverkennbar ein Russe, kantiges

Gesicht, flache Nase, breiter Hals. Er musste einiges älter als Ella sein. Ihr Vater? Besitzergreifend lag seine grosse Hand auf ihrer Schulter. Die zierliche Ella schien das Gewicht der Hand nur schwer tragen zu können. Sie schaute unglücklich in die Kamera. Das Bild war in einem Theater aufgenommen worden, an der Seite war die Bühne zu erkennen. Das Alexandrinsky-Theater, wie Cem vermutete. «Wer ist der Mann?»

«Roman Nikititsch Kasakow.»

Cem blickte auf. «Viktors Vater?»

«Starlets haben oft Mentoren, die sie fördern.»

«Keine finanzielle und gesellschaftliche ‹Förderung› ist umsonst», sagte Cem bitter. Konnte es sein, dass die quirlige, eigensinnige Ella in jungen Jahren die Mätresse von Viktors Vater war? «Wann wurde das Foto aufgenommen?»

«Vor zweiundvierzig Jahren.»

«Vor Viktors Geburt.»

«Ja.»

Ein völlig neuer Horizont tat sich für Cem auf. War das der Grund, weshalb Ella in der Schweiz lebte? Weil Viktor ihr …

«Ich arbeite daran», sagte Wolkow, «aber nicht selten wurden solche Starlets auch vom Staat rekrutiert, um sich bei ihren Wohltätern umzuhören. Roman Kasakow ist ein mächtiger Mann.»

«Willst du damit sagen, Ella war seine persönliche Mata Hari?»

«Es dauert, bis wir Antworten vom FSB aus Moskau bekommen.»

Cem fuhr sich mit der Hand mehrmals durchs Haar. «Arbeitet sie mit oder gegen den Wolf und das Syndikat? Ich habe den Durchblick verloren.»

«Wir wissen es nicht.»

Cem war der Appetit vergangen. Die ganze Show, die Ella abzog, das Finden der Leiche, wie ergab das einen Sinn? Weshalb war sie in der Schweiz untergetaucht? War sie ein Schläfer des FSB oder bloss eine Frau, die Angst vor ihrem «Mentor» hatte und floh? Arbeitete sie womöglich weder für noch gegen das Syndikat? War sie früher beim KGB? Gut möglich, dass in den nächsten fünf Minuten die CIA, der MI6 oder der Mossad an seine Tür klopften. Verflucht, sie lebten hier im friedlichen Luzern. Cem wollte bloss seine Eva unversehrt zurück. Sollten sich die Regierungen, deren Geheimdienste, Oligarchen, Worys, Warlords und Auftragskiller anderswo die Köpfe einschlagen.

«Sagt dir ‹Grosse Entlein› etwas?», fragte Wolkow. «Ein Codewort vielleicht?»

«Grosse Entlein? Keine Ahnung. Frisst der Wolf neuerdings grosse Entlein statt kleiner Geisslein? Wie kommst du auf die Enten?»

«In Ellas Wohnung neben dem Telefon lag ein leerer Notizblock. Dies war die letzte Notiz, die sie geschrieben hatte. Der beschriebene Zettel war weg, aber der Durchschlag des Kugelschreibers reichte aus, um die Notiz zu rekonstruieren, auch wenn ihre Schrift schlecht lesbar ist.»

«Hast du den Durchschlag noch?»

«Klar.» Wolkow zog das Papier aus der Tasche seines Jacketts.

Cem starrte einen Moment darauf, griff nach seinem Handy und öffnete Google Maps. «Das heisst nicht ‹Grosse Entlein›», sagte er aufgeregt. «Ella schrieb ‹Grosse Entlen› auf den Zettel. Ein Fluss, eher ein Bach. Er verläuft ein Stück weit der Glaubenbergstrasse entlang und vorbei an Finsterwald. Das muss von Bedeutung sein. Hält Viktor womöglich Eva dort gefangen, mit Ella als seiner Komplizin? Was denkst du?» Cem sprang aufgeregt auf die Beine. «Fahren wir hin und finden es heraus.»

«Mein Mietwagen steht in der Garage vom ‹Schweizerhof›. Deinen Alfa Romeo kennt Ella. Wir wollen sie nicht früher als nötig aufscheuchen, sollte sie in der Nähe sein.»

Es klingelte an der Wohnungstür. So früh am Morgen? Cem ging hin und warf einen Blick durch den Spion. Sein

Herzschlag kam kurzzeitig aus dem Takt, als er die Tür aufriss ...

***

Kevin brachte Lila und Sambou das Frühstück. Unter dem Arm trug er eine dicke Akte, die er nachher mit dem Team durchgehen wollte. Es blieb noch Zeit bis zum Treffen oben im Sitzungszimmer. Frühstück servieren zählte neuerdings zu seinen Aufgaben, aber es machte ihm nichts aus. Die kurzen Gespräche mit Lila lockerten den bürokratischen Alltag eines Ermittlers erfrischend auf, zumal die Stimmung bei Leib und Leben an einem Tiefpunkt angelangt war.

Hungrig biss Sambou in einen Nussgipfel und trank seine heisse Schokolade. Nicht gerade das Frühstück, das Kevin seinem Kind auftischen würde, aber Lila bestand darauf, dass Sambou verwöhnt wurde.

«Cem hat letzte Nacht hier geschlafen», sagte sie.

«Mit dir?», fragte Kevin überrumpelt.

Lila zwinkerte ihm zu. «Nicht mit mir. Bei mir. Er war fix und fertig. Ich mache mir Sorgen um ihn.»

Kevin hob die dicke Akte hoch. «Was denkst du, weshalb ich dieses Monsterding mit mir herumschleppe? Wir werden Eva finden. Hat sich Marius gemeldet?»

«Ja, er hat um halb fünf heute Morgen von Lissabon aus kurz angerufen. Er ist auf dem Flug nach Zürich und sollte in einer Viertelstunde landen. Anscheinend hat sich der Kurztrip gelohnt, mehr wollte er am Telefon nicht verraten.»

«Na also. Wir rocken das Ding schon», sagte Kevin und drehte sich zu euphorisch auf der Ferse um, die Fliehkraft unterschätzend. Papiere und Fotos fielen aus der Akte und landeten verstreut am Boden. «Mensch», stöhnte Kevin. «Bis ich das wieder alles sortiert habe.»

«Warte, ich helfe dir. Sambou ...» Lila gab dem Jungen ein Zeichen, die Notizen, Bilder und Rapporte aufzusammeln.

Sambou half eifrig, schoss aber auf einmal wie von der Tarantel gestochen auf und starrte Lila an, ein Foto in der zitternden Hand. *«Lila, Lila, c'est lui. Regarde!»*

Der Junge wurde bleich, soweit das bei seiner Hautfarbe möglich war. Er drückte Lila ein Bild in die Hand, und plötzlich sprudelten die Worte aus ihm heraus. Kevins Französisch war diesem Tempo nicht gewachsen. Zudem war der malische Dialekt eine Herausforderung. Er schnappte bloss einzelne Wortfetzen wie *«le russe»* und *«le loup»* auf.

Lila taumelte rückwärts, hielt in einer Hand das Foto, mit der anderen musste sie sich an die Tischplatte klammern. Der Schock stand ihr tief ins Gesicht geschrieben.

Kevin wurde nervös. «Was ist los?»

Sambou zupfte an Kevins Hemdärmel. *«C'est lui.»*

Lila atmete tief durch. «Sambou hat erzählt, dass er bei dem Treffen des Generals mit den russischen Warlords dabei war.»

«General?»

«So nennt er den Anführer der Rebellen im Norden von Mali. Die Männer haben über eine grosse Waffenlieferung verhandelt, welche die Russen dem General verkaufen wollten. Viktor war einer von ihnen.» Sie wandte sich an Sambou. *«Et tu es vraiment sûr?»*

«Oui, oui, c'est lui. Le loup.»

«Das war mein Fehler. *Merde!»*, fluchte Lila und schlug sich mit der flachen Hand an die Stirn. Sie schaute Kevin an. «Sambou hat mir von dem Waffendeal erzählt, auch, dass Viktor dort war und er wegen ihm in die Schweiz wollte.»

«Wegen Viktor?»

«Der General hat Sambou geschlagen, weil er Tee über seine Hand verschüttet hatte. Später kam Viktor zu Sambou und tröstete ihn. Sambou erzählte, dass er keine Familie mehr habe und nach Europa wolle. Viktor gab ihm Geld. Sollte Sambou es bis nach Europa schaffen, solle er in der Schweiz nach Asyl fragen. Er solle Eva Roos aufsuchen. Sie würde ihm helfen. Er solle ihr erzählen, was er hier gesehen habe. Aber er müsse vorsichtig sein. Gefährliche Leute würden das zu verhindern versuchen. Das ist es, was ich von Sambou erfahren habe, aber die Details wollte er nur Eva anvertrauen.»

Das Bild, das sich für Kevin ergab, beantwortete so einige Fragen, bloss nicht die, weshalb Viktor wollte, dass der Junge über den Waffendeal auspackte.

«Ich glaubte, Viktor sei der Warlord und habe die Verhandlungen geführt», sagte Lila. «Ich war mir sicher, er war der Mann, den sie den ‹Wolf› nannten.»

«Er war es nicht?»

Lila schüttelte den Kopf. «Nein. Es war ein anderer, der den Deal abschloss. Dieser hier ...» Sie drehte langsam das Foto um, das sie in der Hand hielt. «Und er war es, der in der Nacht bei dem Haus von Sambous Pflegefamilie aufgetaucht ist.»

✳✳✳

«Fahren Sie durch Finsterwald, die Glaubenbergstrasse hoch, vorbei am Bergrestaurant Gfellen. Folgen Sie der Passstrasse bis zur neuen Stillaubbrücke, fahren Sie dort aber geradeaus. Vor der grossen Linkskurve führt ein Schotterweg rechts in den Wald bis ans Ufer der Grossen Entlen, wo mein Wohnwagen steht. Viktor wartet dort mit Ihrer Frau auf Sie.»

Es war beängstigend, wie seelenruhig Frau Ella die Worte über die Lippen kamen. Emotionslos. Sachlich. Es war ein Befehl, nicht mehr, nicht weniger. Cem hatte sie in seine Wohnung gelassen und gleich ins Wohnzimmer geführt. Nicht dass sie beim Anblick von Wolkow ins Stocken geriet.

«Wie geht es Eva? Wenn ihr auch nur ein Haar –»

«Sie ist gesund und munter.»

«Was will Viktor von Eva? Und von mir?» Cem war nah dran, Ella an die Gurgel zu springen.

«Es ist anders, als Sie denken.»

«Warum hat Viktor Sie und nicht mich angerufen? Und

warum kommen Sie persönlich her?» Cem wusste, dass Wolkow von der Küche aus mithörte.

«Wir können niemandem trauen, und Telefone werden abgehört. Fahren Sie gleich hin.» Ella drehte sich um und wollte die Wohnung verlassen, aber Cem hielt sie am Oberarm fest.

«Nicht so schnell. Wie soll ich Sie denn nennen, Frau Ella oder doch lieber Frau Sorokin? Mir egal. Ich verhafte Sie gerne unter beiden Namen.»

«Lassen Sie meinen Arm los! Sie tun mir weh.»

«Wolkow!», rief Cem. «Kannst du das für mich übernehmen? Bring sie zu Susanne. Oder wären Ihnen Blaulicht und Sirene lieber?» Cem fühlte, wie Ella sich versteifte, als Wolkow in den Korridor hinaustrat. Wer hätte nicht Angst vor einem russischen Geheimagenten? Er drückte ihm Ella in die Hände und rannte aus der Wohnung.

✳✳✳

«Weshalb zum Kuckuck ist Cem nicht erreichbar?» Susanne schritt in ihrem Büro auf und ab. Seit fünf Minuten versuchten sie, ihn auf dem Handy oder zu Hause auf dem Festnetzanschluss zu erreichen. Vergeblich. «Barbara, Banz, Abmarsch mit Raketenantrieb. Holt ihn mir her, egal wie, aber ich will Cem hier bei uns in Sicherheit wissen, bevor ein weiteres Unglück geschieht.»

Eilig verliessen Barbara und Banz das Büro.

Lila tigerte in der Ecke umher wie ein eingesperrtes Tier. Nervös kaute sie an den Fingernägeln, schaute zwischendurch auf die Uhr. «Marius sollte unterdessen in Zürich gelandet sein. Ich versuche nochmals, ihn zu erreichen.» Sie griff nach ihrem Handy.

Kevin, der telefoniert hatte, hängte den Hörer auf. «Die Fahndung läuft. Keine Spur von Wolkow. Die Kommunikation mit den russischen Behörden ist schwierig. Kernen schickt die Übersetzerin her, die mit Eva zusammengearbeitet hat.»

«Ich kann das nicht glauben.» Susanne knallte ihre Hand auf den Tisch. «Wie konnte der uns so hinters Licht führen?»

«Wie hätten wir ahnen sollen, dass Wolkow ein doppeltes Spiel spielt?», fragte Kevin.

«Hat ihn Sambou denn nicht erkannt?»

«Nein», antwortete Lila. «Er ist Wolkow auf der Polizeizentrale nie begegnet. Wir haben einer Befragung durch Wolkow nicht zugestimmt. Zum Glück. Der Arsch hätte Sambou gleich umgebracht.»

«Wolkow ist unser Wolf.» Susanne musste sich setzen. «Wer ist dann Viktor: ein Geisslein, das Mütterchen oder der Märchenonkel?» Susanne blickte nicht mehr durch. «Und was ist mit Ella, welche Rolle spielt sie?»

Kevin lieferte ihr keine Antwort.

Ein Klingeln kündigte eine Nachricht auf Lilas Handy an. Sie öffnete sie. «Marius hat geschrieben. Er ist soeben gelandet und kommt sofort her, mit Neuigkeiten über den Waffendeal des Syndikats.»

Es klopfte an der Tür. Ein Kollege brachte eine Frau herein und stellte sie als die angeforderte Übersetzerin Frau Iljin vor.

Susanne begrüsste sie. «Kevin, geh du mit Frau Iljin in dein Büro und setze dich mit den russischen Behörden in Verbindung. Ich will jedes Detail über unseren Wolf erfahren. Seit wann ist er in der Schweiz? Himmel, Wolkow hat doch aus Moskau angerufen, oder?»

Frau Iljin hob eine Augenbraue. «Sie sprechen Russisch?»

Susanne riss die Brille von der Nase. «Wie kommen Sie darauf?»

«Na, weil der Name Wolkow übersetzt ‹der Wolf› bedeutet.»

Gott bewahre, dachte Susanne, es war der Wolf, der sie ins Grab brachte, nicht der Krebs.

***

Banz fuhr mit Blaulicht zur Altstadt.

Auf den doppelten Espresso hätte Barbara heute Morgen verzichten sollen. Ihr Blutdruck schoss gefährlich in die Höhe. Cem war ihr Küken, ihm durfte nichts passieren.

«Wolkow hat uns alle getäuscht», sagte Banz.

«Denkst du, er ist der Mörder? Hat er all die Frauen und Luna ermordet?»

«Macht doch Sinn. Sollte Viktor seine eigene Nichte erschiessen, müsste er ein eiskalter Hund sein.»

«Arbeiten die beiden als Team zusammen, oder sind sie Erzfeinde, was meinst du?»

«Wir wissen nur, dass der Wolf im Dienst von Konstantin steht.»

«Cem ist ahnungslos. Wird er ihm etwas …»

Banz legte eine Hand kurz auf Barbaras Bein. «Ganz ruhig. Cem kann auf sich aufpassen.» Er parkte den Wagen auf dem Trottoir eingangs der Hertensteinstrasse. «Den Rest laufen wir. Da sind zu viele Passanten und Touristen unterwegs, um mit dem Wagen durchzukommen.»

Barbara kontrollierte ihre Waffe und steckte sie zurück in das Holster. Ohne auf Banz zu warten, sprang sie aus dem Wagen und sprintete los. Öfters war sie bei Cem zu Besuch gewesen. Seine Wohnung lag im Dachgeschoss im Haus seitlich gegenüber der Matthäuskirche. Die Haustür unten war offen. Barbara und Banz hechteten die Stufen hoch. Vor Cems Tür klopfte sie heftig dagegen. «Cem! Bist du da? Mach auf! Raus aus den Federn, das ist ein Befehl.»

Keine Reaktion.

Banz drückte die Türklinke. Widerstandslos schwang die Wohnungstür auf. «Nicht abgeschlossen.»

Dio mio! Barbara zog ihre Waffe. Banz tat es ihr gleich. Sie ging vor, sicherte den Korridor, der rechts zum Badezimmer führte. «Sauber.» Banz gab ihr Deckung, als sie ins Bad blickte. Keine Spur von Cem oder Wolkow, aber die Luft war feucht. Es konnte nicht lange her sein, seit er geduscht hatte.

Mit der Waffe schob sie die Schlafzimmertür auf. «Sauber.»
Wo steckte Cem?

Jetzt war es Banz, der die andere Richtung des Korridors
sicherte. Im Flur stand der Käfig mit Cems Meerschweinchen,
die aufgeschreckt pfiffen. Banz schüttelte den Kopf, als er ins
Wohnzimmer blickte. Blieb nur die Küche hinter der Ecke.
Banz wagte einen Blick, zog den Kopf aber sofort zurück.
«Fuck!»

Barbara glaubte, die Bodenhaftung zu verlieren. Sie sah,
wie Banz die Waffe zurück in das Holster steckte und in der
Küche verschwand. Sie eilte ihm hinterher.

SECHZEHN

Cem war bereits in Kriens, als er realisierte, dass er bei seinem überstürzten Aufbruch sein Mobiltelefon in der Küche vergessen hatte. Er schlug hart mit der Hand auf das Lenkrad. «Verdammt!» Die schnellste Route führte ihn über das Renggloch, Malters und Schachen nach Entlebuch, dort musste er links der Glaubenbergstrasse nach Finsterwald folgen. Vierzig Minuten dauerte die Fahrt, keine Autobahn und teils kurvenreiche Strassen. Die Strecke schien endlos, liess ihm Zeit, um nachzudenken, um sich Sorgen zu machen und über Fragen zu brüten, auf die er keine Antworten wusste. «Eva lebt. Ihr geht es gut.» Er rezitierte diese Worte wie einen Koranvers vor sich hin.

An der Kirche von Finsterwald raste er vorbei. Eine Bikergang kam ihm entgegen, die starken Motoren dröhnten. Es war Samstag, und bald würde es auf der Glaubenbergstrasse von Motorrädern wimmeln. Diese Passstrasse gehörte ihnen, nicht den Autofahrern. Cem versuchte sich an die Wegbeschreibung von Ella zu erinnern. In der Hektik hatte er sie sich nur lausig gemerkt. Er fuhr an dem Bergrestaurant Gfellen vorbei. Kurz darauf sah er die Brücke vor sich. Er zog das Steuerrad nach rechts und fuhr darüber. Was hatte Ella gesagt? Vor der grossen Linkskurve rechts in den Wald auf eine Schotterstrasse abbiegen. Tatsächlich sah Cem gleich rechts nach der Brücke die Schotterstrasse, während die Glaubenbergstrasse links eine scharfe Kurve zog. Er lenkte seinen Alfa auf die steinige Nebenstrasse. Irgendwo vor ihm am Fluss musste der Wohnwagen stehen.

Cem trat abrupt auf die Bremse. Die Strasse gabelte sich. Davon hatte Ella nichts gesagt. Der Weg rechts verlief entlang von Bäumen parallel zum Fluss, links führte die Strasse über Alpwiesen hoch. Cem liess die Fensterscheiben herunter und lauschte. Wolken waren aufgezogen und verdunkelten die

Morgensonne. Vogelgezwitscher. Insektensummen. Es war albern, zu glauben, dass das Heulen eines Wolfes ihn leiten würde. Er legte den ersten Gang ein und fuhr weiter, nahm den Weg rechts den Fluss entlang. Wo stand der Wohnwagen?

Einige hundert Meter weiter vorne verlor sich die Schotterstrasse vor einem leeren Stall. Keine Eva weit und breit. Cem stieg aus und schrie die Wut aus seinem Bauch. Einmal mehr hatte Frau Ella ihn an der Nase herumgeführt.

Plötzlich hörte er Motorenlärm. Ein Wagen kam auf ihn zu.

✳✳✳

Das Knirschen der Reifen über den Schotter war nicht zu überhören. Ein Auto näherte sich.

«Dein Mann ist hier, um dich abzuholen», sagte Viktor und schloss die Handschellen auf. «Begrüssen wir ihn.» Er führte Eva aus dem Wohnwagen.

«Weshalb ist Cem hier?» Sie war verwirrt. All die Informationen in ihrem Kopf waren beängstigend. Sie atmete die frische Morgenluft ein. Weder das fröhliche Zwitschern der Vögel noch das ruhige Plätschern des Flusses beruhigten sie.

«Um dich heimzuholen.» Viktor lächelte müde. «Lass mich einmal in meinem Leben ein Geschäft richtig abschliessen.»

«Geschäft? Glaubst du, nach alldem kann ich dir vertrauen?» Eva nutzte die gewonnene Freiheit und ging einige Schritte auf Distanz. «Im Geschichtenerzählen bist du meisterhaft, aber Märchen sind, was sie sind: frei erfunden.»

«Du musst zugeben, dass ‹Der Wolf und die sieben Geisslein› sich als wahre Geschichte entpuppt hat.»

«Die Hinweise waren von dir?»

Viktor seufzte. «Ella hatte die geniale Idee. Wir wollten Cem beschäftigt halten, hoffen, dass er die Wahrheit erkennt.»

Der Wagen kam näher. Noch konnte sie ihn hinter den Bäumen nicht erkennen. Eva würde sich erst entspannen, wenn sie in Cems Armen lag. «Wie geht es weiter?», fragte sie vorsichtig.

«Das liegt bei dir.» Viktor setzte sich lässig auf den Campingtisch. «Meine Zukunft liegt in deinen Händen. Was willst du mehr als Vertrauensbeweis?»

Der Gedanke war verlockend. Mit Viktor als Kronzeugen könnte sie das Syndikat zerschlagen, was ihr weltweit als Anwältin Anerkennung bringen würde. War sie bereit, so weit zu gehen? Danach könnte sie nie mehr in absoluter Sicherheit leben. Es blieben immer Angehörige eines Syndikats zurück, die auf Rache aus waren.

Eva starrte den Wagen an, der hinter den Bäumen zum Vorschein kam und auf sie zufuhr. Cems Alfa Romeo wie auch die Dienstwagen der Polizei waren schwarz. Dieser war grau. «Das ist nicht Cem. Du hast mich belogen.»

Viktor sprang vom Tisch auf und stellte sich sofort vor Eva. «Rein! Zurück in den Wohnwagen. Sofort!»

«Wer ist das?» Seine Worte machten ihr Angst.

«Der Wolf», sagte Viktor. «Hier kommt der Wolf, um mich zu fressen.»

Eva packte Viktor an der Schulter und zwang ihn, sie anzusehen. «Und ich soll mich wie das siebte Geisslein im Wohnwagen verstecken?»

Viktor legte seine Hand an Evas Wange. «Nein, du bist das Mütterchen, das mich rettet und den bösen Wolf ersäuft. Jetzt geh!»

Eva schnappte nach Luft, als sie sah, wie Viktor einen Revolver zog. Er hatte die ganze Zeit eine Waffe in seinem Hosenbund getragen, ohne dass sie es bemerkt hatte. Wer immer der Wolf war, der näher kam, sie spürte nicht das Bedürfnis, ihm zu begegnen. Als sie in den Wohnwagen stieg und mit zitternden Händen die Tür verriegelte, zweifelte sie, dass ihr Versteck ausreichend Schutz vor dem wilden Tier bot.

***

Wie konnte das passieren? Viktors Plan war perfekt gewesen. Weshalb stieg Wolkow aus diesem Wagen und nicht Cem? Sollte Cem tot sein, schwand Viktors Chance, Eva auf seine Seite zu ziehen, dann war alles umsonst. Eva würde nicht überleben, sollte er hier sterben. Viktor kontrollierte die Trommel seines Revolvers. Sechs Kugeln. Er brauchte nur eine. Wenigstens war die Scharade vorbei, endlich durfte er sein wahres Gesicht zeigen.

Wolkow schloss die Wagentür und hob die Hände, seine Handflächen offen zu einer scheinbar herzlichen Begrüssung nach oben gerichtet. «*Priwjet, Viktor. Kak diela?*»

«Was tust du hier?» Viktor führte das Gespräch auf Deutsch weiter, damit Eva mithören konnte.

«Hast du den Wodka kühl gestellt?», fragte Wolkow. «Wir haben einiges zu besprechen.»

«*Njet*, keinen Wodka. Wie hast du uns gefunden?»

«Die reizende Frau Ella hat geredet. Es war ein äusserst interessantes Gespräch.»

«Was hast du ihr angetan?» Viktor fühlte den Zorn, der durch seine Adern schoss: nicht seine Polina. Er presste die Kiefer aufeinander.

«Ruhig Blut. Konstantin schickt mich. Er macht sich Sorgen um dich. Du weisst, du bist wie ein Sohn für ihn.» Wolkow kam langsam näher. «Ich als dein Freund und Mentor bin hier, um zu helfen.»

«So wie damals Sofja?»

«Sie hat gelitten, das weisst du. Ich habe sie erlöst, und du konntest dich danach wieder auf das Geschäft konzentrieren. Ich habe Denis gesehen, ist gewachsen der Junge, kommt ganz nach seiner hübschen Mutter.»

Viktor hob seine Waffe. Die unterdrückte Wut, die er seit Jahren für diesen Augenblick zurückgehalten hatte, entzündete sich. Aber wenn er schoss, erreichte er sein wahres Ziel niemals. Wolkow war nur ein Wolf von vielen. Viktor musste zu dem Alpha dieses Rudels durchdringen, zu Konstantin, dem Auge, das alles kontrollierte und die Befehle erteilte. Er schuldete es Svetlana, Ilka, Alisa, Réka, Maja und Doina. Und er schuldete es der ahnungslosen Luna, die genau wie seine Frau zum Werkzeug des Syndikats geworden war, um ihn zu kontrollieren: Erledige die Geschäfte, und deiner Familie wird kein Haar gekrümmt, Familienmitglieder von Verrätern hingegen überleben nicht. Es war ein striktes Gesetz innerhalb des Syndikats, und es funktionierte tadellos.

Wolkow presste vor seinem Gesicht die Handflächen aufeinander und legte den Kopf leicht schief. «Der Waffendeal ist unterzeichnet. Konstantin will, dass du nächste Woche nach Mali fliegst und die Ankunft und Auslieferung der Waffen überwachst. Die Ware soll am Donnerstag von Perm in einem Frachtflugzeug zusammen mit Hilfsgütern abheben. Wir haben uns stets auch um die Bedürftigen gekümmert, das weisst du, Viktor.»

Ihr ködert die Armen mit Hilfsgütern und verlangt dafür ihre Dienste als Söldner, dachte Viktor. Nichts war umsonst in der Welt, in der er lebte.

«Konstantin wird dir den Buchhalter und ein Dutzend Söldner zur Seite stellen. Wir werden uns während deiner Abwesenheit liebevoll um Denis kümmern. Konstantin hat für ihn einen Platz in einem erstklassigen Internat in Moskau gefunden. Eine Ehre. Das Internat ist der Elite der Russen vorbehalten.»

Viktor entsicherte seine Waffe. «Weshalb sollte ich dich nicht gleich erschiessen und mit Denis untertauchen?»

«Mein Freund, wie lange kennen wir uns, fünfzehn Jahre? Willst du deinem Sohn ein Leben auf der Flucht zumuten? Du weisst, dass er bis zu seinem frühen Tod gejagt werden wird.»

Viktor senkte die Waffe. «Dann erschiess mich und lass Denis seine Freiheit. Er hat nichts mit dem Syndikat zu schaffen.»

«Denis ist intelligent. Konstantin will ihn unter seine Fittiche nehmen, wenn er alt genug ist. Genau wie dich damals.

Es ist ein Versprechen von Konstantin an dich, ganz gleich, wie du dich in den nächsten Minuten entscheidest.»

Viktor wusste, dass es zu spät war. Der Wolf war dabei, ihn zu verschlingen.

«Guten Morgen, Frau Staatsanwältin», rief Wolkow und hob die Hand zum Gruss Richtung Wohnwagen. «Warum gesellen Sie sich nicht zu uns? Ich soll Ihnen liebe Grüsse von Ihrem Gatten ausrichten.»

Nicht, dachte Viktor, höre nicht auf ihn, das ist eine Falle. Wenn Eva in der Schusslinie stand, hatte Wolkow ein weiteres Druckmittel gegen ihn in der Hand.

Es dauerte drei Sekunden, und Eva riss die Tür auf. «Wo ist Cem?»

«Er hat versagt», antwortete Wolkow, die Ruhe in Person. Er griff unter sein Jackett und holte einen Revolver hervor. Er wandte sich erneut an Viktor und sprach auf Russisch weiter, während er ihn mit dem Lauf seiner Waffe langsam anvisierte. «Wollen wir uns wie vernünftige Erwachsene setzen und auf alte Zeiten und neue Geschäfte anstossen, oder ist dir nach Spielen zumute? Ich bin fair, Viktor, gebe dir eine Fünfzig-Prozent-Chance. Was hältst du von russischem Roulette? Gewinnst du, bist du frei, ebenso dein Sohn und die Staatsanwältin. Gewinne ich, bringe ich Denis zu Konstantin und sende die Staatsanwältin häppchenweise zurück zu ihrem Mann.»

Viktor hatte Eva einmal vor dem Tod bewahren können, diesmal konnte er es nicht. Niemals würde Wolkow fair spielen und Viktor auch nur den Hauch einer Chance lassen. Ganz gleich, wie er sich entschied, Eva würde sterben, denn nach Wolkows Tod, sollte es Viktor tatsächlich gelingen, ihn zuerst zu erschiessen, würde es keine vierundzwanzig Stunden dauern, und ein weiterer Wolf würde sie alle jagen. Konstantins Rudel war gross, zu gross für Viktor. So hatte er sich seinen Ausstieg nicht vorgestellt. Er sah in das entsetzte Gesicht von Eva. Ein schneller Tod war das Beste, was er für sie tun konnte. Der Glaubenberg würde zu ihrem schweigenden Grab. Traurig, aber unausweichlich. Es würde schnell vorbei sein, bevor sie begriff, was er plante.

Viktor schwenkte die Waffe und zielte auf Eva.

***

Cem raste über den Schotter, holte aus seinem Wagen die letzten Pferdestärken heraus. Die Szene vor ihm war schlimmer als sein grösster Alptraum.

Wolkow zielte mit seiner Waffe auf Viktor.

Viktor richtete seinen Revolver auf Eva.

Eva starrte Cem mit aufgerissenen Augen an, klammerte sich an die offene Wohnwagentür und weinte. Ihr Tod war nur einen Herzschlag entfernt.

Ein kehliger Laut drang aus Cems Rachen, als er das Gaspedal niederdrückte und mit seinem Alfa auf Viktor zuraste.

Eva schrie.

Die Russen schnellten herum.

Viktor reagierte schnell und hechtete zur Seite, entkam dem harten Aufprall aber nicht. Er wurde in die Luft geschleudert und landete auf dem Campingtisch. Cem riss die Wagentür auf. «Mach den Mistkerl dingfest!», rief er Wolkow zu und stürmte zu Eva, nahm sie in seine Arme und drängte sie zurück in den Wohnwagen. «Eva! Bei Allah, geht es dir gut?»

Sie klammerte sich an Cem und weinte.

«Schhht, ich bin da.» Er drückte sie fest an sich, strich ihr mit der Hand über den Kopf. Sein Herz pochte wild.

«Cem, ich dachte, du seist tot.»

Er wiegte sie in seinen Armen. «Weshalb sollte ich tot sein? Du wurdest entführt. Viktor wollte dich gerade erschiessen.»

«Cem, ich –»

Ein Schuss.

«Viktor», flüsterte Eva. «Die wollten russisches Roulette spielen.»

Cem drängte sie weiter zurück. «Leg dich auf den Boden.»

Was würde er für seine eigene Waffe geben. Die lag sicher verwahrt im kleinen Tresor in seinem Schlafzimmer. Ella hatte recht, er war ein dummer Dorfpolizist. Vorsichtig wagte Cem einen Blick aus der Tür. Viktor und Wolkow lagen am Boden und kämpften. Die Faustschläge waren gnadenlos. Wolkow blutete am Arm. Viktor musste ihn erwischt haben. Dieser warf sich herum, lag auf Wolkow und holte mit seiner Rechten aus. Der Schlag traf Wolkow mitten im Gesicht und schleuderte seinen Kopf zur Seite. Auch Viktor war verletzt. Eine Platzwunde am Kopf, die heftig blutete, vermutlich durch den Aufprall mit Cems Wagen verursacht.

Cem hörte Sirenen näher kommen. Verstärkung. Woher wusste die Polizei, dass sie hier waren? Ella muss ihnen geholfen haben, nachdem er blindlings aus seiner Wohnung gestürmt war, Telefon und Waffe vergessen und sich zu allem Übel hier oben verfahren hatte. Sein Glück, kam der lokale Bauer vorbei und wusste, wo Ellas Wohnwagen stand.

Viktor nutzte das Moment der Ablenkung, sprang auf und rannte zu dem Motorrad.

Er entkommt, dachte Cem. Wolkow rappelte sich auf und starrte Cem an. Sie hatten den gleichen Gedanken und sprinteten zum Alfa Romeo, dessen Motor noch lief. Gleichzeitig sprangen sie in den Wagen, Cem auf den Fahrersitz.

«Los!», schrie Wolkow. Nie zuvor hatte Cem ihn so in Rage erlebt.

«Cem! Nein! Bleib hier!»

Eva sprang aus dem Wohnwagen, aber Cem gab bereits Gas. Sie musste warten. Dies war seine einzige Chance, Viktor zu fassen.

Dieser liess den Motor seiner roten Ducati Panigale aufheulen und schoss an Cems Wagen vorbei. Das Hinterrad der schweren Rennmaschine schleuderte Kieselsteine gegen die Frontscheibe des Alfa und verschwand in einer Staubwolke.

Cem hängte sich an ihn dran.

Noch bevor er zurück auf der Glaubenbergstrasse war, sah

er den Polizeiwagen näher kommen und erkannte Barbara und Banz. Viktors Motorrad raste an ihnen vorbei und bog links ab, über die Brücke und die Passstrasse hoch. Cem war entschlossen, die Verfolgung aufzunehmen, auch wenn sein Wagen gegen das Motorrad auf dieser Strecke keine Chance hatte. Er drosselte kurz das Tempo, als er seine Kollegen kreuzte, und liess das Fenster herunter.

«Cem, was zum –», rief Barbara ihm zu. Sie sass auf dem Beifahrersitz und lehnte sich über Banz, um mit Cem zu sprechen.

«Erkläre ich euch später. Kümmert euch um Eva.»

«Nein, warte –»

Cem hatte keine Zeit zu warten. Er gab Gas und nahm die Verfolgung auf. Niemand würde unbestraft seine Frau entführen. Den Mistkerl würde er so was von plattmachen.

※※※

Eva sass leichenblass auf der Rückbank. Barbara und Banz vorne im Wagen stritten sich wie ein altes Ehepaar. Die Ereignisse hatten sich überschlagen. Eva schauderte bei dem Gedanken, dass sie nur einen Bruchteil von Sekunden davon entfernt gewesen war, von Viktor erschossen zu werden, dabei hatte sie angefangen, dem Mann zu glauben. Ihr Kinn zitterte. Sie zog die Decke enger um ihre Schultern. Draussen waren Wolken aufgezogen. Ihr war kalt.

Cem. Wie sehr hätte sie seine Nähe gebraucht. Ein Happy End war ihnen vergönnt. Verständlich hatte Cem die Situation komplett falsch eingeschätzt. Wie konnte er wissen, dass Wolkow der Böse war? Und Viktor? Hatte er sie vor Schlimmerem als dem Tod bewahren wollen? Gab es Schlimmeres als einen raschen Tod? Ein eisiger Schauer lief ihr über den Rücken, als sie an Wolkows Worte zurückdachte. Hatte Viktor die Wahrheit gesagt? War Wolkow der Mörder seiner Frau, von Luna und all den anderen Frauen? Alle Zeichen deuteten darauf hin. Dies bedeutete, dass Cem mit einem eiskalten Killer unterwegs war, um einen Kriminellen zu fassen. Kein Happy End, sondern eine Tragödie zeichnete sich ab. Sie schluchzte so laut, dass Barbara und Banz sich nach ihr umdrehten.

«Cem packt das», versuchte Barbara zu trösten. «Unser Küken hat Allah auf seiner Seite.»

Wie denn, dachte Eva, wie konnte er das überleben? Er war zwischen die Fronten eines Krieges geraten, stand in der Schusslinie von Mafia und Geheimdienst, ohne es zu wissen.

«Wolkow will Sambou», sagte Banz. «Er will Sambou und Viktor. Sie sind die beiden, die gegen ihn aussagen und den Waffendeal zerschlagen können. Er braucht Cem, um an sie heranzukommen. Es macht also keinen Sinn, dass er Cem tötet.»

«Na, du machst ihr Mut», tadelte Barbara.

«Und wenn er die beiden hat?», fragte Eva.

Banz strich sich über den Bart. «Das wird nicht geschehen. Sambou ist bei uns in Sicherheit. Er kommt niemals an den Jungen heran.»

Er hatte recht, dachte Eva, sie würde niemals zulassen, dass Wolkow den Jungen bekam, und sie würde niemals zulassen, dass er Cem ein Haar krümmte. Sie strich sich die Tränen von den Wangen, atmete tief durch und streckte das Rückgrat durch. Als Staatsanwältin war sie es gewohnt, vor Gericht für Gerechtigkeit zu kämpfen. Sie würde auch diesmal kämpfen – wenn auch nicht im Gerichtssaal. Sie hatte lange genug aus Angst geschwiegen. Was hier auf dem Glaubenberg geschehen war, änderte alles. Das Schweigen war vorbei. Spielen wir russisches Roulette, dachte sie.

SIEBZEHN

Cem jagte mit seinem Alfa der Ducati hinterher, die er deutlich hörte, aber immer wieder aus dem Blickfeld verlor. Die Passstrasse wand sich den Glaubenberg hoch. Sein Wagen würde das Tempo nicht lange mithalten, wusste er, die Sommerreifen waren verbraucht, und das schwache Profil bot wenig Bodenhaftung in den Kurven. Weit vor sich sah er Viktors Motorrad elegant in die nächste Kurve driften. Zwischen ihnen lagen bereits ein Wagen und zwei Bikes. An Überholen war für Cem nicht zu denken, auch wenn der Strassenabschnitt hier nicht allzu kurvenreich war. Schlimmer würde es auf der anderen Seite des Passes werden, dort, so wusste Cem, wand sich die Strasse steiler und enger ins Tal, mit einem Belag wie ein Flickenteppich.

Wolkow sass auf dem Beifahrersitz, drückte ein Taschentuch gegen seine blutende Lippe und spornte Cem zu höherem Tempo an. Cem musste Viktor fassen, aber sein Leben würde er dafür nicht opfern.

Mit jedem Kilometer, den sie zurücklegten, vergrösserte Viktor die Distanz zwischen ihnen. Als sie am Passhöchi Beizli auf über tausendfünfhundert Metern vorbeifuhren, hatten sie die Ducati längst aus den Augen verloren. Für die einmalige Moorlandschaft hier oben hatte Cem kein Auge übrig.

Es ging abwärts.

Die Gruppe Biker, die vor ihm gemütlich ihre Kurven drehten, schreckte er mit Hupen und Fluchen auf. Als Quittung durfte er sich einige Mittelfinger ansehen.

Es waren rund fünfzehn Kilometer bis hinunter nach Sarnen, aber hatte Viktor erst einmal die Autobahn erreicht, konnte er sich rasch nach Norden oder Süden absetzen und verschwinden. Nein, das durfte nicht geschehen. «Ruf Barbara an», wies Cem Wolkow an. «Sie sollen sofort bei Sarnen eine Polizeisperre errichten. Viktor will auf die A 2, da bin ich sicher.»

Wolkow griff nach seinem Handy. «Besetzt.»

«Versuche es bei Susanne.»

Wolkow wählte eine andere Nummer und hielt sich das Handy ans Ohr. «Auch besetzt.»

«Verdammt!» Cem schlug auf das Lenkrad ein, bevor er es wieder fest mit beiden Händen umfasste, auf die Bremse trat, den zweiten Gang einlegte, das Steuer herumriss und mit quietschenden Reifen in eine enge Linkskurve schlingerte. Der Abhang zu seiner Rechten kam gefährlich nahe. Der Wagen schleuderte Steine, die auf dem Asphalt lagen, über die Sicherheitsplanke in die Tiefe. Diesmal hielt sich selbst Wolkow am Armaturenbrett fest. Die Sicht war frei auf einige Kurven weiter unten, und Cem erhaschte einen flüchtigen Blick auf Viktor, bevor dieser zwischen den Bäumen verschwand, welche dort die Strasse säumten. Cem gab Gas. «Shit! Ruf die 117 an und mach denen Dampf.»

«Lass mich ans Steuer.»

«Blödsinn. Dazu ist keine Zeit.» Cem visierte die nächste Rechtskurve an, die eine Hundertachtzig-Grad-Wendung vollzog. Aus seinen Augenwinkeln sah Cem, wie Wolkow das Handy in seine Jackentasche zurücksteckte. «Was ist los?»

«Kein Akku.»

«Kein Akku? Nicht dein Ernst.» Er bremste stark ab und schaltete diesmal in den ersten Gang, bevor er das Steuer einschlug. «Ich dachte, du seist ein Profi. Scheiiiissseee!» Der Wagen kam bedenklich ins Driften. Wie machten die das bei «Fast & Furious» bloss? In den Filmen kamen Verfolgungsjagden cool rüber, kein Vergleich zu Cems lausigen Fahrkünsten auf Passstrassen.

Einige Kurven später kam es anders. Glück soll es geben. Zufall auch. Aber die Sache stank zum Himmel. Es hatte nichts mit Glück oder Zufall zu tun, dass Viktor seine Ducati bei einer kleinen Ausfahrt mitten in einer Linkskurve abgestellt hatte und neben seinem schweren Motorrad auf sie wartete. Der Mistkerl stand am Strassenrand und rauchte eine Zigarette. Wie hatte Cem so blöd sein können, seine Waffe zu Hause liegen zu lassen. Er fuhr von der Strasse und hielt mit einigen Metern Abstand hinter der Ducati. «Gib mir deine Waffe», sagte er zu Wolkow, kaum hatte er den Sicherheitsgurt gelöst.

«Nein.» Wolkow stieg aus, die Waffe in der Hand. Cem erkannte einen Revolver.

Verflucht! Rasch stieg Cem aus, blieb aber zum Schutz hinter der Wagentür stehen.

Wolkow sprach Viktor auf Russisch an.

Unbeeindruckt rauchte Viktor seine Zigarette zu Ende, warf den Stummel zu Boden und trat die Glut aus. Ruhig zog er seine eigene Waffe, ebenfalls einen Revolver – wo hatten die ihre Kalaschnikows versteckt, wunderte sich Cem –, und drehte sie lässig um seinen Zeigefinger.

«*Dobry den*, Herr Cengiz», grüsste Viktor. «Wie geht es Eva?»

Die beiden Russen zielten gegenseitig mit den Waffen auf sich, während ihre Blicke an Cem hafteten. Er kam sich vor wie in einem billigen Western. Eine Verfolgungsjagd zu Pferd hätte besser ins Bild gepasst. Es fehlte einzig Ennio Morricones «Spiel mir das Lied vom Tod» aus den Lautsprechern des Autoradios, und die Szene wäre perfekt gewesen. Cem wusste, er war nur der Sidekick in diesem Agententhriller. Der Dumme. Der Nebendarsteller. Der Idiot, den man opfern konnte, ohne dass der Hauptstrang der Geschichte Schaden nahm.

Viktor sprach Wolkow an, diesmal auf Deutsch, ohne den Blick von Cem zu lösen. «Er weiss es nicht?»

«*Njet.*»

«Polina hat ihre Arbeit ausgezeichnet erledigt», richtete Viktor seine Worte an Cem. «Fast wäre mein Plan aufgegangen. Fast hatte ich Eva da, wo ich sie haben wollte. Dummerweise haben Sie dem Falschen vertraut und alles kaputt gemacht.»

Keine Ahnung, wovon Viktor sprach, aber Cem kochte innerlich. Er klammerte sich so fest an der Tür seines Wagens fest, dass seine Hände schmerzten. «Sie wollten meine Frau auf dem Glaubenberg kaltblütig erschiessen.»

«Nicht kaltblütig. Mir blieb keine andere Wahl. Glauben Sie mir, Herr Cengiz, Sie möchten nicht, dass Eva ein Opfer von Fjodor Borisowitsch Wolkow wird. Ich wollte Eva Schmerzen und Qualen ersparen. Es gibt weit Schlimmeres als den raschen Tod.»

Cem starrte Wolkow an, der bei der Anschuldigung regungslos stehen geblieben war. Wie ein Prediger stand er da, statt der Bibel den Revolver wie eine Reliquie vor der Brust. «Wer bist du?», fragte Cem, der fühlte, wie sich sein ganzer Körper versteifte.

Wolkow lächelte ohne Freundlichkeit und sagte zwei Worte: «Der Wolf.»

Ein Kartenhaus brach über Cem zusammen, ein Gebilde aus Lügen, Verrat und Intrige. Keiner war der, für den er sich ausgab. Nichts passte mehr zusammen, als ob Frau Ella ihre Tarotkarten neu gemischt hätte. Wenn Wolkow der Wolf war, dann gehörte er zum Syndikat und nicht zum FSB. Oder nicht? War er ein Doppelagent? Und Viktor? Cem warf den Kopf zu ihm herum.

«Steigen Sie auf meine Ducati», befahl Viktor.

«Er geht nirgendwohin», sagte Wolkow.

Cem war zum Spielball geworden. Machtlos.

«Du wirst mich nicht erschiessen, Wolkow», sagte Viktor. «Du kannst dieses Risiko nicht eingehen. Du brauchst mich lebend.»

«Du hast recht», sagte Wolkow und richtete abrupt seine Waffe auf Cem. «Aber ihn brauche ich nicht. Man sagt, du hast ein weiches Herz, Viktor. Er ist der Mann deiner Eva. Sie wird dir nie verzeihen, dass du seinen Tod nicht verhindert hast.»

Cem war unfähig, sich zu rühren. Es war nicht das erste Mal, dass er mit dem Tod konfrontiert wurde. Ein psychopathischer Geiger hatte ihm letzten Herbst das Leben schwer gemacht, aber das war nichts im Vergleich mit der Scheisssituation, in der er sich jetzt befand. Fast wünschte sich Cem Neven O'Brien und seine Stradivari zurück. Die russische Profiliga war definitiv zu hoch für ihn. Wie angewurzelt blieb er stehen. 007 hätte in dieser Situation zumindest einen coolen Spruch über die Lippen gebracht. Cem war kein Geheimagent, er war der Dorfbulle, wie Ella ihn nannte. Ella! Er hatte sie mit Wolkow allein in seiner Wohnung zurückgelassen. Sein Kopf schnellte zu ihm herum. «Was hast du mit Frau Ella gemacht?»

Wolkow zuckte mit den Schultern. «Dein Leben sollte dich weit mehr kümmern. Es liegt in den Händen von Viktor.»

Cem sah aus seinen Augenwinkeln, wie Viktor ihm heimlich ein Zeichen gab, sich zu bücken. Wolkow konnte es nicht sehen, da die Ducati seinen Blick auf Viktors freie Hand versperrte. Viktor zählte schweigend mit seinen Fingern rückwärts.

Fünf.

Cems Herz begann wild zu pochen. Der meinte das todernst. Gleich würden hier die Kugeln fliegen.

Vier.

Wolkow zielte höher auf Cems Kopf.

Drei.

Der Zeigefinger legte sich enger um den Abzug von Viktors Revolver.

Zwei.

Cem holte tief Luft, spannte jeden seiner Muskeln an.

Eins.

**

Das Schweigen im Lift war beklemmend, als Eva mit Barbara und Banz hoch in den sechsten Stock fuhr. Sie war informiert, dass Kernen bereits bei Susanne war. Ihr persönliches Empfangskomitee wartete. Auf Freundlichkeit durfte sie nicht hoffen. Es war das Aus für ihre Karriere, was im Augenblick Nebensache war. Ihre Fehlentscheidungen hatten fatale Folgen. Wegen ihr war Cem mit einem Killer der russischen Mafia unterwegs, um einen anderen Kriminellen zu lynchen. Eine Todesmission, bloss wusste Cem nichts davon. Ihre Schuld. Weshalb hatte sie nicht auf ihn gehört und war stattdessen auf Wolkows heimtückischen Plan eingegangen?

Sie zuckte zusammen, als das Klingeln ankündigte, dass der Lift den sechsten Stock erreicht hatte. Barbara und Banz gingen vor. Langsam trat Eva aus der Kabine. Glaubte sie es nur, oder war die Luft zum Schneiden dick?

Im Korridor wartete Lila, die Hände in die Hüften gestützt. Sie trug Jeans, ein T-Shirt in Militärtarnfarben und ein Navy-Seals-Cap auf dem Kopf. Es fehlte einzig das Sturmgewehr über der Schulter. Lila wusste, wie sie sich in Szene setzen konnte. Sie schaute Eva mit einer Mischung aus Besorgnis und Wut an. «Hat der Hundesohn dich geschlagen?»

Eva schüttelte den Kopf.

«Hat er dich vergewaltigt?»

Eva war erschüttert, wie direkt Lila solch eine Frage stellen konnte.

«Nein. Er hat mich nicht angefasst.»

Ein knurrender Laut drang aus Lilas Kehle. «Cem ist eine wandelnde Leiche, wenn wir nicht rasch handeln.»

«Ich weiss», sagte Eva. Lila war die Einzige, die den Mut besass, die Wahrheit laut auszusprechen.

Die knallharte Ohrfeige, die folgte, schleuderte Evas Kopf herum. Sie verlor kurz die Balance und musste sich an der Wand abstützen. Wie Feuer brannte ihre Wange.

Lila starrte sie böse an, mit der drohenden Faust vor Evas Gesicht. «Wenn Cem nicht gesund und munter zurückkommt, bist du tot, Bitch!»

Eva drückte ihre Hand gegen die geschundene Wange. Sie

sah, dass Barbara ihr zu Hilfe eilen wollte, doch sie winkte ab und richtete sich auf. «Ich denke, diese Ohrfeige habe ich verdient.» Eva strich sich das zerzauste Haar zurecht. «Gehen wir in Susannes Büro. Ich denke nicht, dass ich dich davon abhalten kann, bei der Besprechung dabei zu sein.» Sie ging vor, die ersten Schritte wackelig auf den Beinen, aber mit jedem Meter entschlossener. Diese Ohrfeige hatte sie aus ihrer Starre geholt. Eva bereute, die Sportschuhe zu tragen. Sie vermisste das energische Klickern ihrer hohen Absätze, als sie das Büro betrat, wo alle versammelt waren. Nein, buckeln würde sie nicht, sie würde handeln. Sie ging geradewegs auf Susannes Tisch zu und setzte sich auf den Stuhl dahinter, alle Augen waren auf sie gerichtet. «Haben wir Wolkow erreicht?»

«Sein Telefon ist aus», sagte Kevin, sichtlich irritiert über ihr Auftreten.

Susanne trat vor. «Eva, du –»

Mit einer knappen Handbewegung brachte Eva sie zum Schweigen. «Bestrafen könnt ihr mich später. Zuerst müssen wir Cem finden und Wolkow wie auch Viktor wegsperren. Sie sind über den Glaubenberg Richtung Sarnen gefahren. Habt ihr Strassensperren aufgestellt? Ist ein Helikopter in der Luft? Besser zwei.»

«Die Grossfahndung läuft», sagte Oberstaatsanwalt Kernen und schaute Lila misstrauisch an. «Frau Rot, Sie haben hier keinen Zutritt.»

«In diesem Fall schon», sagte Eva. «Sie bleibt.»

Barbara hob das Kinn. «Wolkow ist –»

«Der Wolf, ich weiss», sagte Eva. «Viktor hat es mir erzählt.»

«Dann ist Viktor einer der Guten?», fragte Lila. «Das kann nicht sein.»

Eva warf den Kopf zu ihr herum. «Viktor wollte mich erschiessen. Cem hat mir in der letzten Sekunde das Leben gerettet.» Sie schlug mit der Faust auf den Tisch. «Nein, Viktor ist einer der Bösen. Wenn du aber andeuten willst, dass er die Frauen nicht ermordet hat, dann hast du recht. Das war Wolkow, im Auftrag des Syndikats.» Eva holte tief Luft. «Wo ist Ella Wälti? Ich muss mit ihr reden.»

Kurzes Schweigen.

«Wir haben sie in Cems Wohnung gefunden», sagte Banz. «Sie steckt in der Sache mit drin, aber wir wissen nicht, wie. Sie schweigt.»

«Ich schon», fuhr ihm Eva ins Wort und schaute Marius an. «Zurück aus dem Senegal? Ich hoffe, du hast Beweise für das, was Viktor mir erzählt hat.»

Marius sah müde aus. Der sonst so schnittige Holländer hatte Augenringe. Eva bemerkte, dass seine Hände leicht zitterten.

«Ich habe Zeugen, die von dem Treffen der Russen mit dem General berichtet haben», sagte Marius. «Sie trafen sich in einem Dorf, mitten im Busch. Einer der Zeugen hat mit seinem Handy heimlich Bilder gemacht. Es kostete mich ein halbes Vermögen und geduldiges Zureden, damit er mir die Fotos auf seinem Handy überlässt. Susanne hat sie bereits auf ihrem Rechner.»

Eva gab ihr ein Zeichen, die Datei zu öffnen. Rasch klickte sie sich durch die Fotogalerie. Am Lagerfeuer sassen Viktor und Wolkow. Ihnen gegenüber ein Schwarzer in Militäruniform mit glänzenden Abzeichen auf der Brust. Das musste der General sein, wie er sich nannte, auch wenn er keiner staatlichen Armee angehörte. Mehrere Männer standen hinter ihm, Gewehre und Macheten geschultert. Frauen hockten am Feuer und bereiteten das Essen zu. Einige Kinder füllten die Becher der Männer mit Getränken. Ein Foto weckte Evas Aufmerksamkeit. Einer der Jungen war Sambou. So hatte er Viktor kennengelernt. Sambou sprach Französisch, die Sprache, in der sich der General mit den Russen unterhalten haben musste. «Wo ist Sambou?»

«Im Zimmer nebenan», sagte Lila.

«Gut. Ich will später mit ihm sprechen. Was wissen wir über die geplante Lieferung? Wo ist sie?»

Kernen blähte stolz die Brust. «Dank unserer raschen Zusammenarbeit mit den russischen Behörden konnte die Lieferung auf dem Flughafen in Perm gestoppt werden. Am Donnerstag sollte sie ausgeflogen werden.»

«Perm?»

«Eine russische Millionenstadt im Ural», klärte Kevin sie auf. «Viel Industrie, Rüstungsbetriebe und kein sicheres Pflaster. Das Syndikat mischt in der Stadtregierung mit.»

Eva nickte. «Konstantin Petrow.»

«Woher kennst du den Namen?», fragte Banz.

«Viktor und ich haben ausgiebig geplaudert. Er will zu uns überlaufen und das Syndikat ans Messer liefern, deshalb trat er mit mir in Kontakt. Aber er weiss nicht, ob er uns vertrauen kann und ich mich auf seine Seite stellen werde. Ich denke, mit dem Erscheinen von Wolkow auf dem Glaubenberg ist das Vertrauen dahin. Viktor wird sich Denis holen und untertauchen.»

«Stellst du dich auf seine Seite?», fragte Lila.

«Viktor liess mich spitalreif prügeln und wollte mich heute Morgen erschiessen.» Eva schaute Lila wütend an. «Nein, Viktor und ich werden niemals Freunde werden. Aber meine Rache muss warten. Wir müssen Cem finden, und dazu brauchen wir Denis. Sagt mir, dass er im Internat unter Polizeischutz steht.»

«Nein, tut er nicht», antwortete Susanne. «Wir haben ihn abgeholt. Er ist mit einem Streifenwagen auf dem Weg zu uns.»

Eva schüttelte den Kopf. «Wir können hier nicht weitere Kinder aufnehmen. Denis ist ein netter Junge. Ich will ihn nicht verängstigen, denn ich brauche sein Vertrauen. Er könnte mehr wissen, als wir ahnen. Bringt ihn direkt zu meinen Eltern auf den Hof in Stans. Dort kann er mit Alain spielen. Aber ich will den Hof wie eine Hochburg bewacht haben. Viktor weiss, dass ich Alain beschützen lasse. Seine Leute sind oder waren dort zur Beobachtung. Stellt sicher, dass wir keine ungebetenen Zuschauer mehr haben. Viktor wird niemals auf die Idee kommen, dass sein Sohn auch dort sein könnte. Niemand ausser uns darf davon wissen, verstanden?»

Kernen mischte sich ein. «Ich muss protestieren. Das ist gegen jedes Protokoll. Wir sollten –»

«Seien Sie still. Feuern können Sie mich später. Ich habe unzählige Gesetze gebrochen, da kommt es auf ein weiteres nicht an. Wir müssen Cem retten. Danach überlasse ich Ihnen wieder das Feld, aber wagen Sie nicht, mich vorher ruhigzustellen.»

Ernste Gesichter starrten sie an. Einzig Lila schenkte ihr ein anerkennendes Grinsen.

Eva erhob sich. «Überlegen wir uns, wie wir die Angelegenheit rasch und unblutig zu Ende bringen und Cem heimholen.»

✳✳✳

Frau Ella sass in einem Einvernahmeraum aufrecht auf dem Stuhl am Tisch. Sie blickte auf, als Eva eintrat. «Gott behüte, Sie sind wohlauf. Ich machte mir Sorgen, dass Wolkow –»

«Er hat Cem.»

Ella presste die Lippen zusammen. Sie liess langsam ihren Kopf fallen, stützte mit der Hand die Stirn und schwieg.

Diese Passivität machte Eva zornig. Sie zog den zweiten Stuhl heran, setzte sich verkehrt herum darauf und schlug mit der flachen Hand so hart auf den Holztisch, dass Ella zurück schreckte. «Kein Schauspiel mehr. Kein Drama und Theater. Unser Gespräch wird kurz und konstruktiv. Ich stelle Fragen und Sie antworten, klar und deutlich.»

«Ich mochte Herrn Cengiz», sagte Ella. «Er war erfrischend anders ... ich meine, für einen Polizisten, nicht wie –»

«Falsch.» Eva lehnte sich vor und musste sich beherrschen, Ella nicht an die Gurgel zu springen. Nie zuvor in ihrem Leben war sie so von Zorn durchflutet gewesen. Die kühle, selbstbeherrschte Staatsanwältin gab es nicht mehr. «Wir reden nicht von Cem in der Vergangenheit. Ich habe überlebt, und Cem wird das auch – weil wir ihn retten werden. Deshalb muss ich alles wissen über Sie und Viktor und Wolkow. Sie wussten, wo Viktor mich gefangen hält, und haben Cem hingeschickt.»

Ella nickte. «Ja. Viktor hat es mir aufgetragen. Er wollte, dass Cem Sie abholt. Er hatte genügend Zeit, mit Ihnen zu sprechen, und hoffte, dass Sie ihm vertrauen und auf seinen Deal eingehen.»

«Dann tauchte Wolkow auf. Weshalb haben Sie ihm verraten, wo wir sind?»

«Habe ich nicht. Er hat mich und Cem in der Wohnung belauscht. Wenn ich gewusst hätte, dass er dort ist, hätte ich den Ort niemals verraten. Aber es war zu spät. Cem gab ihm den Auftrag, mich zur Polizei zu bringen, und stürmte aus seiner Wohnung.»

«Weshalb haben Sie ihn nicht zurückgehalten, nichts über Wolkows wahre Identität erzählt?»

«Es ging zu schnell. Cem war blind und taub, wollte nur zu Ihnen. Sein Handy hat er auf dem Küchentisch liegen lassen. Wolkow hat die Batterie rausgenommen, mich gefesselt und ist Cem hinterhergefahren.»

«Warum haben Sie keine seiner goldenen Kugeln abbekommen?»

«Ich sagte ihm, als Druckmittel gegen Viktor sei ich mehr wert denn als Leiche, sollte auf dem Glaubenberg die Verhandlung nicht nach Wolkows Wunsch verlaufen.»

«Sie haben mit Viktor zusammengearbeitet?»

Ella lächelte. «Wie könnte ich meinem Vitja nicht helfen?»

«Ihrem Vitja?»

«So habe ich ihn als Kind genannt.»

Nichts hielt Eva mehr auf dem Stuhl. Sie tigerte im Raum auf und ab und schlug sich mit der Hand gegen die Schläfe. «Die Nanny! Das Foto. Weshalb habe ich das nicht gleich erkannt. Sie waren das!» Sie schoss zu Ella herum. «Sie waren seine Nanny. Auf dem Foto hält er Ihre Hand.»

Ella strahlte. «Zwölf Jahre war ich bei ihm, jeden Tag, seit seiner Geburt. Viktor ist ein guter Mensch.»

«Ein guter Mensch? Er hat Schläger auf mich gehetzt.»

«Hätte er es nicht angeordnet, wäre der Wolf gekommen und hätte Sie ermordet.»

«Und heute Morgen? Viktor hätte mich erschossen, wäre Cem nicht in letzter Sekunde gekommen.»

«Viktor hat immer gesagt, dass er Sie beschützen werde. Niemals würde er zulassen, dass Sie in Wolkows Fänge geraten. Glauben Sie mir, der Tod ist besser.»

«Stellen Sie Viktor nicht als Wohltäter dar. Er hat mit Mädchen gehandelt, sie entführt und als Sexsklavinnen verkauft.»

«Er hat nur den Schmuggel organisiert. Es gefiel Viktor nicht, aber er hatte keine Wahl. Er hat in seinen jungen Jahren einen grossen Fehler gemacht, hat von Konstantin Geld genommen, um selbstständig zu werden. Dass er damit einen Pakt mit dem Teufel einging, ahnte er in seinem jugendlichen Übermut nicht. Steht man einmal in Konstantins Schuld, kann nur der Tod einen freikaufen. Es fing mit Geldwäsche an, ging über Drogenschmuggel und Handel mit Kunstfälschungen bis hin zu Menschenhandel. Da wollte Viktor aussteigen. Das Syndikat fällte ein Urteil, und Wolkow vollstreckte es. Er trieb Viktors Frau Sofja in den Tod, flösste ihr unter Zwang Alkohol ein und jagte sie mit einem SUV den Brünig hoch, bis sie in Panik tödlich verunfallte.»

Eva setzte sich. «Sie wussten, dass Wolkow zurück in der Schweiz ist und Luna ermordete. Warum?»

«Eine weitere Warnung, weil Konstantin vermutete, dass Viktor überlaufen könnte. Viktor musste handeln und fragte mich um Hilfe. Er brauchte Ihr Vertrauen und Ihre Unterstützung, um überzulaufen und sicherzustellen, dass sein Sohn ein Happy End erlebt. Würde Viktor sterben, käme Denis zurück nach Russland, und dort würde das Syndikat ihn aufnehmen und als ihren neuen Soldaten heranziehen. Das ist ihre Methode. Nicht einmal Viktors einflussreiche Familie kommt gegen das Syndikat an. Denis wäre verloren. Der Junge weiss das. Er versteht mehr, als gesund für ihn ist.»

Nicht so Eva. Sie verstand nicht, wovon Ella hier sprach. Inwiefern brachte es für Denis einen Vorteil, wenn Eva auf Viktors Seite stand? «Warum ist er nicht mit mir auf normalem Weg in Kontakt getreten: per Telefon, Mail oder durch einen Besuch bei der Staatsanwaltschaft?»

«Hätten Sie ihm zugehört?»

Nein, hätte Eva nicht, so panisch, wie sie auf ihn reagierte. Ein Gedanke kam ihr. «Ich musste Lilas Fall vor Gericht übernehmen, weil Staatsanwalt Felder einen Unfall hatte. Sagen Sie nicht –»

«Es war ein Unfall», sagte Ella.

Eva atmete erleichtert aus.

«Ein forcierter Unfall allerdings.»

Meine Güte, nahm diese Verschwörung kein Ende? «Wie kamen Sie ins Spiel? Sie sagten, Sie haben Viktor verlassen, als er zwölf war. Was ist die Geschichte von Polina Ruslanowna Sorokin?»

Ella lächelte traurig. «Polina ist Vergangenheit. Bleiben wir bei Frau Ella, ja? Polina gibt es nicht mehr. Glauben Sie mir, solche Erinnerungen wollen Sie nicht.»

«Sie gehörten dem Syndikat an?»

«Nein. Und deshalb hat Wolkow mich nicht erkannt. Er wusste nicht, wer ich bin. Allerdings, als ich ihm in Cems Wohnung gefesselt ausgeliefert war, beichtete ich ihm mein Geheimnis. Sie wollen nicht wissen, was Wolkow tun kann, wenn er ungeduldig wird.»

Nein, das wollte Eva nicht wissen. Sie betrachtete die Seniorin, die zierlich und verletzlich auf dem Stuhl sass. Sie hatte ihre Schauspielmaske abgelegt. Unter der geblümten Bluse mit Rüschenkragen kam eine traurige Person zum Vorschein.

«Ich wurde in Moskau geboren. Meine Eltern waren einfache Leute. Durch Disziplin und harte Arbeit habe ich es an die Tanz- und Schauspielakademie in Sankt Petersburg geschafft. Das Alexandrinsky-Theater hat mich aufgenommen. Ich spielte die Sascha in dem Stück ‹Ivanov›. Roman Kasakow hat mich spielen sehen.»

«Viktors Vater? Wann war das?»

«Vor vielen Jahren. Ich war damals jung, erst siebenundzwanzig. Viktor war noch nicht geboren. Roman hat mich daraufhin umworben, obwohl ich all seine Geschenke und Blumen abgewiesen habe. Er steigerte sich in sein Liebeswerben und spielte sich als mein grosszügiger Förderer auf. Bis zu einem gewissen Punkt musste ich mitspielen, Anweisung von der Theaterleitung, sonst hätte ich die Rolle verloren. Doch Roman wollte mehr, wollte mich für sich allein. Er erzählte ein Lügenmärchen, und ich wurde vom Theater wegen Diebstahls auf die Strasse gesetzt. Ich hatte nichts. Die Behörden drohten, mich in ein Gefängnis nach Sibirien abzuschieben. Da trat Roman als der grosse Retter auf. Seine Frau war zum dritten Mal schwanger, und Roman brachte mich als die neue Nanny auf sein Anwesen. Ich wurde zu seiner Zwangsgeliebten.» Ella schluckte schwer.

Eva liess ihr die Zeit, die sie brauchte. Weshalb waren die Frauen in dieser männerbeherrschten Welt bloss immer die Opfer und Unterdrückten?

«Vitja kam zur Welt, und seine Mutter drückte ihn mir gleich in die Arme. Sie hatte kein Herz für Kinder. Drei Tage nach der Geburt ging sie zur Kur nach Sotschi, um sich um ihr Äusseres zu kümmern, welches die Schwangerschaft verunstaltet hatte, wie sie es nannte. Nie im Leben habe ich eine so kaltherzige, hysterische und egoistische Person kennengelernt. Vitja war tagsüber mein Lichtblick, während Roman nachts mein dunkelster Alptraum war.»

«Was passierte, als Viktor zwölf wurde?»

«Ueli. Ich lernte ihn beim Einkaufen kennen.» Ein Lächeln huschte über Ellas Gesicht. «Überfordert mit der kyrillischen

Schrift, suchte er nach Zucker, hielt aber eine Packung Salz in der Hand. Ich sprach ein wenig Deutsch, da ich oft mit Viktor im Zimmer gesessen habe, als seine Privatlehrer ihn unterrichteten. Ueli war Maschinenbauer und in Sankt Petersburg, um bei der Installation einiger Maschinen in einer Fabrik zu helfen. So lernten wir uns kennen, gingen zusammen Kaffee trinken und verliebten uns. Ich erzählte Ueli meine Geschichte. Er wollte mir helfen und bereitete meine Flucht vor den Kasakows vor. Zum ersten Mal in meinem Leben hatte ich eine Wahl, eine Perspektive, auch wenn das hiess, Viktor zurückzulassen.»

«Sie hatten sich für Ueli entschieden.»

«Vielleicht ein Fehler. Vielleicht hätte Viktor sich nie dem Syndikat angeschlossen, wäre ich bei ihm geblieben. Aber ich war damals bereits neununddreissig. Ich dachte, ich hätte in diesem Leben auch ein paar glückliche Jahre verdient.»

«Wie wurden Sie zu Ella? Wir haben herausgefunden, dass Ella Häberli in Bern geboren wurde.»

«Es gab Ella Häberli. Sie war eine Bekannte von Ueli. Sie litt an Depression, lebte allein ohne Verwandte in einem kleinen, abgelegenen Haus. Sie beging Selbstmord. Ueli fand sie. Das war unsere Chance. Er beerdigte sie hinter dem Haus und brachte mir ihre Ausweise. Als Ella Häberli reiste ich in die Schweiz ein. Wir lebten zurückgezogen in ihrem Haus, ich lernte Schweizerdeutsch mit Berner Dialekt. Als Schauspielerin fiel mir das nicht besonders schwer. Wir heirateten, zogen in die Stadt und zehn Jahre später nach Finsterwald, wo niemand mehr daran zweifelte, dass ich Ella war. Ich spielte die Rolle perfekt, war im Dorf die quirlige, übersinnliche, oft nervige Ella. Das war meine Art, meine schauspielerische Leidenschaft auszuleben.»

«Sie kamen aber wieder mit Viktor zusammen?»

«Ja. Ich las vor ein paar Jahren in der Zeitung von einem russischen Geschäftsmann, der sich in Küssnacht niedergelassen hatte. Vitja war für mich wie ein Sohn. Ich konnte nicht anders, als ihn aufzusuchen. Viktor hatte damals keine Ahnung, was mit mir geschehen war. Über Nacht war ich aus seinem Leben verschwunden. Ich hatte Angst vor dem Treffen, wusste nicht, wie er reagierte. Ueli wusste nie, dass ich mit Viktor wieder in Kontakt getreten war.»

«Viktor war nicht nachtragend?»

«Nein. Er war schon als Kind hochintelligent. Er wusste, dass sein Vater mich missbrauchte. Er hatte mich oft genug in meinem Zimmer weinen gehört und ist dann zu mir ins Bett gekrochen. Viktor vermutete, dass mir etwas Schlimmes zugestossen sein musste, weil sein Vater sich kurz nach meinem Verschwinden eine neue Geliebte ins Haus holte.»

Eva fuhr sich mit den Händen durchs Haar. «Erzählen Sie mir von Luna. Sie wussten, dass Wolkow sie ermordete, um Viktor zu drohen?»

«Ja. Viktor war in Sankt Petersburg, als er von Wolkow ein Video erhielt. Er hatte Lunas Hinrichtung gefilmt. Die Arme hat geweint und gefleht. Er hat ihr kaltblütig in den Kopf geschossen und sie in der Wolfsschlucht liegen gelassen, hat Viktor sogar die genauen Koordinaten durchgegeben. Doch diesmal liess er sich nicht einschüchtern, sein Zorn war grösser. Er beschloss, in die Offensive zu gehen.»

«Was war Ihre Rolle als Ella Wälti?»

«Ist das nicht offensichtlich? Ich musste die Polizei auf die richtige Spur bringen und Cem ablenken, damit er sich möglichst von Ihnen fernhielt und Viktor an Sie herankam.»

«Seine Methoden waren nicht zimperlich.»

«Viktor hat seine eigene Art, die Dinge in die Hand zu nehmen. Wir wussten, dass Wolkow in Luzern war, und mussten vorsichtig sein.»

«Deshalb war er uns immer einen Schritt voraus. Sie waren der Spitzel bei der Polizei und wussten, welchen Schritt Cem als Nächstes plante, um Viktor zu fassen. Und da Wolkow Sie nicht kannte, wussten Sie auch über seine Schritte Bescheid.»

«Ja. Mehr oder weniger. Und sobald Cem auf eine Fährte

stiess, die uns nicht gefiel, lenkte ich ihn mit neuem Hokuspokus zurück auf den richtigen Weg.»

«Warum haben Sie nicht gleich gesagt, dass Wolkow der Wolf ist, der die Geisslein tötete?»

«Haben wir doch. Sie haben den Hinweis bloss falsch verstanden und nicht zu Ende gedacht. Vertrauen Sie niemals einem Russen vom FSB.»

«Und das Mütterchen. Das sind Sie?»

Ella lächelte traurig. «Nein, nicht ich rette die Kinder vor dem bösen Wolf, Sie tun es, Frau Staatsanwältin.»

ACHTZEHN

Es fiel ihm schwer, die Augen zu öffnen. Weiterschlafen, dachte er, draussen ist es noch dunkel. Seine Schulter schmerzte, und im Kopf arbeitete ein Presslufthammer, der jegliche Gedanken übertönte. Sein Kopf fand keinen Halt in seinem Kissen. Er fror. Die Position stimmte nicht. Was war falsch? Weshalb sass er? Das konnte unmöglich sein Bett sein. Cem erinnerte sich nicht, wann er schlafen gegangen war. Er zwang sich, die Augen zu öffnen, das linke gehorchte, sein rechtes klebte fest. Das Licht in dem Raum war zu schwach, um Details zu erkennen. Cem versuchte, den Bauarbeiter in seinem Kopf in eine Kaffeepause zu schicken, aber dieser drosselte die Lautstärke nicht, arbeitete unermüdlich weiter. «Autsch!» Jammern half selten, aber schaden konnte es nicht. Seine Mutter hatte früh erkannt, dass ihr Sohnemann sich als Macho verkaufte, aber in Wahrheit ein kleines Kind blieb, das getröstet werden wollte, wenn es wehtat.

Es tat weh.

Überall.

Der ganze Körper schmerzte. Wie kam das?

Der Stuhl, auf dem er sass, war hart. Ein Metallstuhl. Cem trug seine Jeans, aber kein T-Shirt. Hier drinnen war es frisch, höchstens fünfzehn Grad warm. Er zitterte.

Aus einem Impuls heraus wollte er aufstehen. Es ging nicht. Seine Hände, er konnte sie nicht bewegen. Sie waren verschnürt, hinter seinem Rücken an den Stuhl gefesselt, deshalb schmerzten seine Schultern. Vorsichtig bewegte er die Handgelenke. Cem fühlte die Kabelbinder, die ihren Zweck erfüllten. Angestrengt versuchte er, die Umgebung zu fokussieren. Für mehr Tiefenschärfe brauchte er sein zweites Auge. Blut musste es verkrustet haben. Blut, das von seiner Stirn tropfte. War der Presslufthammer schuld? Nein, der war bloss Einbildung. Der Schlag. Cem erinnerte sich an den Schlag gegen seine Schläfe, dann kam das Nichts. Er hob die Scherben seiner Erinnerung vom Boden auf, setzte Stück für Stück die Teile zusammen, bis er in seinem Seelenspiegel die Minuten vor seinem Blackout aufblitzen sah wie einen schwarz-weissen Stummfilm. Er hätte gerne auf diese Bilder verzichtet. Sie brachten ihn hierher. Er war ein Gefangener. Und bald ein toter Mann, dazu brauchte er sich von Ella nicht die Karten legen zu lassen.

Mit Anstrengung gelang es ihm, sein rechtes Auge zu öffnen. Er war in einem leeren Keller gefangen. Ausser einigen Umzugsschachteln in der Ecke gab es nichts, kein Fenster, einzig ein Lüftungsrohr, das in die Wand eingelassen war. Das schwache Licht kam von einem Nachtlicht in der Steckdose neben der Tür. Diese war aus Metall. Massiv. Er musste in einem Luftschutzkeller sein.

Cem suchte die letzten Splitter zusammen, bis er sich wieder erinnern konnte, was passiert war: die Verfolgungsjagd über den Glaubenberg, Wolkow auf dem Beifahrersitz, dann Viktor, wie er am Strassenrand wartete, die Revolver, ein Lauf auf ihn gerichtet. Wolkows Lauf. Er war der böse Wolf, der Verräter, nicht Viktor. Und Cem hatte ihm, wie das naive Rotkäppchen, Viktor auf dem Silbertablett serviert.

Eva, schoss es Cem durch den Kopf. Wie kam es, dass Viktor sie erschiessen wollte? Cem hatte es genau gesehen. Eine Sekunde später, und eine Kugel hätte sie durchbohrt. Eva war da draussen, allein mit den beiden Russen.

Ein kehliger Laut quälte sich Cems Rachen empor. Er versuchte aufzustehen. Unmöglich. Seine Knöchel waren an die Stuhlbeine gefesselt. Erschöpft atmete er aus. Der Schlag musste ihm eine Gehirnerschütterung eingebracht haben. Wie kam es dazu? Genau. Viktor zählte mit seiner Hand rückwärts, während Wolkows Lauf ihn anvisierte.

Fünf. Vier. Drei. Zwei. Eins.

Peng! Peng!

Zwei Schüsse fielen.

Cem liess sich zu Boden fallen. Er hörte die Kugel, die vom Dach seines Alfa Romeo abprallte und Wolkow nur knapp verfehlte. Mit der minimalen Verzögerung der Reaktionszeit hatte Wolkow ebenfalls den Abzug gezogen. Er zielte besser. Cem konnte genau erkennen, wie die Kugel Viktors Oberarm streifte. Er erinnerte sich an den entschuldigenden letzten Blick, bevor Viktor sich blutend auf seine Ducati setzte, das Gas aufheulen liess und floh.

Warum schoss Wolkow ihm nicht in den Rücken? Weil er Viktor lebend wollte?

Zurück blieb Cem. Am Boden kauernd wie ein Feigling. Er hörte die Schritte Wolkows, wie er um die Motorhaube herum auf ihn zukam. Vorsichtig stand Cem auf, wusste, dass die nächste Kugel ihm gelten würde, sollte er Dummheiten machen.

Wolkow baute sich vor ihm auf. Der schlaksige Prediger wirkte nicht wie ein gottesfürchtiger Mann, sondern wie ein Abgesandter des Teufels. «Das lief nicht nach Plan», sagte er unbeeindruckt. «Ich muss umdisponieren, das verstehst du sicher. Ich werde Viktor mit deiner Hilfe kriegen.»

Cem sah, wie sich Wolkows Hand mit dem Revolver hob und auf ihn niederschlug.

Der Knock-out kam mit einer gewaltigen Explosion in seinem Kopf.

* * *

Susanne machte sich Notizen. «Der Wohnwagen gehört also Ella Wälti?»

Kevin nickte. «Er steht schon mehrere Jahre dort im Wald. Sie nutzt ihn als Rückzugsort.»

«Hat sie weitere solche Rückzugsorte, die Viktor benützen könnte, um sich zu verstecken? Er ist angeschossen. Weit wird er nicht kommen.»

Kevin verneinte. «Metzger ist mit seinem Team noch auf der Glaubenbergstrasse. Anhand der Reifenspuren kann er rekonstruieren, dass Cems Wagen hinter der Ducati parkiert stand. Der Motorradfahrer blutete. Es ist aber zu wenig Blut, als dass die Verletzung tödlich scheint. Die anderen Blutstropfen sind vom Fahrer des Alfa Romeo.»

«Cems Blut.»

Kevin nickte. «Der DNA-Abgleich läuft noch. Es ist 0 negativ. Cem hat 0 negativ.»

Erschöpft liess sich Susanne auf ihren Stuhl fallen. «Alle drei bleiben spurlos verschwunden.»

«Wir vermuten, dass Viktor fliehen konnte und Wolkow Cem jetzt als Geisel hat», fuhr Kevin fort. «An Schlimmeres will ich nicht denken.»

Das war prekär, dachte Susanne. Cem in den Händen eines Profikillers. «Was sagt der FSB zu unserer Anschuldigung, dass ihr Mann ein Spitzel ist und dem Syndikat angehört?»

«Sie wollten das erst nicht glauben und haben uns als Lügner beschimpft. Die Leitungen sind im Augenblick still. Da wird wohl einigen Beamten Feuer unter dem Hintern gemacht. Tatsache ist, dass Wolkow am Dienstag nicht auf dem Flug von Moskau nach Zürich war. Laut den russischen Behörden hält er sich bereits seit mehr als zwei Wochen in der Schweiz auf.»

«Logischerweise, er hat ja vor zwei Wochen Luna erschossen.»

Kevin holte einen Ausdruck hervor. «Immerhin haben mir die Russen bestätigt, dass sich die Reisepläne von Wolkow mit den Morden an den Prostituierten decken, auch wenn sie mir seinen Terminkalender nicht zeigen wollten. Beim FSB ist alles streng geheim, niemand ist zuständig, und jeder braucht die Bewilligung eines Vorgesetzten, der eine weitere Bewilligung anfordert.»

«Und die Mädchen wurden erschossen, weil sie von dem Waffendeal wussten?»

«Nach der Razzia in dem Nachtclub war dem Syndikat die Sache zu heiss geworden. Die Frauen arbeiteten dort und kümmerten sich um die Männer, die über das Waffengeschäft sprachen. Nach der Razzia beschloss Konstantin, die Frauen in ganz Europa zu verteilen, um sicherzustellen, dass sie schwiegen und nicht zusammen den Mut fassten, Geheimnisse auszuplaudern. Doch eine der Frauen musste mit den holländischen Behörden zusammengearbeitet und den Tipp zur Razzia gegeben haben, wie sich später herausstellte. Die Presse hat davon erfahren und es öffentlich gemacht. Das Syndikat fand die Schuldige nicht, daher mussten alle sechs Frauen Bekanntschaft mit der goldenen Kugel machen, die Richtige würde dann schon unter ihnen sein.»

«Keine der Frauen war die undichte Stelle.»

Kevin steckte sich einen Bleistift in den Mund. «Ich denke, Viktor hat den Tipp geliefert. Scheint, als will er tatsächlich aussteigen und das Syndikat zerschlagen.»

Susanne riss sich die Brille von der Nase. «Ich will Viktor. Finde ihn. Und bring mir Cem sicher nach Hause.» Susanne wusste, dass sie fast Unmögliches von ihrem Team verlangte.

Es klopfte leise an ihrer Bürotür. Kevin öffnete.

«Oh, du auch hier …» Rita vom KTD stand im Flur.

Susanne bat sie herein. «Sag mir, dass du erfreuliche Neuigkeiten bringst und das Blut nicht von Cem ist.»

«So weit ist die Auswertung nicht. Aber ich habe Neues über diese Luna herausgefunden. Das Cocktailkleid, das sie getragen hat, es ist exklusiv und teuer. Bei P.Y.H.way ist jedes Kleid ein Designer-Einzelstück und Massanfertigung. Mit Hilfe unserer Übersetzerin Frau Iljin habe ich den Designer angerufen.»

«Du hast angerufen?», fragte Susanne überrascht. So viel Eigeninitiative hätte sie der scheuen Rita nicht zugetraut.

«Ähm ja, ich wollte euch nicht mit Banalem belästigen. Ihr wart … beschäftigt. Als wir den Designer vorhin über seine Kundin Stella Zwetkow alias Luna ausfragten, wurde er hypernervös. Ich sagte ihm, dass sie ermordet wurde, da ist er völlig ausgerastet. Mir kam da so eine Idee, und ich fragte ihn, ob er wisse, dass sie verheiratet war. Er sagte Ja. Als ich ihm sagte, dass sie für eine Abtreibung in die Schweiz kam, wurde er wütend. Jetzt haltet euch fest: Der Designer war ihr Geliebter. Er wusste von Lunas Schwangerschaft und glaubte, dass sie ihren Mann verlassen und mit ihm zusammenziehen wollte. Er hat immer wieder gesagt: ‹Sie hat mein Kind umgebracht.› So jedenfalls hat Frau Iljin es mir übersetzt.»

Noch ein Drama, dachte Susanne. «Was geschieht mit Lunas Leiche?»

«Sie ist noch in Zürich», antwortete Rita. «Aber Berger hat sie gestern freigegeben. Ihr Vater und der Ehemann sind mit einem Privatjet auf dem Weg in die Schweiz, um sie abzuholen und nach Sankt Petersburg zu bringen, wo Luna beerdigt werden soll. Weshalb wurde sie erschossen? Ich sehe den Zusammenhang nicht. Eifersucht?»

«Druckmittel», sagte Susanne. «Lunas Pech, dass sie in der Schweiz war und Wolkow davon erfuhr. Er nutzte die Gelegenheit, Viktor erneut unter Druck zu setzen, wie er es vor Jahren schon mit Sofja Kasakow tat. Viktors Schwachpunkt ist jetzt sein Sohn Denis. Ist er in Sicherheit?»

«Ja», sagte Kevin. «Das hoffe ich zumindest. Mir gefällt Evas Idee nicht, ihn bei ihren Eltern unterzubringen.»

«Vielleicht ist die Idee gerade deshalb genial. Niemals würde Wolkow ihn dort suchen.»

＊＊＊

Gleissendes Licht riss Cem aus einem Dämmerschlaf. Diesmal brauchte er nur Sekunden, um den Status quo zu erfassen: Geisel im Keller. Sein ganzer Körper schmerzte, und er musste auf die Toilette. Dringend. Der Bauarbeiter mit dem Presslufthammer in seinem Kopf machte Überstunden.

«Grüezi. So grüsst ihr euch doch in der Schweiz, nicht?»

Wolkow trat ein. Er hatte eine Ledertasche und einen Stuhl mitgebracht, stellte ihn vor Cem hin und setzte sich. Fast liebevoll legte er die Tasche neben sich auf den Boden. «Durst?» Wolkow holte eine Wasserflasche aus der Tasche und hielt sie Cem vors Gesicht.

Cem verneinte. Er wollte von dem Dreckskerl nicht wie ein Baby mit einem Schoppen versorgt werden, lieber verdurstete er.

«Kein schönes Erwachen», sagte Wolkow. «Tut mir leid für die Unannehmlichkeit.»

«Wo bin ich?»

«Im Keller eines Bordells in Littau. Uns findet hier niemand. Nur eine Nutte weiss, dass wir hier sind, und die hat zu grosse Angst vor der goldenen Kugel, als dass sie mich verraten würde.» Er öffnete die Flasche und trank sie halb leer. «Das muss man euch Schweizern lassen, ihr baut solide Häuser mit starken Wänden. Aus diesem Luftschutzkeller dringt kein Ton nach draussen. Du kannst also schreien, so laut du willst, mich stört es nicht.»

Cem zwang sich ein Lachen auf. «Weshalb sollte ich schreien? Diese Genugtuung gebe ich dir bestimmt nicht.»

Wolkow legte die Handflächen gegeneinander und hielt die Hände wie zu einem Gebet vor seine Lippen. «Sie schreien alle, wenn ich es will. Du wirst keine Ausnahme sein. Frau Ella hat es schon richtig erkannt: Du bist ein Dorfpolizist, mehr nicht. Diese Liga ist zu hoch für dich. Russische Mafia und Geheimagenten.» Er schnalzte dreimal mit der Zunge. «Tödliches Spielzeug für einen kleinen Bullen wie dich.»

«Was hast du Ella angetan?»

«Fragen gestellt.»

Cem fühlte, wie ihm das Blut in den Kopf schoss. «Du elender Dreckskerl, du –»

«Ich führe nur Befehle von oben aus, genau wie du.»

«War es Konstantins Befehl, Luna zu ermorden?»

«Sein erster Befehl war es, Denis zu entführen, um Viktor

unter Druck zu setzen. Als ich in die Schweiz kam, erfuhr ich, dass Viktors Nichte hier verweilte. Ihr Pech. Sie liess ihr ungeborenes Kind abtreiben, machte sich ein paar Tage später schick und warf sich in das Luzerner Nachtleben. Ich kann diese Art von Frauen nicht ausstehen, also unterbreitete ich Konstantin einen Vorschlag. Weisst du, ich bin kein Heiliger, aber ich mag Kinder. Viktor musste vor Augen geführt werden, dass sein Sohn auf dem Spiel steht, sollte er abtrünnig werden. Ich gab ihm und Denis eine Chance.»

«Du hast eine unschuldige Frau ermordet.»

«So läuft das Spiel. Die Familie ist immer Teil des Geschäfts. Es war einfach, Luna aufzureissen. Ein paar Komplimente und sie kam willig mit, freute sich auf einen One-Night-Stand.»

«Du hast sie in den Wald gezerrt und erschossen.»

«So lautete der neue Auftrag. Aber jetzt will Konstantin Viktor und den afrikanischen Jungen – lebend. Sie sind mit ihrem Wissen eine Gefahr für uns. Immer kann ich Kinder nicht beschützen. Ich werde sie ihm liefern, mit Denis als Geschenk. Konstantin ist ein harter Geschäftsmann, aber er kümmert sich gerne um die jungen Menschen und weist ihnen den richtigen Weg. Denis ist also in Sicherheit bei uns.»

«Nur über meine Leiche.»

«Oh, diesen Wunsch werde ich dir erfüllen. Aber nicht gleich. Als Leiche bist du nutzlos. Die Lage ist folgendermassen: Viktor ist verletzt, seine Spur könnte ich aufnehmen und ihn zur Strecke bringen. Schwieriger ist Sambou. Er ist bei euch auf der Polizeizentrale. Deshalb brauche ich deine hübsche Frau, die ihn für mich dort herausholt, und um es einfach zu machen, kann sie mir Viktor gleich mitliefern.»

Die Worte durchfuhren Cem wie ein Stromschlag. Eva! Dieser Mistkerl wollte Eva zwingen, ihm Sambou auszuliefern. Nein, sie würde das niemals tun, sie würde Sambou nicht diesem Monster ausliefern … Bei Allah! Cem wusste mit absoluter Klarheit, wie Wolkow Eva überreden konnte.

Die Wut, die ihn durchfuhr, liess seinen Körper aufbäumen. Er riss an den Fesseln und versuchte aufzustehen, doch der Metallstuhl war zu schwer, als dass er sich damit auf Wolkow stürzen konnte.

Dieser blieb ruhig sitzen und wartete Cems Wutausbruch ab.

Die Kabelbinder um die Handgelenke schnitten schmerzhaft ins aufgeschürfte Fleisch. Es war zwecklos.

«Denis ist das nächste Problem», fuhr Wolkow fort. «Ich wollte ihn im Internat abholen, aber er war schon weg. Wo könnte die Polizei ihn hingebracht haben, hm? Ebenfalls auf die Polizeizentrale? Eva wird es mir sagen.» Wolkow stand auf und hob die Ledertasche auf den Stuhl. Er öffnete sie und holte ein kleines Stativ hervor. Er montierte sein Smartphone daran und kontrollierte die Einstellungen. «Wir können es schmerzlos halten. Sprich in die Kamera und sag Eva, sie soll mir Sambou, Denis und Viktor liefern im Tausch gegen dich. Sag ihr, dass du sterben wirst, wenn sie nicht gehorcht.» Wolkow beugte sich zu ihm vor und schaute ihn herausfordernd an. «Du darfst gerne jammern und stottern. Sag ihr, dass du Angst hast und nicht sterben willst. Sag ihr, wie sehr du sie liebst.»

Cem spuckte ihm voller Abscheu mitten ins Gesicht. «Leck mich!»

Die Faust schlug zu, bevor sich Wolkow aufgerichtet hatte. Cems Kopf wurde zur Seite geschleudert. Der Presslufthammer kam kurzzeitig aus dem Takt, arbeitete danach noch härter und bohrte sich tiefer in sein Hirn. Cem fühlte den metallischen Geschmack von Blut im Mund.

«Du bist vielleicht der Dorfpolizist», sagte Wolkow, gefasst und ruhig, «aber du hast Mut, das muss ich dir lassen. Ich hätte es nicht anders von dir erwartet. Deshalb habe ich vorgesorgt.» Er ging zur Tasche und holte mehrere Gegenstände hervor, zeigte sie Cem einen nach dem anderen und legte sie fein säuberlich auf den Stuhl. «Es wird nicht nötig sein, dass du in die Kamera sprichst. Ich bin kein Unmensch und werde den Ton ausschalten. Das könnte deine liebe Frau überfordern. Ich denke, einige Minuten Filmaufnahmen werden reichen, und sie wird mir bringen, was ich will.» Wolkow zog seine Jacke aus und hängte sie über die Stuhllehne. «Denkst du, du kannst fünf Minuten durchhalten? Fünf Minuten können eine lange Zeit sein. Ich werde auch vorsichtig mit dir umgehen, du bist schliesslich kein trainierter Profi. Und du darfst mir nicht unter den Fingern wegsterben.» Mehrmals dehnte und streckte Wolkow seine Handknöchel. «Eigentlich schade. Ich mag dich, ganz ehrlich, aber Beruf und Verpflichtung gehen vor.»

Cem starrte entsetzt auf die Gegenstände: ein Skalpell, ein Haken, diverse Zangen. Er wollte sich nicht ausmalen, welche Bilder Eva zu sehen bekam. Das durfte nicht sein. Sein Bluthochdruck liess das Rauschen in seinen Ohren zu einem reissenden Strom anschwellen, der selbst den Presslufthammer übertönte.

Allah steh mir bei.

***

Als ob es nur Glück und Freude im Leben gab. Eva trat ins Kinderzimmer, das ihre Eltern auf dem Hof für Alain eingerichtet hatten. Die beiden Jungs sassen am Boden und spielten mit Bausteinen, ignorierten ihren persönlichen Bodyguard der Polizei, der auf sie aufpasste und in der Ecke auf einem Stuhl sass. Sie hatten für Alains Dinosauriersammlung Gehege aufgebaut. Familie Stegosaurus graste um einen Teich, Herr T-Rex war in einem Hochsicherheitstrakt untergebracht, die Volière für die Flugsaurier war riesig. Aber die kleinen, fiesen Velociraptoren durften sich im Park frei bewegen.

«Roarrr!» Alain kämpfte mit einem Raptor gegen einen Spinosaurus.

Denis eilte ihm mit seinem Raptor zu Hilfe. Teamwork.

Wenn das immer so wäre. Eva wusste, dass sie mit schlechtem Beispiel vorangegangen war. Weil sie nicht auf Cem gehört und eigenmächtig gehandelt hatte, war er ein Gefangener. Cem hatte recht gehabt, die ganze Zeit über.

Unbeholfen versuchte Eva, ihre Anspannung zu kaschieren und locker zu klingen, als sie ins Zimmer trat. Sie nickte dem Polizisten zu, der eine «Jurassic World»-Flagge in der Hand halten musste. Kinder waren wunderbar. Statt sich vom persönlichen Bodyguard beobachtet zu fühlen, banden sie ihn kurzum in ihr Spiel mit ein.

«Hallo, Jungs», sagte Eva.

«Mami», rief Alain, ohne aufzublicken, «nicht stören. Wir kämpfen gerade mit dem Spino. Roarrr! Nein! Du frisst uns nicht. Roarrr!»

Denis schielte unsicher zwischen ihr und dem Spinosaurus hin und her. Leise setzte sich Eva zu ihnen auf den Boden und griff nach dem T-Rex, liess diesen mehrmals seine Umzäunung attackieren, bis sie nachgab. Rasch eilte der T-Rex den Jungs zu Hilfe, packte den grösseren Spino hart am Nacken und schleuderte ihn in die Ecke des Zimmers.

Alain und Denis starrten Eva mit grossen Augen an. «Mami, kein T-Rex ist so stark, dass er einen Spino wegschleudern kann.»

Eva atmete tief ein und hob die Brust. «Lass dich niemals vom Äusseren täuschen. Nicht auf Muskelmasse kommt es an, sondern auf das Kämpferherz. Hey, Denis, gefällt es dir hier?»

Der Junge nickte, biss sich aber auf die Lippen. Ein cleveres Kind, dachte Eva. Sie wusste, dass er Fragen hatte. Die hatte Eva auch. Und sie hatte keine Zeit. Sie beschloss, dass die Umgebung des Kinderzimmers am besten für ein Gespräch war. «Alain, Omi will, dass du ihr mit dem Zvieri hilfst. Sie hat Kuchen gebacken, der verziert werden muss. Ich muss kurz mit Denis sprechen, okay? Danach könnt ihr weiterspielen.»

«Schläft Denis heute bei uns?», fragte Alain. «Bitte, Mami, darf er?»

Sie drückte ihren Sohn an sich. «Sicher, wenn ihr das beide wollt.»

«Cool.» Er gab Denis ein High five. «Kommt Cem auch zum Zvieri?»

Die Schnappatmung setzte wieder ein. Eva musste ihre ganze Stärke aufbringen, um nicht zu weinen. «Später», sagte sie leise und fühlte ihr Kinn zittern.

Zusammen mit dem Polizisten verliess Alain das Zimmer.

Denis legte seine Spielfigur auf den Boden und schaute auf. «Ist Papa tot?»

Eva war schockiert, mit welcher Sachlichkeit Denis die Frage stellte. Viele Jahre Kindheit waren in den wenigen Sekunden, seit Alain das Zimmer verlassen hatte, von ihm abgefallen. «Nein, Denis, dein Vater ist nicht tot. Ich habe mit ihm gesprochen. Er hat mir von sich erzählt.»

«Dann wissen Sie, dass er für die Mafia arbeitet und Konstantin ihn nicht gehen lassen will.»

«Das weisst du?»

«Papa war immer ehrlich zu mir. Ich weiss, dass Wolkow hier ist und ihn jagt. Ich bin auch in Gefahr, deshalb haben Sie mich auf Ihrem Hof versteckt, richtig?»

Eva setzte sich im Schneidersitz hin, faltete die Hände und stützte ihr Kinn darauf ab. «Ich würde dich nicht fragen, wenn es nicht sehr dringend wäre, aber ich muss deinen Vater finden. Er … er muss mir helfen.»

«Werden Sie uns helfen? Ich darf Ihnen nur sagen, wo er ist, wenn ich ganz sicher bin, dass Sie uns helfen werden.»

Die Worte verschlugen Eva die Sprache. Das waren keine Worte eines Achtjährigen. Mancher Teenager hätte kindischer geklungen. Was sollte sie ihm antworten? Fast war sie dankbar, dass ihr Handy klingelte und ihr Zeit zum Überlegen verschaffte. Sie wollte abnehmen, aber der unbekannte Anrufer hatte aufgelegt. Keine Chance, zurückzurufen. War das Cem?

Evas Hände begannen zu zittern. Ein Klingeln kündigte eine E-Mail an. Absender war eine russische Adresse, die sie nicht kannte. Eva öffnete die Mail. Schwarze Wolken zogen auf, als sie den Text überflog:

Ich will Viktor und Sambou bis morgen, acht Uhr. Viktor kennt den Ort. Sagen Sie ihm, wir treffen uns dort, wo er von Denis erfuhr ... Das Video sollte Sie überzeugen, ihn rasch zu finden. Und keine Polizei, sonst wird es für Ihren Mann noch ungemütlicher.
Wolkow

PS: Denis dürfen Sie gerne auch zum Treffpunkt mitbringen, dann muss ich ihn nicht extra später holen kommen.

Der Mail war eine Videodatei angehängt. Eva schloss kurz die Augen, musste sich sammeln und allen Mut fassen, um die Datei zu öffnen. Innerlich schrie sie laut auf. Sie wollte das nicht sehen. Sie wusste, was kommen würde. Ihre Hand begann zu schmerzen. Ihre Tortur war nichts gewesen im Vergleich zu dem, was sie hier sehen würde. Dennoch klickte sie auf die Datei, die ganze fünf Minuten lang war, und liess sie auf ihrem Handy abspielen.

Cem.

Sie starrte auf die stummen Bilder, hielt nur zehn Sekunden durch, bevor ein heiserer Schrei aus ihrer Kehle kam, sie das Handy wegdrehte und ihr Tränen über die Wangen liefen.

Cem.

Sie war so in ihrem Elend gefangen, dass sie die kleine Hand erst nicht realisierte, die sich auf ihren Arm legte. Immer heftiger rüttelte die Hand an ihrem Arm, bis sie den Kopf zu Denis umdrehte. Durch den Schleier ihrer Tränen konnte sie den Jungen kaum erkennen.

«Nicht weinen», sagte er, «ich werde Ihnen sagen, wo mein Papa ist. Er wird Ihnen helfen, bestimmt. Papa ist ein Superheld, wissen Sie? So wie Batman oder Spiderman, aber er zeigt seine Kräfte nicht gern fremden Personen.»

**

Barbara brütete an diesem späten Nachmittag über ihrem Stapel Papiere. Banz und Kevin waren draussen und gingen einer Spur nach, um Cem zu finden. Sie hatten den Alfa lokalisiert, in der Tiefgarage vom «Schweizerhof». Wolkow hatte keinen Grund mehr, seine wahre Identität zu verschleiern. Er musste dort die Wagen gewechselt haben. Vermutlich war er mit einem zweiten Mietwagen weitergefahren, einem BMW, Cem im Kofferraum. Obwohl sie die Autonummer kannten und der Wagen einen GPS-Tracker hatte, war das Fahrzeug nicht aufzufinden. Wolkow musste den Tracker lahmgelegt haben.

Banz und Kevin suchten nach Zeugen im Parkhaus und werteten die Bilder der Überwachungskameras aus, während Metzger und sein Team sich in Wolkows Hotelzimmer umsahen.

Susanne konzentrierte sich auf Viktor und war zu seiner Villa gefahren, um die Angestellten zu vernehmen. Das konnte für die Truppe unangenehm werden, wenn Susanne erst einmal in Fahrt kam.

Einzig Barbara blieb im Mutterhaus zurück. Sie hörte im Zimmer nebenan Marius und Lila streiten. Lila war regelrecht ausgetickt, als sie von Cems Entführung hörte. Dass sie Eva eine gehörige Ohrfeige verpasst hatte, wusste mittlerweile das ganze Polizeikorps.

Dave trat in ihr Büro. Er hatte seinen Besuch angekündigt. Barbara stand von ihrem Tisch auf.

«Eine Nachricht von Cem?», fragte er und nahm Barbara in den Arm.

Die Nähe brachte Trost, machte es aber schwierig, professionell zu bleiben und sich auf ihre Arbeit zu konzentrieren. «Nein. Der russische Stronzo war die ganze Zeit unter uns, und wir haben es nicht bemerkt. Und jetzt hat er Cem. Weiss Gott, was er ihm antut.»

Dave setzte sich auf ihren Schreibtisch, nahm dabei wenig Rücksicht auf den chaotischen Stapel Papiere. Er fuhr sich mit der Hand mehrmals über seine Glatze. «Das ergibt keinen Sinn. Weshalb entführt Wolkow Cem und stellt dann keine Forderung?»

«Er will Sambou, denke ich, und Viktor.»

Dave stemmte seine muskulösen Arme in die Hüften. «Ich hatte am Mittag Besuch von Familie Kasakow. Viktors Bruder Andrej, der Vater von Luna, und ihr Ehemann kamen vorbei. Die Leiche soll heute mit dem Privatjet der Kasakows nach Sankt Petersburg überstellt werden. Kein netter Zeitgenosse, dieser Andrej.»

«Du hast Viktor nie persönlich kennengelernt», sagte Barbara. «Ich war mit Banz in seiner Villa. Er ist ein Wiesel, gerissen, galant, attraktiv.»

«Da ist sein Bruder aber ein anderes Kaliber. Ein Russe wie aus dem Bilderbuch, der alle Klischees zu einhundert Prozent bedient. Gross, bullig, schlechtes Englisch, ranzig. Und Lunas Ehemann ist ein Arschkriecher.»

«Wie charmant du dich ausdrückst.»

«Ich bin nur ehrlich. Kein Wunder, wollte das Mädel den Ehemann verlassen. Der hat sie doch nur wegen des Geldes geheiratet. Er erbt ein fettes Sümmchen.»

«Könnte er mit Wolkow zusammengearbeitet haben: Der gehörnte Ehemann, der einen Killer anheuert?»

Dave legte seinen Kopf schief. «No way. Dazu ist er zu dumm. Er geht wohl als glücklicher Nutzniesser aus der Sache hervor.»

«Hast du Andrej auf seinen Bruder angesprochen?»

«Der will nichts von Viktor wissen. Er sei das schwarze Schaf der Familie, enterbt vom Vater und sein Name tabu.»

«Die Info deckt sich mit meinen Recherchen. Aber mit der Schwester scheint er heimlich Kontakt zu haben. Unsere

Dolmetscherin hat sie angerufen. Jelena erzählte, dass Viktor ein guter Bruder sei, aber früh in seinem Leben an die falschen Leute geraten. Mehr wollte sie nicht preisgeben und hängte rasch auf. Ich denke, sie hat Angst vor dem Zorn ihres Vaters.»

«Roman Kasakow ist ein Pflegefall.»

Barbara hob erstaunt die Augenbrauen. «Wie hast du das herausbekommen? Uns hat seine persönliche Sekretärin abblitzen lassen, als wir versuchten, ihn telefonisch zu erreichen.»

«Roman lebte schon immer zurückgezogen mit wenig Kontakt zur Aussenwelt», erklärte Dave. «Aber ich habe weltweit Kontakte zu Medizinern und habe den Namen der Kasakows gestreut.»

«Sieh an, du entwickelst neue Talente.»

«Babs, wir Pathologen sind von Berufs wegen hervorragende Ermittler.» Er zog Barbara zu sich heran. «Hast du die Tasche für das Wacken Open Air schon gepackt?»

«Das ist erst in zwei Monaten.»

«In meinem Schlafsack ist Platz für zwei, du brauchst also keinen mitzunehmen.»

«Dave Berger, untersteh dich, am Arbeitsplatz mit mir zu flirten.» Sie riss sich aus seiner Umarmung los, was ihr, zugegeben, schwerfiel. «Was hast du über Roman Kasakow herausgefunden?»

«Er leidet an Demenz und wird seit bald einem Jahr zu Hause von Pflegefachkräften betreut. Andrej leitet die Geschäfte.»

«Moment.» Barbara suchte nach einem Papier und schob Daves Hintern zur Seite. «Hier. Die Geschäftszahlen. Seit einem Jahr entwickelt sich die Firma der Kasakows in eine komplett andere Richtung. Sie sind in die Rüstungsindustrie eingestiegen. Arbeiten mit Firmen zusammen, die ihren Sitz in Perm haben. Dort ist auch Konstantin zu Hause.»

«Wer ist Konstantin?»

Barbara klärte ihn über das Auge von W.Z.O.R. auf. «Bisher gingen wir immer davon aus, dass Roman Kasakow keine Geschäfte mit dem Syndikat machte.»

«Seit aber Andrej an der Macht ist ...»

«Genau. Wetten, Konstantin hat die Kasakows auf seine Seite gezogen. Wenn Oligarchen aus Sankt Petersburg seine Geschäfte unterstützen ...»

«... dann ist seine Macht schier grenzenlos.»

«Und gesetzlos. Ein weiterer Grund für Viktor, Konstantin zu stürzen.»

«Das plant er also? Er will nicht nur überlaufen, er will das ganze Syndikat auffliegen lassen, damit Konstantin seine Finger von Viktors Familie lässt?»

«Viktors Geschäftsbilanzen waren letztes Jahr nicht rosig. Wir wussten nicht, weshalb.»

«Lass mich raten, Viktor verbuchte weniger schmutzige Geschäfte und wusch weniger Geld, weil das schlechte Gewissen an ihm nagt und er sein blutiges Hemd reinwaschen will?»

Barbara nickte. «Das ist echt ein grosses Ding.»

«Wenn Wolkow für das Syndikat als Auftragsmörder handelt, weshalb hat er dann Cem als Geisel und stellt keine Forderungen?»

Barbara wich alle Farbe aus dem Gesicht. «Eva», flüsterte sie. Sie rief sofort Eva an, aber ihr Handy war ausgeschaltet. Gequält schaute Barbara auf. «Wolkow stellt seine Forderungen direkt an Eva, deshalb haben wir nichts von ihm gehört. Und Eva wird alles tun, um Cem zu retten. *Merda!*» Sie wählte die Nummer der Nidwaldner Kollegen, welche den Hof von Familie Roos bewachten.

***

Dem Mann in die Augen zu schauen, der sie gestern erst erschiessen wollte, war schwer. Ihn aber um Hilfe zu bitten war schlimmer als Folter auf der Streckbank. In diesem Moment hätte Eva gerne mit Cem getauscht. Wieder schossen ihr Tränen in die Augen. Sie brauchte all ihre verbliebene Kraft, um Viktor anzusehen, der ihr Handy in der Hand hielt und sich das Video bis zum Schluss ansah. Sie hatte es selbst nicht fertiggebracht. Eva zitterte am ganzen Körper. Als Viktor das Handy ausschaltete, die Batterie entfernte und es auf den Tisch legte, wagte sie nicht, die Frage zu stellen, auf die sie eine Antwort brauchte. Viktor nahm ihr diese Bürde ab und zwang sich ein Lächeln auf. «Es sieht schlimmer aus, als es ist. Cem lebt, und er wird sich erholen. Ist nicht schön, aber nicht tödlich. Tot nützt er Wolkow nichts. Er will dir Angst einjagen.»

«Das hat er.»

«Gut, bist du zu mir gekommen.»

Sie starrte ihn an, alles andere als überzeugt von ihrem Handeln. Denis wusste, wo sein Vater sich in einem Notfall verstecken würde. Sie schaute sich in dem Wohnzimmer um, das in den siebziger Jahren stecken geblieben war. Es war alt und staubig, die Polster des lindgrünen Sofas durchgescheuert. Viktors «Safehouse» war eine alte Villa mitten in Luzern, gleich hinter der Obergrundstrasse. Das kleine Grundstück wurde durch zwei mächtige Linden und drei Meter hohe Hecken abgeschirmt. Es lag Luftlinie keine dreihundert Meter von der Polizeizentrale entfernt. «Du hast Denis in alles eingeweiht?»

«Ich bin ehrlich mit meinem Sohn.»

«Er ist erst acht.»

«Das Wissen kann ihm sein Leben retten. Ist er in Sicherheit?»

Eva sah Sorge und Angst in Viktors Augen. Er war nicht eiskalt, nicht nur. Sein Auftreten war nach wie vor selbstsicher und galant, aber er konnte eine gewisse Nervosität nicht verbergen. «Wo hältst du ihn versteckt?»

«Bei meinen Eltern auf dem Hof. Er spielt mit Alain Jurassic Park im Kinderzimmer. Die beiden verstehen sich prima.»

Viktor atmete erleichtert aus. «Deshalb hast du meine Männer von dort weggescheucht. Auf die Idee wird Wolkow nie kommen.»

«Nein. Dein Sohn wird von vier Polizisten bewacht. Keine Pflegefamilie wird ein Kind aufnehmen, das von einem Profikiller gesucht wird.»

Viktor massierte sich den Nacken. «Ich wusste, meine Entscheidung war richtig.»

«Welche Entscheidung?»

«Später. Erst kümmern wir uns um Cem.»

«Ich kann Cem nicht Wolkow überlassen. Er wird ihn töten. Nur du weisst, wo dieser Übergabeort sein wird.» Eva überkam Schwindel. Sie hatte den ganzen Tag nichts gegessen. Reflexartig stützte sie sich mit der Hand an der Wand ab. Es war einundzwanzig Uhr, die Zeit lief ihr davon.

«Dir geht es schlecht. Setz dich.» Viktor klopfte mit der Hand auf das Sofa, auf dem er sass. Eine feine Staubwolke entwich.

«Der KTD sagte, dass Blut von Cem und dir auf der Glaubenbergstrasse gefunden wurde. Was ist passiert?» Eva weigerte sich, sich hinzusetzen.

«Es kam zum Schusswechsel. Wolkows Kugel hat meinen Oberarm gestreift. Nur ein Kratzer. Cem blieb unverletzt. Ich musste fliehen und konnte ihm leider nicht helfen. Was danach passierte, weiss ich nicht. Ich denke, Wolkow hat Cem k. o. geschlagen und mitgenommen.»

Eva schluchzte. «Ich soll dir vertrauen, um meinen Mann zu retten? Auf dich ist kein Verlass. Vor dem Wohnwagen wolltest du mich erschiessen, das ist keine vierundzwanzig Stunden her.»

«Mir blieb keine Wahl. Es gibt Momente, da ist der Tod die bessere Entscheidung. Dich Wolkow zu überlassen war keine Option, welche dir gefallen hätte.»

«Spiel dich nicht ständig als barmherziger Wohltäter auf. Wegen dir ist Cem Wolkows Gefangener und wird gefoltert.»

«Setz dich.»

Die Aufforderung kam so energisch, dass Eva gehorchte.

«Das Syndikat darf nicht gewinnen. Eva ...» Viktor legte seine Hand auf die von Eva. «Wir müssen unsere Familien schützen. Wir müssen es für unsere Kinder tun und für die Menschen, die wir lieben. Wolkow hat meine Frau in den Tod gejagt, er hat Luna erschossen und im Auftrag von Konstantin die Frauen, die zufällig bei unserem Gespräch über die Waffenlieferung mitgehört haben. Sie machten nur ihre Arbeit, kümmerten sich um uns Männer, wie es von ihnen verlangt wurde, während wir die Klappe vor ihnen nicht halten konnten.»

«Machten ihre Arbeit? Sie waren Sklavinnen.»

«Wolkow wird weiter morden. Er wird Cem töten, Sambou, Ella, Denis, deine Familie. Er wird nicht aufhören, bis er uns in die Knie gezwungen hat – oder wir ihn. Er ist ein Söldner, er liebt Blut, und er ist loyal. Wolkow vergöttert Konstantin für seine Stärke und Macht.»

Eva wusste, dass sie es beenden musste, sonst würde Alain in ständiger Gefahr aufwachsen. Viktors Besuch in der Schule war der Beweis, wie einfach es war, an ein Kind heranzukommen. «Was wolltest du damals in der Schule?»

«Mit dir sprechen. Die Bullen wachten vor deiner Wohnung. Ich hoffte, in der Schule gönnst du mir ein paar Gesprächsminuten. Leider kannst du sehr nachtragend sein, Eva, auch wenn mir dein Kampfgeist gefällt.»

Kampfgeist? Eva war schwach, brachte es nicht fertig, ihre Hand unter der seinen wegzuziehen. Sie war wie ein Anker, an den sie sich klammern konnte. War es richtig, sich mit dem Teufel zu verbünden, um in die Hölle hinabzusteigen? Sie wusste bloss eines: Würde sie diese Hand loslassen, war sie in der Unterwelt verloren. «Was war mit dem Treffen in Vitznau? Woher wusstest du, dass ich bei Denis war?»

«Ich habe meine Leute, Männer, denen ich vertraue, die Denis beschützen und im Auge behalten. Sie hatten die Anweisung, mich sofort zu kontaktieren, solltest du auftauchen.»

«Und Denis hast du gesagt, wo du mich treffen willst. Du bist der geborene Stratege. Aber weshalb bist du plötzlich mit dem Boot geflüchtet? Der Anruf, den du –»

«Ella hat mich gewarnt, dass du die Polizei alarmiert hast und nicht zu dem Gespräch bereit warst. Sie war mit Cem im Renggloch, als du ihn angerufen hast.»

«Ich hätte mit dir sprechen sollen, dann wären wir nicht in dieser schrecklichen Situation. Was soll ich jetzt tun?»

«Wir brauchen einen Plan», sagte Viktor, «einen Plan, um unsere Familien zu retten.»

«Können deine Männer uns helfen?»

«Nein. Es sind anständige Männer, private Sicherheitsleute aus der Schweiz. Ich kann nicht riskieren, dass sie mit der Mafia in Kontakt kommen. Sie glauben, einen reichen, paranoiden, aber ehrlichen Geschäftsmann zu beschützen.»

«Das verstehe ich nicht. Du gehörst der Mafia an, warum umgibst du dich nicht mit Leuten von W.Z.O.R. Das ist doch üblich, dass ihr wie ein Clan zusammenarbeitet und du deine Untergebenen haben solltest.»

«Ja, üblich ist es, aber ich bin es nicht. Ich bin ein Einzelgänger, war es schon immer. Meine Familie hat mich dazu gemacht. Konstantin hat das respektiert, wieso auch nicht, ich war sein Goldesel. Bis er zu Recht misstrauisch wurde und immer mal wieder einen seiner Leute zur Kontrolle herschickte.»

«Wolkow.»

«Er ist nur einer von vielen, aber der Gefährlichste von allen.»

«Und wir haben niemanden, der uns hilft.»

«Ich könnte Olga fragen, aber sie ist nicht mehr die Jüngste. Ihre Zeit beim KGB liegt lange zurück.»

«Sie war Agentin beim KGB?»

«Die beste.» Viktor grinste. «Aber sie liebte das Kochen schon immer mehr als das Morden. Da wir von Essen sprechen, ich habe eine Gratinform mit Olgas selbst gemachten Piroggen im Kühlschrank. Die brauchen nur kurz im Ofen zu backen. Im Keller lagern einige Spitzenweine. Setzen wir uns zusammen und finden eine Lösung. Du kannst dich danach ein paar Stunden im Schlafzimmer oben ausruhen. Ich werde Wache halten, aber hier wird uns niemand finden, versprochen.»

«Niemals übernachte ich mit dir unter einem Dach. Ich lasse Alain nicht allein.»

«Er hat Denis, deine Eltern und vier Polizisten. Cem braucht dich morgen bei der Übergabe ausgeruht und bei klarem Verstand. Und ich brauche dich. Ich werde dir nichts antun. Wie könnte ich …» Er drückte ihre Hand.

Eva fühlte sich schwach, ihr war schwindlig. Sie hatte weder gegessen noch geschlafen. «Wo wird er Cem hinbringen?», fragte sie erschöpft.

«Ins Renggloch», antwortete Viktor.

NEUNZEHN

Es war vor acht Uhr, als Susanne an diesem Morgen die Polizeizentrale betrat. Für einen Sonntag herrschte reichlich Betrieb, kein Wunder, ein Polizist war entführt worden. Dummerweise war diese Nachricht zu den Medien durchgesickert. Susanne wollte sich deshalb mit Doris Mörgeli, der Pressesprecherin der Luzerner Polizei, treffen. An Schlaf war letzte Nacht nicht zu denken gewesen. Sie war weit nach Mitternacht heimgekommen, da sie den ganzen Abend mit Barbara im Büro gesessen hatte. Die Arme war heillos aufgelöst. Verständlich. Ihr Küken war in den Fängen eines skrupellosen Berufskillers. Sie durften Cem nicht verlieren.

Susanne brütete die halbe Nacht über einer Frage: Weshalb meldete sich Wolkow nicht und stellte Forderungen? Alarmierend war, dass Eva, seit sie gestern am späten Nachmittag den Hof ihrer Eltern verlassen hatte, unauffindbar war. Ihr Handy war ausgeschaltet. Eva hatte sich vom Team abgekapselt, das stand für Susanne fest. Was war ihr Plan? Um jeden Preis würde sie versuchen, Cem zu befreien. Hoffentlich war der Preis nicht zu hoch, den sie zu zahlen bereit war.

Kevin und Banz diskutierten auf dem Flur, als Susanne aus der Liftkabine trat. «Schhht», sagte sie. «Ihr zwei seid so laut, ihr weckt unsere Hotelgäste auf.»

Susanne mochte Lila, aber im Augenblick war sie bei den polizeilichen Ermittlungen als Zivilistin im Weg und zudem schwer zu kontrollieren. Phantasie hatte die junge Frau, das musste man ihr lassen. Und Mumm. Sie wollte gestern Abend das halbe Rotlichtmilieu von Luzern zusammentrommeln, um bei der Suche nach Cem zu helfen. Wolkow verkehre in diesem Milieu, hatte sie steif und fest behauptet, er sei darin untergetaucht. Es müsse Prostituierte oder Zuhälter geben, die Informationen hätten. Die Idee war nicht abwegig, aber

Susanne hatte schlicht zu wenig Personal, um darauf einzugehen.

«Was habt ihr am Sonntagmorgen zu streiten?» Sie schaute Banz und Kevin an.

«Wir sollten uns darauf konzentrieren, Eva zu finden», sagte Banz. «Finden wir Eva, finden wir Cem.»

«Cem ist Wolkows Geisel», widersprach Kevin. «Setzen wir unsere wenigen Leute auf Eva an, wie sollen wir da Cem retten, sollte Eva uns nicht zu ihm führen?»

Susanne hob schlichtend die Hand. «Meine Herren, diskutieren wir das in meinem Büro. Wo steckt Barbara?»

Als wäre das ihr Stichwort, bimmelte die Liftglocke. Barbara trat aus der Kabine. Sie trug die gleichen Kleider wie gestern, enge Jeans, grünes T-Shirt, schwarze Stiefeletten. Das Haar war zerzaust. Dunkle Ringe hatten sich unter ihren Augen gebildet. Aber Barbara trat nicht allein aus der Kabine, Dave folgte ihr.

Den Gesichtsausdruck von Banz wollte sich Susanne an diesem Morgen nicht gönnen, es war der falsche Zeitpunkt. «Ab in mein Büro, die ganze Belegschaft. Kevin, du besorgst Kaffee, starken Kaffee, literweise.»

«Warum immer ich?»

«Du bist der Jüngste im Team.»

«Aber Banz ist der Neue.»

«Und deshalb geht Banz über die Strasse und holt frische Gipfeli aus der Bäckerei. Abmarsch!» Kindergarten, dachte Susanne, als sie im Flur zurückblieb. Wie eine grosse Familie waren sie, mit allen Ecken und Kanten, das mochte sie an ihrem Luzerner Team. Sie starrte auf die verschlossene Tür des Einvernahmeraumes, wo ihre beiden Gäste logierten. Ein Wunder, dass Lila nicht längst herausgestürmt war. Sie hatte einen leichten Schlaf und war in Panik um ihren Teddybär-Cem. Susanne klopfte an die Tür.

Keine Reaktion.

Misstrauisch drückte sie die Klinke herunter und trat ins

Zimmer. Sie starrte auf die beiden Matratzen, welche ihr Team von der Zelle unten hochgebracht hatte. Die Bettlaken waren zerknittert. Lilas Koffer stand offen auf der Fensterbank. Das reinste Chaos herrschte im Zimmer. Von Ordnung hielt Lila wenig, das wusste Susanne, aber das war ihr in diesem Augenblick egal.

Lila war weg.

Ebenso Sambou.

Auf dem Tisch fand Susanne einen Zettel. Unverkennbar Lilas schnörkelige Handschrift. Einen einzigen Satz hatte sie geschrieben: «Wir sind los, um Cem zu retten.»

«Barbara!», rief Susanne vor Zorn überschäumend. Sie eilte in ihr Büro. «Schau sofort nach, ob Frau Ella noch in unserem Kittchen sitzt. Wenn ja, bring sie mir hoch, aber dalli!»

**

Die Fahrt in dem Kofferraum war schlimmer als die fünf Minuten Folter von gestern. Cems Kopf fühlte sich aufgedunsen an, als wäre er Spongebobs Bruder: löchrig, schwammig und konturenlos. Mehr als einmal hatte Wolkows Faust auf ihn eingeschlagen. Ein oberer Backenzahn hatte sich daraufhin verabschiedet. Das mittlerweile verkrustete Blut spannte auf seiner Haut. Cems linke Hand pochte, dort, wo am kleinen Finger der Nagel fehlte. Besser, Wolkow hätte gleich die ganze Hand amputiert, die Schmerzen hätten nicht schlimmer sein können.

Der Wagen legte sich in die nächste Kurve und drückte Cem gegen die Seitenwand des Kofferraumes. Seine Hände waren hinter dem Rücken mit Kabelbindern gefesselt, so war er der Fliehkraft des Wagens ausgeliefert. Mühsam unterdrückte er ein Stöhnen. Er ahnte, dass sie unterwegs waren, um Eva zu treffen, die Viktor und Sambou ausliefern sollte. Niemals würde sie das tun. Sie durfte dem Syndikat kein Kind aushändigen. Cem litt mehr an Evas Qualen als an den eigenen. Ausser der Gehirnerschütterung, Prellungen und aufgeplatzten Wunden war er nicht schwer verletzt. Bis auf den Fingernagel und den Zahn, die ihm fehlten, aber nach seinem Tod würde er diese eh nicht vermissen.

Wolkow trat auf die Bremse.

Cem hörte, wie Wolkow ausstieg, um den Wagen herumging und den Kofferraum öffnete. Er packte ihn am Kragen und zerrte ihn heraus. Auf wackeligen Beinen lehnte sich Cem ans Heck. Er musste blinzeln, um sich an das Licht zu gewöhnen. Der Himmel war wolkenverhangen und trüb.

Sofort wusste Cem, wo er sich befand. Er war am Mittwoch erst mit Frau Ella hier gewesen.

Im Renggloch.

Die Strasse schien verlassen. Es war Sonntagmorgen, zu früh und zu schlechtes Wetter für Sonntagsausflügler.

«Gehen wir spazieren», sagte Wolkow, seinen Revolver in der einen, ein weiss-rotes Absperrband und ein Schild in der anderen Hand. Auf den Rücken hatte er sich einen Rucksack geschnallt. Er sperrte den Wanderweg hinter ihnen mit dem Band ab und hängte das Schild daran: «Wegen Steinschlaggefahr geschlossen».

Unsanft stiess er Cem vor sich her, drängte ihn die Stufen hinunter ins Renggloch. Oben hörte Cem ein Auto vorbeifahren. Sie waren von der Strasse aus längst nicht mehr zu sehen.

«Kein praktischer Übergabeort», sagte Cem. Seine Stimme hörte sich brüchig an, die Zunge schien am Gaumen zu kleben. Er war dehydriert. «Wie willst du von hier entkommen?»

«Der Ort hat Bedeutung», sagte Wolkow. «Viktor hat mir vor Jahren erzählt, wie seine Sofja mit ihm hier ein Picknick machte und ihm erzählte, dass sie schwanger sei. Dieser Ort wird in Viktor Gefühle wecken – und erfüllt somit seinen Zweck, ihn aus der Reserve zu locken. Ich mag Orte mit Bedeutung, sie lösen Emotionen aus und unterstreichen meine Botschaft. So wie Viktor auf dem Brünig Sofja kennenlernte

oder er ihr in der Wolfsschlucht einen Heiratsantrag machte.»
Wolkow atmete die frische Luft ein. «Mein Fluchtweg steht,
auf der anderen Seite der Schlucht, zerbrich dir darüber nicht
den Kopf. Den Mietwagen brauche ich nicht mehr.»

Cem kämpfte gegen Schwindel und Übelkeit an, als Wolkow ihn tiefer in die Schlucht hinuntertrieb. Er hörte den Bach
rauschen, dann sah er die Fussgängerbetonbrücke, über die er
schon mit Ella gegangen war. Sie war etwa einen Meter breit
und gute zehn Meter lang, das metallene Geländer an einigen
Stellen bedenklich deformiert. Im Ernstfall war dies kein guter
Ort für einen Kampf.

Wolkow trieb Cem auf die Brücke, liess ihn aber in der
Mitte anhalten. Aus seinem Rucksack zog Wolkow ein Seil.
«Setzen!»

Cem blieb keine andere Wahl, als der Anweisung zu folgen.
Wenig zimperlich fesselte Wolkow ihn mit dem Strick an das
Metallgeländer und band seine Füsse an der gegenüberliegen-
den Geländerseite fest. Cem starrte regungslos geradeaus, sah
weiter vorne in der Schlucht eine kleine Metallbrücke und davor die Himmelsleiter, die nirgendwo begann und nirgendwo
hinführte. Oder doch? Würde er in den nächsten Minuten eine
Leiter brauchen, um Allah einen Besuch abzustatten – wenn
der ihn denn einliess?

Zu allem Übel steckte Wolkow ihm einen Knebel in den
Mund. Der trockene Stofffetzen liess seinen malträtierten
Nerv, dort, wo der Zahn fehlte, wie unter Stromspannung
zucken, zudem schmeckte er scheusslich nach Speck und Mo-
torenöl. Cem würgte, was wenig half. Die verkrusteten Risse
in seinen Lippen platzten erneut auf und begannen zu bluten.
Cem war hilflos verschnürt und dem Russen ausgeliefert. Die
Erniedrigung war demütigender als die Schmerzen. Er wollte
nicht, dass Eva ihn so sah. Cem betete, dass sie dem Schauspiel
fernblieb.

Wolkow holte unterdessen zwei handgrosse, rechteckige
Plastikbehälter aus seinem Rucksack. Cem wusste erst nichts

damit anzufangen, bis Wolkow an jedem einen Schalter an der Seite umlegte und diese sich mit einem leisen Piepton aktivierten und ein grünes Licht unter der halbtransparenten Abdeckung aufleuchtete. Wolkow griff nach seinem Smartphone und tippte auf dem Bildschirm herum. Cem war kein Experte, aber er vermutete, dass es Bomben waren, die über einen Zeitzünder, den Wolkow mit einer App steuerte, ausgelöst werden konnten.

«Spielzeug.» Wolkow grinste. «Konstantin mag explosives Spielzeug. Nur ein Klick auf der App, siehst du.» Er zeigte Cem den Bildschirm. Ein fetter Button in der Mitte leuchtete rot auf: «Explode». «Funktioniert mit Bluetooth, zweihundert Meter Reichweite.» Wolkow ging zu beiden Enden der Brücke und klebte je eine Box unter die Betonplatten.

Das war eine verdammte Falle. Cem tobte und zerrte an den Kabelbindern und Seilen, versuchte den Stoff aus seinem Mund loszuwerden. Vergeblich. Sollte Eva auftauchen und zu ihm auf die Brücke rennen, musste Wolkow nur den Auslöser betätigen. Ein freier Fall in die Tiefe war die letzte Reise, die sie zusammen antreten würden. Dabei waren sie noch nicht einmal in die Flitterwochen geflogen. Cem schwor, sollten sie wie durch ein Wunder dieses Drama überleben, würde er gleich am nächsten Tag mit Eva auf die Malediven fliegen, auch mit neun Fingernägeln und einem Backenzahn weniger. Sie musste über diesen Schönheitsmakel hinwegsehen. Wie konnte er in den letzten Minuten seines Lebens nur so einen Stuss zusammendenken, fragte er sich. Er gab der Gehirnerschütterung und den Schmerzen die Schuld. Der Presslufthammer hatte seit gestern keine Minute geschwiegen. Er konnte auf nichts anderes hoffen als darauf, dass Eva nicht erschien.

Sie erschien.

Cem hörte Schritte auf dem Wanderweg, auf dem auch sie gekommen waren, und warf den Kopf herum. Er sah drei Personen: Viktor ging voraus, gefolgt von Sambou. Mit einigen Metern Abstand zu den beiden entdeckte er Eva.

Nein!

Cem schrie und schüttelte heftig den Kopf, aber als Eva ihn entdeckte, rannte sie zu allem entschlossen das letzte Stück Weg hinunter und schubste dabei Sambou und Viktor beiseite. Wolkow hatte sich längst auf der anderen Seite der Schlucht in Stellung gebracht, stand auf festem Boden hinter einem Baum, Handy und Revolver in Händen.

«Cem!», rief Eva. Tränen rannen ihr über die Wangen. Sie wollte auf die Brücke rennen, Wolkow komplett ausgeblendet. Im letzten Moment hechtete Viktor vor und packte sie am Arm. Sie fuhr herum wie eine Furie, wollte sich losreissen, aber Viktors Griff war fest, wofür Cem ihm für einmal dankbar war. Eva durfte die Brücke nicht betreten. Wer wusste, was dann geschah?

Wolkow lachte. «Frau Staatsanwältin, auf Sie ist Verlass. Sie haben mir Viktor und Sambou mitgebracht. Wie schön. Schicken Sie mir die beiden rüber, dann dürfen Sie zu Ihrem Gatten und ihn losbinden. Er kann etwas Trost von Ihnen gebrauchen. Die letzten Stunden waren schwer für ihn.»

«Sie elender Hund! Sie werden dafür büssen.» Eva schaute Cem an und kämpfte gleichzeitig gegen Viktor, der sie mittlerweile mit beiden Händen festhalten musste. Er flüsterte ihr etwas ins Ohr. Augenblicklich hielt sie inne und verlor alle Farbe im Gesicht.

«Viktor, willst du nicht rüberkommen?», fragte Wolkow. «Wir sollten uns unterhalten. Wie hat sie dich überredet mitzuspielen?»

«Hat sie nicht», rief Viktor seinem Gegner zu. «Sie war mein Weg, an dich heranzukommen. Deine Idee, Cem als Lockvogel zu nutzen, war gerissen, aber der Plan ist nicht zu Ende gedacht.» Viktor zog blitzschnell eine Waffe aus seiner Jacke und drückte sie Eva gegen die Stirn.

Erschrocken stiess sie einen Schrei aus.

Cem wurde schier wahnsinnig. Er konnte nichts tun. Egal, wie fest er an den Fesseln zog, sie gaben keinen Millimeter nach. Er starrte in Evas Augen, versuchte ihr Trost zu spenden. Er sah Panik darin, Liebe und Bedauern.

Dann fiel der Schuss.

Eva sackte in Viktors Armen zusammen. Eine feine Blutspur sickerte aus der Wunde an ihrer Schläfe. Fast liebevoll legte Viktor sie auf den Waldboden. «Jetzt hast du es besser Eva, glaube mir. Du musst nicht mit ansehen, wie dein Liebster stirbt.»

Cem war gefangen in einer Schockstarre. Das ging zu schnell, als dass sein Gehirn, das eh die reinste Baustelle war, die Bilder erfassen und auswerten konnte.

Ein Schuss.

Blut.

Eva am Boden.

Tot.

Cems Lungen forderten Sauerstoff, den er ihnen nicht geben konnte. Keine seiner Muskelfasern gehorchte.

Viktor hatte Eva erschossen …

Cem nahm aus den Augenwinkeln wahr, wie Viktor herumschnellte und Sambou ansprach, der sich hinter einem Baum zusammenkauerte. *«Je suis vraiment désolé.* Du weisst zu viel, Junge.» Viktor drückte ab.

Sambou fiel hinter dem Baum zu Boden.

Cems Verstand war nicht bereit, die optischen Reize zu akzeptieren. In ihm explodierten Nervenenden zu einer Apokalypse. Die Welt kam ins Wanken.

Gelassen drehte sich Viktor nach vorne und schaute Wolkow an. «Es gibt nur uns beide. Bringen wir es wie Ehrenmänner zu Ende.» Er schaute seinen Revolver an, drehte die Trommel. «Erinnerst du dich? Der war ein Geschenk von dir, zusammen mit einer einzigen goldenen Kugel. Ist viele Jahre her. Ich habe die Kugel aufbewahrt.» Viktor drückte die Trommel seitlich heraus und liess die Munition auf den Boden fallen. Er holte ein goldenes Projektil aus der Jackentasche, steckte es in die Trommel und schloss diese. Mit lautem Knattern liess er sie um die eigene Achse rotieren. «Spielen wir russisches Roulette.»

Cems Puls kam zurück und schnellte gefährlich in die Höhe. Der Bauarbeiter in seinem Kopf liess den Presslufthammer mit höchster Geschwindigkeit auf Cems Schmerzzentrum im Gehirn niederprasseln. Er starrte auf Eva, auf ihren regungslosen Körper. Blass war sie, hatte keine Farbe im Gesicht, bis auf das rote Rinnsal an der Schläfe. Sie hatte das Spiel der Russen nicht überlebt.

Und er würde ihr bald folgen.

✳✳✳

Lila lag festgefroren auf dem Waldboden und starrte hinunter in die Schlucht. Sie kannte diesen Mann, der Cem gefangen hielt. «*Mon Dieu*», flüsterte sie Marius zu, «sag mir, dass Wolkow nicht dein Nachbar ist.»

«Weshalb sollte er mein Nachbar sein? Das ist ein russischer Spion vom FSB und Doppelagent für das Syndikat.»

«Ich habe ihn gesehen, ihn im Treppenhaus gekreuzt. Und diese Stimme. Die würde ich aus Tausenden wiedererkennen. Ich lag falsch, nicht Viktor hat mich in der Waschküche überfallen.»

«Du meinst …»

«Er war es. Dieser Scheisskerl hat mich bedroht. Den bringe ich um.» Lila sprang auf und wollte losrennen, aber Marius packte sie an der Hüfte und zog sie zurück.

«Bist du lebensmüde? Wir warten hier, liegen auf der Lauer und warten, wie abgesprochen.»

«Aber da unten ist Cem, gefesselt auf der Brücke, und er ist verletzt, und er geht gerade durch die Hölle.» Lila vergrub ihr Gesicht in Marius' Schulter. «Davon wird er sich nie erholen. Verfluchter Viktor! Weshalb habe ich ihn zurück in Cems und Evas Leben gebracht? Ich bin an allem schuld, wieder einmal.»

Marius strich ihr über das Haar. «Wir müssen warten, bis es vorbei ist.»

«Wie denn? Es verläuft nichts nach Plan. Cem sitzt auf Sprengstoff, damit haben wir nicht gerechnet.»

«Wir müssen improvisieren.»

«Knall den Russen ab. Du musst es tun. Viktor kann es nicht aus der Distanz mit dem Revolver. Du hast freie Schusslinie.»

«Wir retten Cem, aber wir werden dafür nicht zu Mördern. Hoffen wir, dass Wolkow das russische Roulette nicht überlebt. Wir müssen an sein Handy kommen.»

Lila starrte auf die Szene unter ihr. Sie und Marius waren heute Morgen früh nach Kriens gefahren, hatten den Wagen beim Autocenter an der Rengglochstrasse abgestellt und waren zu Fuss durch den Wald hierhergewandert, um sich erhöht über der Brücke auf die Lauer zu legen. So war es mit Eva abgesprochen, nachdem sie Lila und Sambou in aller Herrgottsfrüh heimlich aus der Polizeizentrale geschmuggelt hatte. Sie war ein nervliches Wrack gewesen. Lila hatte darauf bestanden, Marius mit ins Boot zu holen. Ihr war nicht wohl bei dem Gedanken, Sambou als Köder bei Eva zu lassen, aber der Plan machte Sinn, so schien es zumindest bis vor wenigen Minuten. Lila musste handeln, sie konnte nicht tatenlos herumliegen. «Du denkst, es funktioniert, dass er Wolkow mit dem russischen Roulette ablenkt? Trotz allem, ein tödliches Spiel. Die Chancen stehen fünfzig zu fünfzig.»

«Hoffen wir, dass der Wolf Ehre und Stolz besitzt und die Herausforderung annimmt.» Marius' Stimme klang nicht überzeugt.

«Wir hätten die Polizei einweihen sollen.»

«Das sagst gerade du?» Marius schaute sie an und strich ihr mit dem Daumen über die kleine Narbe an der Stirn. «Wolkow hätte die Bullen gerochen und Cem gleich erledigt. Mit ihm könnte er nicht schnell genug fliehen. Wir retten unseren Teddy, versprochen.»

«Das ist mein Teddy», schniefte Lila. «Mein Teddy, und er

ist verletzt und leidet. Ich gehe da runter und mache den Wolf kalt, schneide ihm die Eingeweide aus dem Bauch. Mal sehen, wer hier das Mütterchen ist in diesem Märchenalptraum.»

Marius packte sie hart am Handgelenk. «Du wartest, bis der richtige Zeitpunkt kommt.»

«Und der wäre?»

«Jetzt. Sie ziehen tatsächlich die Revolver, schau!» Er drückte ihr einen Kuss auf die Wange. «Geh, rette Cem, aber sei vorsichtig.»

Lila nickte und stand auf. «Ich verlasse mich auf dich.»

Marius entsicherte das Gewehr, das neben ihm auf dem Waldboden lag. «Ich werde nicht verfehlen, sollte es hart auf hart kommen.»

***

Viktor gefiel nicht, wie sich die Lage entwickelte. Der Plan, Wolkow von Cem wegzulocken, damit Lila und Marius ihn befreien konnten, war hinfällig. Die Schlucht lag zwischen ihnen. Er beobachtete, wie Wolkow ebenfalls seine Trommel leerte. Das russische Roulette war eine Ablenkung, um Zeit zu gewinnen. Bloss wofür? Es wäre der perfekte Augenblick gewesen, um anzugreifen, für Sekunden war Wolkow ohne Munition, doch die Distanz war für den Revolver zu weit, und Wolkow stand hinter einem Baum in Deckung. Marius könnte ihn erschiessen, aber er war kein Killer.

Aus der Entfernung erkannte Viktor nicht, wie viele Kugeln der Wolf in seine Trommel steckte. Bestimmt mehr als eine, wie er selbst auch. Fair Play gab es nicht mehr, der Ehrenkodex der «Diebe im Gesetz» hatte im 21. Jahrhundert unter Konstantin nicht überdauert.

«Weshalb hast du die Anwältin erschossen?», rief ihm Wolkow zu. «Ich dachte, du magst sie.»

«*Da*, ich mochte sie. Aber Sofja habe ich geliebt», rief Viktor zurück. Sie sprachen Russisch. «Du hast sie ermordet.»

«Ach, und nach all den Jahren willst du Rache? Warum hast du es nicht in Mali erledigt? Wäre einfacher gewesen.»

«Du denkst, darauf bin ich aus, auf schlichte Rache an dir? Du bist doch bloss Konstantins Handlanger. Ein Lakai, der Befehle ausführt.»

«Weshalb willst du überlaufen und das Syndikat verraten? War Konstantin nicht wie ein Vater zu dir? Hat er dich nicht unter seine Fittiche genommen und dir alles beigebracht, um erfolgreich zu werden?»

«Ich will nicht überlaufen. Weshalb sollte ich. Warum, glaubst du, habe ich die Anwältin und den Jungen erschossen? Ihr Wissen über das Syndikat wurde zur Gefahr, und ich brauchte Eva einzig als Köder, um dir gegenüberzustehen. Du bist ein schlauer Hund, Wolkow. Dein Fehler, dass du mich alles gelehrt hast.» Viktor sah, wie Cem auf der Brücke mit sich rang, wie ein Wahnsinniger an den Fesseln zerrte. Der arme Kerl erlebte sein persönliches Armageddon. Zu allem Übel sass er auf zwei Bomben fest, wie Lila ihm per Textnachricht mitgeteilt hatte, kurz bevor er hierhergekommen war. Damit hatte Viktor nicht gerechnet.

«Du Narr», sagte Wolkow. «Du willst dich mit Konstantin anlegen?»

«Nicht anlegen. Ich werde ihn ausschalten und das neue Auge von W.Z.O.R. werden. Du könntest einsteigen, Wolkow. Ein Mann wie du wäre Gold wert. Blöd nur, dass du meine Frau und Luna ermordet hast. Das kann ich dir nicht durchgehen lassen.»

Wolkow grinste. «Wird auch nicht nötig sein, weil du der Nächste auf meiner Abschussliste bist.» Er hob seinen Revolver und trat aus der Deckung an den Rand der Schlucht.

Viktor tat es ihm gleich. Hinter Wolkow machte er eine Bewegung aus. Das war doch Wahnsinn, viel zu gefährlich. Er hatte es nicht geschafft, Wolkow von Cem wegzulocken.

Zusammen hoben sie die linke Hand und drehten die Trommel ihrer Colt Python 1972, Kaliber .357 Magnum. Viktor hatte seine Waffe bis heute nie benutzt. Er war ein miserabler Schütze, was Wolkow durchaus wusste. Wie kam er nur auf die Idee, sich mit russischem Roulette zu duellieren?

Sie entsicherten die Revolver. Viktor suchte nach einem festen Stand. «Wir haben ein Problem», rief er über die Schlucht. «Wer zählt den Countdown?»

«Ich», rief Lila, die hinter Wolkows Rücken aus dem Schatten trat.

✳✳✳

Machtlosigkeit war der Dämon schlechthin. Cem wollte zu Eva, sie in den Arm nehmen, er wollte brüllen, kämpfen, die verdammten Russen eigenhändig ermorden. Nichts konnte er, nichts ausser sinnlos an den Fesseln zerren, die sich tiefer in das aufgeschürfte Fleisch schnitten. Eva lag regungslos am Boden, die Augen halb geschlossen, das Gesicht ihm zugewandt. Viktor stand vor ihr, breitbeinig, seinen Revolver erhoben.

Russisches Roulette wollten sie spielen!

Die Köpfe sollten sie sich gegenseitig wegpusten.

«Ich!»

Cem schrie innerlich auf, als er Lilas Stimme hörte und den Kopf herumriss.

Sie stand hinter Wolkow wie eine Furie. «Du warst es, du Ausgeburt des Satans. Du hast mich überfallen, betatscht und niedergeschlagen. Dafür wirst du bluten.»

Wolkow schien kurzzeitig aus dem Konzept gebracht zu sein. «Was tust du hier?»

«Zählen», sagte sie. Den Kopf erhoben, die Fäuste geballt. «Zählen, damit ihr Scheissrussen euch gegenseitig tötet und aus dieser Welt radiert werdet. *C'est fini! J'en ai assez.*»

Meine Worte, dachte Cem, der kurz davor war, zu explodieren. Er wusste nicht, ob er froh oder erschüttert über Lilas Überraschungsbesuch sein sollte. Was machte sie hier? Und wo war Marius, wenn man ihn brauchte? War es nicht seine

Aufgabe, auf Lila aufzupassen? Cem konnte sie nicht auch noch verlieren.

Lila trat an die Brücke heran.

«Nicht!», rief Cem, doch der Knebel im Mund liess nur das «i» durch.

Lila blieb vor der Brücke stehen. Zögerte. Sie schaute ihn lange an, ihre Augen sprachen Bände: Sorge, Angst, Wut, Verzweiflung, Entschlossenheit – Liebe.

Sie zwinkerte ihm kurz zu und wirbelte herum. «*Messieurs*, haltet euch bereit.» Sie hob die Hand. «*Trois.*»

Wolkow war hin- und hergerissen. Sollte er auf Viktor zielen oder erst Lila erschiessen? Er hat nur eine Kugel in der Waffe, dachte Cem. Schiesst er auf Lila, ist er Viktor ausgeliefert. Konnte es sein, dass Lila mit Viktor zusammenarbeitete? Wie das? Viktor hatte Eva und Sambou kaltblütig erschossen. Weshalb stand Lila ihm bei? Oder verfolgte sie einen anderen Plan? Cem konnte nicht klar denken. Eva, er hatte Eva verloren.

«*Deux.*»

Viktor, dieser elegante, kultivierte Mistkerl, war die Ruhe in Person, in Wolkow hingegen brannte der Zorn. Der andächtige Prediger hatte sich in einen furiosen Teufel gewandelt.

«*Shoot!*» Lila liess die Hand fallen, als würde sie das Zeichen für ein Autorennen geben.

Fast synchron hörte Cem, wie die Abzüge der Revolver mit einem leisen Klick gezogen wurden.

Kein Schuss fiel. Die Trommeln waren leer.

Nächste Runde.

Das war Wahnsinn! Wo blieb die Polizei, wenn man sie brauchte? Für dieses Scheissspiel hatten sie keine Zeit. Er musste zu Eva. Immer tiefer gruben sich die Fesseln in seine Handgelenke.

«Meine Herren», sagte Lila. «Zielen.»

Die Männer hoben erneut die Waffen.

Diesmal zählte Lila schneller rückwärts. «*Trois, deux, shoot!*»

Der Schuss, der fiel, hallte durch das Renggloch. Cem hielt den Atem an. Nur ein Schuss! Er warf den Kopf zwischen Viktor und Wolkow hin und her, als sässe er bei einem Tennismatch in Wimbledon. Die Russen beäugten sich feindselig. Kein Treffer? Die Sekunden zogen sich in die Länge.

Plötzlich sank Viktor neben Eva in die Knie. Er liess den Revolver fallen und presste die Hand unter seine Brust. Er begann zu keuchen. Bauchschuss, dachte Cem. Vermutlich war auch die Lunge getroffen. Mitleid fühlte er keines.

«Cem!» Es klang wie ein panischer Schrei.

Cem sah, wie Wolkow mit dem Revolver auf Lila zielte.

«Denkst du, da drin steckt bloss eine Kugel?», sagte er höhnisch.

Cem schrie, als er sah, wie Wolkow den Abzug zog. Lilas Augen weiteten sich voller Entsetzen.

Klick.

Es war keine Kugel in der Kammer.

«Versuchen wir es aufs Neue», sagte Wolkow und schaute Cem zornig an. «Du scheinst kein Glück mit deinen Frauen zu haben, genauso wenig wie Viktor. Sofja hat gebettelt und um ihr Leben gefleht, als ich ihr den Alkohol einflösste.»

Cem hörte Viktor stöhnen, aber er konnte seinen Blick nicht von Wolkow lösen, dessen Finger sich enger um den Abzug legte.

«Dasswidanja, Lila.»

Nein!

Der Schuss hallte durch das Renggloch.

Cem zuckte zusammen. Er hatte nicht gesehen, wie Wolkow den Abzug zog, auch klang der Schuss anders, weiter weg. Das war keine Kugel aus dem Revolver. Aber sie hatte offensichtlich ihr Ziel getroffen. Wolkow fasste sich an die Schulter, die Augen weit aufgerissen, als er in die Knie ging und den Revolver fallen liess.

Woher kam der Schuss? Viktor, dachte Cem und wirbelte herum.

Was er sah, brachte ihn restlos aus dem Konzept.

Eva!

Sie hockte neben Viktor und drückte mit beiden Händen auf seine Schusswunde unter der Brust.

«Hmmmpfhhh.» Mehr brachte Cem nicht heraus, mit diesem alten Stofflappen in seinem Mund. Aber Eva, sie lebte!

Er sah, wie Tränen ihre Wangen hinunterliefen. Sie hob den Kopf und schaute ihn an.

Allah sei Dank, sie war nicht verletzt und lebendiger denn je.

Eva sprang auf und rannte zu Cem auf die Brücke, liess sich vor ihm auf die Knie fallen und umschlang ihn. «Cem! Mein Gott, es tut mir so leid.»

Er rupfte an den Fesseln, wollte sie in den Arm nehmen.

«Warte, ich helfe dir.» Sie machte sich an dem Strick zu schaffen, aber Cem hatte ihn mittlerweile so festgezogen, dass sie den Knoten nicht aufbrachte.

Lila kam zu ihnen gerannt. «Hier, ich habe ein Sackmesser.» Sie kniete sich von der anderen Seite neben Cem und begann, das Seil durchzuschneiden, während Eva Cem vorsichtig von dem Knebel befreite. Ihre zitternden, von Viktors Blut rot gefärbten Hände strichen sanft über sein misshandeltes Gesicht. «Was hat er dir angetan?»

Cem konnte keinen klaren Gedanken fassen. «Ihr …! Was …?»

Lila löste das Seil und die Kabelbinder um die Handgelenke. «Dass wir zwei Mädels dir einmal den süssen Arsch retten, hättest du nicht gedacht, was? – Shit! Fehlt da ein Fingernagel?»

Sie schaute Eva an, die weinend ihre Stirn gegen die von Cem drückte und sein geschundenes Gesicht in ihren Händen hielt.

Aus den Augenwinkeln sah Cem, wie sich zu seiner Linken jemand bewegte.

Wolkow!

Er stand schmerzgeplagt auf, Blut tropfte seinen Arm entlang auf den Waldboden. Der Mistkerl war nicht tot.

«Achtung!», rief Cem.

Wolkow griff umständlich nach seinem Handy, das mit ihm zu Boden gefallen war.

«Unter der Brücke sind Bomben», sagte Cem zu Eva und Lila. «Verschwindet. Er zündet sie über sein Handy.»

«Das klär ich.» Lila drückte Eva das Messer in die Hand. «Mit Wolkow habe ich noch eine Rechnung offen.» Sie rannte los.

Cem wusste, er konnte Lila nicht zurückhalten. Hektisch schnitt Eva seine Fussfesseln auf.

«Eva, lauf! Gleich fliegen wir in die Luft.»

«Niemals.» Sie schaute ihn an, ihr Gesicht von dem Blut rot befleckt. Cem erkannte, dass es keine Einschusswunde gab. Es war ein Bluff gewesen. Viktor hatte nicht auf sie geschossen.

Er nahm ihr das Messer ab. «Lauf. Ich mache das selbst und komme nach.»

Der Schrei einer Guerillakriegerin liess sie beide hochfahren. Lila stürzte sich mit vollem Körpereinsatz auf Wolkow. Der war kurzzeitig überrumpelt, hielt aber sein Handy fest im Griff, als sie ihn mit sich zu Boden riss. Die kleine, zierliche Lila konnte unmenschliche Kräfte entwickeln, das wusste Cem, aber gegen einen ausgebildeten Geheimagenten hatte sie keine Chance.

Wie wild schnitt er an den Fesseln. Hätte Lila nicht ein schärferes Sackmesser mitbringen können?

Endlich löste sich der Strick. Er sah, wie Wolkow Lila auf den Rücken warf und sich auf sie setzte. Die eine Hand hielt das Handy, die andere legte sich um ihre Kehle und drückte zu. Cem kannte die Kraft, die dieser Mann in seinen Händen hatte. Lila würgte und strampelte verzweifelt mit den Beinen. Für Wolkow war sie ein Fliegengewicht. Er drehte den Kopf und starrte Cem an, blanker Hass in den Augen.

Cem versuchte aufzustehen. Eva half ihm hoch. «Lauf», sagte er und schob sie an. Sie musste sich auf der anderen Seite in Sicherheit bringen. «Los!»

Cem humpelte in die andere Richtung los, um Lila zu retten.

Hektisch navigierte Wolkow mit dem Daumen einer Hand durch die App, während er mit der anderen Lilas Kehle zudrückte. Es konnte nur Sekunden dauern, bis die Bomben explodierten. Cem blieb keine Zeit, an Schmerzen zu denken. Mit einem Schrei nahm er die letzten Meter und brachte sich mit einem Fuss auf festem Boden in Sicherheit. Nur Sekundenbruchteile später knallte es.

Die Explosion war nicht gewaltig, reichte aber aus, um die Betonbrücke in die Tiefe zu reissen.

Cem konnte sich im letzten Moment am Geländer entlang der Schlucht festhalten, um nicht die Balance zu verlieren und der Brücke hinunter in den Tod zu folgen. Er warf den Kopf herum. Erleichtert sah er, dass Eva es ebenfalls geschafft hatte und entsetzt keuchend zu ihm herüberstarrte.

Ein gurgelndes Geräusch liess Cem herumfahren. Lila kämpfte verzweifelt um Luft. Cem verlor keine Zeit und musste die Chance nutzen. Wolkow hockte auf Lila und war in dieser Stellung geschwächt. Nein, die Arschgeige würde keine seiner Frauen mehr verletzen, schwor sich Cem und holte mit seinem Bein aus, liess den Fuss gegen Wolkows verletzte Schulter krachen. Der schrie auf und fiel zur Seite. Sofort zog Lila den rettenden Sauerstoff tief in ihre Lungen. Cem wusste, dass er den Russen nicht so leicht mit einem Kick schachmatt setzen konnte. «Du verfluchter, elender Schweinehund!» Cem setzte mit seinem Fuss nach, traf den Kopf des Mannes. «Ich werde dich töten, du Missgeburt einer Schlange!» Ein weiterer Kick. Wolkow lag bereits regungslos am Boden. «Ich werde zu deinem persönlichen Racheengel für all die Frauen, die du ermordet hast.» Cem schrie seine ganze Wut und den Schmerz aus seinem Bauch. Er fühlte nichts mehr ausser dem Wunsch, diesen Mann zu töten. Den nächsten Fusstritt platzierte er erneut auf Wolkows Schusswunde.

«Cem, nein!», rief Lila und fasste ihn am Arm. «Genug.»

«Ich bringe ihn um!»

«Cem!»

Er schaute auf. Vor ihm kam Marius den Weg heruntergerannt, ein Gewehr vor sich. Er drückte es Lila in die Hand.

«Bist du okay?»

«*Non*, der wollte mich erwürgen. Du hast dir reichlich Zeit gelassen, Monsieur.» Sie zielte mit dem Lauf der Waffe auf Wolkow.

Marius drückte Lila einen Kuss auf den Mund und wandte sich an Cem, dessen Schuhspitze auf Wolkows Schusswunde drückte. Marius fasste ihn an den Schultern. «Hör auf damit. Wolkow ist erledigt. Das Gericht soll über ihn entscheiden. Er bekommt seine gerechte Strafe. Lass nicht zu, dass du zum Mörder wirst. Er ist es nicht wert.»

Cem atmete so heftig, dass er nicht sprechen konnte. Sein ganzer Körper zitterte vor Zorn, Schmerz und Erschöpfung.

«Es ist vorbei», sagte Marius. «Komm her, mein Hübscher.» Er zog Cem zu sich und nahm ihn in den Arm. «Es ist vorbei.»

***

Ella hatte die Wahrheit gesagt, sie waren hier. Auf der kleinen Ausfahrt stand Wolkows Mietwagen. Noch bevor Barbara dahinter parkieren konnte, hörte sie eine Explosion. Sie trat hart auf die Bremse und sprang vom Fahrersitz. Banz, der neben ihr sass, reagierte ebenso schnell. Barbara hatte keine Zeit, auf Ella, Susanne und Kevin zu warten, die hinten Platz genommen hatten. Ein Grosseinsatz war aufgeboten. In wenigen Minuten würde hier das halbe Polizeikorps versammelt sein.

Barbara und Banz ignorierten die Absperrbänder und rannten die Naturstufen des Wanderwegs hinunter zur Schlucht. Sie zogen ihre Dienstwaffen.

Vor sich hörte Barbara ein Geräusch im Wald. Jemand rannte auf sie zu. Durch das Gebüsch konnte sie nicht erkennen, wer es war. Sie blieb abrupt stehen, die Waffe ausgestreckt vor sich. Banz hinter ihr prallte gegen ihren Rücken. «Da kommt jemand», flüsterte Barbara.

Die Person kam näher.

«Sambou! *Dio mio!*» Barbara senkte die Waffe, ging in die Knie und nahm den weinenden Jungen in den Arm. «Viktor», jammerte er, mehr nicht. Barbara gab Banz ein Zeichen, vorzugehen. Sie wollte erst Sambou hoch und in Sicherheit bringen. Unterdessen rannte ihr Kevin entgegen. Sie befahl ihm, Banz zu unterstützen. Rasch brachte sie Sambou zurück auf den Parkplatz. Susanne war am Telefon. In der Ferne hörte Barbara die Sirenen. Ella stand neben dem Dienstwagen, leichenblass, aber gefasst.

Barbara drückte ihr Sambou in den Arm. «Sie kümmern sich um den Jungen. Setzen Sie sich mit ihm in den Wagen und schliessen Sie die Türen, verstanden?»

«Sicher», sagte Ella. «Geht es Vitja und Cem gut?»

Barbara schaute Susanne an. «Keine Ahnung, aber da unten ist Krieg ausgebrochen.»

∗∗∗

«Durchhalten», sagte Eva, zog ihr T-Shirt aus und drückte es Viktor fest gegen die Schusswunde. Er röchelte. Die Lunge musste getroffen sein. Das Blut im Innern liess ihn qualvoll ersticken.

Mit Tränen in den Augen schaute sie hinüber auf die andere Seite, sah, wie Marius Cem beruhigen konnte, während Lila Wolkow den Lauf des Gewehres direkt auf die Brust setzte.

«Ich, ich schaffe es nicht», keuchte Viktor.

«Schhht, nicht sprechen.» Sie setzte sich hin und bettete seinen Kopf auf ihren Schoss. Er hatte recht. Viktor blieben nur Minuten, wenn überhaupt. Sie hörte die Sirenen. Hilfe war unterwegs, aber kam nicht schnell genug.

«Wolkow?», fragte Viktor und schaute hoch in ihre Augen.

«Cem hat ihn verhaftet. Er wird büssen, für das, was –»

«Ella, sie weiss Bescheid.»

«Worüber?»

«Die Informationen.» Viktor hustete und spuckte Blut. «Alle Informationen, die ich über das Syndikat gesammelt habe. Ich ... ich kann nicht mehr aussagen, aber alle Infos und meine Aussage auf Video sind auf meinem Laptop gespeichert. Ella weiss, wo du ihn findest.» Viktor griff nach ihrer Hand auf seiner Brust. «Eva, du musst das Syndikat ausschalten. Konstantin gehört hinter ...» Seine Stimme war kaum mehr als ein Flüstern.

«Das tue ich. Ich verspreche es dir. Und jetzt lieg still. Du wirst nicht sterben. Das lasse ich nicht zu.»

«Eva!» Cem rief nach ihr. Er stand auf der anderen Seite der Schlucht, krumm und gebeutelt, aber winkte ihr zu. «Ich komme zu dir!»

Sie blickte kurz auf und sah, wie Marius Lila das Gewehr aus der Hand nahm und sie Cem half, den Weg hoch aus der Schlucht zu nehmen. Sie mussten einen grossen Umweg laufen, um zu ihnen zu gelangen. Marius blieb zurück und hielt Wolkow in Schach, bis Verstärkung eintraf.

«Kannst du mir vergeben?», fragte Viktor, bevor ein erneuter Hustenanfall ihn quälte.

«Das habe ich längst.» Sie strich mit dem Daumen über sein Pflaster an der Stirn. «Du hast Cem gerettet.»

Viktor schnappte heftig nach Luft. Eva sah, wie sein Gesicht eine bedenkliche Blaufärbung annahm und die Augen sich weiteten.

Sie hörte hinter sich Schritte. Banz kam auf sie zugerannt. «Was ist hier passiert?» Er versuchte, das Ausmass der Zerstörung zu erfassen. Kevin folgte ihm. Sofort kniete er sich neben Eva und nahm sie in den Arm. «Wo ist Cem?»

«Auf der anderen Seite mit Lila. Bringt ihn zu mir, sofort. Marius ist auch drüben, er braucht Hilfe mit Wolkow.»

Banz war am Handy und gab Anweisungen.

«Viktor stirbt», sagte Eva. «Wo bleibt die Ambulanz?»

Kevin reagierte sofort und übernahm den Druck auf die Wunde.

«Du musst etwas für mich erledigen, Eva», flüsterte Viktor. Sie konnte ihn fast nicht verstehen. «Sag ... sag Denis, dass ich ihn liebe, dass ich stolz bin auf ihn.»

«Sag es ihm selbst. Der Junge vergöttert dich.» Sie strich Viktor über die Wange.

Viktors Blick wurde wässrig. «Gib ihm die Familie, die er verdient. Denis darf nicht zurück nach Russland.»

«Ich –»

«Mein Anwalt ... er hat das ... das Testament. Ich ... ich habe dir und Cem das Sorgerecht übertragen. Denis weiss es. Meine Schwester ist auch informiert. Sie ... sie wird euch gegen meine Familie unterstützen. Andrej, er darf Denis nicht ... Andrej ist ... nicht stark ... er ...»

«Viktor.»

Er drückte ihre Hand fester. «Versprich es.»

«Ich ...»

«Bitte.»

«Gut, ich verspreche es. Alain hat sich schon immer einen grossen Bruder gewünscht, also ...»

«Danke. Mehr als diese Handvoll Trost brauche ich nicht zum Sterben.» Viktor quälte sich ein Lächeln auf. «Jetzt werde ich in meiner letzten ... letzten Minute auch noch poetisch. Wie schrieb Gorki so schön: Wenn ... wenn man liebt, wird der Berg zum Tale. Liebe und glaube, Eva, und brich das ... das Schweigen vom Glaubenberg.»

***

Cem fühlte sich, als hätte er einen Marathon absolviert. Sein ganzer Körper war am Zerfallen, als würde der Presslufthammer in seinem Kopf jede seiner Zellen zerlegen. Kollegen waren ihm entgegengekommen und fuhren Lila und ihn vom Autocenter zurück zum Parkplatz, wo Eva auf ihn wartete.

Sie hockte neben Ella und Sambou hinten in einem Ambulanzwagen, eine Decke um die Schultern gelegt. Ihre Hände und das Gesicht waren blutverschmiert. Als sie ihn erblickte, sprang sie auf, rannte ihm entgegen und fiel ihm um den Hals. Cem hatte kaum die Kraft, ihre stürmische Umarmung aufzufangen. Er drückte sie so fest an sich, wie er konnte. So blieben sie stehen, für eine halbe Ewigkeit, das Tohuwabohu um sie herum ausgeschaltet.

«Ich störe euch Turteltäubchen nur ungern», sagte Lila, «aber ich denke, unser Superheld sollte sich im Spital untersuchen lassen.»

Cem schaute zwischen Eva und Lila hin und her. «Ihr seid crazy, alle beide, wisst ihr das?»

«*Mais oui*», sagte Lila keck. «Oh, da kommt endlich mein Monsieur.» Sie rannte auf Marius zu und sprang an ihm hoch wie ein kleines Kind.

Cem strich Eva eine Strähne aus der blutverkrusteten Stirn. «Was war da unten los?», fragte er. «War es dein beschissener Plan, deinen Tod vorzutäuschen? Ich hatte fast einen Herzinfarkt. Tue das nie wieder.»

Sie nickte. «Sorry, ging nicht anders. Viktor wollte Wolkow ablenken, damit Lila und Marius dich befreien konnten. Indem Sambou und ich uns tot stellten, waren wir ausser Gefahr. Sonst hätte Wolkow uns jederzeit erschiessen können. Und indem wir unseren Tod vortäuschten, benötigte Wolkow dich nicht mehr als Druckmittel gegen mich. Das sollte dir einen Vorteil verschaffen. Aber Lila und Marius hatten beobachtet, wie Wolkow Sprengsätze an der Brücke angebracht hatte. Das machte die Situation schwierig.» Sie nahm Cems Gesicht in ihre warmen Hände. «Bringen wir dich jetzt erst einmal zur Ambulanz.»

«Viktor ging ein grosses Risiko ein, um mich zu retten», sagte Cem. «Wie geht es ihm?»

Eva schüttelte den Kopf. «Wir müssen mit Denis reden.»

ZWANZIG

Susanne trat aus dem Gebäude der Staatsanwaltschaft. Die Besprechung mit Oberstaatsanwalt Kernen hatte bis in den Abend hinein gedauert. Das ganze Team musste ihm Rechenschaft ablegen. Susanne verliess als Letzte sein Büro. Fünf Tage waren seit dem russischen Roulette vergangen, wie die Zeitungen das Drama betitelten. Ein verdientes Wochenende stand Susanne bevor. Trotz Kernens Standpauke über die Ermittlungsmethoden von Leib und Leben fühlte sich Susanne wunderbar, zumal diesmal die Staatsanwaltschaft ebenso impulsiv mitgewirkt hatte. Sie war zufrieden. Wolkow sass in Untersuchungshaft, und alle Bemühungen der Russen, ihn so rasch als möglich überstellt zu bekommen, prallten bei Kernen ab. Wolkow würde seine Strafe wegen Mordes, Entführung, organisiertem Verbrechen, Menschenhandel und schwerer Körperverletzung in der Schweiz absitzen, bevor all die anderen Länder ihn für die Morde an den Frauen zur Rechenschaft ziehen konnten. Susanne setzte ein breites Grinsen auf. Gerechtigkeit war der Seele Balsam.

Wie sie aber den Schlamassel ausbaden wollte, den sie im Team angerichtet hatte, wusste sie nicht. Auf dem Parkplatz neben ihrem Döschwo wartete Barbara. Links von ihr hatte sich Banz leger in Pose geworfen und drehte einen Grashalm zwischen seinen Lippen. Gleich am Montag wollte Susanne ihn unter vier Augen sprechen. Es wurde Zeit, sein Geheimnis zu lüften, weswegen er zu der Luzerner Polizei gewechselt hatte. Das Kapitel Banz war noch nicht abgeschlossen.

Zu Barbaras Rechten hockte Dave lässig auf seiner Harley. Aus Solidarität hatte er sie zur Staatsanwaltschaft begleitet, auch wenn Kernen ihn gleich wieder aus seinem Büro verwiesen hatte. Dave wollte ein gutes Wort für die Polizei einlegen – völlig unnötig, wie Susanne fand. Der wahre Grund für Daves Besuch hatte lange Beine und rote Haare.

Wie zwei stolze Gockel flankierten die Herren Barbara, dachte Susanne und stellte sich vor die Gruppe. Einzig Kevin fehlte. Er durfte früher gehen und den Rest des Tages mit Gabi verbringen – Babysachen einkaufen. Susanne musste ihr Kinn heben, um den dreien in die Augen zu sehen.

«Und, hast du das Kreuzverhör unbeschadet überstanden?», fragte Barbara. Sie strahlte. Die roten Haare glänzten in der tief stehenden Sonne. Ihre Sommersprossen schienen zu funkeln.

Endlich war die Trauerphase um Wyman vorbei, dachte Susanne und blickte zwischen Banz und Dave hin und her. «Die Sache ist vom Tisch. Wir haben Wochenende. Geniesst es.» Sie holte die Wagenschlüssel aus ihrer Handtasche. Sie würde ihre alte Ente heimfahren und sich mit einem Glas Weisswein auf den kleinen Balkon setzen. Seesicht hatte sie von ihrer Zwei-Zimmer-Wohnung im Wesemlinquartier nicht, aber der blaue Himmel und das grüne Laub der Linde vor dem Haus waren nach diesen Wochen eine willkommene Erholung.

Banz zwinkerte Barbara zu. «Ich fahr dich heim. Oder wir könnten einen Ausflug machen. Wie wäre es mit einem Apéro im ‹Himmelrich›?»

«Was willst du in Hans Peters stickigem Subaru?», fragte Dave und strich sich selbstsicher über seine Glatze. «Nichts geht über eine Fahrt mit meiner Harley hoch auf den Bürgenstock. Ich lade dich zum Abendessen ein.»

Barbara schlug die Hände über dem Kopf zusammen. «Wie kleine Jungs in der Schule. Warum prügelt ihr euch nicht um mich, gleich hier und jetzt. Der Sieger darf mir eine Glace kaufen.»

Susanne musste lachen. Barbara hatte die Lage im Griff, sie konnte beruhigt heimfahren. Mit einer hektischen Geste scheuchte sie die drei von ihrem Döschwo weg. Kaum sass sie hinter dem Steuer, riss Barbara die Beifahrertür auf und zwängte sich mit ihren langen Beinen auf den Sitz, schloss die Tür und kurbelte das Fenster herunter. «Wir zwei gehen feiern.

Im ‹Schweizerhof› steigt heute Abend eine Ü-40-Party. Aber vorher gehen wir was essen und hübschen uns so richtig auf. Auf der Party gibt es bestimmt ein paar heisse Männer, die wir abschleppen können.» Sie sagte es laut genug, dass Banz und Dave es hören mussten. «Na los, setz deine Zwei-PS-Blechkiste in Bewegung, sonst kommen wir zu spät zur Party.»

Susanne gefiel die Entscheidung. Sie legte den ersten Gang ein.

Während sie vom Parkplatz fuhr, winkte Barbara zufrieden aus dem Fenster. «Bye, Jungs!»

✳✳✳

Die frische Abendluft war paradiesisch. Cem sass auf der Terrasse über der Käserei in Finsterwald und genoss den Ausblick auf den Glaubenberg. Ella servierte ihm einen Teller Älplermagronen. Sie hatte darauf bestanden, ihn an diesem Freitagabend zum Essen einzuladen. Würziger Käseduft stieg ihm in die Nase. Ella reichte ihm das Apfelmus. Sie trug heute eine leichte Baumwollhose und ein dunkelrotes Shirt, keine Rüschenblusen mit Pünktchen- und Blümchenmuster. Sie hatte die Kostüme ihrer Rolle als Frau Ella abgelegt. Jetzt war sie schlicht Ella, wie sie sagte. Polina war vor Jahrzehnten gestorben.

Umständlich griff Cem mit der Hand mit dem einbandagierten Finger die Gabel.

Ella lächelte traurig. «Du bekommst Farbe im Gesicht.» Kinn und Wange schimmerten mittlerweile in Grün- und Gelbtönen. Wenigstens war das Auge nicht mehr geschwollen. «Wie geht es dir? Noch Alpträume?»

«Gehen die je weg?», fragte Cem. Er hatte in den letzten Tagen oft mit Ella zusammengesessen. Sie hatte ihn täglich besucht, im Spital, wo er wegen der Gehirnerschütterung zwei Tage bleiben musste, wie danach zu Hause. Nie war seine Wohnung so sauber und aufgeräumt gewesen. Cem war es nicht recht, aber Ella bemutterte ihn aufdringlicher, als seine eigene Mutter es je getan hatte. Er wusste, dass sie sich für sein Leiden verantwortlich fühlte, auch wenn er nicht nachtragend war.

«Diese Erinnerungen gehen nie weg», sagte sie. «Und das ist wichtig. Wir dürfen nicht vergessen, nur so können wir anderen helfen. Aber sie werden verblassen – und nicht mehr so höllisch schmerzen.»

«Hmm, die schmecken köstlich.» Cem kaute vorsichtig. Nächste Woche war der Termin beim Zahnarzt.

«Mit Entlebucher Käse überbacken. Mein Geheimtipp.»

«Darf ich ehrlich sein? Mir fehlen manchmal unsere konstruktiven Gespräche.» Cem grinste.

«Ja, Frau Ella war die Rolle meines Lebens. Ein herrisches Dummchen zu spielen, das spirituell besessen ist, war eine Herausforderung.»

«Oscarreif. Mir wurde erst im Nachhinein klar, dass du immer genau dann aufgetaucht bist, als Viktor etwas plante.»

«Oder wenn ich dich im Auge behalten musste, damit er an Eva herankam. Was wird mit mir geschehen?»

Cem zuckte mit den Schultern. «Nichts. Du bist und bleibst Ella Wälti. Wir hängen das nicht an die grosse Glocke. Dann gibt es da die Verjährungsklausel … Ich habe mit Eva darüber gesprochen. Polina ist in dem gewaltigen Chaos, das Viktor und Wolkow angestiftet haben, untergegangen.»

Sie strahlte, aber Cem hob rasch den Finger. «Vorausgesetzt, Ella beantwortet mir meine Fragen. Im Auto, als ich zu Viktor gefahren bin und du unerwartet ein Handy hattest –»

«Unerwartet? Ich hatte immer ein Handy. Schliesslich musste ich Viktor über jeden deiner Schritte informieren und dich lenken, solltest du ihm zu nahe kommen. Hast du dich gefragt, weshalb dein Handy im Auto lag, als wir in der Wolfsschlucht nach der Leiche suchten?»

«Das warst du?»

«Ich habe flinke Finger.» Sie schmunzelte.

«Was ist mit dem Treffen mit Eva im ‹Heini›?»

«Viktor wollte wissen, wie es ihr geht, deshalb sollte ich mich mit ihr unterhalten. Als Wolkow zusammen mit Eva erschien, wussten wir, es war übel, und die beiden waren dabei, für Viktor eine Falle aufzustellen.»

«Du hast Viktor auch informiert, als wir im Renggloch das Tagebuch fanden, welches, lass mich raten, du selbst dort versteckt hast? Du hast gehört, wie Eva mich anrief.»

Ella schmunzelte. «Du bist losgestürmt, und ich habe Viktor gewarnt, dass Eva nicht auf seine Einladung eingehen würde.»

«Was ich nicht verstehe, weshalb hast du eine Woche gewartet, bis du mich zur Leiche von Luna brachtest?»

«Wir brauchten Zeit für einen Plan. Der Mord war ein Schock für Viktor. Alles kam wieder hoch, wie Wolkow damals seine Frau in den Tod getrieben hatte und nun Luna, alles nur, damit Viktor nicht auf die Idee kam, überzulaufen, und den Waffendeal abschloss. Es gab nur einen Menschen, dem Viktor zutraute, für seine Ziele zu kämpfen.»

«Eva.»

«Genau. Aber sie hatte Angst vor ihm. Niemals hätte sie ihm zugehört, nicht, nachdem er sie zusammenschlagen lassen hatte.»

«Das hätte er nie tun dürfen.»

«Viktor war ein guter Mensch, aber manchmal löste er Probleme auf zu hartem Weg. Er hat es nie anders kennengelernt. Seine Familie ist aus Stein, bis auf seine Schwester. Er hat in den Jahren im Syndikat viel Leid gesehen, viel Leid verursacht. Aber der Tod seiner Frau hat ihm die Augen geöffnet – und die Liebe zu Denis.»

«Deshalb habt ihr das Tagebuch und den Ohrring im Renggloch versteckt?»

«Die Polizei hat nicht tief genug gegraben, was den Tod von Sofja betraf. Wir mussten euch lenken.»

«Und die Geschichte mit dem Wolf und den sieben Geisslein?»

«Sie sollte euch auf die richtige Spur bringen. War meine brillante Idee, etwas theatralisch vielleicht.» Ella grinste. «Ich fand das Märchen passend.»

«Wir dachten, Viktor sei der Wolf. Damals, als ich Wolkow zum ersten Mal ins Büro brachte und du ihn angestarrt hast –»

«Ein Schock! Kannst du dir das vorstellen? Du hast Lunas Mörder zur Polizei gebracht.»

«Du hast rasch reagiert.»

«Ich musste improvisieren, um meine Schockstarre zu erklären. Dazu sind die Tarotkarten perfekt. Der König hat den Fall zu einem Ende gebracht, nicht? Sag ich doch, die Karten lügen nicht.» Ella stützte das Kinn auf ihrer Hand ab. Eine elegante Bewegung. Ihren Teller hatte sie nicht angerührt. Flirtete sie mit Cem? «Ihr müsst noch einiges lernen bei der Polizei.»

«Aha. Also uns war klar, wer die sieben Geisslein sind. Aber das Mütterchen, das sie befreit, das warst du?»

«Niemals! Cem, öffne die Augen. Das Mütterchen war immer Eva. Sie sollte die Frau werden, welche die Welt von dem bösen Wolf befreit. So wollte es Viktor.» Ihr Blick wurde wässrig.

Cem griff nach ihrer Hand auf dem Tisch. «Er fehlt dir.»

«Vitja war wie mein Sohn.»

«Du hast Denis.»

«Ja, ich bin wenigstens so eine Art Oma für ihn.»

«Nicht eine Art, du bist seine Oma.»

✳✳✳

Eva nippte an dem Rotwein und schaute auf Lila hinunter, die sich auf den Boden vor dem Sofa im Schneidersitz hingesetzt hatte. Sie trug ein ultrakurzes Sommerkleid mit Spaghettiträgern. Keinen BH, das war deutlich zu sehen. Sie sah umwerfend aus, ohne Make-up und mit den dunklen Haaren auf dem Kopf, die sich keiner Frisur beugten. Eva hingegen hatte eine Stunde im Bad verbracht, sich dreimal umgezogen und war mit ihrem zu steifen Rock und der Seidenbluse von Dior nicht zufrieden, für die sie sich letztlich entschieden hatte. Ihre Pumps lagen neben dem Sofa. Es war heiss an diesem Freitagabend. Sie schaute auf die Uhr. Cem sollte bald zurück sein und sie bei Marius abholen. Ella hatte ihn zum Abendessen eingeladen. Danach wollte er Alain und Denis bei ihren Eltern abholen und mit ihnen nach Luzern kommen. Heute schliefen sie alle zusammen in seiner Wohnung.

In der Küche hörte Eva Geschirr klappern. Marius räumte die Abwaschmaschine ein, wohl ein Vorwand, um sie beide allein zu lassen.

«Ich mag die Farbe deines Nagellacks», sagte Lila und zeigte auf ihre Füsse. «Wie heisst sie?»

«Violently Happy.»

«Krass. Das wird meine neue Lieblingsfarbe! Die brauche ich. Wo hast du die her?» Lila runzelte die Stirn. «Aber an deiner Lackiertechnik musst du arbeiten.»

Eva schmunzelte. «Ist Cems Werk.»

«*Comment?* Mir hat er nie die Zehennägel lackiert. Er muss dich echt lieben.»

Ja, das tat er. Eva griff nach dem Geschenk, das sie mitgebracht hatte. «Für dich. Eine Frau braucht die richtigen Waffen, um sich verteidigen zu können.»

Lila strahlte und riss wie ein kleines Mädchen die rosa Schleife von der Schachtel. «Mensch, die sind der Hammer! Sind das echte …»

«Ja, echte Christian Louboutins.»

Erschrocken blickte Lila auf. «Aber nicht die, welche dir Viktor auf dem Glaubenberg –»

«Nein, nicht die, die liegen in der Asservatenkammer weggesperrt, was eine Schande ist. Dies ist das neue Sommermodell. Cem verriet mir deine Schuhgrösse.»

Lila drückte einen Kuss auf den einen Absatzschuh. «Ich liebe die Waffen einer Frau. Wie geht es Cem?»

«Du hast ihn heute Morgen gesehen.»

«Und da sah er scheisse aus. *Mon Dieu*, grün und blau geschlagen, der Arme. Aber er steckt das weg, haben wir Mädels auch. Willkommen im Club. *La vie est dure.*»

Wie recht sie hatte.

«Der böse Wolf hat uns ganz schön verarscht. Er hat mich in der Waschküche überfallen, nicht Viktor.»

«Damals wussten wir nichts von Wolkow. Er ist offiziell erst zwei Tage später von Moskau in die Schweiz eingereist.»

«Dabei war er längst hier. Die Kommunikation mit dem FSB war echt stümperhaft bei euch.»

Eva musste diesen Tadel einstecken.

«Der Arsch hat Luna umgebracht.»

«Ja. Wir hätten uns besser mit den Russen absprechen sollen. Sie wussten, dass Wolkow in der Schweiz war, bloss war uns das nicht klar. Wie auch. Er hat am Tag vor seiner Anreise mit Susanne telefoniert, von einem Anschluss aus Moskau. Das Telefongespräch war umgeleitet.»

«*Bien sûr*», sagte Lila, «Geheimagenten machen das so, das wissen selbst die Drehbuchautoren der Bond-Filme. Als Cem ihn am Flughafen abholte, kam er nicht von den Gates her. Wolkow wartete auf Cem in der Ankunftshalle.»

Sie verfielen einen Augenblick ins Grübeln.

«Ich habe am Nachmittag Sambou besucht», sagte Eva. Sie fühlte sich in Lilas Gegenwart unbehaglich, zu verschieden waren sie, aber dieser Abend war ein Anfang, sich besser kennenzulernen. «Er hat mir alles erzählt, wie er das Gespräch über die Waffenlieferung mitangehört hat und wie Viktor es bemerkte. Er hat Sambou danach unter vier Augen gesprochen und ihm erzählt, solle er je in Schwierigkeiten stecken und nach Europa fliehen, solle er nach mir in der Schweiz suchen.»

Lila nickte und presste die Lippen zusammen. «Genau. So habe ich ihn im Camp angetroffen. Er wollte unbedingt in die Schweiz. Als ich ihn nach dem Grund fragte, sagte er, er müsse Eva Roos finden.»

«Und als das Syndikat davon hörte, kaum kam der Fall vor Gericht, wurde es ihnen zu heiss. Sie hatten Angst, Viktor zu verlieren, deshalb mussten sie ihn erneut überzeugen, nichts zu verraten. Lunas zufälliger Besuch in der Schweiz kam ihnen gelegen.»

«Armer Sambou. Er hatte grosse Angst. Er wurde mir weggenommen, und dann sah er plötzlich Wolkow vor dem Haus der Pflegefamilie. Und am Ende haben wir ihn überredet, bei dem Schauspiel im Renggloch mitzumachen.»

«Es musste sein, um Wolkow zu überzeugen. Sambou hat gut mitgespielt. Er wird darüber hinwegkommen, hat in seinem Leben Schlimmeres gesehen», sagte Eva traurig. «Kinder sind stark, und die neue Pflegefamilie scheint nett zu sein.»

«Ja, er mag die Kammers, liebe Leute, und sie wohnen nicht weit von hier. Ich darf Sambou besuchen, wann immer ich will.»

«Schön.»

«Scheisse!»

«Lila.»

«Ist doch wahr. Wegen meiner beschissenen Vergangenheit dürfen wir kein Kind adoptieren – und weil uns der Trauschein fehlt.»

«So einfach ist das nicht. Das Gesetz –»

«Unsere Paragrafen taugen nichts, die –»

«Lila!», rief Marius von der Küche her. «Benimm dich.»

«*Oui, Monsieur*», schmollte sie, sagte aber nichts mehr.

Mit einer Kochschürze umgebunden trat Marius ins Wohnzimmer. «Hat sie sich bei dir schon für die Ohrfeige entschuldigt?»

Eva sah, wie sich Lilas Augen entsetzt weiteten. Diese Demütigung wollte ihr Eva ersparen. «Die hatte ich verdient. Ich muss ihr dafür danken.» Sie schaute Lila an und reichte ihr die Hand. «Danke.»

Lila zögerte kurz, schüttelte dann aber die Hand übertrieben heftig. «Jederzeit wieder gerne, Madame.»

«Lila, hör auf», drohte Marius und schwang einen Kochlöffel in der Luft.

Sie schaute zu ihm auf. «Du hast bestimmt noch dreckige Pfannen zu schrubben. Wir führen hier bedeutende Frauengespräche.»

Marius grinste breit und verzog sich in die Küche.

Lila rutschte näher. «Wenigstens muss ich nicht wieder in den Knast. Und du bist sicher, dass mein Fall vor Gericht gestrichen wird?»

«Ich tue, was ich kann. Wenn die Staatsanwaltschaft die Anklage zurücknimmt, dann hat sich die Sache für dich erledigt.»

«Wenn ich nicht ins Kittchen muss, hätte ich super Zeit für Sambou. Ganz ehrlich, Eva, kannst du nichts tun, damit er zu uns kommt?»

«Würde ich gerne, aber ich befürchte, du kannst im Augenblick einfach seine beste Freundin sein. In sechs Jahren wird er volljährig, dann könnt ihr für ihn sorgen.»

«Uff, in sechs Jahren bin ich alt und grau.»

«Dann bist du gerade einmal zweiunddreissig!»

«Eben.»

Sie mussten lachen. Lila stand auf. «Ich weiss, das wird Marius total heissmachen, weil er uns wie ein Geheimagent hinterherspioniert, aber ich muss dich einmal herzlich drücken. Komm her, Schwester.» Sie setzte sich auf Evas Schoss und drückte ihr einen Kuss auf den Mund, als wäre es das Normalste der Welt.

EPILOG

Es war Ende Juni. Cem fühlte sich wieder als Mensch. Schlimmer als Wolkows Folter war der dreifache Besuch beim Zahnarzt gewesen, um einen Stiftzahn einzusetzen.

Letzte Woche hatten sie alle zusammen als Familie Ferien im Bündnerland verbracht – nicht ganz die Malediven, aber Denis durfte zurzeit die Schweiz nicht verlassen, bis das Sorgerecht geklärt war. Deshalb hatten sie ein Ferienhaus im Engadin gemietet. Diese Ablenkung hatte Denis gebraucht. Er trauerte um seinen Vater. Im jungen Alter von acht Jahren zu einer Vollwaise zu werden war hart. Alain half ihm darüber hinweg. Die beiden waren dicke Kumpels geworden, und Denis hatte bereits die Beschützerrolle des grossen Bruders übernommen. Cem wusste, dass auf sie einiges zukam. Die Adoption von Denis war durch ihren Anwalt in die Wege geleitet, würde aber holprig werden. Nicht nur, weil Viktors Familie und Konstantin den Jungen zu sich nehmen wollten, sondern auch wegen seines millionenschweren Erbes.

Heute schauten sie sich gemeinsam ein Haus in Kriens an.

«Wow, Mami, Cem! Das Zimmer wollen wir!»

«Nicht so schnell, Kumpel», sagte Cem und ging in die Knie. «Schauen wir uns das Haus erst einmal richtig an.»

Denis nahm Alain bei der Hand. «Das hier ist doch das Wohnzimmer, Dummerchen. Die Schlafzimmer sind oben. Komm, gehen wir hoch und suchen uns das beste Zimmer aus.» Er schaute Cem und Eva an. «Ich mag das Haus. Es ist nicht so gross und kalt wie die Villa.» Sein Lächeln jagte Cem beinahe Tränen in die Augen. Er war doch sonst nicht so nah am Wasser gebaut. Sollte er den Therapeuten aufsuchen, wie Susanne es vorgeschlagen hatte, um über die Ereignisse hinwegzukommen? Nonsens, dachte er, ich bin Cem Cengiz. Ein türkischstämmiger Macho legt sich niemals auf eine

Psychiatercouch. Er sah, wie die Jungs übermütig die Stufen hochrannten. Das war Therapie genug.

Die Maklerin strahlte. «Habe ich zu viel versprochen? Das Haus ist ein Glücksgriff. Perfekt für Sie.» Begeisterung war in ihrem Business geschäftsfördernd.

Cem und Eva schauten sich in Ruhe das Haus an. Es war leicht in die Jahre gekommen, aber geräumig und mit viel Umschwung, und die Aussicht auf den Vierwaldstättersee war grossartig. Es lag am Hang des Sonnenbergs in Kriens, auf halbem Weg zwischen Luzern und Stansstad, ein Kompromiss. Und der Weg zu ihren Eltern nach Stans war auch akzeptabel. Zudem vereinfachte die neue Nanny den Alltag ...

«Im Garten liegt Arbeit vor uns. Schrecklich überwuchert die Anlage.» Ella trat zu ihnen in die Küche. Sie gehörte mittlerweile zur Familie. «Dahinden könnte uns helfen. Er hat einen grünen Daumen.»

Und bestand auf Kaffee Schnaps, dachte Cem alarmiert.

«Das Haus stand viele Jahre leer», erklärte die Maklerin, «aber die Besitzer hatten einen Hauswart, der jeden Monat nach dem Rechten sah, und zweimal jährlich wurde es von einem Putzinstitut gereinigt.

«Schaut euch den Wintergarten an», schlug Ella vor.

«Der ist perfekt», klatschte die Maklerin in die Hände.

«Wintergarten?», fragte Eva und schaute Ella schief an. «Woher weisst du, dass das Haus einen Wintergarten hat? Du kamst doch gerade eben erst vom Garten durch die Küche herein.»

Ella grinste. «Die Tarotkarten haben es mir erzählt.»

Cems Mordlust kam zurück, wenn er das Wort Tarot nur hörte.

«Na, ich schaue besser nach den Jungs. Dieses Poltern da oben bedeutet Ärger.» Ella ging hoch zu den Schlafzimmern.

«Durch das Wohnzimmer geht es hinten hinaus zum Wintergarten», erklärte die Maklerin. «Wollen wir?»

Eva hielt sie zurück. «Wer ist noch gleich der Eigentümer des Hauses?»

«Oh, es gehört einer ausländischen Firma. Da müsste ich nachsehen, wie die heisst. Komischer Name. Ich bin wegen dieses Objektes mit Frau Orlow in Kontakt. Sie hat die Vollmacht, das Haus zu verkaufen.»

«Orlow?», fragte Cem und schaute Eva an, die ratlos mit den Schultern zuckte. «Orlow klingt russisch.»

«Möglich», sagte die Maklerin. «Frau Orlow spricht aber perfekt Hochdeutsch.»

«Können wir sie treffen?», fragte Eva.

«Oh, das geht nicht. Olga Orlow ist vor zwei Tagen abgereist. Wir stehen nur noch per Mail in Kontakt. Aber ich habe alle Dokumente bei mir, um den Verkauf zu tätigen. Das Haus ist ein Schnäppchen.»

«Olga», flüsterte Cem in Evas Ohr. Er konnte es nicht glauben.

Eva griff nach seiner Hand. «Viktors letzter Streich. Hier hat er mit Sofja gelebt, als sie frisch verheiratet waren.»

Die Maklerin verstand nicht, wovon sie sprachen. Sie entschuldigte sich dann aber, weil sie einen Anruf erhielt.

Mit Eva allein im Wintergarten, starrte Cem in die Ferne. «Ist das dahinten der Glaubenberg?»

«Was dort passiert ist, hat alles verändert. Viktor hat sein Schweigen gebrochen. Die Daten auf seinem Laptop werden W.Z.O.R. vernichten. Viktor hat seinen Glauben an das Richtige nicht verloren, auch wenn die Last eines Berges auf ihm lag.»

«Die Familie hat ihm die Augen geöffnet.» Cem nahm sie in die Arme. «Was denkst du, gründen wir vier hier unsere Grossfamilie?»

«Grossfamilie?»

«Drei oder vier Kinder mehr haben Platz in dem Haus.» Cem vergrub sein Gesicht in ihrem Haar. «Wir sollten gleich damit anfangen.»

«Wir sind nicht allein.» Sie umschlang seine Hüften und zog ihn an sich.

«Aber üben dürfen wir doch, auch wenn du heute noch kein Kind von mir willst.»

«Wer sagt, dass ich keines will? Eine Schwester würde den Jungs guttun. Eine oder zwei, höchstens.»

«Na dann, legen wir gleich los. Worauf warten wir?»

Eva kicherte. «Cem, du bist unmöglich.»

In diesem Moment klingelte sein Telefon. Widerwillig ging er ran. «Susanne, was gibt's? Wir sind gerade sehr beschäftigt.» Sie fasste sich kurz und gab ihren Befehl. Mieser Zeitpunkt, dachte Cem und schaute zu Eva hinüber, die ebenfalls einen Anruf erhalten hatte und mit ernster Miene zuhörte. Er versprach Susanne, gleich zu kommen, und legte auf.

«Geben Sie mir fünf Minuten», sagte Eva und steckte ihr Handy weg. Sie grinste. «Das war Fedpol. Der Ball kommt ins Rollen, europaweit. Das wird ein grosses Ding. Die wollen mich mit an Bord haben. Wir vernichten Konstantin und den ganzen Menschenhändlerring.»

Cem nahm sie in den Arm. «Gratuliere, *Küçüğüm*. Ich bin stolz auf dich.»

«Und was ist bei dir so los?» Sie knabberte an seinem Ohrläppchen.

Er schloss die Augen und inhalierte ihren blumigen Duft. «Bloss ein Job für den Dorfpolizisten. Schiesserei in der Baselstrasse. Ich muss hin.»

«Wird es bei uns jemals ruhig und friedlich zu- und hergehen?» Sie löste sich aus der Umarmung und strahlte ihn an.

«Niemals, nicht bei Familie Cengiz, Ella!», rief Cem laut genug, damit Ella ihn hören konnte. «Kannst du die nächsten Stunden auf die Jungmannschaft aufpassen? Wir müssen zur Arbeit.»

«Geht ruhig», rief Ella vom oberen Stockwerk zurück. «Ich fahre mit den Jungen nachher zu Leni und Franz.»

Seine Schwiegereltern und Ella waren mittlerweile ein eingeschworenes Team. Er nahm Eva bei der Hand, und zusammen eilten sie aus dem Haus, die Maklerin an ihre Fersen geheftet. «Was ist denn jetzt mit dem Grundstück? Lange kann ich es nicht für Sie reservieren.»

Cem griff in der Hosentasche nach den Schlüsseln seines Alfa Romeo. Eva hatte ihren Audi bereits aufgeschlossen. Über die Wagendächer warfen sie sich einen Blick zu. «Was denkst du, nehmen wir Viktors Angebot an?», fragte Cem.

Eva nickte. «Das ist Denis' Zuhause. Also ja.» Sie wandte sich an die Maklerin. «Bereiten Sie den Kaufvertrag vor – und bestellen Sie Olga schöne Grüsse von uns.»

Glossar

Biberli – Lebkuchenspezialität mit Mandel- und Nussfüllung

Birli-Träsch – Birnenschnaps

Dasswidanja – auf Wiedersehen

Dobry den – guten Tag

Döschwo – Citroën 2CV, die «Ente»

Eto uschasno! – Das ist schlecht!

Glace – Eiscreme

Hinterländer-Znüni – typische Zwischenmahlzeit am Morgen im ländlichen Luzerner Hinterland

KKL – Kultur- und Kongresszentrum Luzern

Krijg de pest! – Leck mich doch! (wörtlich: Krieg die Pest!)

Mutschli – Brötchen

Porca puttana! – Heilige Scheisse! (wörtlich: Schweineschlampe!)

Priwjet, Viktor. Kak diela? – Hallo, Viktor. Wie geht es dir?

Sdrasstwujtie – guten Tag, hallo

Umschwung – Garten und zugehöriges Land um ein Haus herum

Zvieri – Zwischenmahlzeit am Nachmittag

Dank

Diesen Krimi zu schreiben hat mir unglaublich viel Spass gemacht. Er war aber auch eine emotionale Achterbahnfahrt. Den Streit zwischen Cem und Eva in Vitznau habe ich an einem Sonntagmorgen geschrieben, und ich war danach den ganzen Tag über wütend. Lange habe ich mit mir gehadert, ob ich Cem einer Folter aussetzen darf. Er ist doch auch mein Teddy. Ein Vergnügen waren hingegen die Dialoge zwischen Cem und Frau Ella, und da habe ich mir echt überlegt, vielleicht einmal eine Komödie zu schreiben …

Ich bin ein bekennender Fan von Agententhrillern und James Bond. Wer diesen Krimi aufmerksam liest, findet hier und dort einen versteckten Hinweis auf einen der James-Bond-Filme – viel Spass beim Suchen.

Ganz herzlich bedanken möchte ich mich hier an erster Stelle bei euch Leserinnen und Lesern. Ihr habt mir dieses Buch ermöglicht. Ohne euch gäbe es keinen Cem, und dank euch ermittelt er hoffentlich bald wieder.

Weiter gebührt dem ganzen Team vom Emons Verlag ein riesiges Dankeschön. Ich schätze die unkomplizierte Zusammenarbeit sehr und auch das Privileg, meine verrückten Ideen frei umsetzen zu dürfen. Ein spezieller Dank gebührt diesmal Nina Schäfer für das unglaublich tolle Cover. Ich liebe es!

Irène Kost, was würde ich ohne dich machen? Du findest noch so kleine Fehler und verpasst dem Manuskript den glänzenden Schliff. Tausend Dank für dein Lektorat.

Meine liebste Kritikerin, Erika Sommer, hat auch diesmal Vorarbeit geleistet und wie eine Detektivin Fehler im Text und in der Handlung aufgedeckt. Danke dir.

Ein herzliches Dankeschön geht an Manuela Grob von der Staatsanwaltschaft Luzern. Sollten sich bezüglich Evas Ermittlungen und Handlungen Verfahrensfehler eingeschlichen haben, sind die meiner Phantasie zuzuordnen.

Ein liebes *Spasiba* geht an Elena Furrer, die mich bei den russischen Ausdrücken unterstützt hat.

Und was wäre ich ohne Familie? In dieser Beziehung sind sich Cem und ich einig. Essam, Nadim, Vreni, Erwin, Gabi, Mike – ich liebe euch!

Alle Titel von Monika Mansour im Überblick:

Auch als eBook erhältlich

Luzern Krimis mit Cem Cengiz

Liebe, Sünde, Tod
ISBN 978-3-95451-361-1

Himmel, Hölle, Mensch
ISBN 978-3-95451-663-6

Luzerner Todesmelodie
ISBN 978-3-95451-950-7

Luzerner Totentanz
ISBN 978-3-7408-0193-9

Die Tote vom Titlis
ISBN 978-3-7408-0519-7

Zug Krimis mit Sara Jung

Höllgrotten
ISBN 978-3-7408-0308-7

Wildspitz
ISBN 978-3-7408-0932-4

111-Orte-Reihe

111 mystische Orte in der Schweiz, die man gesehen haben muss
ISBN 978-3-7408-0139-7

111 Pferde, die man kennen muss
ISBN 978-3-7408-0444-2

www.emons-verlag.de